I0649987

ARRONDISSE... ...T DAS CLEUX
SOUS
PRÉFECTURE
18
DÉPT DE LA SEINE

Cousin... la Cou... 17837

LES

ENCHANTEMENTS

DE

Mme PRUDENCE DE SAMAN L'ESBATX

911

G4950.

y²

SCEAUX

TYPOGRAPHIE DE E. DÉPÉE

—

Mai 1872

LES

ENCHANTEMENTS

DE

Mme PRUDENCE DE SAMAN L'ESBATX

------cececece------

CHAPITRE PREMIER.

Les talents distingués sont seuls dignes d'occuper le
public, il n'est permis qu'aux gens supérieurs de parler d'eux-mêmes; mais j'ai pensé que des sentiments
vrais, rendus avec naturel, pourraient intéresser. J'ai
cru que le sort des femmes était parfois si malheureux,
qu'on aimerait d'en voir une suivre en liberté son cœur,
et placer dans sa destinée, l'amour et l'indépendance
au-dessus de tout. J'écris pour ceux qui se plaisent à
l'histoire des émotions, retrouvent leur sensibilité dans
celle des autres, s'amusent à voir une âme s'ouvrir et
s'attacher, cherchent les simples récits, les mémoires,
les événements de l'existence intime, et peut-être au
loin les questions morales et philosophiques qui s'y
rattachent.

L'abbaye du Vallon était dans des bois à sept ou huit
lieues de Paris, mais ces bois semblaient être à cent
lieues de la ville; ils respiraient un air agreste et sauvage, plein de parfums, dans le plus grand silence,

avec le calme, l'humidité, la fraîcheur, tous les enchantements des forêts. Le Vallon, très-enfoncé, recevait les eaux de ce terrain inégal; des sources pures brillaient sous les enfoncements de rochers qui le bordaient; partout leur doux murmure et leur limpidité. Cette contrée offrait le genre de beauté ordinaire aux campagnes des Gaules, renommées par les ombrages, les forêts druidiques, les ruisseaux limpides, le bruit du vent, les harmonies de l'orage; nature sans éclat, sans chaleur, sans soleil, mais rêveuse, orageuse, inspiratrice.

Ce lieu m'est encore présent; ma jeunesse y trouva un charme que je ne m'expliquais pas, mais quand le vallon m'est revenu dans la mémoire, son caractère s'y est mieux dessiné; j'ai revu ses bois si frais, ses parfums si purs, ses eaux si transparentes, son silence solennel et champêtre, et j'ai compris le ravissement de ma jeunesse.

Dans ce lieu je suis vraiment née, si naître c'est sentir, c'est aimer, c'est connaître une amitié passionnée. C'est là que la sensibilité a inondé mon âme comme un torrent, que mon cœur, jusqu'alors fermé, s'est ouvert, qu'un nouveau jour pour moi s'est levé sur l'univers, que j'ai compris les choses sous un nouvel aspect, et qu'au sein de l'admiration et de la tristesse, mon âme a pris son essor.

La personne qui éveilla ainsi ma sensibilité, l'éveilla par l'amitié; cette personne est une femme. Je l'appellerai Laure, comtesse du Vallon. Elle était veuve, l'abbaye était à elle, elle s'y était retirée après les malheurs politiques qui avaient frappé tant de monde en 1814, et elle attendait là d'avoir arrangé sa fortune ébranlée. Je l'avais vue chez ma mère dès mon enfance, lorsqu'elle était dans l'éclat de sa beauté. J'étais venue enfant au Vallon avec mon père, plus intimidée du grand monde qu'on y rencontrait alors que sensible à une nature oubliée au milieu des chasseurs, des acteurs, des flambeaux et des amusements. Dès que j'atteignis quinze ou seize ans, Laure m'enchanta par son accueil, sa bonté; un charme dès lors existait entre nous. Après la mort de son mari et celle de mes parents, je vins passer quinze jours au Vallon. Elle était alors en grand deuil de son mari. Ce grand deuil la rendait touchante : elle m'imposait et me plaisait en même temps. Ses malheurs, rattachés à de si hauts événements, avaient été sentis par elle d'une façon admirable. Elle avait surtout souffert pour la gloire et pour la patrie; rien de petit, de mesquin, n'était en elle. C'était une grande âme, digne de l'antiquité, mais ce caractère élevé était uni chez elle à une bonté incomparable que je n'ai jamais vue à personne à ce degré, bonté de chaque instant et pour chacun, bonté dans le regard, dans l'accent, dans toute la personne, et qui établissait autour d'elle comme une atmosphère douce et irrésistible.

L'année suivante je revins plusieurs fois au Vallon sur son aimable invitation, et le temps passé près d'elle me fut si cher, si beau, il m'est encore si présent qu'en le retraçant, je le revois encore. J'en éprouve déjà l'émotion : jours de la jeunesse où la vie est si riche et si vive! Éveil puissant d'un cœur passionné qui reçoit l'étincelle par où s'allumera le feu sacré, je vais vous décrire dans cette pure affection, où le charme de la beauté pourtant eut son empire comme la nature eut le sien dans ces bois, au bord de ces fontaines, dans ces solitudes enchantées! La comtesse du Vallon aurait pu être ma mère, mais ses attraits conservaient leur éclat; ils étaient parfaits : taille, visage, détails pouvaient servir de modèles aux arts, son visage exprimait surtout la douceur; ses grands yeux noirs étaient les plus tendres et les plus beaux du monde; son front était haut et élégant, ses cheveux noirs et fins, longs et bouclés naturellement, formant comme dans les bustes romains, des ondes légères autour de sa tête; son nez grec, sa bouche d'une perfection achevée, ses dents petites et admirables, son cou, sa taille, son bras, sa main, son pied, ce qu'on peut voir de mieux fait; elle se metlait bien, un peu trop parée pour mon goût; elle n'avait ni corset ni raideur, et sa manière et sa personne respiraient surtout la bienveillance et la politesse.

En arrivant chez elle, j'étais d'abord un peu intimidée. Elle était imposante naturellement et doucement, mais une opinion, un sentiment nous liait, qui nous fit très-vite nous entendre. C'était notre enthousiasme pour l'empereur Napoléon, impression chez elle motivée par la connaissance de l'homme, par les récits de son mari qui avait été ministre d'État; et chez moi instinct de la jeunesse qui se passionne sans réflexion pour les grands hommes de l'histoire, surtout s'ils sont malheureux. Dès l'âge de seize ans, j'avais fait des démarches pour rejoindre à Sainte-Hélène madame la comtesse Bertrand, mais mon vrai but avait été de voir, d'approcher, de soigner l'empereur dans son affreux exil, de vivre près de lui et pour lui, et que sais-je? Que n'avais-je point imaginé dans mes rêves de jeune fille? Depuis j'ai jugé l'empereur plus justement, comme l'a jugé tout le monde; et j'ai détesté la guerre. En 1818, à Aix-la-Chapelle, où j'étais en visite chez un oncle, j'avais écrit à l'empereur Alexandre, durant le congrès, au nom de la jeunesse française pour qu'il adoucît la captivité de Napoléon. Ma lettre arriva-t-elle? Je n'osai la remettre dans un grand bal où je vis l'empereur; je l'envoyai par la poste comme on me le fit enseigner par sa maison, et je cessai, dès ce jour, d'assister à aucune fête du congrès. J'avais alors seize ans.

Laure savait mes démarches et m'en avait parlé. Elle avait fait, de son côté, une demande d'aller vivre près de l'empereur, et l'on voit, dans les mémoires de Las Cases, que l'empereur, instruit de son dévouement, s'en montra vivement touché. (1)

(1) Samedi 9 novembre 1818, Sainte-Hélène, au milieu du jour : «Dans un autre moment, Madame..... fut mentionnée et quelqu'un dit à l'empereur combien elle avait montré d'attachement pour lui durant son séjour à l'île d'Elbe. — Qui, elle? s'est écrié l'empereur avec surprise et satisfaction. — Oui, sire. — Ah! pauvre femme! a-t-il ajouté

Laure et moi nous nous abandonnions à cette exaltation. Elle me disait que j'étais une jeune fille charmante; elle s'amusait de ma gaieté, de cette surabondance d'ardeur, de bonheur. Elle vit son empire et elle en jouit avec tendresse et avec bonté. Pour moi, étonnée de son autorité, plus séduite jusqu'ici par les qualités de la fermeté que par celles du sentiment, je voyais cette femme dans l'union de la sensibilité et de l'héroïsme, éveiller ma tendresse par les qualités qui m'avaient le plus séduite.

On parle beaucoup des plaisirs, des souvenirs de l'enfance; je ne les ai guère goûtés : d'une santé délicate qui aurait eu besoin du séjour de la campagne, je ne connus l'existence qu'en commençant à lire, en vivant en dehors de moi.

M. Arnault, l'académicien, parle dans ses mémoires de la maison de Talma et de sa première femme, si célèbre par son esprit. Il cite les hommes distingués qu'on y voyait, il dit : « Souques, Riouffe, Lenoir, Allart étaient les habitués de la maison. Ce ne sont pas des hommes du commun, tous ont fait preuve d'une rare capacité dans des facultés différentes. » Il décrit leurs différents caractères et arrivé à Allart, mon père, il dit : « Allart joignait le goût des arts à l'intelligence des affaires. Leur consacrant sa vie, non tout entière, car il en donnait le plus qu'il pouvait aux plaisirs, il était surtout homme du monde. Il avait au plus haut degré le sentiment de l'esprit d'autrui. Il aimait passionnément le théâtre. De là sa liaison intime avec Talma et avec Chénier, et de là sa liaison plus intime avec une personne qui avait obtenu de grands succès dans la tragédie, avec mademoiselle Desgarcins. Cette dernière liaison qui

avec le geste et l'accent du regret, et moi qui l'avais pourtant si maltraitée ! Eh bien ! voilà qui paie du moins pour les renégats que j'avais tant comblés ! — Et, après quelques secondes de silence, il a dit d'une façon significative : — Il est bien sûr qu'ici-bas on ne connaît véritablement les âmes et les sentiments qu'après les grandes épreuves. — Ce jour-là il était gai.

s'était liée de la manière la plus douce, se dénoua de la manière la plus douloureuse. Mademoiselle Desgarcins, soupçonnant qu'elle avait une rivale (elle ne se trompait que quant au nombre), arrive un matin chez Allart pour le forcer à s'expliquer. C'était Hermione chez Pyrrhus. N'obtenant pas la satisfaction qu'elle se croyait en droit d'exiger, comme la fille d'Hélène elle se frappa de plusieurs coups de poignard. Allart la soigna jusqu'à parfaite guérison ; mais plus effrayé qu'attendri, il ne put se déterminer à reprendre des chaînes si pesantes ; la fierté de sa maîtresse, d'ailleurs, l'en débarrassa. Cette aventure ne lui nuisit pas près des dames.

« Qu'un amant mort pour nous, nous mettrait en crédit ! »

Il ajoute : « Mademoiselle Desgarcins quitta le théâtre à cette occasion. Ce fut une perte pour l'art. Cette actrice n'était pas belle de figure, mais elle était faite à ravir, et elle avait une de ces voix qui attendrissent les cœurs les moins sensibles, *nescia mansuescere corda*. Par cette mélodie à laquelle M. de Fontanes ne put pas résister, elle désarma des brigands qui, après l'avoir enfermée pour l'assassiner, lui permirent de ne mourir que de sa frayeur, ce qui arriva quelques mois après. » (*Souvenirs d'un sexagénaire*, 1833.)

Mon père, par son habileté, s'était créé un cabinet d'affaires très-important, en crédit près des ministres et du conseil d'État, et qui gérait les intérêts des grandes villes de France et des villes conquises, Lyon, Toulouse, Bordeaux, Marseille, Anvers, Liége, Aix-la-Chapelle, etc, etc. Le mari de Laure l'appuyait au conseil d'État, et mon père secondait son crédit d'une maison très-animée, où il recevait une société spirituelle et distinguée. Ma mère, qui avait beaucoup de vertu, de mérite et d'esprit, et qui était très-jolie, a laissé un roman imprimé très-agréable ; mon père l'avait épousée par amour quelques années après sa rupture avec l'actrice ; elle l'aidait très-bien à faire les honneurs de sa

maison. Mon père, qui était d'une taille haute et d'une
figure agréable, était né dans l'Ile Saint-Louis, et fils
d'un greffier de Paris. Ma mère était fille du baron de
Lupigni, un riche négociant de Lyon, que la révolution ruina. Il était annobli avant la naissance de ma
mère qui *naquit demoiselle*, comme on disait. La famille
de ma grand'mère maternelle était de Montmeillan,
un des plus beaux endroits de la Savoie. Ma sœur et
moi nous fûmes élevées dans les plaisirs et la prospérité. Mais cette fortune, basée sur les événements du
jour, et secondée par les plaisirs, croula vite. Pour moi,
inspirée par mes études de l'histoire romaine, je ne
songeais, dans les malheurs de mon pays et de ma famille, qu'à garder cette égalité d'âme que les anciens
commandent dans les revers et les prospérités.

Dès l'âge de huit ou dix ans j'étais dévote ; je lisais
une bible de Sacy, que j'avais trouvée à la maison ; tous
les matins je tenais ma sœur en prière avec moi. Mon
père nous surprit plusieurs fois à genoux ; quand j'eus
douze ou treize ans, il dit à ma mère de me faire lire
la correspondance de Voltaire et du roi de Prusse. Ma
foi dans la bible disparut, mais non mon sentiment
naturel pour Dieu, qui dura toujours et fut mon plus
grand appui dans la vie. Je ne cessai jamais de prier
Dieu et de l'adorer.

Mais, dès l'âge de douze ou quatorze ans, un grand
trouble, un certain effroi, dérangèrent les pures études
où j'aurais voulu vivre, car c'est Minerve qu'on trouve
aux deux extrémités de la vie. Tous les dimanches,
quand nous eûmes quatorze ou quinze ans, mon père,
déjà à moitié ruiné alors, réunissait le dimanche des
jeunes filles et des jeunes gens pour former une soirée
dansante. J'y portais un cœur agité. Je m'en étonnais,
mais je cachais mon trouble. Je trouvais alors un grand
plaisir dans la littérature et dans l'histoire. J'étudiais
surtout l'histoire d'Angleterre. Je commençai d'étudier
le latin.

Mon père avait tout préparé pour refaire sa fortune

sous un nouveau règne quand il mourut. Ma mère lui
survécut peu. Mon père, dans ses revers, se montrant
ferme et inébranlable, me fit comprendre ce que c'est
que l'héroïsme dans la vie privée. Il aurait pu m'inspirer cette haute amitié que Laure m'inspira depuis
s'il eût vécu plus longtemps. S'il eût vécu d'ailleurs
ma vie eût été autrement engagée. Il voulait me marier
de très-bonne heure, et comme il s'entendait aux
amours, il m'eût trouvé un lion agréable, spirituel et
ainsi durable.

CHAPITRE II

Laure me fit comprendre les attachements de la nature. J'aurais voulu être sa fille. Je compris la bonté,
la tendresse, ces attachements célèbres, non pas d'a-
mour, mais de femme à femme, d'homme à homme, du
fils au père, de la fille à la mère. La bonté de Laure
me donna la bonté; une indulgence pleine de sentiment s'éveilla en moi. Je me rappelle encore mes transports qui la faisaient rire en lui peignant tant de merveilles dévoilées tout à coup à ma pensée. Mon énergie
lui plaisait. Ma timidité disparaissait. Je savais lui
montrer mon enchantement pour elle. Non-seulement
elle était bonne et exaltée, mais elle avait un esprit
supérieur, une raison droite, un goût élevé et sûr et
de beaux talents naturels. Elle savait la sculpture, et
elle faisait des ouvrages excellents. Elle avait une voix
admirable, et elle chantait avec tant d'âme et de passion les beaux airs dignes de sa voix, que j'en étais
enivrée. Je trouvais en elle esprit, noblesse, conseil,
agrément.

Je lui récitais quelquefois des vers, car ce rêve sur
Sainte-Hélène, si long et si souvent privé d'espérance,
avait été parfois traversé chez moi par la pensée de me
faire actrice : je n'aimais que les grandeurs et les fic-

tions. J'avais, dès mon jeune âge et par goût, appris tout l'emploi des reines, et je préférais la scène au pouvoir même. Et, en effet, être le soir l'Agrippine de Racine, avec ses beaux vers, l'appareil impérial, le souvenir antique et Tacite, valaient mieux que d'être l'infâme Agrippine elle-même. Il valait mieux rendre les beaux remords de Sémiramis que les éprouver. On pouvait être actrice et demeurer noble et fière. Laure accueillait en souriant ces idées, ne les prenait pas au sérieux, et me disait que la position d'une actrice avait mille dangers que j'ignorais.

Je venais d'écrire le récit de la *conjuration d'Amboise*, sous le règne du jeune François II. Laure me demanda de la lui lire. Ce fut mon premier ouvrage imprimé, mais il était encore en manuscrit. Elle l'écouta avec intérêt, me donna de bons avis et beaucoup d'encouragements. C'était un ouvrage de *circonstance* en faveur des protestants et de la liberté.

Près de Laure je commençai de sentir ce grand goût pour la vie que j'ai toujours eu depuis. Je me félicitais d'exister. Ces idées, ces sentiments qui se découvraient à moi, me donnaient le bonheur. Jamais je n'avais eu tant d'idées. C'était comme une révélation. La force, qui m'avait subjuguée toujours, me subjuguait encore, mais c'était une force de sentiment, une puissance de tendresse et de bonté. L'univers s'éclairait et s'agrandissait pour moi. Sans doute j'étais aimable et vive en lui peignant ces choses ; elle disait que la jeunesse est charmante ; elle repoussait mes éloges, mais elle acceptait l'amitié et les soins ; elle était vraie toujours ; je ne pouvais douter de sa sympathie, et ma joie était extrême. Moi si importunée toujours des leçons, moi qui voyais dans les conseils une atteinte à mon indépendance, moi qui rejetais tant d'autorités usurpées, je cherchais et j'adorais ses avis ; jamais fille n'eût été plus soumise à une telle mère, mais aussi, comme ses conseils étaient aimables, qu'ils étaient éclairés, qu'ils étaient nobles, qu'ils étaient doux ! Combien ce qu'elle disait, son langage, sa manière, sa voix, son regard, tout était fait pour convaincre et toucher !

Combien je me plaisais dans son parc et dans sa maison, dans un séjour champêtre qui était à elle ! Malgré les ornements et les arbres rares qui entouraient l'abaye, le Vallon respirait partout un air agreste et sauvage. Le parfum des bois le remplissait. Si au lever du jour, on allait parcourir ces bois profonds, et s'enfoncer sous leur humide ombrage, le chant des oiseaux interrompait seul le silence d'une si tranquille solitude. Même au milieu du jour, le silence était parfait, tel seulement qu'on le trouve au sein des bois ; et si une foule bruyante et parée, si le monde avec ses plaisirs, habitait encore parfois le château, on pouvait toujours, en s'éloignant dans le parc, en gagnant des bois sans limites, retrouver les impressions et l'oubli d'un séjour champêtre. Ainsi, je cherchais la solitude quand le monde venait au Vallon pour m'importuner. Ainsi j'emportais l'image de Laure et le souvenir de sa bonté, quand elle était occupée à recevoir ses amis, à donner des ordres, à faire avec sa bienveillance ordinaire, les honneurs de sa maison.

Le monde commençait à m'apparaître et à me séduire pourtant, dans son agrément d'esprit. J'étais filleule de la duchesse Hortense de Raguse ; et, durant ma jeunesse, elle m'avait prise longtemps avec elle à la campagne, avant la mort de ma mère, et elle m'avait fait connaître chez elle le monde et la douceur d'y plaire. La duchesse était une femme distinguée, de beaucoup de caractère et d'esprit. Elle s'amusait de me voir, comme à elle, une humeur très-indépendante.

J'étais dès lors ambitieuse, aventureuse, agréable, et ainsi en danger. Je n'aurais pas voulu une vie obscure. J'aimais les lettres et j'y mettais mes espérances. La vie, le monde, loin de m'inquiéter, m'attiraient vivement. Je m'élançais avec transport vers l'avenir.

Une circonstance acheva de rendre plus tendres mes liens avec la comtesse du Vallon. L'empereur était depuis longtemps très-malade, mais rien de nouveau n'avait inquiété sur sa santé. Un jour (le 7 juillet 1821), un matin, au Vallon, il était à peu près midi. On avait déjeuné dans une salle voûtée, un des anciens réfectoires de l'abbaye. Nous étions déjà revenus au salon, séparé de cette salle par une autre pièce. La comtesse seule était restée dans la salle à manger, où elle venait de recevoir ses journaux; elle les avait ouverts sur la table du déjeuner, et bientôt nous entendîmes ses cris. Nous courons, nous la trouvons renversée sur une chaise, un journal à la main; l'empereur était mort à Sainte-Hélène le 5 mai; le journal en donnait la nouvelle. Ce chagrin rattaché à l'empereur devait me lier à Laure plus que tout le reste. On la secourut, on dénoua sa ceinture, on lui fit respirer des sels, enfin on l'emporta dans sa chambre; elle se mit au lit.

L'empereur était mort abîmé dans un lent et affreux supplice, en proie à une maladie cruelle, à des souffrances horribles, à des traitements grossiers et inhumains. Quelques Anglais, quelques lords, quelques membres du Parlement avaient élevé la voix en faveur du prisonnier et lui avaient même témoigné un respect direct en déposant à ses pieds quelques objets de distraction et d'agrément, mais nul élan national n'avait cherché de vaincre une odieuse cruauté, et l'Angleterre partageait, avec son gouvernement, la honte d'avoir imposé une lente et affreuse agonie à un héros prisonnier. J'étais restée au salon où chacun déplorait un malheur prévu. Bientôt Laure me fit appeler. Je me rendis dans sa chambre, nous restâmes seules. Elle était couchée et elle pleurait, sans éclat, sans bruit, mais avec un profond sentiment d'affliction (7 juillet 1821). Je m'assis sur son lit, je ne pleurais pas, mais elle connaissait bien mes sentiments, elle s'y fiait; elle trouvait du charme à m'avoir là, elle cherchait ma sympathie. Nous restâmes ainsi longtemps ensemble en disant peu de mots; la vérité de ses larmes, leur abandon, leur caractère me fit une impression qui ne s'effaça plus. Sans doute il y avait chez elle une puissance pour s'affliger, pour s'élever haut dans les chagrins publics.

Je passai les jours suivants près d'elle. Mes sentiments pour elle s'exaltèrent dans des moments si tristes; ce fut elle qui devint mon empereur; et quand bientôt nous nous retrouvâmes presque seules et dans un chagrin non pas diminué, mais adouci, des jours d'un enivrement continuel commencèrent pour moi.

Je me rappelle alors un matin où elle faisait sa toilette. C'était avant le déjeuner; vêtue en blanc, en robe de chambre légère, et assise devant un grand miroir dans son cabinet de toilette, qui avait une large porte sur le parc, elle éloigna sa femme de chambre, et elle resta assise devant son miroir sans se regarder et en pleurant. C'était tout à fait pour moi une femme romaine qui pleurait la mort de Caton ou celle de César. Ainsi Calpurnie, après le meurtre de César, qu'elle avait tant cherché à retenir au lever de leur lit conjugal, bien qu'elle fût courageuse, avait dû pleurer et interrompre, pour pleurer, sa toilette et les plus simples actions de sa vie. Touchée par elle, ravie d'elle, je sortis quand elle reprit sa toilette, pour aller dans le parc rêver d'elle, et la plaindre, et l'admirer, et m'étonner de trouver là, de mon temps, sur ma route, une personne si bien selon mes goûts héroïques, car que pleurait-elle ainsi, muette et touchante, abîmée dans son chagrin? Elle avait blâmé le despotisme de l'empereur et elle avait su à sa cour lui déplaire par une opposition courageuse. Elle pleurait des talents magnifiques, des malheurs illustres, une fin lente et déplorable qu'elle eût voulu adoucir; elle pleurait sa patrie envahie, tant de conquêtes disparues, des armées détruites, des soldats sans égaux dont les corps sanglants avaient jonché glorieusement tous les chemins de l'Europe, et s'il y avait eu sous l'empire des sentiments dignes d'une si haute, si lamentable et si tragique histoire, ils étaient ici, dans ce Vallon qui avait retenti jadis de tant de cris de joie, dans ce Vallon où les batailles de l'empereur avaient été tant célébrées, dans ce Vallon, où on lui rendait mort un plus touchant hommage, celui d'une piété digne de sa fin.

Lord Byron, un Anglais, qui allait saluer cette île de la mort et de la gloire, ne s'élèverait pas plus haut dans ses chants, ne serait pas dans son transport plus poétique et sublime, que ne l'était cette femme avec une jeune fille pour témoin de sa douleur et ne songeant ni à l'exagérer ni à la célébrer.

J'aurais voulu la consoler, mais j'aimais de la voir inconsolable. Elle s'était mise dans ce grand deuil qui, comme son premier deuil, la rendait plus touchante. La pitié s'éveilla par elle en moi; je compris la pitié sur la terre!

O combien Paris, quand j'y retournai, me sembla vide et vulgaire! En revoyant d'autres femmes, d'autres amies de ma mère. O combien leur conversation me parut commune, leurs sentiments grossiers, leurs idées stupides! Où trouver cette vie au-dessus du monde ordinaire, cette haute tristesse, cette sincérité continuelle, cette modestie, cette abnégation, ce désintéressement en toute chose, qui faisait qu'on ne pensait jamais à soi, mais à des objets sublimes! Du moins ce caractère parfait me laissait une impression éternelle; heureuse si cette peinture pouvait rester, si l'on savait ce que nos malheurs publics trouvèrent alors de douleurs dignes d'eux, et comment, chez les modernes aussi, il exista des femmes semblables... que di-sje, semblables! des femmes très-supérieures aux femmes romaines.

Je pourrais parler de quelques-uns de ses amis, mais je n'avais vu ni compté qu'elle. Ce récit ne peut avoir d'intérêt que par elle. Des peintures du monde, on en trouve partout; les petits personnages et les petits sentiments abondent. Ici j'ai voulu rendre dans sa vérité une émotion profonde, un attachement éternel qui fut sans doute croisé dans ma vie (et quel amour tout à l'heure sous les yeux de Laure allait m'atteindre)! mais qui resta toujours vif et sacré, paré jusqu'à la fin du même enivrement. J'avais fait la plus savante école; j'avais approché une créature exquise complétement dépourvue de vanité, et chez laquelle mes éloges et mes enchantements (je le remarquai toujours) n'éveillèrent jamais que l'attendrissement.

J'aurai pourtant à parler enfin de quelques personnes autour d'elle, car l'été suivant (1822) je retournai au Vallon. Je vis souvent Laure durant l'hiver, mais le Vallon nous unissait mieux, et à ces attachements si forts, le temps ajoute mille douceurs, une plus grande familiarité. La saison convenait à mon goût; quand j'arrivai la chaleur finissait; déjà les jours devenaient plus courts et les impressions plus intimes. Je ne sais comment Laure avait, précisément dès le premier abord en la revoyant, ce qui pouvait le mieux me séduire; ses manières, son rire charmant me ravissaient; je trouvais ce qu'elle disait juste; dans la société, c'était toujours elle qui avait raison, et dans sa chambre avec ses femmes, avec ses gens, elle gardait une dignité grande et douce, une façon de rendre poli ce que son air pouvait avoir de trop imposant. Dès mon arrivée, quelque fait, quelque mot d'elle, un trait de bonté me frappait, et je rentrais sous son empire.

Ce séjour fut animé par le monde. C'était un temps d'inquiétude et d'agitations politiques. Les conspirations venaient se tramer jusque dans les salons du Vallon. Laure, entre sa bonté et sa haine, était emportée en sens divers. Moi qui n'avais pas l'énergie de ces passions de haine, et qui leur trouvais un certain prix, je les observais et m'étonnais de les rencontrer dans l'âme la plus accessible que j'aie jamais connue.

Je vis là madame Hamelin que je connaissais depuis mon enfance, célèbre par un esprit et surtout une imagination supérieure, une grâce et un éclat, un art de conversation exquis, et dont je parlerai ailleurs. Quelques hommes chantaient les chansons de Béranger d'une façon qui nous charmait et nous attristait tous. Nous étions plus de vingt à table.

Nous jouions le soir des charades, mais durant le jeu je commençai de causer avec un jeune homme dont l'esprit m'étonnait. C'était un jeune prélat romain, qui habitait une terre du voisinage (1). Né d'un père irlandais, d'origine Portugaise, et d'une mère italienne, (de famille papale) il unissait en lui les qualités opposées du midi et du nord. Il avait vingt-quatre ans. Son teint était olivâtre, son visage parfaitement beau, son sourire plein de grâce, mais ses grands yeux noirs étaient encore sans expression. Il avait l'accent anglais; ses opinions, sa sévérité, sa froideur étaient d'un Anglais. Il avait d'un Portugais, la beauté rêveuse et mélancolique, et d'autres traits que je ne connaissais pas. Je n'avais rien entendu de pareil à sa conversation. C'était quelque chose d'un calme étrange. Sa pensée était vaste, lumineuse et tranquille. C'était un jeune sage. Mais quelque chose de glacé aussi, de moqueur, d'ironique et d'amer, le plaçait à part de ses semblables.

Il y avait quelques années déjà je l'avais vu chez la comtesse quand nous étions tous deux très-jeunes. Le soir, en ce temps-là, assis près de moi, nous causâmes un peu. Je ne sais à quel propos je louai le grand Frédéric. Il me releva, reprocha à ce premier l'envahissement de la Silésie, et me dit que la probité était la première des qualités; que Frédéric était inexcusable. Il s'étendit sur l'importance de la moralité publique.

Depuis nous discutâmes ainsi les actions des rois.

D'autres personnes très-aimables vinrent au Vallon. Ce temps m'est présent dans son vif amusement. Le soir on jouait. Je ne jouais pas et je montais étudier une ou deux heures dans ma chambre. Je redescendais bien coiffée, de sorte que quelques amis là disaient que j'allais passer la soirée à me coiffer. On se plaisait à

(1) Pour le caractère de ce jeune prélat, voir le roman de Jérôme ou le jeune prélat. Paris, 1829. (Je le donnerai à la fin de l'année.)

m'attaquer parce que j'aimais la plaisanterie et la recevais gaiement. La comtesse m'attaquait la première et doucement. Quand je redescendais de ma chambre, j'allais m'asseoir sur un canapé, d'où je regardais jouer aux cartes. Heureuse de vivre près de Laure, je pouvais, comme madame de Sévigné (qui le fait tant de fois pour sa fille), me féliciter du temps de mon bonheur, et dire que j'avais su l'apprécier, le bien goûter.

Quand le jeu et la soirée étaient finis, chacun prenait un flambeau et se retirait chez soi. Laure avait une petite lampe. Elle saluait ses amis et traversait plusieurs salons, une galerie et quelques corridors pour abréger le chemin, et elle se retirait dans sa chambre au rez-de-chaussée. Je la suivais ; j'assistais à son coucher devant la cheminée, car elle avait du feu à cause de la fraîcheur du soir ; et quand elle était couchée, et qu'elle renvoyait sa femme de chambre, je m'asseyais sur le pied de son lit, et je restais là à causer avec elle jusqu'à deux ou trois heures du matin. Sa chambre était faite selon l'ancien caractère de l'abbaye ; on avait gardé la forme d'une belle et grande chambre gothique ; un grand lit ciselé, avec des rideaux suspendus, au lieu d'être posés le long du mur, avançait au milieu de la chambre ; les meubles étaient gothiques et très-beaux ; les fenêtres en ogives avec de beaux vitraux. Le meuble et les draperies étaient vert et pourpre. La chambre était arrangée avec un grand goût ; le plafond était très-élevé, voûté, orné de rosaces dans les ogives.

Je me rappelle son coucher et ces longues conversations de la nuit où elle était si confiante et si agréable. Elle mettait pour la nuit une longue robe garnie, montante et avec des manches longues, et comme ses cheveux noirs et fins étaient naturellement bouclés, et s'arrangeaient le matin avec un peu d'eau, elle laissait ceux de devant flotter sous son charmant bonnet de nuit ; de sorte qu'elle était belle et parée dans son lit comme dans le jour. J'étais très-jeune et très-innocente. Jamais, dans ces conversations, Laure ne me dit rien

des passions qui m'attendaient, ni ne sortit d'une
grande réserve de langage. Elle me parlait de mes études, de son mari, de l'empereur surtout, des ouvrages
qu'elle lisait, de ceux qu'elle me·prêtait. Jamais plus
aimables et plus chastes entretiens ne furent tenus par
deux femmes de nos âges différents. Oh! depuis, combien j'ai regretté de n'avoir pu alors m'entretenir avec
elle des passions, et savoir ce qu'avait été l'amour pour
sa grande âme! Sa conversation était très-variée; elle
avait beaucoup d'abandon, et une sorte de naïveté primitive que le monde n'avait pu altérer; mais je crois
qu'elle n'aura été très-aimable que dans des circonstances analogues, en se sentant comprise, en se laissant
aller à la puissance de son âme, en se fiant à une vraie
sympathie. Hors de là et dans le monde, elle était plutôt distraite et rêveuse, absorbée dans je ne sais quelle
vague préoccupation que ses amis lui reprochaient, mais
qui était pour moi un de ses attraits. Son esprit, avec
beaucoup d'idées, d'observation, était plutôt grave, tel
qu'il me convient; ses goûts sérieux, tous ses penchants portés vers les questions publiques et la patrie.
Quelle femme précieuse eût-elle été pour un homme
de talent, avec son esprit supérieur et son âme tendre,
femme par là, née pour aimer et pour plaire! Sans
doute elle a été fort aimée, elle a été entourée parmi
les siens et ses amis d'une sorte d'adoration, mais elle
n'a point rencontré ce sentiment unique et sublime
dont elle était digne. En mêlant son amour pour la
France avec son enthousiasme pour l'empereur, elle se
fit un idéal de passions dans le secret de son cœur,
mais ce sentiment par nos malheurs la fit horriblement
souffrir, et elle n'en tira pas l'ivresse que l'amour seul,
l'amour, le véritable amour sait donner.

En me parlant de son mari, beaucoup plus âgé qu'elle,
et qu'elle avait aimé comme un père, elle me disait
combien l'absence d'un tel esprit autour d'elle, lui était
amer. Cet homme, grand jurisconsulte, avait aussi une
imagination brillante; il était sensible, aimable, ins-

piré, énergique. Je me le rappelle parfaitement pour
l'avoir vu souvent et à dîner chez mon père quand j'étais
enfant. C'était un regard et une figure d'aigle ; il avait,
comme Laure, une bonté admirable. On dit que jamais
nulle personne affligée ne l'implora en vain. Il garda,
dans une fortune rapide, dans une prospérité immense,
un cœur accessible, ardent, brûlant. Mon père l'aimait
et le louait de cette façon enthousiaste que les caractères élevés s'inspirent entre eux.

En 89 il avait montré son éloquence, et, dans cet
éclair d'un gouvernement libre, en 1815, on le vit briller dans les Chambres, dominer et diriger les discussions.
C'est lui qui, dans une profonde émotion, supplia la
Chambre, en 1815, de remarquer avec quel désintéressement l'empereur abdiquait pour le salut de la patrie,
sans conditions pour lui-même, dans le plus complet
oubli de sa propre sûreté. Ce mouvement fut très-beau.
Exilé on ne sait pourquoi, cet homme extraordinaire
vit son imagination puissante fléchir sous le poids de
l'exil. Une partie de sa raison s'égara ; elle ne se troublait qu'en parlant de l'empereur ; il ne la perdit jamais
tout entière, et il mourut entouré des pieux soins de la
comtesse.

Tels étaient les sujets de nos conversations. Quand je
voyais Laure trop attristée par ses souvenirs, je les
écartais ; je trouvais des sujets plus doux et plus légers.

En la quittant, je prenais sa petite lampe, et je traver-
sais les grands escaliers et les grands corridors de l'abbaye pour aller à ma chambre, très-éloignée de la sienne
et au premier étage. Je n'ai jamais eu peur dans cet
immense cloître que mes pas, au milieu de la nuit, faisaient retentir de bruits singuliers. Attendrie, affligée,
rêveuse, pressée par mille idées, je regrettais de n'être
pas la fille de Laure, de n'être liée à elle par nulle
chaîne qui me répondît de l'avenir.

Si j'eusse été sa fille, lui eussé-je sacrifié ce violent
amour qui allait s'allumer pour un homme de son voisi-

nage? Si mère, elle eût voulu me faire vaincre mon cœur déjà pris, je serais morte de langueur à ses pieds, et Jérôme, très-jeune, mais déjà prélat, serait resté un Dieu pour moi. Mais sa prudence, dès le commencement sans doute, m'eût sauvée ; Jérôme, la vertu même, eût écouté ses avis ; cet amour eut été détourné, et ce jeune homme, éloigné de moi, ce jeune prélat fut resté dans ma pensée le modèle des plus hautes séductions.

Le matin, dès que j'étais habillée, je descendais chez Laure et j'assistais à sa toilette ; si elle n'avait pas encore sonné, je m'enfonçais dans les bois. Nous nous rendions ensemble au salon. On déjeunait. Il y avait presque toujours du monde. Après déjeuner je montais dans ma chambre pour lire et étudier deux ou trois heures. Après quoi, Laure m'appelait sous ma fenêtre pour une promenade avec son monde. Nous allions assez loin ; je disais mille folies durant ces promenades ; elle s'animait ; nous étions fort gaies. En rentrant je la suivais dans une galerie qui précédait sa chambre, et où elle faisait de la sculpture ; elle faisait des bustes charmants et très-ressemblants. Il y avait du monde avec nous. Jérôme y venait. Un de ses mérites était d'aimer Laure et de la comprendre. Il lui parlait avec une douceur et une déférence qu'il n'avait pour personne.

A six heures, une cloche sonnait pour faire sa toilette et se préparer au dîner. J'assistais à la moitié de la toilette de Laure, et j'allais vite faire la mienne ; puis nous dînions. Les jours, pareils pour moi, variaient cependant par les visites, les nouvelles, les promenades, l'état du ciel.

L'été finissait, déjà commençaient les impressions de l'automne qui sont celles du sentiment, et qui remplissaient le parc, les bois, le château. Déjà les vents retentissaient dans les longs corridors de l'abbaye, et les bois humides respiraient la fraîcheur et les parfums avant coureurs de l'hiver. J'aimais la bise, et ce désordre que la nature éprouve au changement des saisons. J'allais dans le parc m'enivrer du bruit grandiose du feuillage éperdu, de cette mélancolie secrète, de cette tristesse éloquente qui signale l'automne, dans la pompe des ses inspirations et de ses rêveries. Le Vallon, avec ses arbres, ses eaux, ses profondeurs, semblait alors rendu à son vrai caractère. Ce séjour, beau, rêveur, triste comme Laure, offrait ses mystères et son langage qui peut se comprendre mais ne peut se rendre.

Les soirées étaient encore plus aimables avec du feu et un air d'hiver. Le dîner était déjà aux flambeaux, et pour moi ces dîners aux flambeaux ont toujours eu plus de charme et de douceur. Je me rappelle encore, au Vallon, comme tout me semblait plus cher, plus intime, plus animé, avec la lumière à table; le froid déjà qui venait du jardin, les fruits de l'automne au dessert, et l'amitié plus satisfaite, et les rires et la gaieté mêlés à plus d'attendrissement.

Nous profitâmes de quelques jours encore chauds pour faire une promenade à Chantilly. Laure emmena plusieurs de ses amis. Jérôme avait commencé le voyage avec nous à cheval; mais cette monture l'ennuya. Il nous quitta pour rentrer au Vallon, et aller s'enfermer dans la bibliothèque, où il me réserva un beau passage de Claudien (*absolvitque Deos.*) En vain j'essayai de l'entraîner avec nous en lui promettant de longues discussions. Il nous laissa les chevaux que nous montâmes. Le soir, à l'auberge, nous eûmes une soirée très-gaie, et notre partie de campagne le fut beaucoup.

Au retour j'abordai avec Jérôme les sujets politiques qui étaient si bien dans son goût et dans le mien. Il me détourna d'écrire la vie de l'empereur Julien, un héros et un stoïcien. Mais comment pouvais-je appeler un jeune prélat à décider de l'empereur Julien? Il me parlait comme si j'eusse eu un esprit et des espérances bien au-dessus de ce que j'avais réellement.

Un jour, dans ce temps-là, Laure, accompagnée sur le piano par je ne sais plus qui, chanta des airs d'*Armide* avec une expression si admirable, une voix si belle, si touchante, si pénétrante, que je n'ai jamais reçu de la musique tant d'effet.

Cependant la chasse s'ouvrait, et le Vallon se remplit de chasseurs et de bruyants amusements. Laure riait de ma gaieté, et sa maison respirait encore le plaisir. Ces chasseurs, qui étaient presque tous des officiers en demi-solde, commencèrent à me confier quelque projet que je ne me rappelle pas clairement.

C'était une conspiration. Laure ne me parla jamais de rien. Les jeunes gens seuls me confièrent le plan. On voulait détrôner les Bourbon. Cette affaire resta sans doute en projet, mais ces secrètes confidences, ces entreprises hardies, animèrent beaucoup pour moi la campagne. Chacun voulait m'éblouir des périls qu'il allait courir. Laure disait que ces chasseurs n'étaient au Vallon que pour moi. Elle me disait : — Il faut bien être coquette, mais tu l'es trop, oui, tu es trop coquette. — L'étais-je? Je n'y songeais pas. J'étais très-heureuse, très-animée, très-amusée.

Jérôme ne savait rien de ces projets secrets; il les eût désapprouvés. Il croyait la Restauration favorable à la France comme une école de liberté; il n'aimait pas l'empereur, ne faisait pas grand cas de son esprit; il voyait nos malheurs avec l'indifférence d'un étranger, et il me répétait : — Cette lutte instruit la nation sur ses droits. — Il me dit un jour qu'il avait été faire visite à un monsieur voisin du Vallon. — Comment allez-vous voir cet homme, lui demandais-je, il est fort bête? — J'y vais à cause de cela, répondit-il. — Il me faisait lire Adam Smith, étudier l'économie politique, et il prenait tous les jours plus d'empire sur mon esprit. Il me disait qu'Adam Smith était le seul homme qui pourrait peut-être exciter son enthousiasme. Je commençais à avoir l'heureuse habitude de sa conversation, et il me traitait moins comme une jeune fille agréable, que comme un homme dont l'intelligence lui convenait. J'acquérais près de lui le sentiment de la *valeur réelle*; les petites choses du monde achevaient de disparaître pour moi; et, entre Laure et Jérôme, je m'élevais dans une pure atmosphère; mais Laure avait une sensibilité que celui-ci semblait ignorer. Je m'étonnais toujours du calme, de la froideur de ses discours. C'était ces régions dont parle Montaigne, *cet état comme des choses au-dessus de la lune, toujours serein.*

Il partit. Je regrettais cette raison riche et ferme; je regrettais ce jeune penseur, explorateur d'un univers inconnu. On me plaisanta sur mon mépris pour chacun, quand il fut parti. Je proclamais cette supériorité de Jérôme, à laquelle seule madame du Vallon rendait justice. Elle me disait que je le jugeais bien; et quant à sa froideur, elle ne le croyait pas si calme qu'il semblait, et elle me conseillait de ne pas causer si souvent avec un jeune prélat.

Bientôt je me rendis au château de Surpré, sur l'aimable invitation de madame de Surpré, la tante de Jérôme. Jérôme avait perdu sa mère dans son enfance; sa tante, Italienne, l'avait élevé, et s'affligeait en secret qu'on l'eût mis dans l'Eglise. Je trouvai chez elle le poète Béranger avec d'autres hommes d'esprit.

Ces jours-ci furent d'un amusement parfait. Béranger était le plus aimable du monde; j'aurai beaucoup à en parler. Il me montrait de l'amitié et m'adressait une sorte de cour légère.

Béranger était alors dans le premier éclat de sa gloire. Nous chantions ses plus belles chansons. Pauvre, mais séduit par la grandeur, par le monde où il brillait, il aimait les salons, l'accueil empressé des femmes; il ne s'est retiré qu'en vieillissant et par le progrès naturel de l'esprit et de la sagesse.

Sa manière, quoique piquante et agressive, était douce, enjouée, gracieuse. Sa finesse, sa gaieté, une certaine bonhomie redoutable parce qu'elle semblait cacher de la malice, plaisait, mais inquiétait en lui. Parfois aussi il vous écrasait; ou bien, il s'effrayait pour vous, il vous apportait sa crainte. Il s'effrayait de mon avenir, de ma confiance dans la vie; je le rassurais en riant, et je me moquais de sa timidité.

Il écartait d'autour de vous les amoureux par sa raillerie; il les harcelait de ses plaisanteries, et quand il s'abandonnait lui-même, il manquait tout de suite de mesure. Mais il se laissait rappeler vite; il était bon, et fait pour tous les genres d'entraînements, s'il avait été moins timide. Sa sensibilité profonde aurait voulu se prendre, mais il craignait tant le ridicule et les propos, qu'il ne voulait rien risquer. Un homme qui n'est pas beau, ni jeune, ni élégant, mais qui a tant de moyens de plaire, doit au contraire risquer beaucoup, jouer son repos. Ces messieurs sauront toujours le retrouver assez vite; mais Béranger, je crois, n'aurait jamais fait cela. Il restait craintif, balotté. Manuel allait lui prêter sa fermeté, mais le monde qui séduisait Béranger le troublait trop; il ne devint calme qu'à la longue. Il eût été trop séduit par les femmes et les profondes passions. Il le sentait. A ce jeu des séductions et des coquetteries, où les deux sexes se plaisent à mesurer leurs forces diverses, leurs armes, le plus souvent avec douceur et bienveillance, Béranger se gardait trop du péril, très-ombrageux, très-fier, très-emporté et superbe.

Jérôme m'emmenait dans la journée, seule au jardin pour causer sur ses sujets favoris, la politique et la morale. Le jour se passait à discourir, et rien ne troubla le plaisir de ce temps, où l'esprit de nos amis, le génie de Béranger, et une séduction à peine encore avouée, charmaient un cœur qui venait de s'ouvrir si vivement au sentiment de toute chose.

Retournée au Vallon, je racontai à Laure ces amusements qu'elle n'avait pas partagés, et j'y passai encore quelques jours délicieux, les plus tendres que j'y eusse jamais passés.

Nous étions presque seules, je lisais Daunou, Guizot, O'Meara sur l'empereur. J'y jouissais d'une amitié incomparable. Jamais Laure et moi nous ne fûmes si unies, si parfaitement charmées ensemble. Notre solitude rendait notre attachement plus réfléchi et plus aimable.

Hélas! Le Vallon allait sortir de ses mains! forcée de le vendre pour arranger les affaires de son mari, nous ne nous y réunirions plus! Un souvenir éternel fut attaché pour moi à ces bois heureux, à ce Vallon, à cette chambre, à cette galerie, à ces endroits consacrés, où j'avais si bien connu l'amitié, où la fraîcheur des premières émotions restait sans pouvoir plus renaître, et qui gardaient dans leur muette enceinte les premières, les douloureuses et chères impressions de ma jeunesse. Là, j'avais compris une femme qui me dépassait, qui m'instruisait. Je ne pouvais pas souffrir comme elle; je n'avais pas sa puissance; les questions publiques ne me trouveraient jamais si forte et si dévouée.

Ce Vallon révélateur, eut selon les temps, un sort très-divers! Mais entre les moines blancs qui l'habitèrent d'abord, et dont quelques-uns furent sensibles, entre ces heureux depuis qui le firent retentir de tant de fêtes, jamais on ne vit rien de si beau ni de si touchant que Laure; mais elle ne viendra plus dans ces bois retrouver les souvenirs de sa vie : le foyer, le vrai foyer, celui où l'on fut heureux, où l'on fut aimé, ce foyer lui est ravi, et ses jours désormais s'écouleront dans des maisons nouvelles qui n'auront vu que ses ennuis!

CHAPITRE III

Mon cœur près de Laure s'était enivré, mais séparée d'elle et dans l'innocence d'une indifférente vie, j'éprouvai dans ma santé une profonde altération; et bientôt des tourments, déjà décrits par d'autres femmes, vinrent comme pour m'annoncer les chers devoirs de la morale et de la tendresse où Dieu nous appelle. Avant ce temps-ci, et quand je n'avais que dix-huit ans, la duchesse de Raguse m'avait proposé un mariage avec un jeune homme de sa société; elle aurait tout arrangé. Ce jeune homme ne me plaisait pas. Je refusai aussi un homme de la noblesse, assez célèbre par son talent littéraire, mais âgé de cinquante ans. On ne me demandait pourtant que de tenir un salon d'esprit sans nul soin du ménage. C'était un ami de la duchesse de Raguse et de Laure ; j'avais vécu près d'elles. Je supposais que le temps amènerait un mariage plus aimable; je me fiais à l'existence, mon caractère restait gai et serein. J'étudiais beaucoup. J'écrivais des *lettres sur les ouvrages de madame de Staël* qui étaient comme un cours sur la morale, les passions, leur danger, et le sort des femmes.

Je vivais alors chez madame la comtesse Bertrand, femme du général Bertrand, qui, informée des démarches que j'avais faites pour aller la rejoindre à Sainte-Hélène, m'avait confié l'éducation de sa fille. Laure m'avait présentée à elle, et avait conduit cet arrangement qui me fixait à Paris près d'elle, car la maison du général et la sienne étaient voisines.

Je trouvai, chez madame la comtesse Bertrand, les souvenirs de l'empereur, dont mon enfance avait été si enchantée, mais c'était, après sa mort, comme une dérision à mes anciens rêves. Ces rêves n'étaient plus. Déjà un jeune homme était venu s'attaquer jusqu'à l'esprit même de l'empereur, et me faire réfléchir sur son règne. Jérôme niait cette grande intelligence qu'on croyait à Napoléon.

Madame Bertrand me raconta bientôt que son mari lui avait dit : — C'est bien heureux pour cette jeune personne que le sort l'ait préservée de venir à Sainte-Hélène ; son élévation d'esprit eut rendu l'empereur très-amoureux. Eût-elle su résister? Il nous eût obligés tous à plier devant elle puisque c'était sa manière d'aimer. — Je rapporte soigneusement ces paroles, car elles justifiaient les rêves passés de mon adolescence.

Je dinais tous les dimanches chez Laure, où je me plaisais parfaitement, et où je rencontrais le rival près de

moi de Napoléon. C'était chez Jérôme tout un autre ordre
d'idées que celui qui m'agitait, et par cela même il m'é-
tait secourable. Sa pensée dédaigneuse, dirigée toujours
au-dessus de la vie commune, ne comptait sur la terre
que la moralité et la raison souveraine. Si je disais que
je m'ennuyais un peu chez madame Bertrand, il s'en
étonnait puisque je pouvais y étudier en liberté.

Le mois de juin me fut très-douloureux; il pleuvait;
la saison était mélancolique, pleine de vagues et tristes
émotions. La maison de madame Bertrand était au milieu d'un jardin, où nous avions une verdure agréable,
et quelque bruit de la pluie et de l'orage. C'était la
petite maison du général Bonaparte (rue de la Victoire),
à son retour d'Égypte. Les diverses impressions du ciel
me troublaient. Une jeune amie Irlandaise que j'avais
alors, était encore plus triste et plus agitée que moi.

Madame Bertrand accoucha bientôt d'un troisième fils.
Cet événement m'intéressa; jamais je n'avais vu ces détails de la naissance, et jamais il ne fut de mère plus gracieuse ni plus tendre. Je me calmai dans mon ennui seulement à la regarder prendre si doucement son enfant des
bras de la bonne (car elle le nourrissait), et lui donner
des soins qu'elle aimait tant de lui rendre. Mon goût
pour les petits enfants lui plut; il y avait un fond de
sympathie entre nous. Comme mon chagrin n'avait pas
de motif, je jouissais souvent délicieusement des émotions causées par ce qui m'entourait.

Madame la comtesse Bertrand (née Dillon) était pleine
de grâce, et avait le langage le plus élégant. Je n'ai
jamais vu de femme qui m'ait le plus donné l'idée de
la distinction et de la grandeur dans les manières, et
cela avec beaucoup de charme, de naturel, sans nulle
prétention ni nul apprêt. Elle disait le mot élégant et le
mot à propos, mais jamais le mot recherché. C'était la
femme de la plus haute civilisation, celle qui revient à
la nature et à la simplicité. Sa passion pour son mari,
pour ses enfants était violente, car c'était une passion;

on sentait en elle une origine de flamme, une origine créole. Son caractère était fier, indépendant, très-généreux. Quoique d'une santé délicate, elle était trèsrieuse. Elle était très-grande, et sa tournure très-distinguée, avec une jolie main et un très-petit pied. En septembre, elle partit pour ses terres, en Berry, en me laissant un mois de liberté que j'allai passer à Surpré, où madame de Surpré, tante de Jérôme, m'avait fort invitée. Je vis Laure avant de partir; mais tout est changé! Laure aussi me trouve distraite; je ne sais plus retrouver nos anciennes conversations. A Surpré, pareille tristesse; mes impressions étaient sombres, affreuses. Jérôme, malgré son calme et son esprit, ne les changea pas d'abord. Cependant il m'emmenait dans de longues et lentes promenades dans le jardin, où il me disait mille belles choses sur l'histoire, sur les hommes qui l'écrivent, sur ce que ceux-ci devraient garder une pureté, une vertu qui pussent du moins se retrouver dans l'écrivain si elles n'étaient pas dans les événements qu'ils racontaient. J'avais écrit ces longues conversations; elles me firent enfin un grand bien. Jérôme réveilla mon attention et mon courage.

Je ne trouvais pas en lui l'esprit français, l'esprit léger et riant où j'étais habituée, mais quelque chose de nouveau, de grandiose, de grave, d'ironique pourtant, d'amer même; mais le tout si haut, si fier, si à part, que, sans me l'expliquer, j'en étais complétement frappée et séduite.

Après un séjour en province je revins l'hiver à Paris; le monde me laissait dans la même tristesse. Laure m'y conduisait tous les dimanches chez madame Davilliers, où se réunissaient alors les députés de l'opposition et la société la plus aimable. Je m'amusais là un moment. Je réunissais autour de moi les hommes d'esprit, et une conversation animée donnait trève un moment à mon vague tourment. Jérôme, à ces soirées, était un des plus empressés autour de moi. Il me disait qu'il fallait s'occuper de la politique et se *faire des doc-*

trines; j'ai su depuis comme ce conseil était bon à donner à la France.

Lettre à Laure non envoyée :

« Vous dites que le génie fait pardonner mais ne justifie pas certains torts. Mais si la sensibilité qui conduit à ces torts, est aussi la source du génie? Se vaincre! Que serait devenu le talent de madame de Staël, de Sapho, de tant d'autres, si elles avaient passé leur vie à combattre? Ce qu'elles ont éprouvé ne valait-il pas mieux que le triomphe dans un tel combat? Là où il y a le plus de vertu, c'est là où il y a le plus de sensibilité, et où même cette sensibilité ?

« Je ne sais rien, je cherche, je voudrais me rendre compte de ma vive indulgence, fixer mes idées confuses. Mais existe-t-il une femme qui ait vu les éclairs d'un sentiment passionné et qui ait dit : *j'étoufferai l'émotion que je pressens.*

« Dans nos sociétés prosaïques et positives, il faut renoncer aux rêves héroïques de la jeunesse. Le sentiment peut, à lui seul, nous consoler, et il faudra aussi l'étouffer !

« Des vers qui expriment ce que le devoir peut faire éprouver de douloureux, sont ces tristes vers de Phèdre :

Je respirais, Œnone, et depuis son absence
Mes jours moins agités, coulaient dans l'innocence.
Soumise à mon époux, et cachant mes ennuis,
De son fatal hymen je cultivais les fruits.

« Vous dites que la morale est absolue, mais rien n'est absolu. Vous la mesurez sur la perfection ou la modération. Ne vaudrait-il pas mieux la mesurer à l'espèce humaine? Je crois que la vertu même est relative, et que le seul vrai précepte est de faire, dans tous les temps, le plus de bien et le moins de mal qu'il est possible. »

J'écrivais aussi :

Que de révolutions, que de mouvements peuvent se passer dans l'âme sans qu'il y ait ni mouvement ni agitation autour de nous! Tel homme a été jeté dans les événements de son pays qui a été moins occupé, moins animé que tel autre qui est resté à l'écart. Rousseau a plus éprouvé, plus pensé que le maréchal de Turenne, à la tête des armées.

—

Si le monde était peuplé de gens d'esprit, les institutions seraient tout autres; les erreurs sans nombre n'existeraient pas; la liberté et la justice régneraient seules.

—

La jeunesse apprend tout séparément; ce n'est qu'à la longue qu'elle s'aperçoit que tout se lie et qu'elle parvient à voir les choses dans leur ensemble.

—

L'amitié ne se prolonge pas seulement par sa constance, mais parce que le premier attrait qui l'a formée se renouvelle chaque jour.

—

La disposition à réfléchir s'annonce assez souvent par de la fatigue et de l'impatience; quelquefois on pense à soi et à ses amis, et ces idées mènent à d'autres plus étendues. Alors la fatigue, l'impatience disparaissent. On devient sérieux et appliqué, le travail est d'un intérêt extrême, le plaisir l'emporte sur la difficulté; le calme et la joie renaissent, et on éprouve le plaisir de penser.

—

Dans les déterminations qu'on prend, il y a quelque chose de plus que la raison et le penchant. il y a un certain instinct indéfinissable qui vous retient ou qui vous pousse.

—

Elle a besoin du mouvement et du monde pour jouir dans la solitude de ses pensées et des lettres, et ce qu'elle aime le mieux dans l'agitation, c'est le plaisir qu'elle en éprouve à se retrouver seule.

———

Une personne d'esprit, en se pliant aux choses imposées, leur imprime son caractère, et tire parti des événements qui eussent été sans fruit pour d'autres. Il ne faut donc pas s'inquiéter d'entrer dans la vie comme elle est; en subissant en apparence le sort des autres, on aura un genre de vie tout différent; les biens qu'on cherche, on les porte en soi. Ce qu'il faut, c'est du mouvement pour les animer, ce mouvement ne se trouve que par le monde.

———

Je veux m'expliquer tout; je cherche la cause de ce qui se passe en moi et hors de moi. Où me mènera ce travail continuel? A quoi bon? Je suis faite ainsi. Est-ce un bien?

———

Un trouble, un tourment qui attaque la raison même. Le découragement de la vie et de ce qui la fait aimer. Ennui profond. Regret amer et douloureux, besoin de s'affliger et de répandre des larmes. Puis tranquillité douce et parfaite, contentement passager. Une joie immodérée, dont les mouvements tiennent à l'extravagance, à la folie, et qui promet une vie de bonheur et de transport.

Le lundi 30 juin 1822, un mélange de toutes ces choses; le temps était à la pluie et mélancolique : le matin agitation et souffrance insupportables, ensuite calme plein de douceur, puis tristesse profonde et idées douloureuses. Enfin à dîner, et le soir, vif sentiment de plaisir et joie complète d'exister.

Ce jour a été une vie entière.

Février 1823. La moindre chose, le bruit, le froid fait mal; tout à coup des idées imprévues et l'effroi, si on vous touche en passant, toute votre personne souffre.

La terreur irréfléchie est des plus puissantes. C'est le

triomphe de la création qui a tout arrangé pour qu'on voulût sortir de cet état à tout prix. La réflexion s'éteint. Il semble que la tête perde sa vie. On ne sait plus si on va rester soi-même. Frisson plein de sensation qui n'est privé ni de charme ni de sensibilité.

Cette oppression (car on ne peut plus respirer), ce tourment est sans doute ce qu'on éprouve au sommet d'une haute montagne, là où l'air vital manque, et où l'homme va mourir.

Ces situations s'observent quand elles sont passées, mais tant qu'elles durent elles sont effrayantes.

Rien ne fait mieux voir l'intime liaison de l'âme et du corps que certaines impressions de cet état, que ces émotions unies à une souffrance physique et produites visiblement par elle.

« O tristesse! dit Young, c'est dans ton école que la sagesse instruit le mieux ses disciples! »

—

Les institutions naissent du besoin des peuples, mais elles ne sont pas toujours ce qu'il y avait de mieux pour le moment ni surtout pour préparer l'avenir. Elles peuvent même devenir dans la suite un empêchement aux progrès naturels. C'est le fait des hommes de génie de prévoir.

—

Si le monde était tel que je croyais, je serais désolée de ne pas faire les grandes actions que je rêvais; mais le monde est autre, ma conduite peut être autre; je ne cherche point l'impossible, et mille choses consolent d'ailleurs. Oui, pour qui sait sagement diriger son cœur et ses actions, le bonheur existe.

—

Il n'appartient pas à tout homme d'imaginer de se vaincre, mais il appartient à tout homme d'apprendre à se vaincre d'un autre ou de la morale publique.

—

La perfection c'est de dépendre des choses et non des hommes. De connaître son devoir en lui-même, indépendamment des circonstances. Mais alors vous rendez la morale bien plus absolue que vous ne vouliez.

———

Heureux jusqu'ici par son intelligence, il est fatigué du repos, car le sentiment ne vient pas remplir sa vie. Peut-être y a-t-il un moment où l'esprit a accompli tout le travail qu'il peut faire sur les livres, et où il lui faut les combinaisons de la vie active pour s'exercer. S'il commence l'ouvrage qu'il projette, alors il aura un but de travail. C'est ce besoin d'un but qui conduit les hommes d'esprit à se donner une étude quelconque lorsque l'imagination ne les inspire pas. Le moment arrive où ils ont épuisé les connaissances qui se trouvent dans les livres, et où ils veulent appliquer leurs idées.

———

Le philosophe doit tenir compte des choses, encore qu'il ne les éprouve pas. La sensibilité, la violence, la colère, les passions sont des choses réelles. Entre les conseils qu'il m'a donnés, il y en a de salutaires, mais quand il m'a dit *étudiez cinq ans où vous êtes*, il n'a tenu aucun compte de mon âge, de mes penchants.

———

Si c'est pour toujours qu'il part, je comprendrai comment il vaut mieux ne connaître jamais certains biens qu'on doit perdre. Où trouver un tel esprit? Il ne s'est fait entendre que pour me laisser l'impression qu'il y a mieux que tout ce que j'entendrai jamais. Qu'il reste ou qu'il me rende les premiers enchantements de mon ignorance.

———

Si je l'aimais, ce serait pour son esprit et son caractère, et cependant je l'aimerais passionnément. Serait-on heureux par un tel sentiment? Il vaut mieux écouter la raison, et n'avoir pour lui que l'amitié dont il est capable.

———

Je voudrais savoir pourquoi l'Asie est stationnaire quand l'Europe ne l'est pas? Les hommes n'ont-ils pas des passions qui les agitent de même? Quelles sont donc les causes du mouvement de l'Europe?

—

Quand on dit : O vertu! on pourrait dire : O sentiment! car la vertu c'est du sentiment.

—

Je ne connais qu'une personne dont les discours me calment. Je m'élève à leur hauteur, je me détache de moi-même, les idées sont si nobles qu'on est subjugué par elles. Ses conseils sont impossibles à suivre, mais l'élévation et la force qui les dictent me font un bien extrême.

—

Plus j'avance, plus je deviens indépendante. Je ne connais pas une seule personne au monde par qui je me laissase entièrement guider. Les uns manquent de caractère, les autres de connaissances, etc. Je me forme des idées qui me soient propres. Je m'attache aux choses, aux principes, et je me détache des individus. Resterai-je dans cette belle indépendance? Du moins puis-je donner mon cœur sans donner mon esprit. Ah! tout âge doit avoir son bonheur, et quand les passions sont finies, on n'est pas à plaindre de pouvoir n'aimer plus que la vérité.

—

Une passion qui m'arriverait, suspendrait pour ainsi dire ma vie. Mes projets, mes craintes seraient interrompus. Je ne voudrais qu'une pensée, qu'un sentiment : *Ce serait vivre.*

—

Occupée dans ce moment d'une personne qui a de l'esprit, mais point de sensibilité, j'ai voulu chercher dans Rousseau un homme différent. Ce qui faisait la faiblesse de l'un, c'était de la puissance pourtant. Ce qui fait en partie la force de l'autre, c'est l'absence de cette puissance. Ainsi la faiblesse naît de la force, et la force de la faiblesse?

—

Les gens faibles ont éprouvé des émotions, des plaisirs assez vifs. Ils ne savent pas se les rappeler, les regretter, les vouloir. Ils vivent au jour le jour.

—

Mes cahiers contenaient d'assez longues considérations sur la politique en Angleterre, en France; sur le crime et l'organisation du criminel, sa responsabilité, etc. Il y avait des aperçus sur la société, la province, etc., etc.

J'avais aussi écrit le caractère de plusieurs de mes amis, celui de Jérôme que je ne connaissais qu'imparfaitement, celui de quelques femmes que je connaissais bien, celui de Fabvier et d'autres personnes.

Madame Bertrand s'apercevait que j'étais souffrante, elle me dit un jour qu'il fallait que je me mariasse.

— Vous êtes malade, me dit-elle, très-malade; ne vous en effrayez-vous point? Vous allez mourir. — Je ne croyais pas cela. Je n'ai jamais eu la moindre crainte sur ma santé, je ne la croyais altérée qu'en passant.

Jérôme devait rester encore en France avec son père et passait l'hiver à Paris chez madame de Surpré. Sir John Ervel, son père, était un catholique fervent, appuyant sa politique de sa foi, et sa foi de sa politique : frappé des hautes qualités de son fils, il y attachait la plus grande ambition, mais il laissait son fils libre d'aller dans le monde, sans contrarier sa jeunesse, ne lui faisait sentir que rarement son autorité, et ne le pressait point de se lier par des vœux qu'il ne devait prononcer qu'à leur retour à Rome.

CHAPITRE IV

Un soir chez madame Davilliers, je causais avec Jérôme, je lui dis quelque chose qui le choqua sur la morale politique; il releva mes paroles; c'était encore dans le genre de cette première conversation sur Frédéric II que j'avais eue avec lui au Vallon quelques années avant, la première fois que je l'avais rencontré. Nous nous quittâmes, lui mécontent, et moi inquiète de son blâme; je le voyais là tous les dimanches, et nous causions ensemble presque toute la soirée. En rentrant je lui écrivis pour m'expliquer. Je disais que se servir de l'immoralité en politique, c'était employer, pour construire, des moyens destructeurs, et que sans doute il ne m'avait pas bien comprise. Le jour suivant, je sortais vers deux heures, lorsque je le rencontrai près de la maison; je lui dis que je venais de lui écrire une longue explication; il me la demanda; je la lui promis, et quand je le revis le dimanche suivant, il vint et me dit tout bas: — Savez-vous que vous m'avez écrit une très-belle lettre? — Est-elle belle, je n'en savais rien? — Il me dit qu'elle était belle, vraie, excellente; il avoua ne m'avoir pas bien comprise l'autre fois, et me demanda à venir me voir chez madame Bertrand. Je le lui permis, et il commença à venir me faire visite quand j'avais fini mes leçons. Nous causions de choses glacées et politiques; cependant je l'aimais sans me l'avouer, il était un Dieu pour moi; son esprit et sa vertu, sa jeunesse et sa beauté en faisaient ce que je pouvais rencontrer de plus séduisant. Il était beau, avec une expression grave et noble, intelligente et gracieuse, mais je n'osais voir sa beauté, je ne voyais que son mérite. Je pensais à faire quelque mariage ordinaire qui me donnât la liberté, et à consacrer ma vie à lui plaire, à le rendre sensible. Ce dessein eût fait horreur à sa vertu; ainsi je n'osais m'y livrer. Le printemps était mélancolique;

nous étions au mois d'avril; un soir, le 25, chez madame Davilliers, il me dit qu'il venait trop chez moi, qu'il me voyait trop, qu'il craignait un danger. — Un danger, lui dis-je, lequel? — Ah! vous m'avez compris, reprit-il. — Non, expliquez-vous! j'avais compris, mais j'aurais voulu qu'il s'expliquât mieux, et bien savoir mon sort. La soirée finissait, il n'en dit pas plus. Je rentrai chez moi dans un état d'agitation et de bonheur que je ne saurais exprimer. Je me couchai brisée, et je m'endormis bien tard, en souriant, réveillée, rendormie, toujours en souriant. Le lendemain en me levant, à ma toilette, j'étais comme stupide; je restais à me coiffer, à m'habiller comme si je ne savais pas ce que je faisais; plusieurs fois ma petite élève, très-aimable pour moi, mais très-étonnée, me dit : — Qu'avez-vous? que faites-vous?

Vers deux heures il entra. Il savait les heures où j'étais seule. Il était paré dans son habit de prélat, très-soigné dans sa personne, d'une beauté charmante et touchée. Il s'assit troublé, me regarda parfois les yeux en pleurs et sans rien dire. Moi je restai comme lui, silencieuse, dans un grand trouble, moins rassurée et moins ravie qu'en son absence. Il ne dit que peu de mots, sortit sans avoir pu s'exprimer, et deux ou trois jours il revint sans en dire plus. Il choisissait les heures où j'étais seule, où ma petite élève était près de sa mère. Enfin il s'exprima! Il me dit que cette passion déciderait de sa vie, qu'il en était pénétré, que jusqu'ici il n'avait pas vécu, qu'il n'avait rien su, rien senti, jamais aimé, jamais connu son cœur, mais qu'aujourd'hui il était enchaîné à jamais.

Je l'écoutais sans savoir répondre, mais il lisait mon amour dans mon trouble, dans mes yeux. Pour l'amener là, j'avais cru qu'il fallait des années, des soins, et il venait se livrer avec simplicité! Cette déclaration confondait ma raison; je restais comme enlevée à moi-même. Aucune idée d'ailleurs, aucune réflexion ne m'était plus possible; aucune occupation, machinale même, ne se fit avec ordre. Dans le salon, à table, à la promenade, une distraction profonde me séparait du reste de l'univers; cette vie dominée, ces cahiers où je cherchais de rendre mes idées, où étaient-ils? D'une vie lente, analysée, ennuyée, je tombais dans un autre extrême! L'infini, ouvert devant moi, ne me laissait plus rien voir du monde existant ; je cherchais d'être seule et de me cacher ; avec la conscience de cet état singulier, j'évitais de me montrer.

Étonnée plus encore de son aveu que de son amour, je n'aurais pu imaginer en lui qu'une passion combattue. Cependant quelques mots de lui que je me répétais, brisaient mon cœur et tout mon être. La pensée d'un tel bonheur, d'une telle gloire, était plus forte que moi, je ne pouvais la supporter. Je croyais rêver; je cherchais si c'était bien la vie et le jour. Si entre tous les souhaits possibles on m'eût permis d'en faire un seul, si le ciel voulant me rendre la plus heureuse des mortelles, m'eût permis d'exprimer un vœu, j'eusse demandé d'être aimée de Jérôme.

Je me sentais seulement trop peu d'esprit pour lui, trop peu de valeur; je me sentais devant lui trop faible et trop timide.

Trois jours de suite il vint me voir, m'interroger en tremblant ; il avait perdu son assurance. Le quatrième jour il me dit que sa vie s'était élevée et simplifiée, qu'il avait atteint une existence nouvelle et inconnue qu'il ne saurait encore peindre ; alors je sortis de mon silence, et je lui appris que ce que j'avais le plus désiré au monde c'était d'être aimée de lui. Il m'écouta sans rien dire, mais fort ému. J'ajoutai : — Je crois qu'être aimée de vous, doit m'élever à la plus grande hauteur morale où il me soit permis d'atteindre. J'attends de vous le perfectionnement et l'estime de moi-même; formez-moi pour vous, et je serai tout ce que j'espère. Il me fit répéter deux fois ces paroles ; il parut en éprouver un bonheur profond. Au moment de me quitter, il me dit : — Vous m'avez dit des paroles que je n'oublierai jamais, ce jour est sacré pour moi. Cependant, si dans l'entraînement et le trouble de vos pensées, vous avez dit plus que vous ne vouliez dire, s'il y a la moindre exagération dans vos paroles, rétractez-les, je vous prie, je veux n'emporter d'ici que la vérité. — Je confirmai ce que j'avais dit, mais aussitôt je me rappelai combien son aveu m'avait paru étrange, je le lui avouai: — Je voulais, j'espérais ce blâme, dit-il avec joie et énergie, c'est bien, c'est vrai, mais je suis sans remords, je n'ai pas de remords! Il ne s'expliqua pas davantage.

A présent, qu'on juge de mon bonheur ; moi arrivée du comble de l'ennui et de l'isolement, à cette élévation extraordinaire! Combien peu d'amants se sont parlés ainsi, et ont cherché dans l'amour la sorte de bonheur que nous cherchions !

Qu'on se rappelle mon sort de tout à l'heure! Dans cette intéressante, mais souvent pénible étude des écrits de madame de Staël, dans cet idéal cruel de la passion, dans cette sensibilité qui devenait un supplice atroce, ce peu d'espoir de trouver rien pour me plaire; l'homme que j'admirais le plus, celui-là seul dont la raison calmait mon trouble, celui-là seul dont, sans l'espérer, je me fusse souciée d'être aimée, et dont l'amour me semblait un bien au-dessus de tous les biens mortels, celui-là vient me dire qu'il m'aime! Et dans quel langage! De quelle manière!

Pour ce bonheur si grand, je dois bénir à jamais Dieu, Dieu qui donnait ici l'impulsion à toute ma vie, Dieu qui m'arrachait à mes tourments par l'aveu d'un homme admirable! Qu'importe qui je suis? Je n'ai nul droit d'occuper mes semblables de moi. Mais voici une créature humaine, arrachée des abîmes et conduite au ciel! Quelques femmes y trouveront peut-être leur propre histoire. Il m'aimait! Et moi j'avais voulu consacrer ma vie à le rendre sensible! J'avais pensé que si, dans l'avenir, il mourait le premier, rien ne resterait plus pour moi sur la terre, et que je ne voudrais plus vivre !

Cependant, ce bonheur si grand du côté de la passion

et de l'esprit, promettait un malheur égal de séparation, de privation.

Comblée d'un si grand bonheur, je ne voyais le reste que confusément. Mais je n'osais presque parler à Jérôme : la gêne existait entre nous. Nous nous imposions tous deux. Son esprit m'intimidait ; l'amour ajoutait à notre embarras ; nous restions ensemble silencieux et troublés. J'avais besoin du temps pour sentir ; tout m'était là nouveau ; Jérôme en savait plus que moi, mais son langage n'était pas le langage vif et empressé des amants ; sa sensibilité profonde avait un langage grave et touchant.

Jérôme avait vingt-huit ans, mais depuis qu'il aimait, il semblait si jeune ! Ses manières, son embarras avaient si bien le caractère de la jeunesse ! Qu'étaient devenues ces pensées par où il m'entraînait avec lui au-dessus du reste des mortels ? Nous semblions deux enfants. Nous étions troublés à la moindre parole ; je rougissais au moindre regard. Ainsi le ciel et la nature, qui s'étaient vus jugés et expliqués par lui, avaient pris plaisir à nous confondre, et avaient embrasé nos âmes imprudentes de feux redoutables !

Les yeux noirs de Jérôme étaient beaux, mais jusqu'ici ils n'avaient rien exprimé. Ils parlèrent un nouveau langage ; c'était des yeux du midi ; ils respiraient l'amour des climats brûlants, voisins de l'Afrique ; chargés de langueurs, ils exprimaient une profonde ivresse.

J'avais d'ailleurs des doutes sur moi-même et des inquiétudes. Je jurais un amour éternel, qu'en savais-je ? Pouvais-je sitôt répondre de moi ? Jérôme était si convaincu qu'il m'entraînait à une même confiance ; mais je ne la gardais pas toujours ; puis je me faisais scrupule de la perdre et de ne pas lui avouer mes inquiétudes, qui étaient si vagues pourtant que j'aurais rougi de lui en parler.

Je me rappelle un jour alors où j'allai avec madame Bertrand voir Laure vers six heures ; Jérôme était là ; nous ne nous parlâmes que par nos regards ; ce fut une rencontre imprévue et charmante. Le printemps était doux et m'était devenu agréable. Tout ce temps était plein d'enchantement. Une telle agitation morale avait donné le change à ce tourment habituel qui m'était si dur; Jérôme parlait de me respecter toujours. Il me dit des paroles qui me surprirent à une soirée chez madame du Vallon qu'il passa toute près de moi. Il me dit qu'il désirait encore plus mon bonheur que mon amour, parole singulière; que voulait-il dire? Pourquoi alors m'avoir avoué qu'il m'aimait! N'avait-il donc ni la force qui fait qu'on résiste, ni celle qui fait qu'on cède? Mais pouvait-il être faible ou léger? Que venait-il offrir? une passion sublime et combattue? Puisqu'il n'éprouvait pas de remords, passait-il à mes idées et rejetait-il cette sévérité un peu aveugle qui avait convenu à sa vertu première? Il ne s'expliquait pas là-dessus, mais il me demandait si j'aurais du courage. Je disais oui.

Bientôt, à une autre soirée chez Laure, il se montra plus passionné qu'il n'avait encore été. En arrivant, je causais avec quelques hommes devant la cheminée, et il était assis près de nous. Il entendit nos rires, et leva sur moi des yeux les plus expressifs et les plus sévères à la fois; c'était un tendre et violent reproche de ce que les propos de ces hommes m'amusaient. Combien ce regard fut beau! Il me reprochait beaucoup d'avoir une cour, et se moquait fort des gens qui m'entouraient.

Plus tard, dans la soirée, il me dit, enivré, qu'il fallait fixer un jour de départ, que nous fuirions ensemble, qu'il était décidé.

Trop remplie de ses sages leçons pour l'approuver, je le modérai; j'osais à peine envisager ces idées-là. Du moins fallait-il essayer nos caractères.

Jérôme se plaignait de ne savoir pas encore m'exprimer ses sentiments. Il commença à m'écrire.

Les premières lettres d'amour de ce prélat romain furent écrites en anglais. Il écrivit ensuite en français. Il disait : « Jusqu'à présent les émotions se sont tellement multipliées, que la forme de l'expression dont elles doivent se revêtir n'a pas pu les atteindre, la parole n'a pas eu le temps même de naître à côté d'un sentiment qui se reproduisant de mille manières, semble destiné à échapper toujours à la définition.

« Mais on aura le pouvoir de dire un jour ce qu'on a aujourd'hui la force d'éprouver, et on le dira avec toute cette force. »

Il m'écrivit une longue lettre en anglais pour m'assurer de sa fermeté.

Ses lettres devinrent alors plus fréquentes, car il partit pour Surpré, mais il venait souvent à Paris. Il craignait les conseils qu'on pourrait me donner sur le danger de cette liaison ; il craignait ses propres amis qui étaient les miens : « On ne vous parlera pas de votre intérêt, m'écrivait-il, on vous parlera du mien ; on en appellera à votre générosité, on s'armera de vos propres armes pour les tourner contre vous-même. Ce sont mes amis, mes propres amis, ceux que j'aime et estime le plus, qui seront mes ennemis les plus redoutables. Défiez-vous de leurs conseils perfides ! Souvenez-vous d'une chose, si vous voulez réellement mon bonheur, à jamais inséparable du vôtre, c'est qu'il faut m'en laisser l'arbitre suprême ; c'est le cas unique ; il n'y en a pas d'autre où il faille être juge dans sa propre cause. Il n'est pas question de ce qui doit être mais de ce qui est, de ce qui n'est plus susceptible de changement. »

Il doutait de son ancienne vertu ; il disait : « Je sens que je ne suis pas à l'abri d'une faute, d'une grande faute, d'un crime, peut-être. A peine autrefois croyais-je à la tentation ; céder me semblait impossible. Mais j'ai entrevu la route par laquelle on peut se perdre, et si je ne m'y suis pas précipité, c'est que j'aurais entraîné dans ma chute une autre que j'aimais mille fois plus que moi-même.

« Il fallait une influence égale à celle qui m'a séduit pour me sauver ; il fallait cette influence pour me séduire, mais dans un sentiment comme celui que j'éprouve, il y a mille ressources, et je ne conçois pas comment je pourrais regretter un attachement qui me met à une épreuve à laquelle peu d'hommes ont résisté. »

Dans d'autres lettres il me pria de lui confier mes impressions, mes peines : « Les miennes sont à vous, disait-il, entièrement à vous, mais tout vous appartient, et je ne saurais rien vous soustraire, car rien ne m'atteindra dorénavant d'une manière durable que par vous. Je suis tellement abrité par votre amour, je me sens si fort de sa possession, que je puis, mieux qu'un autre, me rire de la fortune ; vous êtes seule ma destinée, et je n'ai point d'autre superstition.

« Oui, régnez, régnez ; que votre empire soit sans limites et sans fin. Si jamais être humain a été fier de sa liberté, je le suis de ma servitude ; je les porte orgueilleusement, ces chaînes qui me lient éternellement à vous. »

La passion avait complété sa pensée et laissé loin les jouissances de celle-ci ; il ne comparait pas leur empire.

« La passion seule, écrivait-il, révèle ses propres secrets, ensevelis pour toutes les autres facultés de l'âme. Dans la passion, tout est nouveau et imprévu, tout frappe inattendu avec la force de la conviction intérieure. C'est la mer sans rivage, sur laquelle on navigue sans pilote, toujours battu par la tempête, toujours étonné de n'avoir pas péri.

« Croirait-on d'avance qu'une si faible machine suffirait à tant d'émotions ? »

Un jour de pluie il m'écrivait : — Je regarde de la fenêtre ce temps que vous aimez ; mais qui ne se laisse pas approcher de trop près.

Il me suppliait de combattre la douleur : « Oui, vous serez courageuse, écrivait-il, et vous repousserez la douleur comme l'injustice, vous la repousserez comme l'ennemie de celui qui vous aime, qui vous aime uniquement, qui ne veut de l'affection de personne, car il est si jaloux de sa passion pour vous, qu'il craindrait qu'un sentiment tendre pour qui que ce soit, ne fût pour vous une injustice. Ayez donc des amis, ayez d'autres affections, je ne le blâme point, je l'approuve ; mais permettez-moi de n'aimer que vous, car je ne peux aimer que vous.

« D'ailleurs, les douleurs qui viennent d'une passion aussi élevée que la nôtre, ne sont pas des peines communes, et c'est bien quelque chose que d'être à l'abri de la sympathie vulgaire, sa pitié, sa consolation ! »

Dans une de ses courses à Paris, il me conseilla de réfléchir, de prendre bien mes résolutions. Je lui écrivis aussitôt pour rompre avec lui, je lui dis que, puisqu'il parlait de réfléchir et de se décider, il fallait se décider tout de suite. Ne méritait-il pas cette punition ? Il me répondit de la campagne avec violence, qu'il n'avait jamais pensé à rompre ; mais, que j'étais libre, que son dessein, au contraire, était, si j'avais trop souffert, de rompre avec l'Eglise, que sa résolution était prise, mais que j'étais libre, que j'allais renaître et retrouver ma cour habituelle ; que je n'étais ni forte ni passionnée, qu'il m'avait cru un caractère au-dessus des autres femmes, mais que je ne l'avais point, etc. Il vint à Paris indigné. Nous nous expliquâmes. Je lui demandai s'il n'avait pas bien mérité cet adieu ? Il comprit alors que je n'y avais pas cru. Il retourna à la campagne, encore plus épris, et il m'écrivit ainsi sur cette rupture passagère :

« Si vous m'aviez dit : — Je romps, parce que c'est mon intérêt de rompre, — je n'aurais pas pris vos paroles au sérieux, mais quand vous me disiez : — Je romps, parce que c'est dans votre intérêt à vous de rompre, — et quand vous appuyiez votre résolution de je ne sais quelles paroles échappées à moi, dans je ne sais quel moment, je me dis alors : Une idée exaltée, quoique fausse, égare son sentiment véritable, l'âme malade impose son joug au cœur et fait taire ses plus chères affections ; l'idée trompeuse, mais sincère d'un immense sacrifice, d'une abnégation incomparable, d'une générosité héroïque me tue, on se dévoue pour me sauver ; mais ce dévouement me coûte la vie.

« La vie est donc impossible pour moi où elle est séparée de votre amour, car votre amour, c'est ma vie ; chaque pulsation de mon cœur, répond aux battements du vôtre, vous êtes l'écho de mes émotions, mais l'écho qui me renvoie l'existence ; si mes paroles et mes regards restaient sans réponse, je me tairais aussitôt, et je ne regarderais plus, je ne peux vous rendre que ce que je vous ai emprunté, je suis riche de vos inspirations, de vos joies, de vos regrets, je n'ai pas de bien à moi ni de sentiments à moi, ni rien qui constitue une existence à part ; la sympathie même est devenue un sentiment identique, la diviser, ce serait la détruire.

« J'éprouve dans ce moment-ci tout le calme que donne la conviction d'un sentiment impérissable quoi qu'un mouvement déraisonnable le trouble ; je m'impatiente de ce que vous n'avez pas encore répondu à cette lettre. En attendant, et toujours, je suis à vous au-delà d'expression. »

Il reçut ma réponse, il écrivit : « Tout rempli du bonheur qu'elle me donne, je m'asseois pour y répondre. Je ne vis pas au jour le jour aujourd'hui, mais de lettre en lettre ; il y a des moments de silence où je suis mort. Votre main vient alors me retirer de l'état où je suis plongé : les forces de mon âme prosternées, se raniment et se relèvent ; je vis ! et je reconnais la puissante influence qui me fait revivre, influence douce et divine, si elle venait à se retirer un jour, il ne resterait plus rien pour moi sur la terre.

« Les impressions heureuses maintiennent, en dépit de quelques craintes passagères, toute l'énergie de leur empire ; elles sont mêlées à des jouissances plus grandes encore, jouissances qui défient toute expression, et que mille fois trop heureux d'éprouver, il faut se résigner à ne pas dire :

« Telle est la loi de cette passion inconcevable qui remue la partie la plus secrète de mon existence, qui ébranlé mon âme dans ses fondements, qui signale son approche comme celui d'une vie nouvelle, réunissant sensation sur sensation, impression sur impression, émotion sur émotion, sans relâche et sans repos, me faisant vivre dans un instant plus que je n'ai vécu dans des années, me forçant à douter de mon existence avant de l'avoir connue; en un mot, reléguant impérieusement le passé au néant, en m'ordonnant de ne croire à l'avenir qu'autant que je crois à elle.

« Les yeux fixés sur cet avenir, l'âme remplie de cette religion, je m'abandonne à cette espérance qui colore le moment actuel, qui, d'une main si puissante, adoucit ou efface ses regrets. Ouvrant devant moi un horizon sans bornes, elle remplit l'espace intermédiaire d'une félicité que l'âme a de la peine à comprendre, mais qu'elle redoute seulement son insuffisance à sentir. »

Eussé-je osé espérer que Jérôme parlerait jamais ainsi? Mais je ne m'en étonnais pas trop, je le croyais fait pour tous les mérites. Un jour qu'après ces dernières discussions je lui disais qu'il était *stupide*, il répondit que le *mot était plein de consolation*. Laure le jugeait bien, et me disait mille choses pour me retenir et m'effrayer; elle disait qu'il avait de l'âme, qu'il voudrait s'en assurer, qu'il était exalté, mais qu'il s'inquiéterait et me laisserait. Elle disait qu'il fallait douter de cette grande fermeté sur laquelle je comptais, qu'un complet abandon n'en était pas toujours la preuve. Ces conseils excellents ne me touchaient point; là, seulement, je croyais que Laure se trompait; j'aurais douté de la lumière du jour plutôt que de douter de la fermeté de Jérôme.

L'été se passa ainsi, agité, mais heureux. Ses amis ne me donnaient point les conseils qu'il avait craint. Choisy, le plus intime de tous, me disait au contraire qu'une position exceptionnelle demandait des exceptions.

Laure avait loué une maison de campagne à Sceaux. J'allai passer quelques jours près d'elle avant d'aller à

Surpré. J'avais perdu ce grand trouble qui m'empêchait de l'aimer, et mon amitié était redevenue la même. Je trouvai un grand charme près d'elle; je couchais dans un cabinet de toilette près de sa chambre, et nous avions retrouvé nos longues conversations d'autrefois.

Bientôt je partis pour Surpré, inquiète et entraînée pour complaire à Jérôme et pour le voir. Je me rappelle le jour de mon arrivée. C'était le matin; j'étais troublée. Je me remis bientôt. Jérôme était beau et charmant. Je m'animai enfin, je retrouvai mon assurance. Son père me montrait de l'intérêt, mais il observait beaucoup la conduite de son fils près de moi. Il ne craignait peut-être pas une épreuve qui séparât à jamais son fils des femmes.

Ce séjour à Surpré fut très-extraordinaire. Ce qui s'y passa est presque incroyable. Un homme de vingt-huit ans en présence d'une maîtresse de vingt-deux ans, et qui ne sait ni s'il l'aime, ni s'il doit la quitter, qui par moment l'adore ou la fuit! Certes, il y eût là pour moi de quoi perdre la raison! Moi, ignorante alors du caractère de Jérôme, et qui n'y comprenais rien!

Les premiers jours, il se montra amoureux; il m'emmenait dans des promenades solitaires au jardin, j'y voyais son émotion et son trouble.

Un de ces jours-là, madame de Surpré, sa tante, donna un concert au milieu de la journée; des voisins vinrent faire de la musique. Je me souviens de mon exaltation durant ce concert. Je me croyais moins aimée; je ne pouvais entrevoir, sans épouvante, une telle vie de combats. Jérôme vint derrière mon fauteuil et me parla de nous calmer, de voyager, de nous séparer pour un temps': — Deux ans de séjour en Angleterre, me dit-il, seraient très-utiles pour vos études. Que disait-il là? A quoi pensait-il? Déjà donc, il ne m'aimait plus? Cette musique, cette douleur, tout se confondit. L'idée de le perdre, de m'en séparer pour jamais, le soupçon que cette passion n'était qu'un songe, et n'aurait que la durée d'un songe, me jeta dans un enivrement de pleurs, de tendresse et de regret, où ma sensibilité, contenue durant deux ans, prit un rapide et déchirant essor. La musique double l'exaltation ; elle s'empare des impressions, les augmente, les soulève, les agite ; cette musique, autour de moi, me perçait et me transportait. Cependant je n'étais pas seule, et je sus me contenir. Jérôme, placé en face de moi, me regardait, voyait mon émotion, m'adressait des regards tendres ; mais plus tard il ne sut ni me rejoindre ni me consoler.

Comme je ne le soupçonnais alors d'aucune crainte, d'aucune faiblesse, comme il était pour moi le plus ferme des hommes et le plus intrépide, je n'attribuais sa conduite qu'à un refroidissement naturel.

Le matin, avant que personne ne fût sorti dans la maison, il venait sous ma fenêtre, et m'appelait *le philosophe ;* je lui disais quelques mots de la fenêtre. A peine un mot était-il, dans le jour, échangé entre nous. Nous causions toujours en public, dans le salon. Son visage semblait touché ; ses yeux étaient parfois très-tendres ; mais où allions-nous? Que voulait dire tout ceci? Un jour qu'il était entré un moment dans ma chambre. — Eh bien ! qu'y a-t-il donc? lui demandai-je. Qu'avez-vous? Vous ne me parlez plus ? Il coûtait à ma fierté de reprocher à Jérôme sa froideur. Ainsi je lui dis : — Il me semble que nous nous refroidissons. A ces mots, il baissa la tête, et ses yeux se remplirent de larmes. — Oui, dit-il, je le sentais. — Sa tristesse me rendit la joie, et je commençai à le questionner avec douceur et avec coquetterie. Mais lui me dit : — Nous nous refroidissons! Le mot est cruel, et c'est vous qui l'avez prononcé! Ce refroidissement, il me semble, sera supporté par vous plus facilement que par moi. Vous vous y résignez bien vite et bien gaiement. Peut-être n'étions-nous pas faits pour l'amour... — Il s'arrêta et reprit : — Non, non, vous êtes digne que je vous croie faite pour lui. — Il s'arrêta encore, et pressant ma main avec ardeur et sentiment : — Soyez libre, dit-il, vous m'aimez moins, soyez libre, séparez votre sort d'avec le mien, et puisse le calme renaître pour tous deux ! — Quelque plaisir, en m'écoutant, se mêla à sa peine; mais bientôt il s'arracha à cet entretien, pressa encore ma main, la mouilla de ses larmes et sortit. Pour moi, la joie me subjugua comme avait fait la douleur; j'avais vu les yeux de Jérôme en pleurs, et je sentais que nous nous aimions autant que jamais.

Le soir, comme la société était dispersée dans le jardin, Jérôme s'approcha de moi : — Venez, dit-il, j'ai à vous parler. — Alors il m'emmena dans un endroit assez solitaire. Arrivé là et très-sombre : — Je vous ai parlé ce matin, dit-il, je vous ai rendu la liberté, mais depuis je ne l'ai point retrouvée pour moi. Il me semble que je suis seul sur la terre. — Ici mon aveuglement cessa, mais mon cœur se contint; je questionnai vivement Jérôme. — Ce matin, dit-il, ne m'avez-vous donc pas compris? ne m'avez-vous pas cru ? — Moi, vous croire ! m'écriai-je, moi, vous comprendre! ah ! vous eussé-je écouté comme j'ai fait ! Mais non, vous voulez m'éprouver ; vous ne parlez pas sérieusement, c'est impossible. — Jérôme confirma ses paroles du matin. — Non, non, m'écriai-je, c'est impossible ! — Hélas! reprit Jérôme, croyez-moi, je vous ai dit la vérité. — Non, je ne dois pas vous croire. Une passion telle que vous l'avez montrée, ne peut pas s'éteindre ainsi. — Un moment j'ai éprouvé ce sentiment, un moment j'ai été subjugué, mais je ne suis pas fait pour l'amour. Je peux vivre seul, j'ai besoin de vivre seul. — Mais quand vous m'écriviez des lettres si passionnées, quand vous parliez si tendrement, étiez-vous sincère?... Oui, vous l'étiez, ce langage ne saurait s'imiter. — J'étais sincère, je le fus toujours, et, loin d'avoir exagéré, toujours mon expression est restée au-dessous de mon sentiment; mais ce feu si violent s'est consumé. — Quoi ! repris-je, tant de protestations ! tant de tendresse! Des accents si pénétrants, si touchants! Non, non, je ne dois pas vous croire !

Il persista toujours dans ce qu'il avait dit. Je ne montrai ni douleur ni regret ; ce n'était pas dans ma fierté, je ne laissai voir que ma surprise infinie. — J'ai voulu vous avertir, dit Jérôme, j'ai cru que c'était mon devoir, et je le remplis. — Il ajouta : — Si je me suis pressé de vous parler, c'est que je pense que votre sentiment pour moi est encore dans votre pouvoir. Cependant, je n'ignore pas le mal que je vous fais, mais je sais que vous le préférerez à l'erreur. Quant à ma faute, je ne saurais me la reprocher. J'ai été ma dupe moi-même ; je ne vous ai trompée qu'en me trompant, et aujourd'hui votre douleur sera pour moi sans doute un trop grand châtiment. Tous ces discours étaient si étranges, si inconcevables, Jérôme les prononçait d'un ton si grave, si solennel, que je ne savais plus que penser. Le désespoir commençait à s'emparer de moi. Cet homme me semblait inexplicable. Toutes mes idées sur lui étaient troublées. Il m'imposait et me glaçait. Plusieurs fois je me demandai si tout ceci n'était pas un rêve, remarquant que la teinte du jour qui finissait, était précisément celle qu'on voit dans les rêves ; mais je me disais que c'était bien la réalité ; et comme dans les premiers jours de mon amour, je redoutais que la vérité fût un songe, aujourd'hui je m'affligeais que la vérité n'en fût pas un. Jérôme continua : — Ma faute fut peut-être de changer trop tôt mes idées. Peut-être me suis-je trompé sur mes idées en général, comme je me suis trompé sur moi ; peut-être vous-même n'êtes-vous si passionnée que parce que vous n'avez pas encore parcouru le chemin que j'ai fait ; j'ai aimé plus que vous ; vous naissiez à ce sentiment, qu'il avait déjà en moi toute sa vigueur. C'est vous qui, la première, m'avez dit que *nous nous refroidissions ;* ce mot me fut un cruel avertissement ; peut-être reviendrai-je à mes premières idées, du moins dois-je tout modifier. Il reprit : — Vous êtes un être fort et indépendant. Je ne peux ni vous dominer ni vous retenir. Je ne peux ni vous guider ni vous tromper. Nul bonheur n'est possible entre nous.

Durant ces discours, je calmais la violence croissante de mes sentiments secrets, par l'idée de la mort et d'un éternel repos. Isolée à côté d'un homme qui discutait sèchement sur des choses qu'il ne connaissait plus ; arrachée en un instant à mes croyances et à mes sentiments, un univers plein d'horreur se découvrait à moi ; l'existence sans Jérome me semblait terne, basse et affreuse ; mais ferme en présence du péril et maîtresse de moi, je contins tout ce que j'éprouvais. — Eh bien, dis-je, séparons-nous, dès que vous ne m'aimez plus, je n'ai rien à faire ici, laissez-moi sortir d'une position si gênante et retourner à Paris. Je serais bien aise de rester quelque temps sans vous voir. — Non, ne partez pas, pourquoi cesser de nous voir ? — Et comme j'insistai, il me vainquit par ses prières. — Je tiens à votre amitié, dit-il, me la promettez-vous ? — Je la lui promis. Il me fit répéter plusieurs fois ma promesse. Il parut douter de m'être toujours cher ; il s'en montra tourmenté. — Oh ! non, non, dit-il, je ne serai jamais pour vous ce que j'ai été. J'ai perdu votre confiance. — Non, je vous aimerai toujours. — Vous n'aurez plus la même estime que vous aviez pour moi. Si je ne suis plus l'homme que j'étais dernièrement, je veux redevenir celui que j'étais autrefois. Me considérez-vous ainsi ? — Non. — Non ? — Non, cela est impossible. — Quoi ! je ne suis plus pour vous ce que j'étais autrefois ? — Vous vous êtes montré sous des rapports trop différents. Dépend-il de moi d'oublier ? — Alors je ne veux pas de votre amitié. Vous ne m'estimez plus. Je ne veux pas de votre amitié. — Vous êtes pour moi un homme différent des deux autres, mais je peux aussi aimer celui-là. — Il revint sur l'idée que je ne l'aimais plus, et, près de finir cette conversation, il me dit : — Vous me méprisez, j'en suis sûr. — Non. — Oui, vous me méprisez, mais moi je ne me méprise pas, je sens en moi des ressources. Vous, vous devez me mépriser. — Non, je ne le fais point. — Cependant il me causait une impression singulière qu'il fallut toute ma raison pour suspendre ou modérer. En finissant, il me dit : — Je ne suis pas fait pour ce sentiment. J'ai des pensées qui me tourmentent. Je suis un homme malheureux ; ce que je souffre par moment, c'est inouï. Mais j'ai de la résignation naturelle. Je peux le supporter. — Ces mots me frappèrent au cœur. Ce sont ceux qui devaient régner sur tous les autres et laisser les plus profondes traces. Tout en devait dépendre : j'entrevoyais à peine que son mal venait de forces sans emploi ni direction.

Jérôme avait repris avec moi le chemin de la maison. Je me retirai un moment dans ma chambre, mais je n'eus pas longtemps l'envie d'y rester seule. C'était en moi une contrainte violente, un tourment à la fois moral et physique, et un grand trouble, une intelligence bouleversée. Un homme d'un génie sombre, en proie à mille impressions diverses, venait de se saisir de moi et de me passer son supplice. Tel fut désormais le caractère de cette passion, de me transformer dans ses mains, et d'éprouver les tourments qu'il sentait lui-même. Je n'entrevoyais partout que ténèbres et effroi, qu'horreur et désordre. Mille idées se pressaient en foule ; mais je les repoussais pour rester maîtresse de moi. Je craignais de me trouver mal et de perdre tout empire sur mon caractère.

Il y avait en moi courage et lutte, et pourtant terreur irréfléchie de ce qui se passait. Je combattais tout, je repoussais tout.

S'il eût existé entre Jérôme et moi cette intimité que mon cœur appelait, ma douleur eût été encore plus grande ou bien vite dissipée, mais dans les rapports où nous étions, Jérôme pouvait devenir encore un être inexplicable, et le trouble et l'étonnement règneront surtout.

La passion s'honore et jouit parfois de ses douleurs, mais le mal que j'éprouvais était affreux. Je redescendis au salon, où quelques personnes causaient près de la porte du jardin. Le piano était ouvert, et moi, si souvent calmée ou exaltée par la musique, j'y cherchais quelque secours, en pensant à une jeune amie Irlandaise dont la tristesse et l'affection me revinrent en mémoire. Alors aussi la pensée que Jérôme était malheureux vint régner sur tout autre.

Bientôt il rentra du jardin dans le salon, et nous sortîmes ensemble. Il était toujours sombre. — Vous chantiez, dit-il, voilà un talent que je ne vous connaissais pas. — C'est un moyen de se calmer. — Se calmer? reprit-il lentement et tristement; ce que je vous ai dit vous a donc fait impression? — Rien au monde pouvait-il me faire plus d'impression! La plus profonde, la plus grande impression! — Il demanda si je lui gardais du ressentiment. — Non, répondis-je, et la preuve en est que l'idée qui m'occupe le plus c'est que vous êtes malheureux. — Il me remercia. — Vous êtes peut-être un homme trop supérieur pour ce sentiment, repris-je généreusement, faire d'une femme l'objet de vos pensées, ce n'était pas assez pour vous. — Ah! vous ne me connaissez pas, vous ne savez pas quel caractère inégal... — Il s'arrêta. Tout ce qu'il avait dit dans cette soirée en faisait pour moi un autre homme. J'avais perdu ma confiance, et un moment je sentis que j'avais perdu ma sécurité, car lorsqu'il s'avança vers des allées obscures pour s'y enfoncer avec moi, j'eus peur, et me retournant pour revenir sur nos pas, je déterminai son chemin vers une partie ouverte du jardin. — Ce que je recherche avec force, reprit-il, je m'en détache bientôt. On ne peut aimer plus, on ne peut aimer autant que je vous ai aimée, mais cela n'a pas duré. Je ne pouvais aimer longtemps un être faible et périssable comme moi; c'était borner ma sphère et rendre à mon espèce un honneur qu'elle ne mérite point. Je ne sais si cette idée vint parce que l'exaltation avait cessé ou si c'est elle qui a fait cesser l'exaltation. Le plus souvent ce que mes impressions recherchent, ma pensée le dédaigne et s'en fatigue. Cependant elle ne supplée pas à ce qu'elle décolore, et je cherche en vain des jouissances faites pour elle. Je ne sais si le ciel la destine à la création de quelque œuvre, à la découverte de quelque vérité, mais je vis tourmenté par elle. Je vous l'ai dit, ce que je souffre par moment, est inouï. Que puis-je dire à ceux qui demanderaient ce que j'ai? Le sais-je? et le comprendraient-ils? — Je l'écoutais attentivement, frappée de ce qu'il disait. J'ignorais que tout homme qui a de l'esprit, a besoin de l'employer, de le consacrer à un but. Je lui dis pourtant : — Peut-être que cette douleur tient à votre esprit même, peut-être... — Je dirai, répondit Jérôme en souriant tristement, que si quelques hommes eussent retrouvé le bonheur en perdant de leur force, ils eussent également trouvé le bonheur par une force plus grande. Si j'avais su vous aimer avec suite, j'eusse été enivré. Qu'est-ce donc que ces éclairs d'un esprit qui n'existe que pour mon tourment? Est-ce vraiment là de l'esprit? « Quand saurai-je l'employer, m'en servir? D'ailleurs je me reproche aussi ce que j'ai fait. — Comment? — Je vous ai fait du mal. J'étais seul juge du mien et je serais seul juge de mon action si j'y voulais mettre ce terme, que les hommes croient follement le terme de tout. Mais je ne voulais immoler à moi-même quelqu'être, quelqu'intérêt que ce fût. Sans le vouloir je vous ai fait souffrir; vous vous trouvez victime de ce caractère singulier, et bien que j'aie été de bonne foi et qu'en cela je sois plus à plaindre qu'à blâmer, je m'afflige de ce qui arrive, et je voudrais ne vous avoir jamais connue. Je reviens sur le passé, je maudis ce trouble qui s'empara de moi à votre aspect et ne me laissa plus rien voir librement. Je déplore ce qui est irréparable. — Il se tut un moment et reprit : — L'idée que vous seriez heureuse pourrait seule me calmer. Votre bonheur sera le premier vœu de ma vie. — Et avec un mouvement désespéré, il ajouta : — Mais vous serez malheureuse aussi ; vous êtes comme moi, vous êtes née pour être malheureuse. Vous ne saurez jamais arranger votre vie. Encore si vous vouliez écouter les avis, les conseils? Vous devriez me laisser vous diriger. — Il me fit promettre de ne prendre aucun parti sans le consulter. Enhardie par son affection, je lui dis quelques mots

sur l'étendue de mes regrets et sur le désespoir qui
succéderait chez moi à un premier mouvement toujours courageux; mais je voulus le ménager. Lui ne
me ménageait pas, car il dit : — Il ne faut pas s'abuser, vous êtes libre, en tout point vous êtes libre. —
Eh quoi! repris-je en lui dirigeant un trait bien mérité,
consentez-vous donc à ce que j'en aime un autre? —
Ce mot le blessa profondément; il dit avec beaucoup
d'amertume qu'un tel mot prouvait bien que je n'étais
pas fort affligée, et il me rendit en tout la liberté.

Mais j'étais loin de me séparer de lui ni de le voir
moindre. Il s'agrandissait au contraire à mes yeux; il
me dévoilait une âme extraordinaire; je mesurais tout
sur de nouvelles proportions, et soit que je ne fisse
qu'atteindre la vérité, soit que ma raison s'égarât pour
en sortir, je me sentais pénétrée d'une élévation et
d'une tristesse inconnues. Ce n'était plus cette peine
désespérante de notre conversation précédente. L'attendrissement et la hauteur de nos âmes avaient donné
à tout une autre couleur.

Comme je cherchais toujours, sans même m'en rendre compte, à me rattacher à quelque espoir, je lui demandai si désormais il ne me verrait plus? Il répondit
qu'il me verrait toujours. — Et durant l'absence, con-
tinuerez-vous de m'écrire? — Surpris de cette question : — Eh quoi! dit-il d'un ton pénétré en doutez-
vous? En pourrait-il être autrement? Croyez-vous donc
que vous ne m'êtes pas toujours chère? N'êtes-vous pas
toujours ce que j'aime le plus, ce que j'aime seul dans
le monde?

Nous nous assîmes sur un banc qui était là. Jérôme
me prit, me serra les mains. Il me demanda si je l'aimais toujours, si je conserverais à jamais de l'affection
pour lui? Je l'assurai que oui avec tendresse. Il demanda si tout ceci ne lui avait pas fait bien du tort
dans mon esprit? Je répondis que je cherchais à comprendre les natures telles qu'elles sont; que je l'aimais
pour ses qualités, que j'aimais les gens pour eux et non

pour moi, sans partialité et sans ressentiment. Il me dit
de conserver cette belle manière de sentir; il baisa ma
main, il était ému, pénétré, touchant. Je lui dis que
mon bonheur serait de lui être de quelque bien et de
quelque consolation; que je tenais au moindre bien que
je pourrais lui faire, que je n'y renoncerais jamais; mais
je le priai de ne pas dire qu'il regrettait de m'avoir
connue, que ce mot était trop cruel et trop douloureux.
Je sus lui exprimer avec énergie et simplicité ce que
je sentais si profondément. Je parlais sans contrainte
pour lui rendre des sentiments que j'avais besoin de lui
montrer.

Nous nous remîmes à marcher pour rentrer bientôt
dans la maison. Je lui demandai si ses pensées, occu-
pées des sciences morales, se dirigeaient aussi sur ce
qui est inexplicable pour l'homme, sur l'univers, l'âme,
le ciel. Il dit que oui, oui, qu'il pensait sur tout, sur
tout. — Vous croyez à l'immortalité de l'âme, lui demandai-je? — Oui, j'y ai toujours cru. — J'en suis bien
aise, vous m'en convaincrez. J'en doutais quelquefois,
mais si vous y croyez, vous m'en persuaderez. — Et si
je n'y croyais pas, que feriez-vous donc? — Je conserverais mes doutes. — Je lui demandai d'expliquer sa
croyance; mais il dit qu'il préférait m'écrire à ce sujet.

Cette croyance si belle et si consolante qu'il faisait
paraître à la fin de cette conversation me fit la plus
vive impression. Mon âme et tout s'en agrandit encore.
Jérôme m'élevait à une hauteur triste et sublime. Alors
nous nous promîmes encore tendrement une mutuelle
affection, et nous nous séparâmes bien tristes, mais bien
unis. Oh! avec mon caractère de quoi pouvais-je recevoir de plus profondes impressions que d'un tel entretien!

CHAPITRE V

C'est dans cette tristesse, c'est au moment où Jérôme venait de me rendre la liberté, que mon âme qui cherchait la sienne, la trouva et se confondit avec elle. Nos impressions, notre sensibilité, notre élévation se marièrent, pour ainsi dire, dans cette soirée. J'y reçus l'impression qui devait créer en moi la femme passionnée; ce que n'avait fait encore ni les soins ni l'éloquence de Jérôme, sa douleur le fit. Je sentis de cette conversation ardente et dévouée, et seule à moi-même, je m'abandonnai aux sentiments qui devaient me dominer désormais. Je me rappelai ce qu'il venait de dire, je le jugeai d'après cet ensemble. Il semblait que le sort ou le ciel eût voulu réunir ce qui pouvait m'atteindre. J'arrivais à la vie pour laquelle j'avais été créée.

L'homme que j'aimais venait de se montrer tourmenté par sa pensée, et parfois livré seul à des souffrances inouïes. Il se présentait grand, malheureux, sensible encore. En finissant, il m'avait parlé de l'immortalité de l'âme.

L'idée de sa grandeur, de sa souffrance et de son immortalité s'empara de moi. Il me sembla que je ne savais que de ce moment ce que c'était qu'aimer. Ce n'était plus ce même homme auquel je pouvais donner le bonheur; c'était un être livré à la douleur, oppressé par sa vie et sa pensée : il y avait de la sublimité dans cette torture.

Saisie par un enivrement de tendresse, de douleur et de larmes dont mon âme n'avait jamais eu l'idée, je ne songeai qu'à vivre pour lui. Je ne lui demandai que de m'expliquer les secrets de son âme. Je ne voulus rien que me vouer à entendre sa peine, regardant comme le bonheur le plus grand et le plus admirable de la calmer. Je rêvais un avenir tout semblable à mes impressions du moment : souffrir mais s'ennoblir, mais exister au-delà de l'existence ordinaire; c'était quelque chose de surnaturel; il semblait que je fusse déjà au temps de l'immortalité, que j'en connusse l'impression; je ne voyais rien que d'élevé et d'éternel. Il m'avait sortie de moi-même; je ne me connaissais plus; j'étais dégagée de tout lien terrestre et misérable.

Nous ne parlions jamais de son avenir, de l'Église, des liens où il était engagé. Je savais sur ce sujet la volonté de son père, et par fierté aussi, j'évitais de m'en occuper. Seulement j'eus ici quelque vague soupçon, que son père essayait de le dominer.

Plusieurs personnes arrivèrent de Paris le lendemain; il causa beaucoup, avec sa supériorité accoutumée; il dit des choses de la plus grande froideur. Moi, d'abord calmée, je fus bientôt séduite, car rien de modéré ne pouvait exister en moi pour lui.

Cependant il allait prendre avec moi un ton nouveau; car le lendemain, entrant dans ma chambre et me trouvant en pleurs : — De quoi pleurez-vous? demanda-t-il d'un ton glacé. — Je ne répondis rien; il reprit d'un air moqueur; — Vous voudriez de la passion? Je m'élevai au-dessus de l'impression que me causaient ces mots, et je répondis : — Je pleure ce que je suis; à cela est-il quelque consolation? En savez-vous? — Je ne vous comprends pas. — Oui, je m'effraie d'une tendresse que je ne peux pas modérer à ma volonté; je m'effraie d'une âme qui ne me fut donnée que pour la donner. — Eh quoi! dit-il avec amertume, ne sauriez-vous vous défendre de cette générosité? J'étais trop fière pour répondre. J'avais toujours aspiré à dominer les penchants de mon âme; je savais les malheurs où ils pouvaient m'entraîner, mais je ne les méprisais pas. Jérôme m'avait donné une idée de la passion qui me faisait dédaigner les amours passagers, et il m'avait fait comprendre une pensée qui me détachait de toutes les pensées des hommes. Je voulais garder cette impression. — S'il faut aimer, me disais-je en moi-même, s'il faut satis-

faire ce penchant à la fois sublime et redoutable, qu'il
soit fait ainsi que le ciel l'a voulu ; mais que les hautes
pensées me restent, que je m'habitue à m'élever vers
une intelligence divine pour y puiser la résignation et
la force ; que les hommes me trompent et me rendent
malheureuse ; mais que ma vertu soit inébranlable, et
qu'à ma dernière heure, j'offre à ce Dieu qui m'a créée
sans que je le lui aie demandé, une âme sans reproche
et attendrie par quelque touchant souvenir.

Alors commença entre Jérôme et moi une lutte intéressante : Jérôme dédaigneux de l'amour, développa un
caractère nouveau, plein d'amertume et presque méchant ; et moi, confondue de cette conduite, je résistai
avec fermeté et sagesse aux impressions dangereuses
qu'il me causait. D'un côté une force pleine et corrup-
trice ; de l'autre, une force moins robuste en apparence,
mais pure, mais appuyée sur de vraies bases. — Vous
ne m'avez point aimé, me dit Jérôme, votre tête exaltée
un moment a laissé votre âme libre, et aujourd'hui
vous n'avez pas plus de douleur et de regret que moi.
— Il me faisait douter de moi-même. Cependant il fallait attendre, il fallait voir. Je craignais des décisions
promptes et bornées. — C'est avec des forces en rapport
avec moi, me disait-il, que mes forces se plaisent à se
jouer. Avoir pitié de ce qui est faible, c'est un mouvement naturel, mais le disputer aux puissances de la terre,
secouer surtout l'amour qui est un dieu rusé et mystifi-
cateur, c'est là mon plaisir ! — Alors il parlait des hommes, dominateurs du monde, qui, tous, disait-il, ont méprisé l'amour ; il l'anéantissait devant les grands intérêts
de la terre ; et, interrogeant d'une pensée hardie la société, il n'en tirait que ce qui appartient à la raison.
Par ce pouvoir il me séduisait encore ; je le suivais,
étonnée et charmée, sur ce nouveau terrain. — Mais
moi, mais moi, me dit-il, croyez-vous que je vous aie
jamais aimée du *fond* de l'âme? Jamais, jamais! Moi je
n'ai rien fait du *fond* de l'âme. — Puis il se démentait
bientôt : — Mais savez-vous à quel point j'ai été amou-

reux? Si cet état eût duré, je serais mort ou devenu stupide! — Ensuite il ajouta : — Je suis si vieux! — Puis il reprit : — Écoutez! je vous aime autant que je vous ai jamais aimée, mais je triomphe de mon sentiment pour votre repos. — Il dit que l'amour ne vaut pas les agitations qu'il cause. Enfin il dit : — Ne voyez-vous pas que je plaisante? Tout ce que je dis est faux. Je veux vous faire parler. Et vous n'êtes point malheureuse. — Il me demanda ma main. Je le regardais surprise. J'étais trop jeune pour savoir me venger un peu de tant d'assurance et d'abandon.

Je cherchais Dieu; la vie me semblait une séparation momentanée d'avec lui; j'aimais à le prier comme s'il devait me répondre, à rêver à sa toute-puissance, à me détacher devant lui de ce qui n'était pas digne de lui.

Mon départ approchait; Jérôme voulut le retarder, il proposa une course à Paris pour revenir à Surpré le lendemain, et nous partîmes avec sa société. Ce fut un jour gai et animé. Louis XVIII pourtant était mourant; nous nous promenâmes dans les Tuileries silencieuses, et nous allâmes dîner chez un restaurateur. Jérôme avait retrouvé ses regards charmants; il ne cachait plus son amour, ses inégalités avaient disparu; mais j'étais intimidée par sa conduite. Ce n'était pas là, d'ailleurs, le doux, le complet, l'ardent, le voluptueux amour dont mon cœur avait l'instinct.

J'allais partir. Nous nous dîmes adieu tendrement; mais j'étais presque contente de le quitter, de sortir du trouble affreux où il m'avait tenue et de me trouver à moi-même sans l'avoir perdu. Il finit son dernier billet avant mon départ par ces paroles : Un mot en partant : Je vous aime de tout mon cœur, car vous avez une nature admirable, je m'épanche avec vous délicieusement; ma confiance est entière, complète, et durera tant que j'existerai.

Les grands bois du Berry, leur silence, me rappelèrent l'abbaye du Vallon. J'y portais les lettres que je reçus de Jérôme; je lisais, au bruit grandiose du feuil-

lage et du vent, ces mots charmants qu'il m'adressa :
« Je vous aime comme aimait le premier homme, quand
tout était nouveau dans le monde, quand le soleil, em-
bellissant la terre pour la première fois, lançait ses
rayons si purs sur une nature encore vierge ! Ainsi
pour peindre mon amour, je remonte à l'origine du
monde et je redeviens religieux ! Il m'écrivait : « Périr
à Salamine, dans le détroit couvert de lauriers, tein-
dre de son sang les eaux de la mer Égée, quelle glorieuse terre ! quelle glorieuse mer ! »

Je lui disais que son caractère n'était composé que de
fragments, fragments de guerrier, d'ambitieux, il répondait que son fragment de guerrier l'empêcherait de
capituler avec moi.

Ce séjour de Laleuf resta pour moi mémorable par
une lettre de Jérôme où *son génie*, son dieu le ressaisit
tout entier. Homme extraordinaire sans doute ! Voici
cette lettre dans son délire; les éloges qu'il y fait de
moi sont chimériques, dignes du jugement d'un amant;
mais c'est lui que je veux faire connaître.

« Je suis sombre et triste, je tremble comme une
feuille! Savez-vous ce qui m'a mis dans cet état-là ? Un
mot d'un de mes amis. La dernière nuit nous causions
ensemble, Choisy et moi, nous parlions des femmes.
Moi qui ne peux plus en souffrir de médiocre depuis
que j'en ai rencontré une qui a du génie, je parlais avec
mépris de leur intelligence. Choisy m'arrêta. — Vous
êtes trop difficile en tout, la terre ne vous convient pas;
votre vie se passera en théorie, je ne connais pas de
femme supérieure, ou je n'en connais qu'une, Prudence.
Toutes les femmes spirituelles se ressemblent, je ne
connais qu'elle qui s'élève au-dessus de toutes. Elle a
peut-être du génie! Je ne sais si elle en a déjà, mais
cela semble venir. En attendant, je vous proteste que
c'est la seule femme (à l'exception de madame de Staël
dans ses écrits), qui me semble avoir de la portée dans
ses idées. — Je ne sais si j'aime cet homme depuis qu'il
m'a dit cela.

« Prudence! Prudence! rappelez-vous que je suis le premier qui vous ai distinguée. Je me disais : Si cette fleur arrive à sa maturité, elle parfumera toute la terre. Fiez-vous à moi, il y a un sujet sur lequel je suis infaillible, c'est vous; aussi ce serait un crime que de vous enlever à moi; mais qui aurait le bras assez fort pour cela? Pas celui qui lance la foudre... On peut encore le défier dans la mort.

« Je reçois votre lettre de mercredi soir; cette lettre ne me calme pas, quoiqu'elle m'enchante, quoique jamais la passion ne se soit exprimée dans un langage plus profond et plus ravissant à la fois. Ah! saurez-vous être passionnée et sage, exaltée et fidèle? Vous serez la première de votre sexe, oui, doublement la première, car le génie a respecté en vous jusqu'aux charmes qui enivrent.

« Je suis séduit, pénétré et transporté, je ne vis plus en moi, mais tout entier en vous. Si vous me trahissiez, croyez-vous que la mort serait paisible? Je voudrais vous survivre, ne fût-ce que d'un instant, pour pouvoir dire : — Voilà une femme fidèle de sentiment et de pensée. Passionnée à son dernier soupir, elle croyait à l'éternité de ce qu'elle éprouvait; du jour qu'elle aima, elle exista, mais elle exista pour ne plus mourir; elle n'aurait pas cru à l'immortalité de son âme avec un sentiment fini.

« Entre vivre et mourir simplement, il n'y a pas de choix, mais ce n'est pas là la question, la mort est quelque chose pour le vulgaire seulement qui craint sur cette terre même de se transporter d'un lieu à un autre. Le préjugé ne m'arrête pas, changer de scène, autrefois, ne m'aurait pas coûté, mais il faut être tranquille pour bien mourir, une sorte de superstition se mêle à toute ma religion; la vie, on ne peut se le dissimuler, commence ici, et ma persuasion est qu'on transporte dans l'autre les sentiments de joie ou de douleur qui ont fait le charme ou l'angoisse de celle-ci. Qu'est-ce que cela? Je rêve ou je m'égare... si vous cessiez de m'aimer, Prudence ne serait plus Prudence, vous n'auriez plus de génie; les remords n'en donnent pas, votre génie est au cœur, je l'ai vu croître avec votre amour. Vous étiez prédestinée à m'aimer; on n'échappe pas ainsi à sa destinée; marquez la chaîne des événements et le cours du temps; il fallait six mille ans pour nous produire, et des révolutions pour nous rapprocher. Ce n'est pas là un hasard, mais une combinaison à laquelle l'univers à assisté, tout y a contribué. »

Si j'eusse été moins jeune et moins inexpérimentée, j'aurais su m'emparer de cette forte et flexible nature, et lui donner des émotions faites pour elle. Il m'imposait trop, son esprit intimidait le mien; mais aujourd'hui, où je crois que j'aurais dû le guider, je crois encore que sa domination sur moi était juste. Je ne sus jamais parler comme lui, je n'atteignis pas sa grandeur. Il me remettait à cinquante ans pour une affection immortelle. Il n'a pas atteint cet âge. Mais il me disait aussi : — Nous avons l'éternité pour nous. — L'éternité nous reste, et nous verrons.

A mon retour à Paris, ma position va changer. Trop inquiète pour ne pas vouloir me rapprocher de Jérôme, je vais quitter madame Bertrand. J'étais restée chez elle deux ans. Elle m'avait comblée de ses bontés. Elle devinait tout.

M. Jouy, l'homme de lettres, très-aimable pour moi, ainsi que tous ses amis, m'avait promis du travail dans son journal; Jérôme m'en promettait aussi; une de mes amies m'offrait de me prendre chez elle en pension. Je voulais faire paraître mes *Lettres sur madame de Staël*. J'allais donc loger chez moi. Ici je vais raconter une passion qui, se voyant menacée, devint un trouble affreux, où d'autant que je m'étais plus fiée à Jérôme, d'autant je souffris plus de son caractère.

Le tort, la violence fut à moi, ou plutôt la violence n'est-elle pas du côté de ce Dieu créateur qui veut, dans notre occident, que le genre humain marche par couple; que la femme fasse de son amant son mari, ait un lit en commun avec lui, une délicate et naissante famille?

Mais si Dieu donne des instincts sacrés, il donne aussi le courage, la fermeté pour les diriger, les modérer. Je ne sus rien modérer, et mon courage ne me servit qu'à tout briser.

Si l'on aime, il est vrai, un rien vous enchante, un rien vous déchire, on est toujours au comble de la joie ou de la peine. La vue seule d'un recueil de ses petits billets d'alors, me fait frémir. Ce sont des rendez-vous chez moi ou dans la campagne, des récits de ce qu'il a vu ou fait, etc. Oh! combien ces billets me rappellent de douleurs, de larmes, de trouble, un supplice qui attaquait la raison même! Une vie abandonnée à une passion désolée et menacée! Point de distraction ni d'idée en dehors d'elle! Ma santé s'y perdit pour un temps.

J'avais déjà publié un petit volume sur *la Conjuration d'Amboise*, ouvrage historique, très-favorable aux protestants, tout de circonstance, et qui ne vaut pas la peine d'être réimprimé. On le loua beaucoup pourtant. Je publiai à présent mes *Lettres sur madame de Staël*, pleines d'une grande admiration pour elle; ouvrage qui réussit, mais qui ne vaut pas non plus d'être réimprimé. Cela m'amusa et m'occupa beaucoup.

Jérôme accompagnant son père, alla passer quinze jours en Angleterre, et à son retour il vint me voir le 15 mars 1825; je ne l'attendais que deux jours après. Il fut aimable et gai; il m'assura qu'il n'avait rien exagéré dans ses lettres de Londres, où il disait qu'il donnerait sa vie pour une lettre de Paris, comme le roi Richard voulait donner son royaume pour un cheval. Un de ses amis entra chez moi et l'emmena aussitôt, ce qui m'affligea beaucoup et me fit prévoir une vie de continuelle contrainte! J'allai dîner chez la duchesse de Raguse, où je portai cette exaltation. Les jours suivants furent plus doux. Jérôme vint tous les jours, charmé d'être de retour près de moi. Je retrouve ces notes écrites alors.

Mardi 22 mars. Je lui avoue mes craintes sur son caractère. Il les repousse en homme ferme, et me rassure avec bonté. Le soir il revient, et il est très-aimable.

Mercredi 23 mars. Il vient assez tard ; mais c'est un jour de bonheur et d'enchantement. Il montre beaucoup d'esprit. Nous causons sur la tragédie, la comédie, la différence des genres, le talent de ceux qui les ont traités. J'ai dîné chez Laure, pleine d'idées et de joie.

Jeudi 24 mars. Je ne le rencontre pas dans la promenade où je l'attendais ; mais j'apprends en rentrant chez moi qu'il est venu, et toutes mes impressions changent. Le soir, chez M. Jouy, nous nous parlons à peine à cause du monde là ; mais il me dit qu'il m'a cherchée tout le matin à la promenade, et chez moi, et qu'il viendra me voir le lendemain.

Vendredi 25 mars. Aujourd'hui, il est venu à sept heures. Il était triste. Il craint que je ne le trouve ennuyeux. Où pouvait-il prendre cette crainte ? C'était bien vouloir absolument se tourmenter. Si je lui veux de l'enchantement, il parle de celui du vulgaire. A propos de l'admiration de Montesquieu pour les stoïciens, il dit qu'il admire cette secte, que la philosophie qu'il aime n'est pas sèche, qu'il est loin de vouloir se borner à ce qu'on appelle *utile*.

Je ne sais si je saurai bien rapporter toujours ici ses pensées les plus élevées ; la vie nous entraîne avec elle, et je n'ai ni du temps, ni de la mémoire pour tout. Je voudrais cependant déposer ici les choses les plus remarquables de sa conversation et de notre sentiment. Mais il y a tant d'impressions que je ne peux pas le plus souvent les rendre. Il ne me quitte jamais sans me laisser dans une émotion plus ou moins profonde, tantôt délicieuse, tantôt violente ou douloureuse, et tellement maîtresse de moi, qu'elle me domine tout entière. Rien ne sera perdu, ni ce qu'il dit, à quoi je pense plus tard, ni ce que je sens que je saurai peindre ; ici je ne trace qu'imparfaitement quelques lignes pour mes souvenirs qui n'en ont pas besoin.

Quelquefois je me demande s'il n'est pas le plus grand homme qui ait jamais existé ?

— Samedi 26 mars. — Il va me chercher dans la campagne, ne m'y trouve pas, et revient chez moi. Nous parlons sur la patrie : — C'est un sentiment brute, dit-il, qu'un amour sans réflexion.

Dimanche 27. Je revenais du musée où j'avais été avec ma sœur. Il entre ; je lui dis ma théorie de la peinture où il trouve des idées. Triste après son départ de la séparation où nous vivons, je vais sans plaisir dans le monde avec Laure, mais je m'y anime et je m'y amuse beaucoup. Il arrive tard où j'étais. Il sortait de chez moi où il m'avait cherchée. Il me plaît, et, rentrée, je m'endors tard, dans l'idée de cette soirée, de cette présence, de ce visage parfait qui était venu donner au monde une nouvelle couleur.

Lundi, mardi et mercredi, il est venu soir et matin, et il est resté longtemps. Il a parlé de l'intelligence qui devine le sentiment ; de l'aristocratie ; de M. Ancillon. Nous causons longuement ; il dit que je le fais trop parler, que je fatigue sa tête.

Jeudi 31 mars. — Nous nous étions donné rendez-vous dans la campagne. Il m'attendait. Nous avons parlé du génie : — Le génie, dit-il, n'est en rapport avec rien, et se sent séparé des autres, personne ne le comprend, rien ne le satisfait ni ne lui convient, alors on souffre, on meurt de chagrin, souvent le génie prend une fausse route, il a souvent moins de bon sens que la multitude, etc. — Il était profondément triste. Il a rembruni toutes mes impressions, puis sa tendresse m'a rendu la gaieté, j'ai dit mille folies : Je lui demandais s'il saurait faire manœuvrer une armée dans cette plaine, s'il saurait livrer une grande bataille ? Ces questions l'animaient. — Vous me séduisez, répétait-il. — Nous nous sommes perdus, et nous sommes rentrés très-tard. Il a été toujours très-tendre, mais triste.

Je suis restée sans écrire, et j'ai oublié les détails. Je suis triste et passionnée, j'ai plus de chagrin que de joie. Je lui découvre des faiblesses ; ma divinité perd de

son prestige, mais mon cœur ne perd pas de sa tendresse. Tantôt je rêve à l'enlever à l'Église, tantôt je
rêve un autre amour; il me fait douter des croyances
sublimes qu'il m'a enseignées. Je ne vois d'élévation
que dans la constance, et il me détache de lui. Je rêve
des affections plus vives et plus tendres; il y a une félicité possible qu'il ne me donne pas.

Il est venu tous les jours suivants, le matin, et souvent le matin et le soir; il se montre très-spirituel,
mais il me fait douter de son indépendance. Il me laisse
dans des impressions violentes; et retournant avec
Laure dans le monde, contrainte de reprendre à cette
société misérable (puisque je ne le crois plus le même,
en écoutant les hommes rassemblés dans ces salons,
je méprise leurs conversations et leurs intérêts. Le
monde, sans lui, me semble vide et stupide. Mon âme
est tourmentée, mais grande, je passe ainsi ma vie
troublée.

Le soir, chez M. Jouy, nous avons eu une querelle. Il
a cru que je l'accusais de fausseté; il ne voulait plus
revenir chez moi. — Que m'importe, lui dis-je, puisque
vous pouvez vous fâcher pour si peu. — Sa figure s'é-
claircit aussitôt, et il dit vivement : — Si peu? Alors
j'irai chez vous, c'est bien, j'irai, je vous avais donc mal
comprise.

Vendredi 15 avril. Explication tendre et rassurante.
Il a remarqué ma tristesse, il me parle de son sentiment, il me rend la confiance et revient le soir.

Samedi 16. Il vient en sortant de chez Béranger, qui
lui a dit que je ne cause pas assez sérieusement dans
le monde; il me fait à ce sujet d'affectueuses représen-
tations, où je ne vois que sa faiblesse et celle de Béranger.

Dimanche 17. Béranger vient après Jérôme, et ils partent ensemble. Je ne leur trouve à aucun d'indépendance d'esprit; ces hommes entre eux affaiblissent leur
caractère.

Lundi 18 avril. Spirituel et remarquable. Il prétendait que la passion était une et pouvait se développer ou par l'amour, ou par l'ambition. Il disait que chez les hommes passionnés, *la sensibilité ne vient qu'avec la passion*. Il généralise trop ce qu'il sent. Ce fut un jour de bonheur.

Si nos amis arrivent chez moi quand il est là, j'en éprouve du plaisir; mais s'ils restent trop longtemps ou s'ils l'emmènent, j'en éprouve une impatience extraordinaire; on me l'ôte, on m'emporte toute ma joie.

Mardi il n'est venu qu'un moment, mais tendre et bien-aimé.

Ces premiers jours du printemps troublent et charment tour à tour. Il se moquait de cette agitation puérile et de sa propre destinée; il se montre spirituel, mais diabolique. En partant, il me dit avec sensibilité : — J'ai ri, j'ai plaisanté de tout. Cependant, si tous ces grands sentiments dont je me suis moqué, se tournaient contre moi! Que deviendrais-je? Quelle puissance que tout cela!

Il vient le lendemain. Il avait de l'humeur, de la mauvaise foi. Nous parlons du roman de Clarisse qu'il n'a pas admiré. Je me fâche contre lui. Le soir il revient très-aimable. Le jour suivant il parle de la révolution française que je lisais, et sa pensée immole l'amour sans pitié. Il avait tout son esprit et son élévation. Il parle ensuite de sa paresse, dit qu'il craint la fatigue, que ses idées s'emparent de lui avec une puissance qui le tourmente. Un autre jour il avait de l'humeur; il a parlé sans bonne foi de l'art dramatique, de mademoiselle Clairon, il m'a découragée, blessée, puis, ennuyé de ma langueur, il est parti cruellement. Le soir, je vais chez Jouy, tandis que Jérôme vient chez moi. Aussi le lendemain il se moque de ma tristesse qu'il venait consoler, et que j'avais, disait-il, été vite distraire dans une soirée. Tourmenté par son père, ses ennuis étaient grands. Mais cet homme était comme le génie de la douleur. Il se livrait à tout ce qui était triste, et moi, dont le caractère était l'opposé, j'étais si bien dominée par lui, que sans partager ses scrupules, je partageais son mal et au-delà. Désespérée de ses tourments, ma vie recevait de lui une teinte grande et désolée. J'admirais sa douleur, j'admirais sa vertu, j'étais en son pouvoir.

La publication de mes *Lettres sur madame de Staël* m'avait fait rechercher par la duchesse de Broglie. Je dînai avec elle chez la duchesse de Raguse, puis chez elle-même où je suis tout occupée de sa mère et charmée de cette aimable famille. Le soir, j'arrive tard chez Jouy, d'où Jérôme venait de sortir, sans plus m'attendre.

Les deux jours suivants il passe de longues heures chez moi, très-amoureux. Choisy, son ami, vint me faire une longue visite. Sa conversation est affreuse; il dit que pour guérir Jérôme il n'aurait qu'à le mener chez les filles; que l'amour n'est qu'illusion et ne dure qu'un jour, que bientôt Jérôme me sera indifférent, etc.

Combien Jérôme parlait différemment! Quel autre esprit! quel autre jugement! quelle autre connaissance des hommes et des passions! Nous avions des scènes de rupture. Je le regrettais aussi pour sa beauté. Diane aima Endymion pour sa beauté. Il avait été aimé de Junon. C'était un berger, une beauté sans apprêt. Jérôme le surpassait sans doute, car son visage avait la plus grande noblesse, sa beauté était régulière, gracieuse, sans nul apprêt, s'ignorant elle-même. Il s'offensait d'un compliment à ce sujet, le trouvait indigne d'un homme. Un mot de moi pourtant commença d'ébranler sa vertu.

Béranger, Thiers, Mignet, viennent me voir, Jérôme arrive après eux.

Le jour suivant, il me dit qu'il a perdu tout empire sur lui. Nous nous donnons rendez-vous pour le lendemain soir dans un bois isolé. Très-agitée, je vais dîner chez Laure, mais après plusieurs réflexions, je lui écris à minuit que *non*.

J'écris *non!* après un si long supplice. Mais la femme dit *non*, c'est son instinct, son attrait. Je l'appelais mon frère. Enfin, mercredi 1er juin, il m'écrit à cinq heures qu'il m'attendra le soir dans la campagne.

En revenant, il me dit comme un preux : — Eh bien ! notre amour n'a rien perdu? — Il ignora toujours la volupté.

Nous ne parlions plus de rupture, nous étions réconciliés. Je voulais au contraire m'emparer un peu de sa faiblesse, le dominer un peu quand je l'aimais tant. Il était bon et dévoué, sa vertu était extraordinaire; elle était belle. Choisy disait qu'il ne lui manquait que d'avoir été initié à l'amour. Choisy ne se trompait pas toujours à propos de l'amour. Nulle femme, disait-il, n'avait aimé Jérôme; et moi j'étais encore trop neuve et trop effarouchée pour ne l'attendre pas toujours. Dans ce temps-là, Jérôme vint un soir sans vouloir entrer, car j'avais du monde; mais je me rappelle sa présence un moment dans l'antichambre en me donnant rendez-vous pour le lendemain, et la douceur et l'enchantement de cette vue d'un moment! Nous nous rencontrions tous les jours, matin et soir; nous étions plus calmes et plus heureux. Nous causions sur tous les sujets. Mardi 14 juin il vient chez moi le matin, occupé d'un état de la *politique de l'Europe* qu'il écrivait pour moi. Le lendemain il vient me lire sa politique qui est très-bien. Le soir il revient, et met la philosophie au-dessus de la politique, *leges legum*. Et il veut écrire sur la philosophie.

Les jours suivants se passent ainsi : longues conversations sur tous les sujets, sur la moralité, la force, les besoins de l'esprit, etc. Je lui disais mille folies sur le désir que j'avais d'une vie active et agitée, l'ennui d'une existence monotone. Ces folies le séduisaient; il riait et se moquait de moi. Il était très-tendre et très-aimant ; plus égal qu'avant. Oh! pourquoi ce temps ne put-il durer?

Choisy, dans une longue conversation me développe ses idées sur l'immortalité de l'âme. C'était du moins une consolation pour lui qui ne croyait pas à l'amour.

Un jour, dans la campagne, je montre à Jérôme mon étonnement qu'un homme puisse croire dans nos temps, à la divinité de Jésus-Christ. Il répond que beaucoup d'hommes y croient en Angleterre; ce qui me fait rire et ne me semble pas d'un esprit indépendant : — Si vous trouvez, lui dis-je, que ma question est singulière, adressée à un prélat, c'est qu'un prélat peut avoir plus d'ambition que de foi, et dire comme Léon X : que cette fable ne fait pas de mal, et rapporte à Rome beaucoup de pouvoir et beaucoup d'argent pour payer Raphaël et les autres artistes. Il sourit dédaigneusement, sans vouloir expliquer qu'il n'avait rien de commun avec Léon X. Il eût pu répondre que du moins on ne peut appeler fables les exemples du dévouement, de la piété, de la bonté, en un mot, de *la charité* : préceptes aussi de l'Asie, mais que la Grèce, plus riante et plus légère, reçut de ses grands hommes et non pas de ses dieux.

Durant les longues heures que Jérôme passait chez moi, il disait qu'il ne pourrait plus vivre si je ne l'aimais plus. Je lui laissais voir ma tendresse; toute gêne avait disparu. Il me causait des impressions profondes, et la crainte de reprendre trop tôt à cette vivacité de tendresse et de douleur dont j'avais tant souffert depuis mon retour du Berry.

Nous arrivons à une séparation volontaire et entre-coupée, mais qui va reporter à l'extrême mes tourments.

La duchesse de Raguse m'avait invitée à passer l'été à Viry, où elle recevait beaucoup de monde. Jérôme devait aller bientôt à la campagne avec son père. Cependant, cette séparation m'est trop dure, et je la supporte mal. En arrivant à la campagne, une lettre de lui, belle, frappante, mais horriblement douloureuse, vient me jeter dans la tristesse, et renouveler de loin tous mes projets de réunion avec lui. J'allais ce jour-là avec la duchesse de Raguse, à une fête à l'Ormois, chez la duchesse de Maillé, fête donnée à la duchesse de Berry et au prince de Salerne, Je mets la lettre de Jérôme dans mon corsage, et durant la fête, je la sentais là. Voici cette lettre :

« Dimanche matin 24 juillet.

« Je vous ai souvent dit : Je suis un homme qui ne se prévoit pas. Il faut entendre ce que je veux dire :

« Mes impressions ne suivent pas le cours que semble indiquer la nature, elles naissent en moi indépendamment, et souvent même en contradiction avec les choses où elles paraissent liées étroitement; peu de personnes sentent et souffrent plus que moi; mais leurs sensations et leurs souffrances sont plus en harmonie avec les causes auxquelles on doit les attribuer. J'ai de la fixité dans mes sentiments, mais une variété, je dirais même un caprice d'impressions désespérant; je ne sais souvent ce que je dois penser de moi jusqu'à ce que je revienne à cette affection dont mon cœur ne peut longtemps se séparer.

« Ainsi tout tend à m'isoler dans ma tristesse, et je rencontre rarement cette sympathie qui adoucit tant les ennuis. On peut partager ses jouissances avec le monde entier, mais ses peines secrètes, il faut bien aimer la personne à laquelle on les confie, pour la traiter si cruellement.

« Car l'amour est un sentiment cruel. Tout est douloureux dans son intensité. Une âme profonde s'attache très-peu aux jouissances de la vie, elles sont si superficielles, si passagères, elles ne laissent pas, pour ainsi dire, de traces : la douleur sillonne comme la foudre, et l'âme porte ses traces profondes jusqu'au sein de l'éternité.

« La vie est stupide, les commentaires sur la nature humaine ne signifient rien généralement; on a cru faire les nations grandes en les faisant heureuses; un grand peuple est un peuple qui souffre prodigieusement; je ne parle pas de ses souffrances physiques, mais de ses souffrances morales, du sein desquelles sortent les grandes résolutions : la nation la plus énergique de nos jours est la nation du spleen. »

Je trouve d'abord quelque distraction chez la duchesse de Raguse. Il y avait de grandes chasses, de grands dîners très-amusants. Je connaissais ce monde depuis longtemps; il y régnait beaucoup de gaîté, de bonhomie; l'esprit et la bienveillance de la duchesse donnaient ce ton dans sa maison.

Lettre de Jérôme. Samedi matin.

« MM. Béranger et Martin sont venus chez moi le soir de votre départ, et une discussion s'est engagée sur les arts, dont voici les principaux traits.

« Les artistes ne sont pas les meilleurs juges de ce qu'ils font; l'intelligence ou le sentiment, ou les deux ensemble avec lesquels on porte les jugements les plus justes et les plus élevés, se rencontrent rarement chez eux. Le travail physique ou mécanique qu'il faut pour parvenir à réaliser avec talent leurs conceptions, leur ôte le temps et la liberté nécessaires pour porter la théorie très-loin. D'ailleurs, le sentiment et la conception peuvent exister au plus haut degré sans que les moyens d'exécution y répondent; portés le même plus loin, ils y répondent imparfaitement. Les artistes de profession sont trop enclins à tirer leurs idées de la beauté et de la perfection de ce qu'ils font eux-mêmes, tandis qu'il faut puiser ses idées, non dans les objets matériels, mais dans l'imagination, unique source de la beauté idéale.

« Je ne dis pas qu'un artiste ne puisse être un homme de génie, Michel-Ange le fut, et Raphaël peut-être; mais l'intelligence du premier débordait les arts de tous côtés, et trouvait leur sphère trop étroite. Il se jeta dans la poésie, qui confond ensemble le monde moral et matériel, les sensations, le sentiment, les pensées et les images!

« Que la pratique avance la théorie me semble au moins douteux. Que la théorie, en offrant à notre imagination les images d'une beauté désespérante, il est vrai, tendent pourtant au perfectionnement des arts, qui l'oserait contester?

« Béranger approuvait, Martin chancelait, les autres

s'opposaient, mais leur opposition étroite et illogique ne vaut pas la peine d'être rapportée ici.

« J'ai poussé la conversation plus loin, et j'ai soutenu que tout grand génie est grand artiste. Mais il est avant tout grand penseur, et peintre accessoirement.

« Concevoir, c'est le don de l'intelligence pure, mais revêtir ces conceptions de formes sensibles et transmissibles, est en partie une affaire d'art ; mais l'art est ici tellement confondu avec le raisonnement, tellement, si je puis me servir de l'expression, entrelacé avec l'intelligence, qu'il faut une main bien ferme et bien délicate pour poser leurs limites à chacun.

« Il manque, on ne peut en douter, quelque chose à la vérité qui n'est pas bien dite, car jusqu'à ce qu'elle soit rendue parfaitement, elle n'est pas entièrement vérité, elle est incomplète. » — Ici la conversation a été interrompue. »

Il écrivit bientôt : « La douleur peut un jour me rendre fou, mais en attendant, je ne la berce pas du tout, je la secoue avec toute la force qu'elle me laisse pour la combattre. J'ai rarement réussi à la vaincre, mais elle est tombée d'elle-même quand je ne luttais plus ! »

Après quatre jours passés à Viry, je reviens à Paris pour voir Jérôme. Nous nous promenons dans la campagne. Je lui parle d'aller voyager avec lui aux Indes. Il est triste. Détails sur nos lectures, nos études. Je le rencontre plusieurs fois.

Peu de jours après, au 1er août, je fais une nouvelle course à Paris. Je le rencontre dans la campagne, il dit qu'il s'est cruellement ennuyé. Je lui parle encore de l'Inde, de l'Asie. Il est triste et fait de tristes plaisanteries. Le soir je le rencontre. Le lendemain nous parlons des peuples, des passions. Le soir, un orage nous fait rentrer. Le lendemain, il m'envoie un atlas. Il était souffrant de la chaleur excessive. Nous faisons une longue promenade. Je voyais sa faiblesse ; son père le tourmentait, il en appelait à sa conscience ; j'étais exaltée et désolée. Au retour, je veux qu'il choisisse entre l'Église et moi. Il devient sombre, et moi je rentre profondément agitée.

Je retourne à Viry horriblement triste. Revenue à Paris le 9 août, je fais avec lui une longue promenade au bord de la Seine. Il veut y déjeuner un jour avec moi. Il est tendre, amoureux, passionné, heureux, et moi enivrée et consolée de toutes mes peines.

Les jours suivants, je le vois gai et heureux.

Mardi 16. — J'avais été lundi à Bagneux voir la comtesse du Vallon. Lui, enivré par le plaisir d'être chez lui à la campagne il vient avec moi se promener à la pluie le mardi. Le temps se rétablit, et nous avons une longue conversation sur la morale et ses devoirs. Il portait tout à l'extrême, les devoirs du prêtre et ceux du père de famille. Il dit que le plus grand crime qu'on puisse commettre après celui d'assassiner, est d'être infidèle dans le mariage. Je le regardais tout étonnée. Le jour suivant, conversation belle, importante, sur *les forces du monde*. Il promet d'écrire sur ce sujet.

Bientôt je reçois ce billet :

« Mardi 5 heures (23 août).

« Je suis revenu de la campagne hier, et je suis resté chez moi jusqu'à présent pour travailler à ce que je vous ai promis, honteux de n'avoir rien ou presque rien fait. Ah ! je m'aperçois bien que je ne suis pas Montesquieu quand il s'agit de tracer le caractère des grands hommes.

« Si je n'ai pas mieux réussi, c'est votre faute à vous, qui m'avez plongé dans les ténèbres de la haute métaphysique. Que le diable emporte votre question *des forces morales et physiques !* Peut-on proposer des choses mieux faites pour rendre fou ? Mais j'oublie que vous détestez la raison, que vous êtes sa plus mortelle ennemie.

« A demain. Adieu ! adieu ! »

Il parlait dans une autre lettre de la gloire et des écrits. Il ne savait à quoi il était destiné, ni s'il devait un jour mourir obscur, être confondu dans ces grandes

catacombes des nations. Cette race espagnole vit en elle-
même, très-orgueilleuse, très-dédaigneuse de se livrer
au monde. Une impression sublime, ils rougiraient
d'aller la *publier* comme nous faisons. Ils vivent, ils
pensent, et c'est assez. Ils rougiraient de bien des choses qui, en France et en Angleterre, composent notre vie.

A Paris, mercredi 24. — Il dit qu'il est gai et calme.
Nous causons sur l'esprit, la morale. Je raconte tout ce
que la morale aurait détruit, tout le mal qu'elle aurait
fait si elle était plus forte que la nature. Il dit que j'ai
des idées profondes, mais il n'a pas le temps de poursui-
vre et part. Les jours suivants il est aimable et original.

Une lettre de lui que voici me rend la gaîté :

» Je suis d'une paresse ou d'une frivolité qui n'a pas
de nom. Je suis parti, ou plutôt nous sommes partis
une foule hier matin de Paris pour rencontrer une autre
foule à Enghien, et pour passer la journée en joutes, en
promenades sur l'eau, en danse, en bal champêtre, etc.

« Je n'ai ni jouté ni dansé, mais comme on avait
allumé un feu sur le gazon, j'ai sauté par-dessus en
brûlant mes habits.

« On est revenu à trois heures du matin, et j'ai dormi,
je crois, jusqu'à trois heures aujourd'hui. Enfin, enfin,
je suis d'une bêtise dont rien n'approche, et j'ai de quoi
inoculer de l'insouciance à toute la terre.

« Ah ! pour ces jours de tristesse, ces jours de profonde émotion, ils sont passés, le croirez-vous, comme
un nuage ! A peine puis-je me souvenir de mes impressions. Certes, s'il n'y a qu'un homme sur terre capable
de sentir ce que j'ai éprouvé, il n'y a que lui aussi capable d'oublier tout ce qu'il a senti.

« Mais si je peux vous aimer sans trop souffrir, m'en
ferez-vous un reproche ?

« Il y avait des jours (je frémis quand j'y songe) où
mon amour n'était que de la douleur. Si je ne désire pas
que ces jours reviennent, c'est que je sais ce qu'ils coû-
tent. On ne joue pas avec des peines de cette portée là.

« Mais que faites-vous là-bas ? Maudissez-vous le bon-

heur que je dois à une nature mobile dont on ne saurait triompher, car c'est le jour où elle semble terrassée,
qu'elle se relève. Vous êtes-vous remise à Gertrude, re-
verdissez-vous avec les gazons après la pluie, et reve-
nez-vous à cette gaîté qui vous est naturelle aussi?

« Vous saurez un jour que les natures les plus tristes,
sont les natures les plus gaies, et que la vie, pour ceux
qui vivent réellement, est une affaire d'action et de
réaction.

« Sur les limites d'une impression, on est toujours
sûr de rencontrer l'impression contraire. Ceux qui ne
vont pas loin, qui ne touchent pas aux limites, ignorent
cela, mais je deviens très-habile, un peu à mes propres
dépens, et je l'aime mieux que si c'était aux dépens
d'un autre. »

Vendredi 2 septembre. Je lui écris mon arrivée, il répond un mot et vient me rejoindre dans la campagne.
Son père venait de partir pour passer un mois en Ir-
lande. Nous pouvions être heureux. Mais non! Il dit
qu'il va s'enfermer chez lui dans sa forêt. Qui eût accepté
un sort si dur? Cependant, j'avais pris des mesures
pour le voir dans cette forêt même où il allait se retirer.
Le lendemain je vais visiter Laure à la campagne jusqu'à mardi, tandis qu'il partait pour Surpré. Laure
voyait mes chagrins avec sa bonté incomparable. Elle
les avait prévus et voulait me modérer.

Je vais le rejoindre dans sa forêt, et il m'y explique
le système politique de l'Europe. Un jour nous nous
perdons. Il me raconte l'histoire grecque tout entière,
et il parle politique. Nous allons boire du lait chez des
paysans, et nous rentrons très-tard. Il me quitte en me
disant qu'il est *mon esclave*.

A Paris, le lendemain, il dit que *je l'aimerai toujours*.
Et mercredi, 21 septembre, à Paris, il vient un moment,
il retournait à la campagne. Pourquoi donc? Son père
n'était pas revenu. Il retournait chez lui. A quoi bon?
Et sans me demander de le suivre, de revenir dans
cette forêt!

Là nuit, je m'endors, en songeant à la Grèce, à la guerre, aux femmes héroïques.

Il revient de la campagne, et en me voyant souffrante, il croit que je serai mère. Il dit qu'il a la fièvre, qu'il est tourmenté, moi j'étais gaie et animée.

Ces jours de courte liberté sont passés. Ils auraient pu être les plus heureux du monde. Cependant, j'éprouvais les éclairs d'une nouvelle tendresse, et je voulais créer une âme forte. Il disait qu'il adorait déjà cet enfant. Un voyage que je devais faire en Angleterre pour voir madame M., est changé en un voyage en Italie. Je partais, car je ne pouvais plus supporter une vie si tourmentée. J'allais me calmer, attendre, voir ce que Jérôme déciderait, ce qu'il saurait faire ? Je restais maitresse de revenir ou de l'oublier. Je me sentais forte, je sentais que s'il savait se guérir, moi je saurais l'oublier. Je désirais parfois l'oublier, échapper à ces tourments. Moi seule je parlais de rupture et de départ. Lui n'en voulait point, il n'y croyait pas. Son amour, à travers ses inégalités et ses faiblesses, était resté ce sublime amour si bien exprimé. C'était moi qui avais tort de ne pas savoir l'accepter tel qu'il était, lui imposer une douce loi, et le garder pour la vie !

Sans doute, pour les hommes hors ligne, il y a des positions compliquées. Jérôme pouvait se partager entre deux devoirs. C'est ce que j'avais attendu. Mais pour cela, il fallait en lui de la fermeté, et en moi une confiance que sa fermeté seule eût pu m'inspirer. Ma raison se troublait ; elle était parfois comme égarée ; la souffrance de ma grossesse était vive. Mes sentiments étaient froissés ; je ne souhaitais que de partir ; je voulais du calme ; mon désespoir, qui avait de la fermeté, était le pire de tous. Je me sentais pourtant un courage, une ardeur qui devaient triompher des ennuis. La terre était à moi ; j'avais en moi le sentiment d'une force brillante.

Mais Jérôme s'émeut, s'attriste, et rappelle ma pitié. Il disait qu'il avait été réveillé dans la nuit par ses cris. Le jour de mon départ approchait ; mes amis ne croyaient pas à ce départ. Béranger m'écrit un mot d'adieu. Il disait qu'il avait été charmé de voir nos noms unis dans un article de journal. « Que le temps, ajoutait-il, ne les sépare pas trop. Revenez bientôt, toujours jolie, toujours exaltée, toujours bonne. » Il me disait que mon talent devait jeter un grand éclat sur ma vie.

Je craignais la douleur de Jérôme dans nos adieux, mais ce jour-là il est gai et confiant. Il dit qu'il me reverra dans quatre mois, qu'il est sûr de moi, que je reviendrai s'il me le demande. Nous nous quittons avec calme. Il se rend à la campagne chez un ami où je l'envoyais, et moi je fuis Paris comme l'enfer, ne regrettant ni lui ni personne.

Quelle passion ! Quelle torture ! Je la vois dans son ensemble comme un long supplice. C'était pourtant beaucoup d'esprit, beaucoup d'idées en revue, un regard de l'intelligence sur les plus hauts sujets. C'était grand. Mais cette vierge qu'il laissait mère, il la laissa en quelque sorte vierge encore, tant son austérité, tant ses scrupules avaient rendu rares et chastes, les instants d'oubli qu'il se reprochait.

CHAPITRE VI

Partie de Paris, le 1er novembre 1825, j'ai fort remarqué les environs de Dijon et ce côté pittoresque de la Bourgogne. Bientôt en sortant du Jura, j'ai eu devant moi Genève et le Mont-Blanc, les montagnes de la Suisse, le lac ; il faisait de la pluie et du brouillard, mais ce temps sombre convenait au grand caractère du Mont-Blanc et du pays. C'était la première fois que je voyais des montagnes.

En abordant Genève et ses mesquins alentours, on reçoit une impression bien différente de l'apparence chétive des maisons et des habitants. Durant quinze jours à Genève, la société m'occupa beaucoup. Genève est très-éclairée. C'est une République mesquine, mais habitée par quelques hommes supérieurs et un peuple très-cultivé. Quand je voulais plaisanter sur la petitesse de cette République, Sismondi me disait que le bonheur des hommes a la même importance dans une petite ville ou dans un grand royaume. Oui, mais la grandeur existe ou non. Dans des soirées chez lui, en l'entendant parler de madame de Staël, ses amours, ses malheurs, sa supériorité, je retrouvais du plaisir et presque du bonheur.

J'ai visité Copet et Ferney. J'étais malade, exaltée, recevant de tout une grande impression. M. de Bonstellen était un ancien ami de madamé de Staël, connu par un ouvrage plein de charme : *Voyage dans le Latium*, où il avait suivi les traces de Virgile et d'Enée, et célèbre en Suisse par son esprit. Il me montra beaucoup d'intérêt; mes lettres sur madame de Staël m'attiraient la bienveillance de tout le monde à Genève. M. de Bonstellen me lut quelques manuscrits sur les arts. M. Dumont, le commentateur de Bentham, fut aussi très-aimable. Il venait me voir, nous faisions des promenades ensemble; il m'a fait dîner chez lui avec Sismondi, d'autres personnes distinguées, et M. Rossi, depuis célèbre et assassiné à Rome, premier ministre du Pape. Madame Sismondi, sœur de Makentosh me présenta dans deux ou trois familles distinguées de Genève; j'entendais partout le nom et l'éloge de madame de Staël, ce qui me charmait. Je parcourais Genève; ces messieurs m'en faisaient lire les débats publics, m'en racontaient l'histoire. J'aurais à écrire des volumes sur Genève; ces quinze jours me valurent un siècle. Je trouvais ici, dès mon premier pas, un vif plaisir de conversation, les hommages les plus aimables. Cependant je voulais passer les Alpes avant l'hiver. Je me rappelle encore, le soir, nos retours avec ces messieurs en voiture, de chez Sismondi qui habitait hors les murs. Nous causions; ces hommes étaient tous savants. Un Anglais me fut présenté par madame Sismondi. Il pouvait avoir quarante ans; il était grand, blond, d'un esprit cultivé et distingué. Ses manières étaient aimables, ses soins pour moi furent empressés. Madame Sismondi et ses amis s'aperçurent du sentiment naissant de cet Anglais, et comme il était un homme distingué et riche, on pensa qu'il pourrait m'épouser et l'on nous fit nous rencontrer dans la société. M. David M... (l'Anglais) me donna à dîner chez lui avec quelques personnes. Il ne me parlait que de ma jeunesse et de sa crainte de me voir voyager seule. Madame Sismondi me proposa de sa part de passer les Alpes avec lui : il voyageait en poste dans sa voiture ; il m'offrit ses soins pour passer les Alpes. J'ac ceptai. En voiture il commença à parler plus vivement. J'écoutais en souriant ses prières, je les entendis deux jours, et, pour le calmer, je lui dis la vérité. Il en fut surpris. Comme Anglais il me blâma ; mais son amour parut augmenter. Nous passâmes huit jours à Turin, visitant ce beau pays, admirant la *superga* et l'horizon grandiose des Alpes. Il continuait sa cour sans espérance. Il me proposait de nous retirer dans une campagne. Il y attendrait que je fusse mère, et alors il m'épouserait et me présenterait dans le monde sans que personne sût le passé. Je refusai. Il résolut de me quitter. Je partais pour Milan ; il m'offrit de me conduire à moitié route.

Nous partîmes ensemble ; le temps était triste et pluvieux. Il me suppliait de lui ordonner de me suivre. Il m'exprima ses regrets, en termes si vifs et si touchants que je détournai la tête pour lui cacher mes pleurs. Il les aperçut malgré moi. — C'en est fait ! s'écria-t-il, je suis à vous pour la vie. Il reprit : — Si vous ne m'aimez pas, pourquoi du moins ne me laissez-vous pas voir ces larmes ? Pourquoi ne pas me consoler ainsi de ne pas vous plaire ? Ces larmes, ces larmes ! reprit-il avec ardeur, croyez-vous que je les oublie jamais ? — Au moment de notre séparation, il me dit : — Écoutez, vous êtes une imprudente, vous allez, belle comme vous êtes, seule, sans protection, avec un caractère confiant et un cœur sensible, dans un pays étranger. Tout vous menace. Promettez-moi positivement de réclamer mon appui si vous en aviez besoin. Et comme il lut sur mon visage ma reconnaissance : — Non ! s'écria-t-il avec enthousiasme, je ne vous quitte pas ; quoique je doive souffrir, je vous suivrai, je vous protégerai, et je ne vous laisserai qu'en des mains p'us dignes que les miennes de vous défendre ! — Je combattis ce mouvement, j'en triomphai, et je le décidai à notre séparation. Une jeune femme irlandaise de mes amies habitait alors Milan, où je trouvai aussi une ancienne amie de ma mère. J'étais née à Milan, le 7 septembre 1801, au bruit du canon qui célébrait la paix de Lunéville. Madame Murat avait fait demander alors à ma mère si ce bruit du canon ne l'importunait pas ; ma mère avait dit que non. Milan n'est pas encore l'Italie, mais on y trouve sa musique. Si Jérôme eut un vrai rival ce fut ce pays, cette musique. L'enivrement de l'Italie commença pour moi au bal masqué de la Scala, où cette amie de ma mère m'invita à un gai et brillant souper dans sa loge composée de deux salons. L'éclat du théâtre, cette féerie, et surtout cette musique, cet entraînement de tout un monde ravi, me révélèrent l'Italie. Je vivais dans une exaltation extraordinaire. Je parlais de Jérôme avec cette jeune amie irlandaise. C'est lui qui animait l'Italie et qui m'en dévoilait les doux, les brillants secrets.

Lunghi, célèbre graveur et dessinateur, me demanda de faire mon portrait ; il fit un dessin comme il savait les faire ; je l'envoyai à Jérôme. Lunghi me lut un ouvrage sur l'art qu'il écrivait alors. Je ne sais si l'ouvrage a paru depuis sa mort. Je quittai après trois mois Milan pour Florence. Je fixai mon plan et ma position. Je voulais nourrir mon enfant, je ne pouvais donc pas le cacher ni m'écarter de la sincérité que j'aimais.

J'étudiais. J'ai lu les *Normands* de M. Thierry, Mill, etc. J'achevais *Gertrude*.

Mon voyage fut très-agréable. Comment peindre cette Italie ? C'était le printemps. Je n'avais jamais vu la mer, et je la vis à Gênes ! La position de Gênes est la plus belle du monde. Aucune ville, excepté Rome, ne m'a

autant frappée. J'y arrivai au coucher du soleil ; l'espace
et la mer se développèrent devant moi ; un vaisseau
voguait au loin ; je reçus une impression profonde. Je
visitai dès le lendemain la ville et les palais. J'étais logée à la *Croix de Malte*, hôtel suspendu sur le port et sur
cette mer riante et magnifique. Gênes la domine admirablement. Le bruit du port, la musique dans la rue,
l'éclat du jour et de la mer, tout est enivrant à Gênes, et
reporte à sa brillante aristocratie.

Trois jours après, le marquis des Negro, pour lequel
j'avais une lettre, vint me voir. Il fut mon Cicérone. C'é-
tait un vieillard célèbre, riche, improvisateur. Il me
donna un déjeuner dans sa villa, le plus charmant jardin
du monde, d'où l'on voyait la mer. Il me fit visiter une fré-
gate. Ma passion, réveillée, animait tout, quoique je souf-
frisse de mon isolement absolu. Mais je croyais conduire
Jérôme avec moi ; je ne voyais rien que pour le lui raconter ; je lui écrivais mes impressions, il en était consolé et heureux. Après huit jours passés à Gênes; dans
ces ravissements, je continuai mon voyage. Les rivages
en partant, cette route magnifique, semée d'oliviers, me
fut une nouvelle admiration. O l'Italie ! Rien ne peut en
donner l'idée, et l'impression de l'air, sa douceur, l'éclat
du jour !

Je passai par Sestri et la Spezzia, qui sont des endroits
délicieux, ouverts, grands, magnifiques. Rien ne peut
rendre l'enchantement de cette mer et de ces rivages de
Gênes. A Florence, le marquis Torrigiani, pour qui j'avais
des lettres, m'offrit un déjeuner dans sa villa pour m'y
présenter quelques hommes d'esprit. Il me présenta cent
personnes. Le jardin était très-joli, et le pavillon arrangé
et meublé avec le goût noble et fin de la Toscane. Je
m'amusai beaucoup ; je rencontrai là des hommes qui
devinrent mes amis. Le marquis avait commencé par
me dire qu'il allait m'amener la marquise. Je lui dis de
n'en rien faire. Il parut surpris, n'osa pas faire de question. Je voulais une position sincère et non pas étonner
les dames de l'Italie. Je commençai de me plaire à Flo-

rence. Le bois des Cascines resplendissait des grâces du printemps. J'y allais travailler, écrire et souffrir. J'étais venue loger au mois de mai à la *Porticciola* des Cascines, dans le palais Carraresi. Un marquis Camillo, descendant des anciens républicains, a, dans Florence, une grande réputation d'esprit, de savoir et d'élévation d'âme. J'avais une lettre pour lui, mais on m'avait dit qu'il était malade et convalescent. Le marquis Torrigiani m'offrit de me conduire chez lui; il recevait. Curieuse de le connaître, j'y allai. Je le trouvai très-beau et très-spirituel, avec une grande noblesse dans ses manières et ses idées. Je remarquai beaucoup chez lui, un jeune homme depuis célèbre, M. Libri. Il avait vingt-trois ans. Il engagea une petite discussion avec moi sur les Grecs; il parlait bien, avec esprit, avec gaîté; j'en fus charmée, et en partant, Torrigiani m'intéressa à lui en me contant les malheurs de son père, de sa jeunesse, etc. Deux jours après, M. Libri me fut présenté.

Ici que dire? Je trouvai un charme nouveau de conversation, un homme à comparer à Jérôme, mais bien différent. Il pensait à la gloire. C'était une grande imagination, les couleurs, l'ardeur de l'Italie, une vive ambition si elle daignait jamais s'éveiller, l'enthousiasme du beau. Nous causâmes un peu sur Pascal; il dit des choses charmantes. Je cherchai désormais d'oublier Jérôme dans des conversations d'une hauteur digne de lui. Jérôme avait annoncé son arrivée pour mes couches; il ne vint pas et s'excusa. Mais je le jugeai sans excuse, je renonçai à lui, je gardai le silence, et pour savoir l'événement qu'il attendait, il dut s'en informer lui-même par des amis du marquis Camillo. Il m'écrivit à ce sujet : — Quelle femme êtes-vous? — Nous restâmes blessés et silencieux tous deux. Aujourd'hui je trouve que j'avais tort. Pouvait-il changer son caractère? Je craignais les tourments de cet amour incertain, mais j'aurais pu retourner à Paris, le revoir, le raffermir. Je craignais cela, mais lui! pouvait-il se changer, et ne le connaissais-je plus?

M. Libri venait me distraire par sa belle conversation, plutôt sévère, toujours animée et dirigée vers les plus hauts sujets. Jamais un mot sur moi, jamais de questions. Durant mes couches, il venait le soir causer au pied de mon lit. Il maîtrisait mes impressions. Je m'oubliais devant sa force d'esprit, sa grandeur et l'Italie. Ce qu'il disait était original, empreint d'un caractère antique; j'abordais donc ce sublime type de mes études héroïques. Il parlait bien des Romains, les savait par cœur; il savait tout, il avait tout lu, mais il s'amusait à me taquiner à leur sujet. C'était entre nous des discussions sans fin. Il devint un intérêt dans ma vie et ma plus puissante distraction. Il semblait que la terre tremblât sous ses pas. Son visage était beau et régulier, les yeux noirs, très-beaux, pleins de flamme parfois, et même d'ivresse, la bouche belle, les dents superbes, la taille moyenne.

De grandes pluies à l'automne vinrent remplir mon appartement, à la Porticciola des Cascines. C'était les torrents de l'Appennin.

Louis Bonaparte, ancien roi de Hollande, qui portait le nom de comte de Saint-Leu, me fit une visite et m'adressa bientôt une cour agréable et timide, car il était âgé et malade. Il m'envoyait des fruits, des fleurs, des vers. Il ressemblait à son frère. Il reçut avec vivacité mes respects, mes coquetteries, il y répondit par des vers et un grand empressement. Son ouvrage sur la Hollande me fut utile. Je lisais Grotius, Puffendorf, B. Constant, etc. Je voyais beaucoup d'étrangers, j'étais calme et gaie.

Je reçus une lettre de Jérôme, mais je la lui renvoyai cachetée. Je voulais l'oublier. Au commencement de l'hiver j'allai loger sur la place Santa-Croce, à côté de l'église où sont les tombeaux des grands hommes.

Cependant cette lettre de Jérôme revenait à ma pensée... Recommencer mes tourments!

Le printemps était beau; mais j'allai faire un séjour dans le Casentino, où, au 20 mars, je ne trouvai plus le printemps mais l'hiver. Je lisais beaucoup. J'étudiais les lois, la politique.

Le Casentino est une province dans l'Appennin, célébrée par Dante :

Li ruscelletti, che de verdi colli
Del Casentin, discendo giuso in Arno,
Facendo i lor canali freddi e molli.

C'est étroit, resserré, escarpé, sans grandeur. L'aspect des montagnes me causa dans la route ses impressions accoutumées : l'infini, le désespoir. Occupée au sein de ces montagnes de la nature et de la création, de la formation des fleuves, des rochers, j'y retrouvai bientôt le calme, l'étude et la force.

Benjamin Constant, en politique, me semblait excellent ; je continuais de le lire, j'achevais mon roman de *Gertrude*, où j'avais voulu exposer plusieurs idées morales. Et fort courtisée d'un prêtre amusant, je comprenais l'avantage des grandes villes qui unissent et agrandissent les moyens et les idées. De retour à Florence, j'allais m'établir pour l'été *à la Pace*, maison à la porte Romaine de Florence où j'imprimai mon roman. Cette impression m'arrachait à un certain ennui qui venait de l'inaction du cœur. Mes jours, livrés à l'étude, passaient vite, mais mes soirées, avant les visites qui venaient tard, m'ennuyaient. Je recevais alors un homme âgé d'un grand esprit : le professeur abbé Pacchiani, célèbre par ses travaux en physique, son agrément et son originalité. Il venait avec un ami, vers dix heures, et partait à deux ou trois heures selon l'usage de l'Italie. Il causait de tout à ravir, il voyait tout de haut.

Descendue, pour l'été, dans l'appartement du premier, j'avais un grand salon, un balcon, l'air, la verdure. J'analysais Bentham avec admiration, malgré sa fausse doctrine de l'utilité ; je lisais un peu du *Digeste* et des *Plaidoyers*; le soir je lisais de la littérature italienne. Mes études faisaient l'enchantement de ma vie. Libri, avec lequel j'étais en correspondance, avait annoncé son arrivée, mais n'arrivait pas. Quelques hommes m'adressaient une cour muette.

J'allai visiter, avec un Anglais de l'Université d'Oxford, et à frais communs, Pise et Livourne; en route je lus le *Nouvel organum*; enivrée de ces grandes idées, de la mer, du mouvement, de la nouveauté. Rentrée à Florence pour l'hiver, et logée casa Rossi, via della Scala, où je suis retournée plusieurs fois, je terminai l'impression de *Gertrude*, qui traînait beaucoup. Je me rappelle ce temps avec plaisir; j'aimais ce roman; je l'avais fait avec passion; il ne vaudra jamais le plaisir qu'il m'a causé. Quel temps agréable, égal, doux, indépendant! Je regrettais les passions, mais mon fils m'occupait.

A mon retour à Florence, Libri vint me voir tous les soirs, et m'effraya presque par l'empire qu'il prenait sur moi. Je me rappelle sa première visite alors; nous fûmes troublés tous deux, mais il avait un chien, un grand chien noir, je remarquai ce chien, je lui en parlai; cela nous fit une conversation et une contenance. Libri vint tous les jours, quatre ou cinq heures dans la soirée. C'était une cour singulière; il ne parlait jamais de sentiment; il porta pour quelques jours son amour aux pieds d'une galante anglaise, à laquelle je l'avais présenté.

Gertrude paraissait et reçut un bon accueil; le comte Saint-Leu la loua beaucoup, on disait que c'était un ouvrage *mâle*. Je voyais beaucoup de monde alors; et ce roman m'amusa; à Paris, l'ouvrage réussit dans ma coterie.

Je vis alors représenter la *Medea*, tragédie du marquis de Ventignano, jouée par une grande actrice, l'Internari. Je reçus une profonde impression de l'actrice et de la tragédie, je trouvai Jérôme dans Jason.

Je voulais visiter Rome, mais Florence me plaisait plus que jamais. J'avais beaucoup d'amitié pour Bargagli, Didier, l'Espine, etc. Je partais pour Rome, curieuse de connaître le marquis Camillo, que j'avais à peine revu, et je songeais de revenir à Florence à l'automne.

Mon histoire à Florence s'est bornée à ceci : — Un homme m'a ravie (Libri), un homme m'a plu (Antonio Bargagli), un homme a touché mon âme (Charles Didier) ; aucun ne l'a su. — Ma vie était haute : pas de petitesses, pas de femmes, des intérêts tous généraux, des occupations, des conversations qui me plaisaient. A Florence, j'avais les charmes de l'amitié et de l'indépendance. Je regrettais l'amour pour lequel j'étais faite, mais une vie si forte, si studieuse, me charmait. Je n'y sacrifiais rien, je crois, à la vanité, à l'erreur ; je vivais autant que je pouvais, avec la vérité.

CHAPITRE VII

Je partis pour Rome. Quel pays en descendant de Pérouse vers le lac ! Et quels souvenirs ! Le voyageur est ainsi posé : à gauche, les montagnes sur lesquelles il s'appuie ; à droite, le grand lac de Pérouse ou de Trasimène, et d'immenses prairies. Le lac élégant réfléchit le bleu du ciel ; les oliviers, qui le bordent sur quelques parties, font que ces lieux rappellent les bords ravissants de la route de Gênes. Les plaines, qui s'étendent à droite et s'enfoncent au loin, terminées par les montagnes, ont déjà la noblesse des plaines romaines. Le paysage est grandiose, la végétation vigoureuse, les teintes prononcées. Ce pays est si beau qu'il fait par moment frissonner. On arrive à Passignano, lieu riant et frais sur le bord du lac. En avançant, Civita-Castellana, situé dans le vaste paysage romain, terminé au loin par des montagnes, offre des accidents d'eau et de rochers d'un effet pittoresque et grand : la hardiesse et la beauté sont partout dans ce pays romain, qui fait oublier tout le reste. On se dit qu'on ne connaissait pas l'Italie, sa magnificence, sa majesté, sa grâce et sa mollesse. Rien ne peut donner l'idée du pays romain, l'imagination de l'homme ne va point jusqu'à de telles beautés, à de telles harmonies. Bientôt Rome antique occupe seule. Depuis la Storta se développe la campagne de Rome, l'ancien Latium ; une verte prairie couvre un terrain inégal qui, étendu à perte de vue, n'est borné au loin que par les montagnes; çà et là s'offrent des arbres, mais nulle habitation ne vivifie ces champs immenses d'où l'homme a disparu. Bientôt Rome apparaît confusément au milieu de ces plaines; l'église de saint Pierre et sa coupole la dominent. Alors l'enthousiasme pour l'antiquité et les souvenirs de la jeunesse remplissent le cœur; nous abordons ce que nous avons tant admiré. En retrouvant les lieux, on retrouve les temps passés. Le soleil éternel qui les éclaira, brille aux cieux; un jour admirable est répandu sur ce pays; les montagnes, la forme du terrain qui charmaient les regards, sont restés les mêmes; la foule devrait se presser sur ces chemins romains si fréquentés, mais le silence et l'abandon ajoutent à l'impression, et la rendent plus solennelle. L'illusion se joue encore dans ces solitudes : quelques paysans, qui traversent la campagne romaine, sont les citoyens des tribus rustiques, et les soldats qui passent, couverts de cuirasse et la tête chargée d'un casque, sont des soldats romains qui vont rejoindre leurs invincibles légions en Asie et en Afrique. Il faut avoir aimé les anciens Romains, il faut avoir eu le cœur plein de leur histoire et de leurs grandes actions, pour savoir le bonheur d'un tel jour. Quand Rome s'offre ainsi, confuse sans rien à distinguer, Saint-Pierre seul s'élève au-dessus de tout, seule pensée, qui, au milieu des souvenirs antiques, nous vienne de Rome moderne.

Le même Anglais avec lequel j'avais fait une course à Pise, vient me voir au moment de mon arrivée à Rome, et me propose de visiter, le soir, au clair de lune, le Forum et le Capitole Le soir, nous nous faisons conduire en voiture au Forum, appelé aujourd'hui *campo vacino*, le *champ des vaches*, ce qui représente par un mot l'état de Rome, où les plus nobles lieux ont pris un caractère champêtre; je salue la colonne Antonine; le nom d'An-

tonin fut si cher aux Romains, qu'ils le révérèrent durant cinq siècles. Nous descendons de voiture dans une
solitude complète et un grand silence. La lumière incertaine de la lune laissait dans le doute les alentours du
Forum, seule lumière qui convienne aux monuments du
passé, la seule qu'ils laissent eux-mêmes et qu'ils permettent, la seule qui plaise au sentiment religieux que
ces lieux inspirent. A droite s'élevaient à cette pâle
lueur, les colonnes dispersées de deux temples ; on
doutait, dans cette clarté douteuse, si c'était des colonnes ou des ombres ; il semblait que l'antiquité, à moitié
détruite et voilée, vint retracer vaguement son élégance
et sa majesté. Non loin de là, au milieu du Forum, était
la tribune appelée *les rostra;* à gauche un temple à
Romulus. Ici finit le forum et commence la *via sacra ;*
sur le mont Palatin s'aperçoivent les ruines immenses
du palais des Césars ; de l'autre côté le vestibule de la
maison de Néron, dont le grand Vespasien fit un temple
à la paix : les arcades qui en restent, éclairées par la
lune, sont d'un effet prodigieux, semblent s'élever encore quand on en approche, et s'éloigner devant vous;
on prend, en les voyant, l'idée de la magnificence et des
jeux de Néron. Plus loin sont l'arc-de-triomphe de
Trajan ; les ruines du temple de Vénus et Rome, et
enfin le Colisée. Ces ouvrages ne sont plus du beau
temps de Rome, mais ils donnent l'idée de sa puissance;
sa gloire encore est derrière ; le Colisée fut d'abord un
étang dans la maison de Néron ; Vespasien en fit un
cirque pour les jeux publics. Il semble, au milieu
de ces monuments, que le passé renaisse; ceux qui vivaient là paraissent s'être rapprochés; la mort ne nous
en sépare plus si complétement; ce qu'on a vu parait
petit à côté de ces monuments; la lune ajoute à leurs
proportions; on atteint une idée de la race humaine et
de son pouvoir autre qu'on ne l'avait conçue, on se croit
Romain parmi les ombres ; on parcourt ces lieux d'un
pas hardi et tragique; on y est transporté dans une vie
nouvelle, étrange et magnifique.

Je me rappelais Medea et l'Internari, je répétais ce vers :

O mio Jason, ti perdo o per sempre te ti perdo.

L'Italie séduit dans son malheur, parce que sa destinée ressemble à celle de l'homme. Quel être a vécu et souffert, qui ne sente que le sort de l'Italie est d'accord avec le sien ? Nos enthousiasmes s'éclairent et se diminuent ; la route, qui nous semblait semée de gloire et de roses, a tremblé sous nos pas ; ce qui nous semblait éternel a duré peu ; beaucoup de nos sentiments nous ont déchirés; beaucoup de nos affections nous ont trompés. L'Italie s'offre à nous fatiguée aussi de sa course et déchirée sous le poids de ses souvenirs et de ses besoins. La régularité qui se trouve chez d'autres nations, et qui ne sympathise point avec l'âme, ne se rencontre plus ici.

Au sein de l'antiquité, vous retrouvez des biens perdus dont nulle règle importune n'assigne le prix; vous le leur donnez vous-même ; la réalité en est morte, et avec elle, le peuple, les petitesses, les dégoûts ; le souvenir est pur et plein d'éclat : c'est la vérité dépouillée des dogmes et des erreurs dont toute société la revêt.

L'homme indépendant, que les sociétés de l'Europe fatiguent, respire en Italie. Il est libre, et, réfléchissant et régnant sur les faits, il lui semble participer au pouvoir qui fut si longtemps l'apanage de ce pays. La nature y conserve les caractères qui le peuplèrent de dieux, qui rendirent les forêts prophétiques, qui inspirèrent Virgile ; quelques monuments semblent rivaliser de durée avec elle, et tout fait rêver, jusqu'à la poussière. Terre de Saturne ! Terre antique, berceau de tant de républiques. Terre d'Énée ! lieux mythologiques et divins, grande Grèce, terre de la Campanie, et vous, bords du Tibre, qui surpassez le reste ; mer, rivages illustrés par tant de combats, de vertus, de chants, de talents; pays que l'imagination de l'homme a consacré, soyez toujours son école et son port ; qu'il revienne dans cette

contrée comme au champ paternel, et qu'il y trouve
encore sa véritable histoire et ses inspirations!

Je reçus plusieurs étrangers, et j'assistai, sur le
Corso, au carnaval de Rome, le plus animé du monde.
Le comte Giraud, un Français, auteur dramatique en
italien, depuis des années établi à Rome, et qui habitait un beau palais sur le Corso, m'offrit ses fenêtres. Je
rencontrai chez lui les deux fils du duc Caetani, de la
famille de Boniface VIII, don Michel et don Philippe.
Ils étaient très-jeunes, et ils sont les hommes les plus
aimables et les plus spirituels de Rome, esprits fins,
satiriques, comme Rome antique et moderne en produit.
Je reçus la visite de monsignor Piccolomini, un jeune
prélat de la famille papale de ce nom, homme capable
et ambitieux, depuis cardinal, que j'ai cherché de poin-
dre (dans mon roman de *Jérôme*) sous le nom de don
Clément. Il m'intéressa par ses détails sur l'État romain,
par ses connaissances, mais son langage était inouï; il
disait des choses à la fois grossières et naïves, et m'apporta tout ce monde catholique, dévot, fourbe, arriéré,
rustique, dont je n'avais pas l'idée. J'allai dans son palais, sur le Corso, voir le carnaval. C'était un palais vide,
sans meubles; de vastes salles, une simplicité grandiose.

J'avais fait connaissance à Florence avec quelques
Espagnols d'un caractère fier et bien digne de leur
pays. Je restai lié avec un d'entr'eux que je retrouvai
à Rome. C'était le prince d'Anglona, second fils du
duc d'Ossuna, âgé de plus de quarante ans, de la plus
haute noblesse d'Espagne. Son âme était aussi noble
que son lignage et son patriotisme ardent, fier et douloureux. Je me plais à noter ces hauts sentiments chez
une grande noblesse de naissance. Je le vis beaucoup
à Rome et à Naples. J'avais repris au travail, à l'histoire
antique des divers peuples d'Italie. Je lisais aussi les
Antiquités d'Adam. Je travaillais le matin pour parcourir Rome après trois heures. J'allai visiter l'atelier du
sculpteur Tenerani, qui plus tard voulut bien dire à ma

sœur qu'en me voyant entrer, il avait cru voir entrer Hélène, fille de Jupiter.

J'allai voir aussi le sculpteur Bartolini et son atelier. Il me montra Pyrrhus lançant l'enfant d'Hector contre les murailles; il tient l'enfant par le talon, la tête est en bas, mais l'enfant rit, croyant que c'est un jeu. Il me montra un buste de lord Byron, et me dit qu'il était étonné de ma ressemblance avec le poète : en me voyant entrer il avait cru voir entrer une sœur de lord Byron. J'apparaissais donc chez les sculpteurs sous différents aspects. Il s'écriait quand je parlais : — C'est le même visage, la même manière ! —

Une nouvelle agitation commença pour moi. M. Libri m'adressa à Rome, M. Babbage, un savant anglais qui occupait la chaire de Newton. Il m'écrivait une lettre aimable, presque affectueuse, en m'apprenant qu'il avait été fort malade. M. Babbage me dit que les travaux de M. Libri en mathématique, étaient hors ligne, et que c'était un homme du plus grand talent. Cette Italie, M. Libri, l'éloge immense d'un homme qui n'avait cessé de m'intéresser, toutes ces causes me firent écrire à M. Libri, en lui répétant les éloges de M. Babbage. Libri répondit à l'instant une lettre admirable de neuf pages, où ses sentiments, son esprit se livrèrent.

En cherchant ces pages pour en parler, en ouvrant cette correspondance, en revoyant son écriture, et ce monument de sa jeunesse, je suis saisie de respect pour des lettres si belles, si abandonnées, un esprit si brillant, des projets si élevés, une âme si haute, si fière, une imagination si magnifique! Il disait qu'il attachait moins de prix aux éloges de M. Babbage qu'à l'intérêt que je voulais bien lui montrer, car, ajoutait-il, après avoir aimé passionnément la gloire depuis quatorze ans jusqu'à vingt, la connaissance que j'ai acquise des hommes et de leur nullité, m'a rendu presque insensible aux succès que je pourrais obtenir. Il eut travaillé par patriotisme ou par affection, mais un motif personnel ne lui suffisait pas. Il irait se perfectionner à l'étranger, et nulle femme n'existait, excepté moi, disait-il, à laquelle il eût livré ainsi ses idées. Laissant là sa lettre, et la reprenant le lendemain, il développait le plan ambitieux de l'histoire qu'il commença depuis; si ses forces le lui permettent et s'il tient à populariser son nom en Italie, il écrira l'histoire de la *Grande réforme scientifique* effectuée en Toscane au dix-septième siècle : « Jamais, disait-il, époque plus brillante ou plus productive ne s'est offerte dans les annales du monde. Relever l'éclat de mon pays, montrer que nous avons devancé toute l'Europe dans les sciences; que c'est à Florence que l'école moderne de la philosophie rationnelle s'est formée ; que c'est aux travaux de Galilée, de Torricelli, de Magalotti, beaucoup plus qu'aux ouvrages de Bacon et à ses préceptes, que l'esprit humain doit les progrès étonnants qu'il a faits dans le siècle dernier; — faire voir l'influence que les méthodes d'observation ont eues dans les sciences morales et dans toutes les branches des connaissances, et tant de résultats étonnants pour l'industrie, les machines et les manufactures, qui ont créé une nouvelle puissance dans l'État et préparé les révolutions modernes; — animer l'esprit des Italiens en rendant populaire l'enthousiasme pour nos grands hommes de science, et tâcher d'entraîner le pays vers ces études. — Voilà le but général de mon ouvrage... Le physicien doit y trouver que l'histoire de la science conduit à un grand nombre de découvertes, non-seulement parce qu'elle nous montre comment il faut travailler, mais encore en nous faisant reconnaître l'influence du temps dans les phénomènes physiques, les changements que la durée introduit dans les faits naturels, et les rapports de ces variations avec les grandes périodes planétaires. — Maintenant, croyez-vous que d'écrire un ouvrage tel que je le conçois, en surmontant toutes les difficultés du sujet et celles du style (car il s'agit aussi de le bien écrire en italien) soit une entreprise pour tout le monde? » Puis il ajoutait merveilleusement... « Au reste, ni l'analyse, ni l'histoire, ne sauraient remplir la vie d'un homme mais peut-être avant la fin de cette année, on pourra avoir d'autres occupations plus dignes d'un homme qui voudrait agir. »

Il me questionnait sur mes études et mon voyage; il disait qu'il eût voulu visiter Rome, mais que maintenant tout ce qui lui rappelait des époques plus fortes et plus heureuses lui faisait mal, et il finissait en demandant si mon fils avait vu la statue de Pompée? Qu'on s'imagine l'impression produite par cette lettre sur une jeune femme déjà enchantée? En pouvait-on écrire une plus noble, plus savante, plus aimable? Étais-je donc destinée à des correspondances sublimes? Je répondis à cette lettre sous le charme de cette lettre, et comme il m'avait dit que la confiance qu'il me montrait ne devait pas me paraître une déclaration : — Cette déclaration, lui répondis-je, vous la craignez beaucoup, eh bien! moi, je vais vous la faire. — Alors je lui racontai ce que j'avais senti pour lui, comment il m'avait douloureusement reportée au passé; j'ajoutais que ce n'était pas seulement comme homme savant et par l'esprit qu'il me séduisait, mais comme un homme d'action, d'audace et fait pour agir. Éternel type que je cherchais dans l'homme d'esprit! Je parlais, d'ailleurs, ici, comme d'une impression vaincue, mais sans m'expliquer. Mais si le caractère de Libri, trop hautain, ou peut-être trop timide, trop peu habitué encore au charme qui entraîne le sexe, m'avait laissée maîtresse de moi, sans cesse la séduction de son esprit reprenait son empire. Ici, dans cette circonstance de Rome, je fus enivrée. Libri se conduisit précisément comme il fallait. Après une passion malheureuse, il m'inspira une passion combattue et brillante, une passion qui ne me fit plus voir l'Italie blessée et affligée comme moi, mais l'Italie forte de la plus haute imagination du monde. Libri fut pour moi l'Italie. Eh! quel homme la représentait mieux? Excepté peut-être la volupté, il en avait tous les dons. Il en avait la flamme, l'éloquence, l'am-

bilion, les talents, la générosité, la grandeur, la beauté.
Ses rêves, ses paroles, tout était empreint de cette magnificence, cette lumière, cette richesse qui caractérisent son pays. Il comprit que je voulais résister, mais
il reçut une impression violente de mes aveux, et de
cette assurance qu'il acceptait des forces qu'il sentait en
lui. Il m'a dit depuis, que déjà, à Florence, j'avais été la
première personne qui lui eût annoncé sa supériorité.
Ému d'une façon digne de lui, il m'écrivit : « Il faut
que je réponde tout de suite à votre lettre qui m'a comblé de joie : enfin, je puis m'entretenir avec quelqu'un,
et c'est tout ce que je demandais au ciel depuis bien
des années, peu m'importe comment, je ne vous demande pas compte de vos sentiments; que je puisse
vous dire ce que je sens, que je puisse vous parler
comme je me parle à moi-même, me ranimer dans votre société, voilà ce que je désirais, voilà ce que je possède maintenant. Je pourrai vous dire mes faiblesses;
je pourrai vous dire mes peines; lorsque je serai découragé, je vous écrirai et je retrouverai du courage ; lorsque j'aurai des succès, je vous écrirai et cela vous fera
plaisir! Enfin, une nouvelle existence va commencer
pour moi ! » Rappelé sur sa vie dont la moitié, disait-il,
s'était passée dans les illusions et l'autre dans les folies, il peignait son caractère comme le plus violent,
mais il demandait à cette violence même et aux passions, l'action et la grandeur. « Les grandes actions,
écrivait-il, sont toujours le résultat d'une passion con-
centrée sur un objet unique et déterminé; on fait beaucoup plus pour sa mère ou pour sa maîtresse qu'on ne
fera jamais pour mille femmes. Il faut tâcher d'améliorer beaucoup son être, mais je pense que l'on peut tout
faire par un mouvement brusque et violent : les amé-
liorations successives me conviennent peu. Ainsi, maintenant que vous pouvez me faire faire beaucoup de choses, vous devez, si vous prenez quelque intérêt à moi,
me dire ce qui ne vous plaît pas dans mon caractère.
Je ne vous promets pas de me corriger sur toutes ces

choses, parce qu'il y a des qualités qui ne plaisent pas aux autres et qui me plaisent beaucoup à moi, mais excepté celles-là, je me corrigerai des autres défauts.

Le surlendemain dans une lettre de vingt pages, il revint sur tout ceci. Il en appelait à la force pure, au génie seul, il disait :

« En appliquant les sciences au besoin de l'humanité elles perdent leur caractère de grandeur, et il suffit d'un homme très-médio re pour faire les applications les plus utiles... Le génie n'agit que pour lui-même et pour quelques êtres privilégiés ; il repousse toutes les entraves ; au lieu de se façonner à l'*utilité* des hommes, il façonne les hommes à sa manière ; il suit quelque grande idée, s'embarrassant peu du vulgaire, il lui suffit d'être compris par quelques intelligences supérieures. Et fort de la conviction de sa puissance, il agit pour un ordre d'êtres au-dessus du commun des hommes. En s'occupant des hommes, on court risque de s'indentifier avec eux et de partager leurs misères, au lieu que la pensée d'être compris par les esprits supérieurs vous donne de nouvelles forces. Un autre s'emparera de vos découvertes pour les appliquer aux besoins des hommes que, dans sa médiocrité, il connaîtra mieux que vous. D'ailleurs peu importe à la fin la manière dont on est inspiré, pourvu qu'on ait de grandes inspirations. Ainsi que ce soit la gloire, ou la religion, ou la patrie, ou vos amis, ou l'amour, ou la philanthopie qui vous animent, tout cela c'est bien égal pourvu que l'on soit animé aux grandes actions. »

Me parlant de mes études, il disait : « Songez qu'il faut bien faire ou ne rien faire, que la médiocrité en beaucoup de choses, fait briller en société, mais que pour se rendre illustre, il faut bien savoir une chose. D'ailleurs, ce n'est que la profondeur des connaissances qui donne des vues neuves et élevées ; et, quand on a acquis cette vue d'aigle dans une science, on peut facilement la reporter dans les autres. Ainsi, je vous prie, choisissez un sujet quelconque, et allez jusqu'au bout, les moyens ne vous manqueront pas, j'en suis sûr, et vous pouvez aspirer à tout si vous mettez un peu plus de méthode dans vos travaux.

« N'oubliez jamais la maxime : que les faits seulement peuvent nous conduire à la vérité ; que les plus beaux génies se sont égarés lorsqu'ils ont quitté cet appui. — On gâte les femmes, en général, parce que les hommes les considèrent comme une classe inférieure, et tous les éloges qu'on donne à leurs essais, quelquefois très-faibles, démontrent le peu de cas qu'on en fait. Moi, je pense, au contraire, que les femmes peuvent parvenir à tout ; mais qu'il leur faut beaucoup de force pour s'élever à travers tous les obstacles et les dangers qui les entourent. Mais il faut prendre de grands modèles pour cela. Les femmes qui vous ont précédée se sont arrêtées à moitié chemin. Voulez-vous de cette gloire ? Elle est facile à cueillir et vous l'avez déjà ; mais ce n'est pas ce que je veux pour vous. Ecoutez-moi, je crois que ce qui fait la différence entre homme et homme, ce n'est pas tant l'esprit que le caractère. Eh bien, moi, je vous trouve un caractère extraordinaire, et je pense qu'avec cela, vous pouvez aller où vous voudrez, car la première qualité d'un caractère élevé, c'est la fermeté ; et si vous ne craignez pas le travail, vous ferez ce qu'il vous plaira de faire. Mais prenez garde de ne pas prendre la singularité des manières pour la singularité du génie. Vous l'avez beaucoup cette singularité des manières ; si elle est originale, ne changez pas ; mais si quelquefois il vous est arrivé d'outrer les choses pour vous distinguer des autres, ne le faites plus ; car la véritable grandeur consiste dans la simplicité. Sachez vous-même ce que vous valez, ayez deux ou trois personnes qui vous comprennent, et méprisez le reste du monde, la postérité saura bien vous comprendre.

« Vous dites que je ne vous ai pas devinée, je suis trop vieux pour ne pas *deviner*, ou du moins *soupçonner*. Mais lorsque je vous ai connue je ne savais pas votre histoire, et je n'en sais que ce que vous m'en avez dit

et *pas un mot* de plus. Ainsi je vous ai cru des engagements solennels, et j'ai pensé que j'aurais fait votre
malheur. Car toujours je veux dominer en maître, et je
brise tout à la première résistance. Et je vous connaissais assez pour savoir qu'il serait difficile de vous soumettre : ainsi, peut-être, j'ai étouffé quelques sentiments
personnels, car je pensais que vous deviez parcourir
une carrière glorieuse, et j'ai respecté votre mission.

« En général, ce que je fais, je le fais bien, parce que
j'ai toujours une idée unique ; mais vous sentez que
cette monomanie fait rarement mon bonheur et plus
rarement encore le bonheur des autres. »

Je répondais vite, moins longuement que lui. Nous
discutions les motifs des grandes actions, différents sur
quelques détails, nous rapprochant à tout moment sur
l'ensemble. Il se livrait, il disait des choses charmantes : « Ce qui me tourmente, écrivait-il, c'est d'avoir
beaucoup de poésie dans le cœur, et de n'être pas tout
à fait bête du côté de l'esprit. Si je pouvais me contenter des rêves, je serais plus heureux, et je le serais
beaucoup plus si je pouvais me réduire à *l'analyse.*
Vous trouvez dans mes idées du *pasticcio* ? Eh bien !
soit ! Est-ce que vous trouvez qu'avec des facultés bornées et des désirs illimités, les hommes ne sont pas
tous des *pasticci* ? » Tout ceci n'est-il pas charmant ? Il
parlait de quelques affaires qui se préparaient peut-être
en Italie, il disait : « Mais ne croyez pas qu'aucune
chose puisse me contenter pour longtemps : je voudrais
essayer mes forces sur tous les objets, pour ne rien voir
au-dessus de moi, mais je ne trouverai rien qui puisse
me contenter, et le mot de Pyrrhus, n'est pas pour moi. »
Disant qu'il travaillait bien quand il était en colère, il
ajoutait avec beaucoup de grâce : « Ordinairement je ne
vaux pas grand chose, ainsi maintenant, par exemple,
depuis quelques jours, je suis un peu trop content et
trop sain pour ne pas être un peu bête. » Il me priait de
ne pas juger de sang-froid des pages où il disait tout ce
qui lui passait par la tête. Il me remerciait de mes

lettres : « Et croyez, disait-il, que si je n'y attachais pas un prix extraordinaire, je ne vous écrirais pas comme je fais, car je me livre sans défense, je bavarde, je m'épanche, enfin je fais ce qui me plaît. Je vois bien, ajoutait-il en badinant, que vous voudriez toujours de la force et de la grandeur, mais ne vaut-il pas mieux cacher tout cela pour s'en servir à l'occasion? Parler grandeur aux hommes, c'est leur parler chinois... Et comme tout le monde aime à se faire valoir, laissez-moi me rabaisser moi-même ; et pourquoi avoir le charlatanisme de la grandeur?» Il voulait faire pour moi un livre sur les faits.

CHAPITRE VIII

Tandis que j'étais ainsi occupée de Libri, la grande imagination de l'Italie m'apparut sous une autre forme. La semaine sainte arriva, et je vis célébrer dans l'église de Saint-Pierre, les douleurs, la mort, la résurrection d'un Dieu avec les chants déchirants, les pompes augustes, les hautes cérémonies du culte romain. C'est ce culte auquel l'Europe et ses rois furent soumis ; voilà la dignité qui humilia le front des empereurs. Le luxe, l'éclat des détails, le souverain et tous les cardinaux là présents, leur auguste parure, cette majesté royale, introduite dans une messe, cette messe devenue une affaire d'État, et cette musique sublime, tout cela me faisait désirer que si jamais le gouvernement romain périssait, on conservât du moins le jour de Pâques pour Saint-Pierre, et Saint-Pierre pour le jour de Pâques. L'élévation de la messe se fait au son très-bas et très-doux des trompettes. Le pape Léon XII, plus pâle qu'à l'ordinaire et épuisé de fatigue, présidait à la fête. Des cardinaux, également affaiblis, marchaient à sa suite, soutenus par de jeunes prêtres. Le soir une illumination magnifique, un feu d'artifice, tiré du château Saint-Ange, accompagné du canon, et dont les feux sont répétés dans les eaux du Tibre, célèbre dignement, avec une musique devenue riante et délicieuse la résurrection du Dieu.

Mais si ces cérémonies consacrent depuis des siècles le spiritualisme sur la terre, d'un autre côté, la conversation, les idées de ses prêtres, inspirent une impression tout opposée. Nous connaissons par l'étude un temps passé d'ignorance et d'erreur, où l'homme grossier n'avait qu'une religion matérielle, où les sentiments, dans l'enfance, laissaient les sens établir leur vulgaire domination. En écoutant les prélats, ce temps nous apparaît : un gouvernement de prêtres, les subtilités catholiques encore dans leurs bouches, des vices ensemble et des scrupules inouïs, les égarements où entraîne un vœu extravagant pour l'homme, le plus grand nombre se jouant de cette loi, quelques autres mourant victime d'une foi ridicule ; un pays corrompu et couvert de couvents ; la nature, c'est-à-dire Dieu, de toute façon méconnue, et les malheurs qu'il en coûte à ne pas se régler sur Dieu, à ne pas le suivre et le respecter. Les idées éclairées paraissent là, hardies, immorales ou incompréhensibles ; on ne sait plus comment les exprimer, reporté qu'on est à l'enfance de la raison. Et l'imagination, instruite par cette nouveauté, apprend à se livrer à sa force, à se figurer partout cette variété qu'elle oublie trop. Frappés comme le furent les hommes du dix-huitième siècle, nous comprenons mieux leurs sarcasmes et leur indignation ; nous comprenons que des sentiments élevés, charitables, et je dirai religieux les inspirèrent ; en attaquant ce qui faisait souffrir l'homme, ils accomplirent une œuvre sacrée ; jamais le nom de Voltaire ne me parut si grand, si vénérable qu'à Rome ; de Dieu le culte passe à ceux qui l'ont vraiment servi, et l'on confond dans un même amour le Créateur et l'écrivain.

Mais Rome, revêtue deux fois d'un empire universel, porte dans les mouvements des deux âges, un même caractère de grandeur. L'imagination s'enivre dans les galeries du Vatican : les chefs-d'œuvre, le lieu, l'arrangement, le goût, la magnificence, et cette grandeur morale, toujours présente à Rome, nous inspirent heureusement. Les salles sont vastes, recouvertes d'inscription ou de marbre, ornées de colonnes, avec un luxe sans égal. On marche sur un pavé de marbre ou sur des mosaïques ; les statues grecques ou romaines des dieux, ou les bustes des grands hommes de l'antiquité, travaillés avec un art incomparable, nous offrent le talent sous toutes ses formes. Alexandre, Aspasie, Jupiter, Cicéron sont associés ; le nom de Phidias se prononce à côté de celui des héros ; plusieurs divinités singulières rappellent les différents âges de l'histoire ; un tombeau des Scipion est venu se réfugier là, et, de tous côtés, au dehors, se laisse voir la campagne romaine ; Rome se développe sous les yeux ; le mont Vatican la domine ; l'eau rafraîchit l'atmosphère ; son doux murmure plaît dans ces lieux ; de longs balcons associent encore mieux à ces chefs-d'œuvre Rome et la nature ; voici les montagnes de la Sabine ; voici Albe, Tusculum, l'air se joue sous ses voûtes, et l'on s'y enivre de tout ce qui fait qu'il est beau de vivre. Comme Rome est bâtie sur des collines, la nature vous y est partout rapportée, la vue des campagnes, les montagnes, l'air des champs, les impressions de l'infini, viennent vous atteindre au milieu des hommes. Nous ne parlerons jamais assez de cette forme de la ville qui la distingue entre toutes les villes, qui n'en fait pas une cité, mais un lieu à part, ordonné différemment de tous ; Rome même plane sur Rome et se voit entière de partout. Mille points de vue, mille promenades offrent de merveilleux enchantements ; l'âme est transportée dans une nouvelle existence ; quelques villas, quelques jardins sont des modèles de goût et de magnificence. Aussi est-il impossible de se figurer ces alentours de Rome : partout la grandeur de la nature et la grandeur humaine semblent s'y disputer l'empire ; l'une acquiert par l'autre un nouveau pouvoir ; les souvenirs sont faits pour,

les lieux et les lieux pour les souvenirs ; ces ruines,
consacrées par tant de travaux, se dessinent dans un
pays dont rien n'égale la majesté. A Rome, ce mot de
majesté s'applique à la nature qui le demande et vous
fait relever fièrement la tête. Les lignes des montagnes
sont nobles ; ce pays est celui des lignes ; quelque chose
de vaste, dans la campagne, lui donne un autre caractère qu'à la haute Italie. En Toscane les montagnes vous
écrasent ; ici, à une grande distance, elles ne servent
qu'à marquer le lointain, mettant dans le pays le mouvement, la grâce et la noblesse. La nature n'est pas
triste ; déserte, elle est animée par les pensées qu'elle
rappelle. L'éclat du jour est de moitié dans l'effet du
pays. La transparence du ciel, dans le midi de l'Italie,
est tout autre de ce qu'elle est chez nous ; il faut en voir
l'éclat, sans nuage, sans vapeur, et resplendissant ; la
verdure est aussi plus prononcée ; toutes les teintes
sont admirables. Si quelques nuages paraissent, ils suivent dans l'immensité leur course aérienne, brillants de
blancheur et de lumière ; le soleil semble presser la nature d'une action brûlante, active et continue. Enfin, le
silence est profond ; la campagne romaine n'est point habitée ; rien n'altère le caractère que ces lieux réveillent ;
rien n'interrompt le langage muet du ciel et des souvenirs. Ce pays est vraiment le pays de l'homme, de
l'homme intelligent et enthousiaste qui en reçoit à chaque pas, à chaque instant, les impressions faites pour lui.

Je préparais mon départ pour Naples. Plus je voyais
l'Italie, plus j'en étais curieuse ; devenue jalouse pour
Rome, j'espérais que Naples ne me plairait pas tant.
Mais si tant de beautés charmaient ma vie, si Libri y
mêlait le plaisir élevé de ses lettres, cependant, mon
cœur sans passion éprouvait parfois au milieu de ces
biens mêmes, un grand vide. Tous les soirs j'avais cinq
ou six personnes qui venaient causer : c'étaient M. Babbage, et d'autres Anglais, l'abbé Lanci, les deux Caetani, et quand ces personnes s'en allaient, je cherchais
Dieu, et me mettant à genoux, je lui demandais je ne

sais quoi, rien, peut-être, mais je cherchais près de lui
des émotions plus douces. Je ne pus obtenir du *sacro
palazzo* la permission de faire vendre dans Rome mon
roman de *Gertrude*, qui fut examiné et défendu.

Je restai à Albano le mois de mai et la moitié de juin.
Au moment de mon arrivée, le soir au clair de la lune,
tandis que les domestiques cherchaient des lumières et
préparaient l'appartement, je fis le plan de mon roman
de *Jérôme*. J'occupai un ap artement au rez-de-chaussée
sur un jardin. Le pays d'Albano est ravissant. Je fis
quelques connaissances dans le village, et avec elles de
grandes promenades aux environs et dans toute la campagne. Je me hasardais seule aussi, bien qu'on me dit
que cela était très-dangereux, mais je ne rencontrai jamais aucun péril. Le soir je me promenais avec quelques personnes autour du lac d'Albano, au clair de
lune et au chant des milliers de rossignols qui habitent
autour de ce lac. Tous les huit jours j'allais déjeuner à
Rome, chez l'abbé Lanci, où je prenais des détails sur
l'italie, où je rencontrais du monde, et le second des
deux princes Caetani, Don Philippe, qui commençait à
m'adresser une aimable et timide cour. Il avait vingt-
deux ans. Il était très-agréable, très-grand, très-mince,
avec un très-petit pied. Ses manières avec moi étaient
réservées et charmantes ; il se montrait épris, ravi, mais
sans espérance. Il disait que mon caractère était plein
d'honneur, que ma réserve était admirable, mais qu'il
saurait l'imiter et que j'ignorais de quel enthousiasme
il était capable.

Mais ni lui, ni Libri, ne m'occupaient alors. Des jours
entiers, où je voulais écrire mon roman de *Jérôme*, s'é-
coulaient dans des souvenirs trop souvent réveillés.
D'autres jours, je restais quatre ou cinq heures devant
un livre sans en lire une ligne, toujours entraînée par
ma rêverie, fatiguée au bout du jour de moi et de la nature entière, et payant cher ce peu d'intelligence qui
nous fait sentir précisément combien nous en manquons.
J'espérais encore. Parfois cet espoir faisait ma consola-

tion, parfois je le trouvais plus dérisoire que le reste. J'étais honteuse d'aimer tant. Des mots, des accents de sa voix, restés dans mon oreille, des expressions de son visage, qui s'offraient tout à coup à ma mémoire, détruisaient pour moi l'effet de la séparation ; je venais de le voir, je venais de l'entendre ; et si parfois, à Rome, distraite par la conversation, j'avais été enlevée à lui, en rentrant dans moi-même, il m'avait semblé que j'avais tout perdu.

Libri, dans ses lettres, me donna quelques détails sur sa jeunesse, bien différente de celle de don Philippe : « Lorsque je parus, disait-il, au milieu des hommes, à dix-huit ans, au sortir de l'Université, j'étais d'une telle austérité de mœurs et de principes, que je doute fort qu'on m'ait jamais surpassé sur ce point. Je m'exposais moi-même à tous les dangers, et j'étais sûr d'en sortir victorieux ; rien ne me coûtait, et si l'on devait écrire l'histoire de ma vie, il y aurait une période (de trei e ans jusqu'à vingt), qui sans doute serait ignorée et qui serait la plus belle. Et je dirais que tout ce que je pourrais faire de beau et de grand si jamais l'occasion s'en présentait, ne serait qu'une étincelle de ce feu sacré, qui jadis embrasa mon cœur pour la vertu et pour la vérité, et qui me faisait pleurer des jours entiers lorsque j'avais lu un morceau de Tite-Live ou de Plutarque. »

Il rencontra dans la société une indifférence qui l'indigna : « Comme il me fallait du mouvement, disait-il, et que les choses ordinaires ne pouvaient remplir mon existence, j'allai aux excès dans tout ce que je faisais ; et voilà pourquoi je fis quelques folies. — Et je me réservai les mathématiques pour exercer mes forces intellectuelles ; et surtout je choisis ce genre d'études, parce que méprisant les suffrages de la multitude, il me suffisait d'être compris par quelques esprits supérieurs, ne voulant pas donner à tout imbécile le droit de me lire et me juger. — Mais tout cela ne suffisait pas pour me rendre content, et alors j'appelais à grands cris un ami qui prît quelque intérêt à mes actions, afin que je pusse faire pour lui ce que je ne voulais pas faire pour les hommes. — Mais cet ami je ne l'ai jamais trouvé; et quoique souvent j'aie créé des fantômes, je me suis bien vite réveillé de mon rêve, et ces rêves m'ont coûté bien des regrets. — Vous avez fait pour moi beaucoup plus que toutes les personnes que j'ai connues jusqu'à présent, une exceptée (sa mère), et si vous continuez à vous intéresser à mes actions, je ferai pour vous ce que je ne fais pas pour tous les hommes. Et croyez-vous que je sois si bête de ne pas comprendre que le caractère et les qualités de l'âme sont la source de toutes les grandes pensées? — Je vais bien plus loin, moi, car j'ai toujours pensé que d'homme à homme il y a très-peu de différence du côté de la puissance intellectuelle, et que c'est la force morale qui manque en général, et qui empêche l'esprit de prendre son essor. » Il ajoutait que rien n'est impossible à la volonté de l'homme : « *Impossible!* Quel est l'audacieux qui voudrait circonscrire mes forces et m'imposer des entraves? Quand il n'y aurait que la mort pour se délivrer, ne peut-on toujours mourir? Mais la vie est un moyen dont il faut savoir apprécier l'importance : Castruccio étant en bateau à l'embouchure du Serchio, il s'éleva une tempête; ses compagnons étaient assez calmes, mais lui s'emporta. Arrivés tous à terre, on le railla sur sa peur de mourir, il répondit : — C'est que chacun sait la valeur de sa vie. — Et, certes, il avait bien montré, aux jours de bataille, qu'il n'était pas lâche; c'est qu'il trouvait qu'on pouvait payer une victoire de sa personne, mais qu'il ne fallait pas se noyer pour rien. Aussi, dans chaque entreprise il faut bien calculer jusqu'où l'on veut aller, et si la chose en vaut la peine, il faut mettre la vie en balance comme un moyen, et, une fois qu'on a jeté le dé, ne reculer jamais... »

« On peut quitter et reprendre l'austérité, je vous l'assure, car j'en sais quelque chose, et même l'habitude a tant d'empire sur nous que d'être toujours grands et toujours austères, n'est pas le plus difficile... Il faut savoir maîtriser sa course, et on le peut toujours. Ainsi, qu'il ne soit plus question d'*impossible*. Moi je ne reconnais rien d'impossible chez moi, et de toute la poésie d'Horace, il ne m'est resté que le *nil impossibile volenti*, et *l'impavidum me ferient ruinœ*. » Un autre jour il demandait un emploi pour ses forces, il disait que peu lui importait d'élever ou de détruire, et qu'il voudrait qu'on gravât sur son tombeau ce que Sylla ordonna d'écrire sur le sien.

Comme je lui parlais du tombeau des Horace à Albano, et des restes de cette antiquité romaine, il s'amusa bientôt à attaquer les Romains avec violence, avec esprit, avec science ; il ajoutait pourtant gaîment en finissant : « Il faut pardonner au pauvre géomètre, si en voulant s'essayer sur l'histoire, il dit des bêtises. »

Comme j'allais à d'autres questions avec lui, il me répondait un jour plaisamment : « Quant à la concordance du libre arbitre et de la nécessité, je n'y ai jamais rien compris ; mais je respecte tout ce qui me vient de Rome sur cette matière. » Et parlant de son nom de Guillaume, il disait qu'il eût voulu un nom obscur pour le rendre illustre comme le jour malheureux dans lequel Lucullus livra bataille.

Cependant, le jeune Philippe Caetani me faisait connaître l'esprit piquant des Romains. Un jour que j'étais chez l'abbé Lanci, il me demanda de me reconduire à Albano ; j'y consentis ; je vis plusieurs personnes chez l'abbé, et je fis les études pour mon ouvrage. Nous devions partir à quatre heures. A cette heure, don Philippe, déjà arrivé depuis longtemps, se leva aussitôt, impatient de partir ; toute sa personne respirait la plus douce gaîté. Je pris affectueusement congé de l'abbé, qui me suivit avec ses amis pour me mettre en voiture, et dès que nous fûmes sur l'escalier, don Philippe m'offrit son bras, salua ces messieurs qu'il eût voulu laisser là, mais les autres nous suivaient toujours. Don Philippe me conduisait, il descendait l'escalier avec joie et légè-

reté, riait doucement, plaisantait, et laissait percer une
ivresse aussi aimable que son âge. Nous montâmes en
calèche, en saluant tout le monde, et quand nous fûmes
dans la campagne romaine, durant ce beau soir de printemps, il commença de plaisanter avec amour. Sans
m'avoir jamais déclaré son sentiment, il le montrait de
mille façons ; il était de ces hommes faits pour plaire,
que les femmes entendent, et qui savent tout dire d'un
mot. Aucune vanité, aucune petitesse ne troublait l'ardeur et le charme avec lesquels son cœur s'abandonnait
au premier amour véritable qu'il eût encore éprouvé.
Son visage était animé, ses beaux yeux romains, dont
le blanc est un peu bleuâtre, exprimaient la joie,
il cherchait à lire dans les miens. — Quel voyage !
s'écria-t-il avec expression, quel voyage ! pour moi
quelle imprudence ! Ah ! madame ! qu'ai-je fait ! —
Il trouvait un langage plein de grâce ; il osa prendre
ma main. — J'en reçois un effet terrible, me dit-il, un
effet terrible, hélas ! madame, qu'ai-je fait ! — L'homme
du midi triomphe dans l'amour ; ses impressions sont
plus vives, plus rapides, plus douces à la fois et plus
déchirantes, et celui-ci, et Philippe était l'élu du Dieu ;
il en sentait toutes les atteintes, tous les traits : une délicatesse exquise et plus fine que les hommes ne l'ont
ordinairement, l'enthousiasme pour ce qu'il aimait, le
pouvoir de le parer de tous les dons imaginables, un
emportement qui l'eût entraîné, si le respect le plus
tendre n'en eût fait l'être le plus soumis ; enfin, il savait ces secrets à la fois douloureux et suprêmes qui
ébranlaient son âme et menaçaient sa vie. Tel alors il
commença à m'apparaître. — Hélas ! me dit-il tendrement, tout vous est indifférent, et ma joie et ma douleur, tandis que si le moindre malheur vous fût arrivé,
j'en serais au désespoir !

Le soir, à Albano, il m'exprima les mêmes sentiments,
il me quitta pour aller loger à l'auberge, et le lendemain
il vint me prendre de bonne heure pour faire une promenade à pied. Il avait apporté de Rome un pistolet

4

qu'il portait dans la campagne, où l'on marche assez ordinairement armé ; le pistolet était chargé et dans sa
poche. Moi je pris la belle lettre de Chateaubriand sur
la campagne romaine. Nous nous assîmes au loin, je
lus la lettre, mais il ne voulait rien entendre, m'interrompait à tout moment, déplorait ma rigueur. Il saisit
en main son pistolet ; l'arma, et le dirigeant vers sa
bouche, me montra par ce geste expressif ce qu'il rêvait.
Je pris la chose en badinant ; nous rentrâmes, et le trouvant trop agité, je l'engageai à retourner à Rome, mais
il devint triste, ne répondit pas, se leva, et prévoyant
qu'il ne partirait pas, je lui donnai rendez-vous pour le
soir.

Le soir, je reçus quelques personnes d'Albano ; elles
me quittèrent à dix heures, et ne voyant pas venir don
Philippe, j'envoyai à son auberge. Il était malade, il
était au lit, et ne pouvait venir chez moi. Malade?
comment? Très-malade? Je ne savais rien. L'aller voir
à l'instant, ne me coûta que le temps d'y aller ; j'ordon-
nai aux valets de l'auberge de s'informer si don Philippe
pouvait me recevoir. Jours de l'amour et de la jeunesse!
Impressions nouvelles et irrésistibles !

On me fit monter au premier étage, et don Philippe,
au lit, me reçut aussitôt, touché, ravi et confondu de
ma visite. — Demandez-leur, me dit-il en montrant les
valets qui étaient encore dans sa chambre, ils vous di-
ront que, rentré ici, je me suis évanoui ; on m'a porté
sur mon lit ; j'étais sans connaissance ; je les ai tous
effrayés. — Les valets confirmèrent ce qu'il disait , et
sortirent. Alors : — Vous ici! reprit-il, comment vous
exprimer ma gratitude, ma sensibilité! Que faire pour
la montrer? Vous me confondez ! — Je répondis que
j'étais inquiète de le voir seul à l'auberge, privé des
soins auxquels il était accoutumé. — J'ai cru mourir,
dit-il, on m'a porté ici, j'avais perdu la connaissance et
la lumière. — Il continua : — Que j'ai souffert! Pourrait-
on souffrir davantage? C'est impossible. Il me touchait,
il continua : — Ma vie est si troublée depuis quelque

temps, aujourd'hui vous m'avez si mal traité! Vous
m'avez dit de partir; que ces mots me furent douloureux! — Il ajouta : — Votre main! J'en ai reçu un effet
terrible! — Il me la demanda encore, je n'osais la lui
donner; il la pressa; je sentis la sienne trembler; quelle
fut mon émotion! Il s'agita de nouveau; il soupira : —
Mais que faut-il faire, reprit-il tendrement, pour être
aimé de vous? — Je ne lui laissai pas voir mon trouble;
j'aurais voulu rester là à le soigner, mais je craignais de
l'agiter. Il me disait mille choses touchantes, toujours
confondu de ma visite, et avec tant de délicatesse et de
dignité, que nul homme ne pouvait mieux ennoblir ma
démarche. Enfin, songeant à son repos, je me levai, je
lui fis ce sacrifice, je le recommandai vivement aux gens
de la maison, je sortis, rêvant à lui. Ce jour, pour moi
mémorable, était le vendredi 23 mai 1828. Il vint le lendemain. Il disait : Jamais je n'ai connu de pareilles
émotions, tout ceci m'est nouveau. — Il resta pensif, il
reprit d'un ton sérieux : — Je me reproche tant de folies
commises sans aimer, et dont à ce moment mon cœur
s'indigne. Que faisais-je alors? — Combien souvent il
me fit ainsi admirer la nature humaine, la créature de
Dieu! Il retourna à Rome, et moi je partis pour Naples.

CHAPITRE IX

Naples, sur une mer brillante, voluptueuse, semée
d'îles, ne ressemble à rien de l'Italie et inspire de nouvelles impressions. C'est une magnificence dont on n'a
pas l'idée, c'était aussi une chaleur insupportable. Le
peuple aussi est extraordinaire : à moitié nu, pressé
dans les rues, sur les places, il y vend à grand bruit
les choses nécessaires à la vie; il crie, s'agite, s'épuise
sous un climat brûlant; il travaille, dîne et vit dans la
rue; il y donne le spectacle de sa toilette; telle on s'i-
magine une race africaine, dans son caractère à la fois

sauvage et brûlant : l'air de l'Afrique, respiré sur ces rivages, y porte des couleurs dont l'habitant du Nord reste étonné. L'esprit s'ouvre devant ce spectacle nouveau ; reporté à l'enfance des sociétés, il se représente l'homme primitif, avec son langage mal articulé et dans la négligence de sa personne.

L'éclat du ciel et du pays semble réfléchi dans le caractère des habitants ; un soleil dont nulle vapeur ne modère les rayons ; une lumière qui est tout ce que l'œil peut supporter ; un golfe autour duquel la ville se prolonge élégamment en amphithéâtre ; des arbres, des terrasses, un pays habité sans interruption depuis la pointe de Pausilippe jusqu'à Portici, à l'autre extrémité du golfe ; la mer réfléchissant le bleu éclatant du ciel ; une atmosphère douce et parfumée ; quelque chose d'impérieux dans la nature qui commande le repos ; l'homme ici, sorti de sa condition naturelle, n'est plus l'être condamné aux souffrances et au travail ; tant de lumière lui crée une fête éternelle ; le mot de fête est né sans doute sous le ciel de Naples. Le bruit de la ville répond à la joie de la nature : de même qu'un homme né aveugle comparait la couleur écarlate dont il voulait se faire l'idée au son de la trompette, de même le ciel de Naples respire le bruit ; le tumulte de la ville se marie bien à sa clarté ; un accord complet réunit le ciel et la terre.

L'égalité ici naît du climat ; tout est en commun : le roi, le peuple vont au bord de la mer, regardent le Vésuve, respiraient l'air du pays, bénissent la nature. De mêmes impressions, une même langueur, une même vivacité, donnent au regard de l'homme le caractère du midi ; plus de souvenirs, plus de tradition : le vrai roi de Naples, c'est le soleil !

Je visitai le Vésuve, d'où j'aperçus la mer et Naples très-resserrés à mes pieds.

J'allai au mont Saint-Ange, un autre jour à l'île de Capri. Je recevais quelques Napolitains et des étrangers, avec lesquels je faisais ces courses.

La chaleur insupportable de Naples me fit passer deux mois à Castellamare. Je visitai près de là Pompeï et d'autres endroits. Libri m'écrivait : « Je vois avec beaucoup de plaisir que nous sommes près de nous entendre. Nous sommes d'accord qu'il faut *être* d'abord ; quant au reste, je vous l'abandonne. Et puis vous commencez à dire *je ne sais pas*, et cela me montre que vous commencez à savoir, car plus on s'avance, plus on voit s'agrandir le champ de l'inconnu. » Il disait en finissant : « J'ai depuis quelques jours une superbe gravure de l'*Agar du Guerchin*, et je regarde assez volontiers cette figure parce que je trouve qu'elle vous ressemble beaucoup. L'avez-vous vue ? »

Se moquant de don Philippe, dont je lui avais parlé avec éloge, il disait que ma souveraineté était en risque de se casser le nez, il faisait allusion à la devise *souveraine* que j'avais fais graver sur mes cachets. Il parlait du soufflet qui est dans la maison Caetani (donné à Boniface VIII), et disait que cette maison n'était pas heureuse avec la France.

Comme je lui faisais des descriptions des beaux pays que je parcourais, il disait en se moquant que j'aimais tous les sites comme j'aimais en général tout le monde. En retournant à Florence, je restai huit jours à Rome. C'était en septembre, Rome déserte, me parut plus belle et plus grave encore. Sur ma route, en partant de Rome, j'allai visiter la fameuse cascade de Terni. Terni est la patrie de Tacite. Cette cascade, arrangée par les Romains mais comme ils savaient arranger, semble l'œuvre de la nature : le Velino, entraîné au milieu des solitudes et des bois, précipite son cours comme s'il cherchait sa chute ; le bruit des eaux remplit ces lieux ; ces bois gardent quelque chose de primitif ; il semble ces contrées humides où les rayons du soleil et la main des hommes n'ont pas pénétré ; quelque chose de triste et de sauvage s'y respire et ajoute à l'effet inexprimable de la chute du fleuve. L'eau, dans sa chute, se change en nuage, arrive en bas en nuage et parmi des nuages :

l'effet immense, la blancheur, l'élégance de ces eaux ne peut se décrire : cette masse immense et légère qui tombe à la fois avec tant de grâce, de mollesse et de fracas, cette vapeur transparente qui s'agite, se répand, se perd dans la campagne ou remonte à sa source, l'innocence de ces spectacles, ces beautés solitaires que l'homme va chercher à l'écart, reportent l'esprit vers des mystères que les grandes scènes de la nature rappellent.

Il y a d'ailleurs quelque chose de stupide dans la nature obéissant ainsi à des lois qu'elle ne sent pas, et produisant des effets qu'elle ne voit pas, dans ces eaux qui poursuivent leur cours et tombent parce que le terrain manque pour les soutenir, qui se jettent follement où le mouvement les entraîne, dans ces effets opérés avec tant de violence par des agents sans vie. Une sorte d'abandon se montre ; on dirait que des lois stupides aussi agiront là, sans but, dans l'éternité des temps. C'est l'homme seul qui fait voir que l'esprit règne ; c'est en saisissant les calculs sublimes qui se rattachent à lui, en aimant, en établissant les affections de son cœur supérieures à son existence même, qu'il rassure sur l'univers : il proclame un Dieu, il apporte l'âme dans le monde et crée le rapport entre le ciel et la terre.

En visitant la cascade de différents endroits, on marche, parmi les bois et les ondes, à travers des sentiers étroits et suspendus ; les eaux tombent des rochers, se rejoignent ou se perdent sous la terre, remplissent ces vallées dont le terrain glisse sous les pas : partout leur perpétuel mouvement, leur perpétuel murmure ; quelque chose de frais, de doux, de pur, se respire dans l'air. La cascade, après sa chute, se divise en plusieurs ruisseaux, qui coulent légers et brillants de blancheur sur une terre blonde. Terni donne une nouvelle idée du charme et de la puissance des eaux.

J'allai passer le mois d'octobre à Arezzo, en pension dans une famille de cette ville, et je parcourus avec

M. de l'Espine la Val de Chiana, Chiusi, Montepul-
ciano, etc. Je lisais Filangieri. Libri me rappelait à
l'étude qu'il m'ordonnait, disait-il, comme Charles XII
commandait à ses soldats de vaincre. Et comme on s'effrayait d'une comète : « Ceci, disait-il, doit occuper
beaucoup les Napolitains. Comment ? devoir mourir et ne
plus manger du macaroni ? C'est affreux. »

J'arrivai à Florence au commencement de novembre ;
je me logeai *via della Scala*, dans la même maison d'où
j'étais partie pour Rome.

Me voici à Florence, en présence de deux des esprits
les plus distingués de la Toscane, je veux dire Libri et
Camillo. Cette joute d'esprit, la seule où je ne craignisse
pas de m'exercer, allait s'ouvrir plus belle ici. Dès mon
arrivée, Libri vint me voir ; il régnait encore après notre
continuelle correspondance. Le marquis Camillo de retour, vint aussi me voir. Libri entra durant qu'il était là.
Libri, hardi, brillant, sans nulle crainte de dire des
folies, de se contredire, comptait sur son juge. Le marquis, au contraire, le laissait aller, et me sachant charmée de ce puissant esprit, il lui cédait dédaigneusement
l'avantage.

A sa troisième visite, Camillo ne se trouva pas d'accord avec moi dans une discussion, il crut n'être pas
compris, et le lendemain je reçus de lui une lettre de
quinze ou vingt pages, assez remarquable, et l'opposé
des idées de Libri, car le marquis, plus âgé, avait moins
de confiance dans l'influence personnelle et dans l'esprit. Il disait en finissant : « Vous avez vaincu ma paresse, madame, et cela peut bien vous paraître, à vous
comme à moi, une déclaration. Et ça me sera un bon
augure si vous avez pu supporter de lire ce fatras d'un
bout à l'autre. »

Cette dernière phrase me parut cavalière, et l'espérance encore plus. J'en reçus une impression défavora-
ble, mais les idées m'occupèrent. Je répondis très-froi-
dement. Libri partit pour Pise, d'où je reçus bientôt de
ses lettres. Mais ces conversations avec Camillo furent

interrompues par l'arrivée de ma sœur à Florence chez moi. Camillo, gêné par sa présence, vint moins souvent, et ma sœur, après avoir ébloui ces Italiens par sa beauté fine, noble et régulière, et par son esprit piquant et charmant, partit pour Rome sans que Camillo reprit son premier langage. Libri revint alors de Pise, et voyant les hésitations de Camillo, il se porta son rival, s'avoua en riant très-amoureux, et se montra le plus spirituel et le plus amusant du monde. Camillo me dit qu'on ne pouvait me faire la cour où était Libri, qu'on savait trop mon admiration pour lui. Libri, de son côté, prétendait que Camillo ne saurait jamais se décider. Dans cette position, je m'adressai à Libri, je lui dis que Camillo me plaisait; je le priai de s'éloigner un peu. Il le fit. Certes, il fut bon et soumis. Il ne se fâcha pas. Il avait de l'affection pour Camillo; il en avait pour moi; il le montra; il ne fut ni blessé ni mécontent. Il partit pour Pise.

Camillo continua sa demi-cour; il venait me voir tous les deux jours; il passait de longues soirées chez moi, ne sortant qu'à trois heures du matin, selon l'usage d'Italie. Tout se passait en longues conversations sur la politique, l'action, les espérances pour l'Italie. Je me plaisais ainsi dans l'étude des esprits. Cet homme-ci voulait être un philosophe, un sage, il était bon, mais il était très-hautain, très-orgueilleux, et c'était plutôt un ambitieux grandiose et découragé.

M. Didier vint rester quatre jours à Florence, et me raconter ses voyages, me rappeler l'Italie dans ses solitudes et ses beautés. Il devait aller bientôt à Rome. Le marquis Camillo m'y précéda.

Reportée alors à Jérôme, je lui écrivis, mais sans idée de revenir à lui. Et tandis que Camillo m'adressait de Rome des lettres très-aimables, Libri revint de Pise d'où il n'avait cessé de m'écrire. Il arrivait content, il causait gaiement, se disait en plaisantant très-amoureux, amusant et spirituel.

Madame Hamelin m'avait écrit de Paris de voir M. de Chateaubriand quand je retournerais à Rome, où il était ambassadeur. Je lus alors *Atala* que je ne connaissais pas, et que j'admirai beaucoup. Oserais-je aller le voir? A quel titre? Dans cette incertitude, je partis pour Rome.

CHAPITRE XII

A Rome, je m'appuyai auprès de M. de Chateaubriand du nom de madame Hamelin, je lui écrivis un petit mot auquel il répondit tout de suite, et j'allai chez lui le lendemain. Il me reçut avec coquetterie, et se montra charmant et charmé. Son beau visage et sa bonne grâce me le firent trouver agréable. Il me traita avec beaucoup de distinction, et parla de nous revoir. Je passai chez ma sœur une soirée très-gaie. Je disais mille choses de M. de Chateaubriand, et j'en étais ravie. Camillo, curieux de savoir mon impression, vint ce soir même chez ma sœur, nous rîmes comme des fous; ces soirées, chez ma sœur, étaient très-amusantes. Don Michele Caetani s'y trouvait.

Le lendemain c'était le jour de Pâques. J'étais sortie pour me promener du côté de Sainte-Marie-Majeure, quand M. de Chateaubriand vint vers deux ou trois heures me rendre ma visite. Je lui écrivis en rentrant mon vif regret de ne pas m'être trouvée chez moi, fort étonnée qu'il fût venu sitôt. Le même soir, j'allai avec Camillo et nos amis, nous promener au milieu des illuminations et des orchestres de la place Saint-Pierre.

M. de Chateaubriand revint; il revint plusieurs fois; il commença une sorte de cour; j'en étais surprise; j'en étais flattée; son ton plein de grâce m'était des plus agréables; son âge s'oubliait, et son beau et noble visage me plaisait. C'était un homme déjà arrivé, déjà au bout de ces rêves, que Jérôme, que Libri m'avaient tant exprimés. L'homme d'action, l'homme politique, l'écrivain, je l'abordais ici ; c'était lui-même qui venait me parler d'action et de gloire.

Cependant Camillo partait. Au moment de monter en voiture, il m'envoya une petite bague ; c'était un petit caméo qui représentait un chien courant ; il se comparait à ce chien, disant qu'il fuyait. Dans mon regret, je lui écrivis un petit mot en lui renvoyant sa bague. Le domestique sortait avec ma réponse, quand M. de Chateaubriand entra : — Vous voyez une femme bien mécontente, lui dis-je entraînée je ne sais comment, ces Italiens ne savent pas aimer. — Est-ce vous, madame, reprit-il, qui pouvez dire qu'on ne saurait pas aimer? — Oui, c'est moi, monsieur, et je continuai sur ce ton. Il s'offrit tout de suite, me demanda si je voulais permettre qu'il tentât de plaire, qu'il m'offrit sa cour ; il en appellerait à des séductions dignes de moi, dignes de l'esprit et des goûts élevés qu'il me voyait, etc.

J'oublie tous les aimables propos de ce moment. Depuis lors, M. de Chateaubriand vint tous les jours et dit tout ce qu'il croyait pouvoir me plaire. Un de ces jours, j'étais sortie, et comme il attendait chez moi, je rentrai avec don Michele Caetani, qui m'avait ce matin-là donné le bras. M. de Chateaubriand voyant ce jeune prince romain, sortit tout de suite sans vouloir écouter un mot, et le lendemain il revint fâché, s'expliqua vivement, et dit que s'il me voyait entourée par cette jeunesse, il se retirerait sans doute. Il ne me fut pas difficile de le calmer. Il me demanda à lire mon manuscrit de *Jérôme*, que je lui donnai en hésitant, mais le jour suivant, il me rapporta le manuscrit en me disant que *j'avais du génie*, que *c'était admirable*. Que ne me dit-il point ? Je voyais clairement qu'il était flatteur ; sa flatterie était secondée par sa bienveillance. Je savais déjà d'ailleurs qu'un homme trouve du génie à la femme dont il est amoureux. Je crois le voir encore dans ce salon *delle quatro fontane*. Ce fut pourtant rapide et ridicule. Pouvait-il s'éprendre si vite? Et moi devais-je le croire sincère? Pourquoi si peu de réflexion de mon côté? Pourquoi me laissai-je entraîner par un homme dont je n'aimais ni la religion ni la politique? Pouvions-nous jamais nous entendre, surtout avec cette distance d'âge et d'expérience? Ce ne pouvait être ici qu'une liaison passagère ; mais Jérôme régnait encore ; j'avais redouté Libri, dont le front me parut toujours ceint d'une couronne ; ici quelque chose de brillant, d'aimable et de passager s'offrit, qui se justifie assez ou du moins qui s'explique. M. de Chateaubriand, avec moi, jouait un peu la comédie, et je m'en apercevais bien. Il avait d'ailleurs un entraînement véritable, car il aimait beaucoup les femmes. Il venait chez moi, une fleur à sa boutonnière, très-élégamment mis, d'un soin exquis dans sa personne; son sourire était charmant, ses dents étaient éblouissantes, il était léger, semblait heureux ; déjà on parlait dans Rome de sa gaîté nouvelle. L'Italie, qu'il avait d'abord revue avec tristesse, prenait tout à coup pour lui un attrait nouveau. Il aimait tout à coup Rome dont avant il était fatigué. Il remarquait la solitude de ma petite maison, le voisinage des bains de Dioclétien, cet air d'abandon de tout à Rome. Il mettait à mes pieds la France, me parlait du pouvoir où il allait peut-être revenir. Et comme je lui dis qu'une chose nous séparait, il demanda laquelle, je le fis attendre, il en était fort curieux. Enfin, le jour après, je lui dis que c'était sa guerre d'Espagne. Il resta surpris.

Me voici en présence d'un homme qui a fait une guerre, mais cette guerre ne me convient pas. J'atteins l'homme d'action que je rêvais toujours, mais voici que son action n'est pas ce que j'aurais souhaité. Pouvais-je oublier combien, lors de cette guerre, je l'avais déplorée avec Laure? N'avais-je pas voulu alors empêcher le jeune fils du maréchal de Grouchy, Victor, de faire cette campagne? Je me trouvais ici en présence d'une action ennemie que j'avais détestée!

Chateaubriand se défendit bien en disant qu'il voulait faire donner au roi une constitution. C'était ici *dégager*

Louis XVI, et venger généreusement la révolution ; mais le temps lui avait manqué, et il avait seulement renversé la liberté. D'ailleurs il avait un esprit si vaste, si tolérant, une âme si élevée, si accessible, et un caractère si aimable et si doux, qu'excepté sur la religion catholique on pouvait toujours s'entendre avec lui. Je comprenais sa doctrine de la liberté unie à la grandeur. Dans ce moment même je le voyais agité par les affaires de Paris. Le ministère du prince Jules de Polignac se préparait dans l'ombre ; plusieurs intrigues se croisaient à la cour. Des lettres donnaient à Chateaubriand l'espoir qu'il serait nommé premier ministre ; il n'en savait rien ; on lui conseillait de revenir ; il était agité ; voyant combien j'aimais les questions politiques, il voulait me séduire par là, me disait qu'il n'allait agir que pour me plaire, qu'il mettrait le pouvoir et la France à mes pieds, toutes choses que j'écoutais en riant.

Il disait, il écrivait les choses les plus aimables, il m'envoyait ses ouvrages, il m'écrivait : — Disposez d'eux et de moi à jamais. — On me contait que durant ce temps il faisait la cour à une grande dame romaine assez jolie ; il s'en défendait fort, en répondant qu'elle avait les yeux ronds.

Montesquieu dit qu'en *France l'honneur permet la galanterie lorsqu'elle est unie à l'idée des sentiments du cœur ou à l'idée de conquête* ; il dit aussi : « Notre liaison avec les femmes est fondée sur le bonheur attaché au plaisir des sens, sur le charme d'aimer et d'être aimé, et encore sur le désir de leur plaire, parce que ce sont des juges très-éclairés sur une partie des choses qui constituent le mérite personnel. Ce désir général de plaire produit la galanterie, qui n'est point l'amour, mais le délicat, mais le léger, mais le perpétuel mensonge de l'amour. »

Tout à coup, M. de Chateaubriand décide son départ. Il vient, il demande un aveu, un espoir ; il fallait parler ou le perdre ; il partait. Je voyais bien que tout ceci allait trop vite, mais je me fiais à lui pour me juger

plus tard. Je lui dis ce mot qu'il voulait. Transport de
son côté. Mais il demande *une preuve*. Il faut partir pour
Paris. Il me dit qu'à moins de grands changements à
Paris, il reviendrait à Rome dans trois mois; il se faisait
une fête de ce retour et de nos promenades; pour moi
je quittais l'Italie sans l'avoir voulu quitter; je l'aimais
plus que jamais. Jamais je n'eusse consenti à la perdre
sans cet espoir de la retrouver dans trois mois. Un
autre pays pourtant excitait parfois ma curiosité. C'était
l'Angleterre. Je m'en allais rêvant du Parlement. J'allais
revoir Jérôme, mais ce n'était pas pour lui que je retournais à Paris! Justement au moment de mon départ,
j'en reçus une lettre tendre et profonde encore. Il se
disait fidèle *au passé* : « Je n'ai eu ni la force de m'en
distraire, ni le courage de m'en détacher. Est-ce là de
l'abandon ? » Il me demandait de lui écrire, disant
qu'avec le pouvoir de lui faire tant de bien, il était impossible que je n'en reçusse pas un peu de lui. Il faisait
un ouvrage dont il y avait cinq cents pages d'écrites.
Enfin, je quittais Rome adorée; et ce midi de l'Italie, si
beau, si auguste, où j'avais retrouvé le calme, la raison,
où mes jours avaient coulé si vite et si doucement !

En passant à Florence, je m'y arrêtai une semaine.
Libri, Camillo, Pieri, Bargagli vinrent me voir tout de
suite. Camillo me conta que M. de Vitrolles lui avait
dit que j'allais à Paris pour M. de Chateaubriand. Il ne
disait rien de plus, et plaisantait sans amertume. Je
crus voir que Libri préférait que j'eusse choisi René
plutôt que Camillo. Le professeur Pacchiani me fit faire
un aimable dîner avec Bargagli. Ces jours me plurent;
j'étais retournée dans mon appartement *via della Scala*.

CHAPITRE XIII

Cette fatigue d'une pensée dirigée toute vers un même
objet, et que j'avais trop bien connue jadis, j'allais donc

la retrouver! Cherchais-je Chateaubriand dans la campagne; nous étions-nous donné rendez-vous dans un endroit solitaire, je m'y rendais occupée de Jérôme, passionnément rêveuse, reprise au passé, et je ne l'oubliais qu'en apercevant celui que j'admirais sans doute, mais qui ne put effacer un homme que rien ne put effacer.

Arrivons à ces jours si doux avec René; il a dit une fois : « Muse céleste, vous qui placez votre trône solitaire sur le Thabor, vous qui vous plaisez aux pensées sévères, aux méditations graves et sublimes, j'implore à présent votre secours; enseignez-moi sur la harpe de David les chants que je dois faire entendre; donnez surtout à mes yeux quelques-unes de ces larmes que Jérémie versait sur les malheurs de Sion ! » Je ne vais pas, comme lui, invoquer une muse si austère; mais je dis : O muses, qui fûtes pour lui si favorables, enseignez moi à raconter le dernier enchantement de sa vie, moi qui vais dire comment il sut, dans sa belle imagination, parer une dernière idole. Dites comment il fit sortir ici de son cœur une nouvelle Atala, une nouvelle Velléda, dont il ornait les cheveux des fleurs du désert et du chêne des Gaules !

Un soir, je m'imagine voir passer Jérôme au Luxembourg; l'homme passa rapidement; je restai bouleversée. Son ami Choisy m'écrivit que Jérôme, resté à la campagne, hésitait à me voir à Paris. Ce n'était donc pas lui que j'avais aperçu au Luxembourg, mais je connus alors le danger où j'étais venue.

Chateaubriand restait chez moi tous les jours deux ou trois heures de sieste, il disait des choses tendres, aimables, souvent mélancoliques, il se plaignait de ma froideur. Il parlait noblement de son âge, se disait trop imprudent, trop séduit. Il m'apporta bientôt les épreuves de *Jérôme* qu'il avait donné à imprimer à Ladvocat; nous les corrigeâmes ensemble; il m'enseignait les corrections, les *que*, les *et* à supprimer; si je lui demandais la raison du changement, il n'en donnait pas, il disait

que c'était le goût, qu'il fallait sentir cela. Un soir il
vint chez moi tout chargé de ses ordres, et sortant d'un
dîner chez M. Pozzo di Borgo. Je m'amusais de le voir
avec la toison d'or, et tant de décorations si bien portées.

Et voici Jérôme qui m'écrit qu'il viendrait voir son
fils, mais sans me rencontrer. Durant qu'il vint, j'allai
à la prison de la Force visiter Béranger, qui y était alors
détenu pour sa chanson du *Sacre*. Béranger m'avait
écrit gaîment d'aller le voir : « Quoi ! vous femme intrépide, disait-il, il vous faut des renseignements pour
arriver jusqu'à moi. Allez à la police où on prendra
votre signalement, puis arrivez à dix heures à la Force,
puisque cette heure vous convient. Peut-être ne me
trouverez-vous pas seul, car j'ai d'humbles amis qui
choisissent cette heure pour éviter la rencontre des
grandes visites, quoique je ne reçoive pas tout Paris,
comme il vous plaît de le dire. » Béranger était content
d'être en prison, car il croyait avoir seul bien vu les
événements, et que Charles X ne pourrait jamais s'entendre avec la France. Après avoir été à la police, j'arrivai à la Force, dont l'aspect est désagréable, dur,
triste. Il fallut ouvrir plusieurs verrous, traverser plusieurs cours. Béranger occupait une ou deux pièces
assez propres. Il me reçut avec affection, avec gaîté. Il
me raconta son affaire, me questionna sur mon voyage.
Il supportait bien sa prison, mais le voisinage des prisonniers lui était très-pénible. Je vis venir chez lui lady
Morgan et Alexandre Dumas, qui avait les cheveux cré-
pus, le teint très-brun, quelque chose d'un nègre. Béranger sortit bientôt de prison après dix mois.

Je revins exprès chez moi très-tard, mais Jérôme y
était encore. Il me demanda si j'avais toujours *confiance*
en lui ? Question inouïe ! Comment pouvait-il la faire ?
Je n'y répondis pas, je ne voulais pas le blesser. Une
visite malencontreuse nous interrompit, il sortit.

Je retrouvais mes amis de Paris qui venaient me voir
par amitié, et aussi un peu par curiosité. M. de Jouy
vint avec affection. Laure aussi vint me voir, et trouva

mon fils très-beau. Je la vis plusieurs fois; je passai bien des heures chez elle, charmée d'elle autant que jamais. Madame la comtesse Bertrand fut très-aimable pour moi; elle voulut voir mon fils, que je lui conduisis à déjeuner. Elle vint me voir aussi. Mes relations, très-affectueuses avec elle, continuèrent jusqu'à sa mort.

René, de plus en plus épris, me disait qu'il n'avait jamais été aimé d'une femme si tendre, mais il se plaignait en moi de sens glacés, d'une complète ignorance de ce qu'il cherchait, ce qu'il désirait. Je ne savais ce qu'il voulait dire. Je m'étonnais d'avoir été une vierge si douloureuse, et d'être une femme si froide. C'était la première fois que je trouvais dans un homme tant de grâce, de tendresse. Rien ici des façons dures ou amères de Jérôme. C'était en tout une bienveillance, une bonté, une égalité parfaite, une gaîté innocente, une moquerie inoffensive, toute l'amabilité de l'esprit unie à la grâce et à la politesse. Il mettait dans nos corrections des épreuves, de la complaisance et de la tendresse. Il louait beaucoup, s'étonnait de mes idées, dans la jeunesse, sur les révolutions, etc. Il aimait le sujet de ce roman, et me prédisait un grand succès. Je recevais de lui, dans ce culte des muses, cette éducation *toute divine* qu'il a pointe dans la Grèce.

Souvent, en me parlant de mes jeunes ans et de son imprudence, de son inquiétude, du charme qu'il trouvait en moi, et de l'entraînement qu'il subissait sans s'aveugler, disait-il, sur lui-même et sur l'avenir, il me parlait d'un roman qu'il projetait, où il voulait peindre cet amour, et le caractère que lui prêtait son âge. Il y mettrait la passion, la vérité; souvent je le vis plein de son sujet et de son talent.

Il me disait souvent que j'étais observatrice. Il me conseillait les études sérieuses, me disait de laisser les romans pour l'histoire, que j'avais un talent fait pour paraître, et un caractère fait pour dominer.

Il allait partir pour prendre les eaux des Pyrénées. Il me demanda de me rencontrer sur sa route à Flampes, et je partis pour le trouver là. Nous y dînâmes comme cachés au désert. Il était heureux, riait, me disait mille choses aimables et tendres, car sa manière d'être heureux, c'était d'aimer, de louer, de répéter sur tous les tons combien il était enchanté et reconnaissant. Jamais plus élégante, plus gracieuse nature ne peut se rencontrer. Moi j'étais très-éprise, et, comme lui, j'éprouvais de la reconnaissance, car s'il savait gré à ma jeunesse de l'aimer, moi je lui savais gré de vouloir bien m'accorder tant d'instants. Nous disions toutes les choses riantes qu'on dit en pareil cas. Je n'étais plus intimidée par lui, j'étais très-animée. Nous étions vrais chacun, et charmés l'un de l'autre. Son visage était beau, sa personne soignée. Nous ne nous hâtions pas, nous aurions voulu retenir les heures. Cependant, lui se montrait impatient d'atteindre la nuit, et plaisantait sur ma froideur. Après dîner il sortit, alla dire qu'il se retirait chez lui, qu'on pouvait desservir, et en rentrant dans ma chambre, il tenait par la main un petit enfant de vingt ou trente mois qu'il m'amenait tout barbouillé, tout mal mis, mais qu'il me montra tendrement, car souvent, comme dans ses ouvrages, les idées de la paternité inondaient son cœur. Touchée de ce trait, si bien de lui, je regardais sortir le bel enfant, lorsqu'il s'écria : — Vous ne lui donnez rien, vous le laissez partir sans lui rien dire, pauvre petit, donnez-lui donc au moins des fruits. — Ravie de sa bonté, je remplis de cerises et de fraises le tablier du petit enfant.

Je retournai à Paris le lendemain dans la mélancolie. En arrivant chez moi, j'y trouvai un petit mot de Jérôme qui venait de sortir ; il avait donc changé de résolution, et voulait me voir à présent ? Mais avait-il jamais su ce que c'est que la nuit ?

Le lendemain je quittai la rue d'Enfer, pour aller loger pour deux mois (août et septembre) dans la rue Godot, près du boulevard.

Je vis souvent le général Fabvier, MM. Farcy, Passy, Mignet, Béranger, et surtout M. Thiers.

Un soir il entra chez moi rue Godot, en disant mille
choses aimables sur mon retour. Il montra beaucoup
d'esprit, parla de toutes choses avec finesse, avec légèreté, mêlant tous les sujets, avec une surabondance
d'idées, d'impressions qui se pressaient en foule. Il me
demanda la permission de revenir; très-curieux de savoir ce qui s'était passé entre moi et Jérôme, qui était
son ami. Il eût voulu savoir les caractères, les ruptures,
ce qu'était Jérôme en amour, ce que j'étais moi-même;
il faisait beaucoup de questions, mais avec intérêt, avec
convenance.

Il me raconta que Jérôme allait souvent chez M. de
Talleyrand, et que celui-ci disait qu'il était l'esprit le
plus remarquable entre les hommes jeunes; qu'il était
le premier. M. Thiers me parut très-aimable de me raconter cela. Je l'ai toujours trouvé tel. Il disait aussi
pourtant que Jérôme n'avait qu'une corde à son arc,
mais que lui il en avait plusieurs.

Jérôme vint me voir, et me déclara que, dans la crainte
de vivre si près de moi, il allait avec son père s'établir
pour toujours à Rome. En attendant, comment pouvions-
nous nous trouver ensemble, sans que la première impression ne se réveillât? Qui l'avait terminée? Je l'aimais
en le quittant, et en réponse à mes reproches, il m'é-
crivait en Italie :

« Je vous adore, ingrate. »

Comment donc ne pas aimer de nouveau en nous
voyant? Un sentiment nouveau pouvait-il me défendre
d'une passion violente de six ou huit ans!

Chateaubriand était trop fier, et d'ailleurs, trop défiant,
trop avisé, pour m'avoir imposé aucun sacrifice ni rien
demandé à ce sujet. Que de choses à nous dire! N'en
avais-je pas un fils? Quel événement pathétique entre
nous! Quel récit à lui faire! Quel jour terrible que ce
jour où j'étais devenue mère après un accouchement si
cruel, si nerveux! Oh! pourquoi déjà chez moi une
distraction avait-elle ôté le grand caractère de cette entrevue! Mais comment me recevrait-il? La rupture sem-

blait complète, acceptée. Il me dit qu'on trouvait ma conduite d'une force extraordinaire. Il aimait de me rapporter les éloges des autres; on voyait qu'il en était content, et son affection excitée. Il me dit qu'un homme pouvait vivre seul, sans se confier aux autres, que pour lui il vivait *sur sa propre substance* (ce sont ses expressions.)

Quelques jours après, Choisy me conta qu'il lui avait dit : — Elle m'a voulu éprouver, elle m'a conté qu'elle aime M. de Chateaubriand, mais cela n'est pas.

Il m'avait fait offrir en Italie, par son ami Choisy, d'arranger, pour l'avenir, les intérêts de mon fils. Et il les arrangea aujourd'hui. Choisy s'en occupa avec une amitié pour Jérôme et pour moi, dont je lui fus toujours très-reconnaissante.

En recevant chez moi Jérôme pour cette affaire, en causant avec lui plusieurs fois, en le trouvant toujours spirituel et beau comme il m'avait toujours paru, je fus entraînée sans le laisser paraître à l'aimer de nouveau et plus peut-être que jamais. Je songeai tout à coup à le ravoir, à rétablir ce qui avait été malheureusement brisé, et cette fois à jouer ma vie, à atteindre ce but ou à mourir. S'il eût senti la moitié de ce que j'éprouvais, nous étions liés encore, et mieux que jamais. Choisy vint me voir un jour que j'étais dans cette exaltation; il vit mes pleurs; je lui dis que cette passion existait plus forte que jamais; il s'en étonna; il en fut touché; il me dit : — Voilà donc tout l'effet de ce voyage, de cette séparation! — Mais allais-je précipiter des événements violents, quand Jérôme n'en serait pas ravi, quand peut-être il en souffrirait?

Les arbres du boulevard, que je voyais de ma fenêtre en m'éveillant de grand matin, avaient pris une autre teinte; les objets m'apparaissaient différents; une passion sacrée m'avait ressaisie dans ses tourments: Jérôme partait pour l'Angleterre. Enfin je me calmai; l'objet de cette émotion ne la partageait pas.

CHAPITRE XIV

L'été m'ennuyait. Le général Fabvier me conduisait
le soir sur le boulevard, où nous nous promenions à la
clarté de mille lumières, et voyant les hommes là oisifs,
il s'écriait : — Pourquoi ces gens-là ne sont-ils pas au
bivouac ? — Il me contait comment il avait réprimé une
émeute grecque qui vint le menacer sous sa tente ; il
entendait s'avancer ce peuple comme une mer mugis-
sante, avec un bruit sourd et profond, il s'avança au-
devant des furieux, et plongeant son épée jusqu'à la
garde dans le corps du premier qui approcha, il arrêta
la fureur.

Je regrettais l'Italie ; j'y regrettais des amitiés chères,
une vie de mon goût, et un pays admirable. Les lettres
de Charles Didier me la rapportaient à Paris, il achevait
de me ramener en arrière ; il parcourait alors la Sicile.
« La lettre où vous me pressez de quitter ces contrées
divines, m'écrivait-il, m'est arrivée à Palerme, et dès
lors j'ai fait un peu plus de diligence. Recommandé à
la duchesse de Mondragone, j'ai accepté l'hospitalité
qu'elle m'a offerte, et je suis dans sa maison depuis cinq
ou six jours, j'y serai encore pour autant de temps. Je
passe doucement mon temps dans la société de cette
dame très-aimable qui a voyagé, connaît le monde, et a
une conversation très-amusante. Sa maison est tout à
fait une grande maison, mais on vit dans la plus complète liberté. Sa terre est à l'extrémité méridionale de
la Sicile, à plus de cinq cents lieues de Paris. Mon
voyage a été des plus heureux, je suis entré dans l'intérieur des familles siciliennes, et j'y ai trouvé une
hospitalité cordiale. J'écrirai certainement sur ce
pays-là. Je rassemble des matériaux et les réunirai à
mon arrivée à Paris. J'ai eu des jours de tristesse, mais
le plus souvent j'ai ressenti l'influence de cette nature

enchanteresse ; comment être triste sous ce ciel de la Sicile, au milieu des orangers, des palmiers, des temples grecs, des souvenirs de gloire, de richesse et de bonheur dont cette île fortunée est semée de toutes parts ? Je quitterai, en pleurant, cette terre de mon choix, que j'ai rêvée durant toute ma jeunesse. Trouverais-je à Paris ce que m'offrent ces contrées ? y trouverais-je cette hospitalité antique et cette vie facile ? »

Charles X s'abandonnait alors aux influences de sa cour. M. Mignet vint m'annoncer le nouveau ministère du prince de Polignac, la veille, c'est-à-dire le 7 août, puisque le ministère fut nommé le 8. On prévoyait la démission de M. de Chateaubriand. Madame Hamelin, qui était chez moi quand M. Mignet m'apprit ces événements, le trouva très beau et très agréable.

Ce nouveau ministère rappela des Pyrénées M. de Chateaubriand. Il arriva chez moi en sortant du ministère des affaires étrangères où il venait d'apporter sa démission au prince de Polignac. Le prince fit tout pour le retenir ; il lui dit qu'il était sûr des voix de l'Assemblée, qu'il avait une majorité certaine. Mais on savait bien que non. D'ailleurs, Chateaubriand avait toujours été contraire à cette fraction royaliste conduite par Monsieur, et qui ne comprenait pas la liberté.

Pouvait-il rester pour voir des fautes et les accepter ? Il n'avait pas le choix, il le sentait, mais il regrettait vivement Rome, dont il s'était de nouveau enchanté : très animé, très inquiet en sortant de chez M. de Polignac, il doutait de la France et craignait l'avenir.

Mon roman de *Jérôme* parut alors. J'en reçus beaucoup de compliments. Madame Hamelin m'écrivit une lettre de félicitation. Les deux Choisy me dirent que la première partie était admirable. M. Thiers vint tout de suite me faire compliment ; il me demanda de faire un article dans le journal pour rendre compte du roman. Mais comme Jérôme lui sembla depuis un peu piqué, il ne fit pas d'article dans la crainte de lui déplaire.

Libri m'attendait à Florence, il me l'écrivait avec

amitié, j'allai pourtant loger encore au faubourg Saint-Germain, rue de l'Université; et j'atteignis ce qu'on cherche en vain, dit-on, j'atteignis *le bonheur*, un bonheur calme mais élevé, comblé par une tendresse la plus charmante du monde. Ce temps passa trop tôt, mais pourquoi la jeunesse est-elle sans cesse poussée à de nouvelles destinées? Chateaubriand a dit dans ses mémoires, sans s'expliquer autrement, que *cette année fut la plus heureuse de sa vie*. Il venait me voir régulièrement, et notre affection s'établit. Mon amour prit un nouvel éveil, il fut vif, continuel. C'était l'automne, le temps de la tendresse et de la mélancolie. Sa pensée, son génie, son visage, son amour s'emparèrent de ma vie; toutes mes impressions, depuis mon lever jusqu'à mon coucher, furent pleines de douceur et d'un enchantement croissant. Enfin, mon cœur tendre et si longtemps tourmenté, trouvait où s'abandonner sans douleur, sans combat, au sein de la plus noble ivresse. C'était un bonheur de le voir; c'en était un de le lire. Je voyais sa sincérité, il ne doutait pas de la mienne. Je n'avais à son sujet nulle inquiétude. Sa vie était ordonnée d'une façon qui me répondait de lui; son âge et sa dignité naturelle m'étaient déjà une garantie, mais outre cela, il était tenu chez lui et dans le monde par des liens tyranniques; deux femmes âgées, dont je n'étais pas jalouse (la sienne et une autre), le gardaient comme pour moi seule.

Le jour j'errais dans les campagnes. Je prenais trois places dans quelque voiture publique sur mon chemin, et arrivée dans un des parcs royaux, laissant un peu loin sous mes yeux, mon enfant et sa bonne, j'allais errer seule au gré de mes lectures et de mes rêves.

Chateaubriand aimait comme moi la campagne, et souvent nous faisions ensemble de grandes promenades hors Paris. Il y avait du côté du Champ-de-Mars des espaces remplis de sable et de terre inculte que nous comparions aux champs romains. Plus loin, nous trouvions une vieille femme qui avait des vaches et qui nous donnait du lait. Cette femme nous connut bientôt, nous attendit. Nous causions longuement en allant et revenant, sur mille sujets, moi mêlant beaucoup de gaîté et de folies à mes propos.

D'autres fois, nous allions au Champ-de-Mars en revenant à pied par les Champs-Elysées, où nous prenions une voiture. Dans nos promenades, voyant parfois un enfant bruyant qui jouait et courait, il disait : —Amuse-toi, pauvre petit, tu ne sais pas ce qui t'attend — voulant dire la vie.

D'autres fois, nous allions nous promener sur une longue jetée qui a depuis disparu du côté du pont suspendu du jardin des Elysées, où nous marchions au milieu des eaux de la rivière. Un jour, il s'assit là au soleil, disant qu'il ne demandait plus rien dans la vie, que de s'asseoir au soleil. Ses paroles étaient souvent mélancoliques, mais toujours aimables; si j'oubliais son âge, lui ne l'oubliait pas, il me parlait souvent de sa mort, et il aimait de voir mes yeux se mouiller de larmes.

Quand je lui faisais des promesses de fidélité, il me disait que j'étais trop jeune pour en répondre, que je ne savais pas ce qui m'attendait. C'était bien dit! C'était bien connaître la jeunesse!

Nous commençâmes d'aller faire ensemble, les jours où il était libre, des dîners au Jardin-des-Plantes. Notre rendez-vous était sur le pont d'Austerlitz. Nous venions l'un à l'autre avec bien de la joie. Je me crois encore à ce moment de notre rencontre; je vois son beau et charmant sourire, son air de fête. Nous faisions quelques pas sur le pont, puis nous entrions au jardin pour nous promener un peu sous les arbres. Il était gracieux, très-soigné de sa personne.

Bientôt nous entrions dans une grande maison, là, où on donne à dîner, et où on prit bientôt l'habitude de nous voir. Nous avions une petite salle à nous, au premier, donnant sur le boulevard et la campagne. On nous servait vite et assez bien. Notre dîner était gai et très-aimable, Chateaubriand, heureux comme un enfant, doux et tendre. Il m'excitait à dîner, me reprochait de ne pas manger; il avait de l'appétit et tout l'amusait. Nous parlions des lettres, des événements, moi je disais toujours beaucoup de folies. Nous parlions souvent de Rome et de l'Italie que nous regrettions; il disait que c'était une contrée, un peuple, une race supérieure aux autres.

Il revenait tendrement sur son âge, la mort, la fin de tout ici-bas, et ces joies imprudentes où il s'abandonnait. Je lui parlais de mes lectures. Je me rappelle lui avoir rapporté les idées de Creutzer sur les religions et sur celle des Indes. Ce récit l'intéressait; il connaissait ces choses, parlait avec lumière sur les cultes, montrait sa philosophie, ses vues perçantes, cet esprit vaste et indépendant que rien ne pouvait borner. Je lui disais qu'il était savant, je m'amusais à le louer sous ce rapport qui n'était pas celui où on le connaissait le mieux. Il riait, heureux de plaire.

Il demandait du vin de Champagne pour animer, disait-il, ma froideur; je lui chantais alors quelques chansons de Béranger : *Mon âme, la Bonne vieille, le Dieu des bonnes gens,* etc., etc.

Il les écoutait ravi, et cette belle poésie, et cette voix de sa maîtresse l'attendrissaient. Touché, exalté, il revenait sur lui-même, disait qu'il avait fait aussi des chansons, qu'il eût aimé d'être poète. Il revenait sur la chanson que j'avais chantée, me la faisait chanter encore, en relevait quelques beaux vers, quelque belle expression.

> . . . . . . Plaisir de mon jeune âge,
> Que d'un coup d'aile a fustigé le temps !

Il répétait : *que d'un coup d'aile a fustigé le temps.* Dans la chanson de *l'Ame* il admirait tout, comme dans celle du *Dieu des bonnes gens.* Ces chansons le sortaient de lui-même, éveillaient son génie, le jetaient dans un état exalté, triste et doux. Je les vis toujours produire sur lui cet effet puissant.

Dans cet état, il était plus amoureux, plus vif; il me disait que je lui donnais les plaisirs les plus charmants, m'appelait séductrice, etc., et dans cet endroit solitaire, il faisait ce qu'il voulait. Enfin il donnait, à mon grand regret, le signal du départ; nous partions à cause de la gène où on le tenait chez lui. Nous partions ensemble; en voiture; nous atteignions, dans des tendresses sans fin, la place Maubert, où nous nous séparions. Je l'aimais, certes, et parfaitement. J'en étais amoureuse, doucement, heureusement, sans crainte, sans trouble, et c'était lui qui modérait mon cœur.

Il étudiait beaucoup cette année-là; il achevait ses *Études historiques*, et il en composait la préface qui parut bientôt. Un jour, dans la campagne, il me dicta ce passage :

« La croix sépare deux mondes, etc. Il avait ajouté :
« Je mourrai sur ton sein, tu me trahiras, et je te le
« pardonnerai. »

Plusieurs fois, quand il venait chez moi, je me plus à prendre ses ouvrages et à lui en lire des passages. Il me laissait lire, il disait qu'il aimait ma voix, et bientôt il s'animait à ses propres accents. Je lui lisais cette belle comparaison entre les Arabes et les Américains :

« Caché aux extrémités de l'Occident, dans un canton détourné de l'univers, le Canadien habite des vallées ombragées par des forêts éternelles, et arrosées par des fleuves immenses; l'Arabe, pour ainsi dire jeté sur le grand chemin du monde, entre l'Afrique et l'Asie, erre dans les brillantes régions de l'aurore, sur un sol sans arbres et sans eau. Il faut, parmi les tribus des descendants d'Ismaël, des maîtres, des serviteurs, des animaux domestiques, une liberté soumise à des lois. Chez les hordes américaines, l'homme est encore tout seul avec sa fière et cruelle indépendance; au lieu de la couverture de laine, il a la peau d'ours; au lieu de la lance, la flèche; au lieu du poignard, la massue; il ne connaît point et il dédaignerait la datte, la pasthèque, le lait du chameau; il veut à ses festins de la chair et du sang. »

Je cherchais aussi les descriptions de la Judée, où la grandeur et l'élégance sont incomparables. Quel homme dans notre langue a atteint si haut, a trouvé de telles impressions, de tels tableaux : « Quand on voyage dans la Judée, d'abord un grand ennui saisit le cœur ; mais lorsque, passant de solitude en solitude, l'espace s'étend sans bornes devant vous, peu à peu l'ennui se dissipe, on éprouve une terreur secrète, qui, loin d'abaisser l'âme, donne du courage et élève le génie. Des aspects extraordinaires décèlent de toutes parts une terre travaillée par des miracles : le soleil brûlant, l'aigle impétueux, le figuier stérile, toute la poésie, tous les tableaux de l'Écriture sont là. Chaque nom renferme un mystère; chaque grotte déclare l'avenir; chaque sommet retentit des accents d'un prophète. Dieu même a parlé sur ces bords. » Quelquefois, pour le toucher plus tendrement, je prenais le *Martyr d'Eudore*, les discours et les chants des sages confesseurs, ces scènes pathétiques de la prison et des tourments. Il ne pouvait retenir ses larmes ; un jour, il pleurait; je lisais toujours; il allait jusqu'aux sanglots ; je continuais et je les vis éclater à ce passage où Eudore, dans le cours de ses actes glorieux, avait offert secrètement son sacrifice pour le salut de sa mère, punie encore *parce qu'elle avait aimé ses enfants avec trop de faiblesse.*

A ces mots il ne sut plus, ne voulut plus se contenir. C'étaient des émotions qui remontaient à leur source; il était en pleurs, ravi, atteint par tous les côtés de son âme exaltée. Il se montrait touché et reconnaissant. Il me disait qu'il n'avait jamais joui ainsi. Il me donnait tous les doux noms qu'on donne aux muses. Il s'imaginait que j'étais belle; il louait surtout mes yeux, mon regard; il croyait, dans sa folie, n'avoir rien vu de pareil. Jamais je n'ai vu un homme de si bonne foi, si aveuglé et si ravi, ou plutôt si lumineux et si créateur, qui sut si bien voir et adorer ce qu'il créait.

Jamais homme, d'ailleurs, n'a sacrifié mieux dans la

conversation tout le reste à l'agrément. Jamais homme ne fut moins pédant, parlant moins de ses succès ou de son pouvoir passé. C'était en tout essentiellement un homme de goût. Son savoir était immense, il ne le montrait point. Il avait dominé un moment son pays, il ne le rappelait pas. Il était bienveillant pour les personnes, louait facilement, mais au fond son dédain était grand, et c'était la seule marque qu'il donnât qu'il se plaçait haut. Sa supériorité, en causant, s'appuyait bien de sa délicatesse; on sentait l'union de sa grande intelligence et de sa grande intégrité; quelque chose de droit en tout frappait comme ces belles proportions des Grecs dont il a si bien parlé, et on comprenait, en l'entendant, où il avait trouvé tant d'accents sublimes.

CHAPITRE XV

J'avais d'aimables lettres d'Italie. Don Philippe, établi à Florence, m'écrivait avec beaucoup de gaîté et d'amitié. Camillo et moi nous étions revenus sur le passé; nous nous écrivions des lettres de reproches et de folies. J'avais des lettres de Lanci, Pieri, l'Espino, Bargagli. Je conservais mes amis d'Italie avec l'espoir de les retrouver.

M. Thiers se montra curieux de connaître M. de Chateaubriand; celui-ci me dit qu'il serait charmé de le recevoir. M. Thiers se rendit à cette invitation, et en sortant de la rue d'Enfer, il vint chez moi, agité, inquiet, occupé de sa visite; il craignait d'avoir blessé M. de Chateaubriand en parlant de la Terreur, il me pria de m'en informer et d'arranger cela, charmé d'ailleurs de Chateaubriand, de sa grâce, de sa manière, de son esprit élevé. M. Miguet aussi, me demanda de voir Chateaubriand, et alla chez lui, content de sa conversation, de sa raison, de sa modération. M. de Chateaubriand de son côté, me contait son impression. Les propos de M. Thiers ne l'étonnaient pas ; il les connaissait ; il était occupé à les combattre dans la préface de ses *Études histori-ques*. D'autres personnes demandèrent de le voir ; il cédait à tout avec agrément et politesse, s'amusant de voir des hommes d'opinions violentes et opposées aux siennes.

M. Thiers s'occupait, durant l'hiver, de fonder le jour-nal *le National*, dont le premier numéro parut le 2 ou 3 janvier 1829. C'était pour préparer doucement la ré-volution de juillet et élever au trône le duc d'Orléans. L'hiver était des plus rudes ; la Seine gela ; en arrivant d'Italie, cet hiver paraissait bien froid. Je lisais avec empressement tous les matins le journal, et j'y tra-vaillais pour des feuilletons sur l'Italie, que je lisais à M. de Chateaubriand. La polémique de M. Thiers était pleine de verve et d'éclat. On ne voyait pas alors le danger de séparer en deux branches la maison de nos rois et où cela nous conduirait. M. Thiers disait que le style n'était pas soigné ; mais le style était de premier jet, clair, excellent. Il travaillait le jour, la nuit, prêt pour chaque combat du matin. Il rêvait tantôt l'ambition, tantôt une vie lettrée dans la campagne.

Cependant, Libri m'annonçait de Florence sa pro-chaine arrivée à Paris. Il m'écrivait gaîment :

« 18 janvier 1830

« Combien de choses ai-je à vous dire : je *grille* de vous voir. — Or çà à propos, n'allez pas trop me vanter et annoncer le Messie à vos amis ; car je pourrais bien vous donner un furieux démenti. — Et puis, n'allez pas dire : *Voici l'Italie*, et toutes ces belles phrases dont vous m'honorez assez souvent. Car l'Italie vaut mieux cent fois que moi, et je suis indigne de la représenter. Vous me direz peut-être : — N'ayez pas peur, personne ne s'avisera de vous vanter, tant mieux, c'est ce que je demande. »

Il ajoutait en finissant sa lettre charmante :

« Si votre maison est dans les bornes que je prescris plus haut, pourquoi n'irais-je pas loger dans la même maison que vous? Nous n'avons pas de raison pour nous craindre. »

Si Chateaubriand n'avait vu Thiers et Mignet qu'en passant, il allait bientôt faire plus intimement la connaissance d'un autre homme et rester lié avec celui-ci pour toujours. J'avais rapporté à Béranger, l'admiration de Chateaubriand pour ses chansons. Eh! comment ne l'aurais-je pas fait, moi qui cherchais toujours d'être agréable à Béranger? Celui-ci était malade; il ne voulait pas croire ce que je lui disais; il me répondit : (lettre du 26 janvier, 1830.) « Vous avez voulu faire quelque chose d'aimable et vous avez prêté à une bouche éloquente ce que vous avez la bonté de penser de moi ; au moins en partie. Comment avez-vous pu croire que je serais votre dupe? J'ai eu beau être élevé à l'école de M. de Chateaubriand, et lui avoir dû les plus grandes obligations littérairement parlant, j'ai fait de mon talent un usage si opposé à cette éducation, qu'il n'est pas possible que le maître puisse en faire un grand cas. Il y a bien par-ci par-là, quelque trace de son influence, mais c'est trop peu pour en obtenir une couronne. » Il disait encore beaucoup d'autres choses qu'on peut voir dans cette correspondance. Chateaubriand reçut avec plaisir ces témoignages d'admiration et m'y fit répondre. Béranger m'écrivit (8 février) « Savez-vous que je commence à vous croire? Ne poussez pas trop loin les preuves, car j'en perdrais la tête de vanité. Quoi! l'humble chansonnier obtiendrait le suffrage de l'auteur des *Martyrs !* Chateaubriand saurait par cœur quelques-uns de mes refrains! Quelle gloire pour la chanson! » Il disait qu'il garderait le secret, mais on ne le lui demandait pas, et Chateaubriand allait proclamer tout à l'heure bien haut son admiration en l'imprimant dans la préface de ses *Études historiques :* « Vous prétendez, ajoutait Béranger, que je prends les suffrages à la quantité et point à la qualité. Si, en effet, M. de Chateaubriand pense de moi le bien que vous dites, il en doit juger autrement. Car pour le peu qu'il se soit donné la peine d'examiner quelques-unes de mes meilleures chansons, il doit voir le faire que j'y ai mis, et le long travail qu'elles ont dû exiger. Or, à ce signe, il verra bien que je ne travaille pour la multitude que lorsque la nature du sujet ou l'intérêt politique m'en font une loi ; il lui suffira de cet examen pour juger la reconnaissance que m'inspirent ses éloges. » Chateaubriand, en effet, m'avait déjà parlé de ce fini du travail ; et ces deux grands hommes commencèrent à s'entendre ainsi. On peut voir dans ces lettres que Béranger savait être vues par Chateaubriand, comme il se plaisait à se dire *du peuple*, méprisant ce qui est *là-haut*, et voulant la France telle que la révolution l'a faite ; toutes choses par où nous nous aperçûmes plus tard qu'on s'était un peu égaré.

Chateaubriand aurait voulu que Béranger entrât à l'Académie ; il me dit de lui offrir quatre voix, dont était la sienne. Béranger, avec mille remerciments, refusa ; sa santé s'était remise, il venait me voir, et me demanda s'il ne serait pas convenable qu'il allât remercier Chateaubriand. Je l'y engageai beaucoup, il y fut, et en sortant, il vint chez moi, ému, content, charmé de l'accueil qu'il avait reçu et de tant de choses douces et flatteuses qu'on lui avait dites. Nous étions ici à Athènes. Béranger était le fils de cette démocratie ; je m'amusai de voir comme il était mal mis pour aller chez M. de Chateaubriand ; je crois qu'il l'avait fait exprès. Quand je lui contai que Chateaubriand croyait plus à l'immortalité du poète qu'à la sienne propre, les yeux de Béranger se mouillèrent de larmes. Cette visite l'avait rendu heureux. J'ai vu entre ces deux grands hommes une belle entente ; ils prirent de l'empire l'un sur l'autre, Chateaubriand avec plus d'entraînement et de bienveillance, Béranger toujours avec un peu de moquerie, de critique, de gaîté. Je lui annonçai une visite de Chateaubriand que je prévoyais pour le lendemain ; il s'en défendait, mais il la reçut, et il m'écrivit aussitôt :

« M. de Chateaubriand sort de chez moi. En vérité, c'est plus que je ne mérite, dussiez-vous encore me trouver trop humble! Je ne sais comment reconnaître tant de bonté. Chargez-vous un peu d'être mon interprète : car je suis si bête que je crains qu'il n'ait pas bien compris les sentiments qu'il m'a inspirés. Mais, en même temps, aidez-moi à le détourner de l'idée qu'il a de faire de moi un académicien. Rien que le mot, qui jusqu'ici ne m'avait produit aucun effet, me cause aujourd'hui une horrible frayeur. Non, je ne dois pas être de l'Académie, quoique M. de Chateaubriand en puisse dire. Je lui ai chanté le *Juif-errant;* il a voulu que je le lui répétasse, il m'a paru en être très-content. J'en suis bien aise, car j'aime cette chanson. »

Quelques jours après, Béranger s'expliqua encore avec plus de force au sujet de l'Académie; je donnerai ici sa lettre qui est belle : « Assurez, me disait-il, M. de Chateaubriand de toute ma reconnaissance pour la preuve de bienveillance qu'il vous charge de me transmettre; dites-lui, je vous prie, que j'en conserverai un éternel souvenir; que j'estime plus le suffrage qu'il veut bien m'accorder que ma nomination même si je me mettais sur les rangs; mais qu'il ne m'est pas possible de profiter de cette offre dont je sens tout le prix, et qui va enfin me donner de l'orgueil, ce dont j'ai trop manqué, bien que vous en disiez, vous qui vous vantez de me connaître.

« Non, je n'ai et n'aurai vraisemblablement jamais aucune prétention à l'Académie. Je l'ai écrit il y a peu de temps encore à Andrieux, qui me prêche en vain depuis trois ou quatre ans. Ne croyez pas au moins que je dédaigne ce corps : depuis plusieurs années il s'est relevé à mes yeux; je serais fier d'être le collègue de beaucoup de personnes qui en font partie; d'ailleurs, j'y ai déjà beaucoup d'amis. J'ai, il est vrai, l'idée que l'Académie française a été plus nuisible qu'utile à la poésie, mais le mal est fait, et peut-être il serait possible d'en modifier aujourd'hui l'influence. Vous voyez que je ne suis pas positivement anti-académique. La question pour moi n'est donc pas dans l'Académie : elle m'est toute personnelle.

« Ce que j'ai cherché toute ma vie, c'est une position conforme, autant que possible ici-bas, à mes goûts et à mon caractère ; la Providence (car j'y crois), après bien des tourmentes, m'a poussé vers un petit coin de terre que tout le monde dédaignait, je veux dire *la chanson*, car ce genre est devenu ma vie et ma position. Il m'a procuré de quoi vivoter et me faire connaître. J'en suis heureux, et voilà plus de quinze ans que cela dure. Personne ne me porte envie et je suis à l'abri de l'envie que les succès des autres pourraient m'inspirer dans une plus haute carrière. J'ai dépensé à ce métier une partie du petit magasin d'idées que je m'étais fait. Je n'y suis forcé à rien de grand, à rien de solennel ; je fais ce que je peux ; je fais ce que je veux ; parce que je suis, homme et bagage, en dehors de tout. En politique même, je n'en fais qu'à ma tête, me moquant du mot d'ordre des partis et ne m'inspirant que de l'amour de la patrie, ma grande et durable passion. Et vous voudriez que j'allasse me perdre dans un corps illustre, moi à qui tout esprit de corps est insupportable. Laissez mon petit ruisseau serpenter à l'ombre, dans la verte prairie, au milieu des fleurs ; et, voisin de la mer, s'y précipiter sans se perdre avant dans quelque fleuve qu'il ne grossirait pas. (1) Il faut que je sois poète comme je suis homme. Je déteste ces gens qui sont autres dans leurs vies que dans leurs ouvrages. Songez à mes goûts ; songez à mes opinions. Me voyez-vous dans la tribune académique, débitant un beau discours, comme le mélancolique Lamartine ? Pensez à ce chansonnier, condamné deux fois à la prison pour injures à la dynastie, et qui, ayant obtenu du roi l'approbation des suffrages académiques, proclame au nez de toute la France la gloire de Charles X ! Non, ma chère Pru-

(1) N'est-ce pas ici la poésie de ses chansons ?

dence! J'ai plus de logique qu'il n'est, dit-on, donné à un poète d'en avoir. Je veux être conséquent et je vous assure que cela ne me coûtera pas. J'ai bien étudié mon caractère : il ne veut pas que je sois autre chose que ce que je suis. N'être rien, voilà ma vocation. J'ai entendu quelquefois traiter cette abnégation de vertu ; on avait tort ; ce serait plutôt de l'égoïsme. La preuve c'est qu'on a voulu me faire le cens d'éligibilité pour que je fusse de la Chambre, et que les mêmes motifs m'ont fait refuser cet honneur, qui m'eût pourtant mieux convenu que les titres académiques. » Il faut voir tout entière dans sa correspondance cette belle et charmante lettre. Chateaubriand n'insista pas pour l'Académie ; sa liaison avec Béranger s'établit et s'affermit, et cette amitié leur fut agréable.

Un jour, je rencontrai Jérôme dans la rue ; j'en reçus un effet prodigieux ; je rentrai chez moi en larmes. La passion était dans l'air autour de moi ; je ne savais ce que j'avais. Le colonel Amable de G., qui m'avait servi de modèle pour le caractère d'Alphonse de Selmine dans *Gertrude*, vint me voir ; il s'était reconnu en lisant le roman en Amérique, chez Joseph Bonaparte. Toute jeune fille il m'avait occupée sans s'en douter, quand j'étais à la campagne chez la duchesse de Raguse avant de connaître Jérôme. Sa conduite héroïque à l'armée, sa beauté, son bon caractère m'avaient causé une émotion que j'avais cachée jadis avec bien de l'effroi. Il voulut en vain remettre les choses sur ce ton. M. Farcy, ce jeune héros qui fut tué dans les combats de juillet, m'offrit une cour timide ; un soir il me dit d'une voix tremblante ces vers :

Thérèse, que les dieux vainement firent belle,
Vous que vos seuls dédains ont su trouver fidèle,
Dont l'esprit s'éblouit à ses seules lueurs,
Qui des combats du cœur n'aimez que la victoire,
Et qui rêvez d'amour comme on rêve de gloire,
          L'œil fier et non voilé de pleurs ;

Vous, qu'en secret jamais un nom ne vient distraire,
Qui n'aimez qu'à compter comme une reine altière,

La foule des vassaux s'empressant sous vos pas ;
Vous à qui leurs cent voix sont douces à comprendre,
Mais qui n'eûtes jamais une âme pour entendre,
Des vœux qu'on murmure plus bas ;

Thérèse pour longtemps adieu !...

Ces vers me troublèrent un peu et mirent autour de moi ce frémissement de la saison et de la jeunesse ; mais ce ne fut qu'un éclair.

Un autre jour que j'étais accablée de la tristesse du printemps, un vieil ami de ma famille me conduisit au théâtre où mon ennui disparut entièrement ; je n'avais besoin que de distraction. M. de Chateaubriand le croyait. J'avais cherché avec lui un appartement dans la campagne de son côté, vers la Bièvre, et j'allais en fixer un lorsqu'il m'engagea à faire une course en Angleterre, à passer un ou deux mois à courir. Ce fut son imprudence s'il m'aimait ; et comme j'avais reçu une invitation de madame M... d'aller lui faire une visite à Londres, je décidai mon départ. Chateaubriand eut dû savoir comme il était dangereux d'envoyer la jeunesse errer à l'aventure, surtout dans les langueurs du printemps. Peut-être il m'aimait moins ; peut-être il ne tenait pas à la durée de ce sentiment, quoique ses adieux fussent tendres. Je laissai mon fils à une de mes amies, pour le garder durant ma courte absence. Jérôme, avant mon départ, vint me voir deux fois accompagné d'un de ses amis.

Je partis donc, ennuyée mais contente dès le premier pas. Je partis sans avoir jamais connu ce qu'on appelle vraiment *l'amour* ; jamais je n'avais eu la moindre idée de la volupté ; j'étais entraînée comme malgré moi vers une contrée que j'avais parfois rêvée en Italie, et où la curiosité et la politique m'attiraient.

CHAPITRE XVI

Déjà les côtes de l'Angleterre s'aperçoivent. Le ciel est devenu toujours plus sombre et plus abaissé. Il semble que toutes les vapeurs de l'Océan couvrent l'Angleterre. Son aspect est désolé : une côte élevée et aride n'offre que des terres blanches au pied desquelles les flots se brisent dans une éternelle tristesse. Cette côte s'abaisse et s'entr'ouvre au milieu : c'est là qu'est Douvres.

Madame M., l'Anglaise chez laquelle j'allais passer un mois, me reçut à Londres avec beaucoup d'amitié, et pour première politesse me présenta M. Henry Warwick, un jeune homme dont le caractère à la fois léger, aimable et ambitieux, avait déjà fait le sujet d'un très-joli roman en deux volumes qui avait eu un grand succès. Cette dame était seule à Londres, durant un voyage de ses enfants, de sorte qu'elle confia à M. Warwick le soin de me faire visiter la ville et ses environs. Elle s'amusa de le voir s'éprendre dès le premier jour, mais ne passait-il pas sa jeunesse dans les amours ? Il me sembla l'opposé d'un esprit sérieux : très-spirituel, très-fin, parfois même profond, et pourtant léger ; très-ambitieux, très-occupé de son pays et des hommes d'action, mais sans projet arrêté ; il était aussi très-porté au plaisir et fait pour toutes les séductions qui s'offriraient sur sa route. Dès sa première conversation avec moi, il se moqua du *pédantisme politique ;* il dit que Fox, Shéridan étaient des hommes de plaisir, qu'on n'a pas besoin d'être lourd pour être intelligent. Il détestait ce qu'il appelait les *hommes de bureau,* ceux qui sont écrasés par les détails, et mettent de l'importance dans ce qui n'en a pas. Il offrit à mes yeux l'homme d'action d'une aristocratie, l'homme dégagé. Ses aïeux étaient Normands, et la famille possède encore les terres données au temps de la conquête. Il disait qu'il faut savoir agir en riant : occupé de la mode et des chevaux, c'était, en un mot, un ambitieux, mais un dandy.

Il n'avait pas encore été nommé aux Communes, et il se présentait alors aux élections pour la seconde fois, dans l'espoir de réussir cette fois. Nous ne parlâmes d'abord que politique ; il avait les idées éclairées d'un Anglais. Son visage était noble et régulier, mais sans éclat, parce qu'il était un peu marqué de la petite vérole ; sa bouche, belle, ornée de perles, avec des lèvres bien dessinées et légèrement épaisses ; sa taille haute, très-mince, élégante ; ses manières étaient parfaites, naturelles, gracieuses, distinguées ; un charme extrême régnait dans toute sa personne : ce charme est ce qu'on peut rencontrer de plus entraînant et de plus dangereux dans un homme. A ceux qui en sont doués, le poëte qui a chanté *l'art d'aimer*, a dit :

Je vous fais rois de l'Empire amoureux.

Aussi curieux du Parlement de son pays que je l'étais moi-même, nous avions aussi d'autres ressemblances de sensations, de flamme, de douleur et de plaisir. Il ne savait pas séparer la politique de l'amour ; il ne comprenait rien dans la vie sans aimer, et ses jours jusqu'ici n'avaient été qu'un entraînement perpétuel vers les femmes et vers la politique.

Il me fit visiter la Tour, la galerie de tableaux, la campagne de Richemond. Nous visitâmes Westminster, où sont les tombes de Shekespeare, Newton, Pitt, Fox, Nelson, Canning. Celles de Pitt et de Canning sont placées a côté l'une de l'autre, ce qui plaît beaucoup en se rappelant la haute fierté de Canning, et elles n'ont d'autre inscription que leurs noms. Westminster est un vaste bâtiment ; mais il n'y a qu'un espace étroit où le public puisse entrer librement. On a coupé l'église au milieu pour le service protestant, ce qui ôte la grandeur à l'édifice et le gâte entièrement. On ne peut pas méditer là comme en Italie, et s'oublier dans le recueille-

ment, l'étendue et la solitude d'une église. En sortant
de là, nous entrâmes dans les Chambres des Pairs et
des Communes, qui sont en face de Westminster. La
Chambre des Pairs est vaste et ornée. Celle des Communes est petite, resserrée vers le bas, où elle n'a pas
plus de huit pas de largeur et de dix-sept de longueur :
elle s'élargit du haut, en forme d'amphithéâtre. Elle est
gothique ; les bancs sont verts, sur un fond boisé, c'est
sévère : Chose singulière ! elle n'est pas assez grande
pour contenir ses membres, s'ils se réunissaient tous.
Comme il n'y a pas de tribune, on parle de sa place,
ou l'on s'approche d'une grande table recouverte d'un
tapis vert, qui est devant le fauteuil du président, et
qui porte les pétitions, papiers du gouvernement, etc.
C'est à côté de cette table que Pitt et Fox, que Sheridan,
que Burke ont illustré la Chambre des Communes durant
tant de nuits fameuses.

Le soir, M. Warwick restait à causer chez madame M...
jusqu'à deux ou trois heures du matin. Madame M... aimait ces longues veilles et ces gracieuses conversations ;
elle riait de voir ce jeune homme dans un nouvel entraînement qu'elle me priait de remarquer, Henry faisait
gaîment les honneurs de son pays ; il aimait beaucoup
la France et la louait sans cesse. Madame M... me raconta
que M. Warwick, à vingt ou vingt-deux ans, maître
d'un héritage, avait été en Grèce pour prendre part à la
guerre ; mais déjà plus homme d'action que lord Byron,
il avait vite jugé qu'il n'y avait rien à faire pour un
étranger, et, avec la fièvre du pays, il était revenu. Cet
héroïsme et cette sagacité le firent beaucoup valoir à
mes yeux.

Londres ne me plaisait point. M. de Chateaubriand
m'avait dit plusieurs fois : — *L'Angleterre manque de
grandeur.* — J'étais frappée de la vérité de ces mots. Le
ciel était bas, étroit, terne, odieux ; l'air pesant ; les galeries, les tableaux me semblaient horribles ; les palais,
ou plutôt les maisons, ignobles et mesquines ; les promenades arrangées, ridicules ; la verdure et les eaux de

la Tamise noires et hideuses. Jamais je ne reçus d'aucun endroit une impression si désagréable. Non ! l'Angleterre n'était pas ce pays mélancolique, mais beau et inspirateur que je rêvais en Italie ; la Gaule seule, dans ses jours de pluie, est telle. J'écrivis à René ce qui arrivait. Je lui disais : — Tandis que je vous écris, j'écoute si les pas d'un cheval ne se font pas entendre. — Il répondit froidement ; il me dit d'être heureuse ; c'était comme une sorte d'adieu.

Un soir, je me rappelle, Henry arriva chez madame M... comme nous finissions de dîner ; il partait pour le lieu des prochaines élections où il devait passer deux jours. Nous étions encore à table quand il entra ; son visage était altéré, très-pâle ; il semblait très-souffrant, très-irritable, il laissait voir un tourment porté à l'excès, mais qu'il n'exprimait pas. Il s'assit, parla peu, continua de se montrer le plus malheureux des hommes, et vraiment, malgré son naturel, le *dandy*, peut-être dans son désespoir, parut un peu ici. Bientôt il se leva et sortit. Je m'avançai à la fenêtre du rez-de-chaussée où nous étions pour le voir partir. Il monta dans une voiture à quatre chevaux, et me fit un adieu de sa mine désolée.

Madame M... me demanda en riant si je n'en avais pas pitié ; cet amour l'amusait, et elle me disait que ce serait un bon mariage pour moi si nous savions aller jusque-là. Henry ne m'avait rien dit encore de son amour : — Eh ! disait-elle, ne le voyez-vous pas dans ses soins, ses jours, ses soirées, son existence toute à vous ? Il vous abandonne toute sa vie. — C'était vrai : — Ne parlera-t-il jamais ? demandais-je à madame M... Puis-je quitter l'Angleterre avant qu'il ait parlé ?

Le temps que j'avais fixé pour mon voyage était passé. Madame M... attendait son fils qui devait prendre ma chambre, mais je ne pouvais me décider au départ, je louai, pour quelques jours un petit appartement près de madame M..., et dans *Grosvenor street west*. Là, j'étais chez moi, et M. Warwick fut plus à l'aise pour me voir sans cesse.

C'était des jours très-doux des deux côtés sans nous l'avouer; une secrète et naissante ivresse nous empêchait de nous séparer; nous avions chacun un de ces caractères ardents et abandonnés, dont la passion devient parfois toute la loi. Bientôt il s'expliqua. C'était le langage d'un Anglais. Il me peignit sa passion comme des plus violentes, et sa position comme des plus désespérées, engagée dans une crise de fortune et d'élection. Il disait peut-être vrai, mais le connaissant depuis comme un homme très-habile et très-rusé, je ne doute pas qu'il n'ait employé alors adroitement tous les moyens pour m'entraîner. Il déclara que mon amour seul pouvait le sauver. Il me demandait de venir m'établir en Angleterre avec lui comme sa femme, dans les occupations politiques du Parlement, et dans les affections domestiques de son pays. Il parla pour l'avenir d'un mariage auquel sa mère se fut opposée alors. Il ne voulait au monde que le Parlement et l'amour, je ne lui verrais jamais d'autre passion; sa vie serait consacrée à moi et à cette ambition politique qui était aussi la mienne. Je lui répondis que je craindrais un mariage à cause de Jérôme, que cette passion était mal éteinte. Il revint plusieurs jours de suite sur ces sujets, aussi pressant qu'il avait été timide. Son amour le faisait souffrir; c'était comme un supplice, une maladie; il perdait la tête; il était au désespoir (ou il feignait de l'être). Il me causait des impressions semblables; à côté de lui je perdais la raison, et souvent je m'éloignais effrayée, curieuse de ces passions où il m'appelait, de ce Parlement que j'étais venue chercher. L'avenir avait ses dangers, mais pourquoi les aurais-je craints? Ne pouvions-nous nous aimer parfaitement dans une vie pure et domestique? Les mœurs mêmes de l'Angleterre nous secondaient dans leur allure solitaire. Ne fallait-il pas arriver toujours à ma destinée de femme? N'était-ce pas ici le sort qu'au pays de la lumière, au milieu des

grands objets et des brillants esprits de l'Italie, j'avais
rêvé pour l'étude et le Parlement? N'était-ce pas ici ces
recherches politiques, cet art des orateurs, cette ambition qui m'étaient les plus chères? Femme, pouvais-je
les atteindre autrement? Le soir, en le quittant, et seule
le matin, je passais mon temps dans les larmes, abandonnée à ces pleurs que j'avais tant versés sans sujet,
que je versais encore sans savoir pourquoi, mais pressée
par le plus doux attendrissement du monde. M. Warwick,
sous prétexte de faire viser mon passeport, s'en était
emparé et ne le rendait pas.

Nous passâmes deux soirées agitées; c'était ces combats que j'avais connus une fois à Albano. Mais ici j'étais
plus étonnée, plus effrayée; je m'éloignais à l'autre
bout de la chambre; je regardais dans la rue, à travers les
vitres pour me calmer, et comme M. Warwick me rappelait, je lui répondais en riant, regardant toujours dans
la rue: — Une lanterne, deux lanternes, — les prenant
pour autant de témoins. Il riait, car son amour, le plus
aimable des amours, était mêlé de gaîté et de folie.
Saurais-je jamais bien rendre sa grâce, sa séduction,
son charme extrême? Ces deux jours furent très-pas-
sionnés. Enfin, sans arriver au dernier bonheur qu'il
demandait si vivement, je me liai par ma parole. Je
promis d'aller me dégager, d'être sa femme et sa maîtresse, de revenir en Angleterre, et de vivre pour l'a-
mour et la politique. Mes promesses, mes goûts, tout le
ravissait.

Je traversai le détroit dans une tempête épouvantable; le danger était si grand, que le bâtiment français
ne voulut pas partir. Nous vînmes en moins de deux
heures, non, sur la mer, mais sous la mer. Tous les
passagers languissaient dans un malaise affreux, et
moi, curieuse de voir un peu la mer dans cette furie,
je ne pus me soutenir, jetée çà et là; arrivée au bas du
petit escalier, j'aperçus, devant le bâtiment, une haute
colline verdâtre qui cachait tout; c'était une vague au-
dessous de laquelle nous étions. Je rentrai émerveillée;

je n'avais pas peur, j'étais sur un bâtiment anglais ; cependant, un bout du bâtiment fut cassé sans qu'on
nous l'apprît, et nous prîmes enfin heureusement terre
à Calais. Comme je peignais cette tempête dans une
lettre à Henry, il répondit : « Je n'aurais vu sur la mer,
en votre place, ni vague ni océan. » Il disait aussi :
« Voudriez-vous vivre pour moi seul, savoir que je vous
aime et n'entendre rien que cela? Voudriez-vous vous
charger du poids de mon sort, savoir que ma vie est
renfermée dans votre cœur? »

Je ne m'étais engagée avec M. Warwick que par des
promesses, mais j'écris à M. de Chateaubriand, de Calais.

Vous êtes offensé. La fortune jalouse,
N'a pas en votre absence épargné votre épouse :
Indigne de vous voir et de vous approcher,
Je ne dois désormais songer qu'à me cacher.

Contradiction, folie des mortels! Il m'avait invitée à
aller en Angleterre, et il m'avait écrit froidement à
Londres. Mais ici, l'adieu de mon côté était certain, et
cet adieu était très-tendre, car je l'aimais. Il fut repris!
vivement, complétement, sans la comédie de Rome. Il
vint chez moi fier mais frémissant. Je cherchai de
m'excuser sur cet adieu irrévocable. — Irrévocable,
pourquoi? dit-il, qui vous empêche de revenir à moi?
Oubliez ce voyage, laissez cet Anglais, que s'est-il
passé? je l'ignore, je ne le demande pas, restez. — Il
voyait que je l'aimais, il sentait son pouvoir, il laissa
sa fierté inutile. Comment, moi, en le voyant si bon,
si pressant, et en l'aimant si tendrement, me sentais-je
si liée en Angleterre, que l'idée de revenir à lui ne
s'offrit même pas?

Mon retour était impossible. J'étais blessée qu'il ne
me crût pas quand je disais que je venais me dégager
sans avoir manqué encore à la fidélité ; il vit mon impression; il déclara qu'il me croyait, et qu'alors c'était
bien facile d'oublier l'Angleterre. Je lui dis aussi qu'il
m'avait blessée parfois en ne semblant pas croire parfois
qu'il fût le seul que j'eusse aimé depuis Jérôme. Il me

répondit qu'il le croyait, que sans doute on m'avait su plaire en Italie ; que je le lui avais raconté moi-même, mais qu'il croyait que je n'avais eu nulle relation complète. — Si vous me quittez, reprit-il, ce sera trois amants à votre âge, trois amants à ce jeune âge ! Et un Anglais ! Quoi ! vous me quittez pour un Anglais ; l'ennemi de notre pays, cette race hostile qui ne nous entend pas ! C'est très-mal, un Anglais ! Vous vous donnez un grand tort. — Il me voyait troublée, touchée, il dit : — Vous m'aimez ! Je le vois, oublions tout... — Mais il vit aussi ma résistance invincible. Il se leva, il reprit sa fierté. — Qu'a donc dit, qu'a donc fait cet Anglais, disait-il, qu'il vous domine à ce point ? En quoi êtes-vous si liée à lui ? — Il sortit irrité, mais sans adieu.

Le soir, il m'écrivit pour nous rencontrer le lendemain dans la campagne. Je le rejoignis dans un endroit désert. Il me dit qu'il avait des palpitations, qu'il était malade, qu'il ne pouvait marcher. Ici je le trouvai un peu affecté, ce qui me refroidit. Il me dit que j'étais peut-être mécontente de ce qu'il ne s'était pas assez occupé de la publication de mon roman de Jérôme ; de ce que sa vie n'était peut-être pas assez arrangée pour moi ; qu'il fallait attendre un peu ; lui laisser le temps de ces arrangements ; qu'en allant vivre en Angleterre, je perdrais mon talent, que lui seul saurait le soigner, le développer ; il me dit que si cet Anglais m'avait parlé de mariage, si c'était cela que je voulais, lui-même serait libre un jour ; c'était facile à voir ; si son nom avait quelque prix, il me l'offrait, il prendrait un engagement. Si j'aimais l'Italie, c'est le pays justement où il voulait aller vivre et mourir. Je répondais doucement, attendrie, mais sans laisser nulle espérance. Il me dit que dans la nuit il avait pensé à mourir, il avait cherché des armes. Il me demanda si Atala, si Velléda, si René n'étaient pas passionnés ? Il dit que je choisissais un homme obscur. Que je vivrais dans une vie domestique et sans éclat. Il chercha tous les côtés par où je pouvais être accessible. Il ne réussit pas alors, mais il laissa un trait dans ma blessure; il m'étonna; un peu d'affectation toujours me refroidissait, et tout pâlit enfin devant les accents d'une passion plus éperdue que je venais d'entendre. J'avais vu les éclairs de la volupté, d'une volupté noble, pour laquelle j'étais née.

Il m'écrivit encore; je répondais sans l'abuser. Il disait que cette sincérité était terrible, que les femmes trompaient, qu'il eût préféré être trompé. Si je ne répondais pas tout de suite, il pensait que j'allais l'écouter, mais il me laissa enfin et se tut. Il m'écrivit : « Prudence, vous m'avez trahi! je n'avais rien fait pour vous perdre. » Il me demanda ses lettres; je les lui rendis toutes; il me renvoya les miennes, mais pas celles dont il avait paru très-heureux.

CHAPITRE XVII

Le roi Georges IV venait de mourir; ce n'était plus une élection partielle qui occupait l'Angleterre, mais des élections générales qui ont lieu à la mort des rois. Le pays est bien plus agité.

Et voici Libri qui arrive d'Italie! Avec cet esprit qui avait tant d'empire sur moi! Il vient souvent, car je logeais en arrivant près du Jardin-des-Plantes, où il avait affaire sans cesse avec les savants.

M. Farcy aussi venait souvent. Ce temps fut heureux, malgré mon impatience de retrouver M. Warwick.

Comme il tardait encore, j'allai passer quinze jours à Montlignon, près Montmorency, dans ce même village et dans cette forêt où j'avais jadis rencontré Jérôme. C'était au mois de juillet; Paris était très-agité; on pressentait vaguement une révolution. Je reçus à Montlignon une visite de M. Farcy, qui allait périr héroïquement dans le combat; il me conta qu'on se préparait à une lutte. Peu de jours après, j'entendais du village le bruit du canon; je parcourus le pays pour avoir des nouvelles; ces instants furent violents. En allant à

Paris, j'appris que M. Farcy avait été tué. On trouva dans ses papiers, ces passages : « Voyageur, annonce à Sparte que nous sommes morts ici pour obéir à ses lois. »

« Ici reposent les cendres de don Jean Diaz Ponlier, général des armées espagnoles, qui a été heureux dans ce qu'il a entrepris contre les ennemis de son pays, mais qui est mort victime des dissensions civiles. »

Le général Bertrand, qui vint me voir à Paris, était heureux. On se voyait délivré. Mais qu'allait devenir M. de Chateaubriand, privé de ses rois et de tout retour aux affaires? Je l'avais donc quitté quand tout le quittait! Pouvais-je l'oublier à ce moment? Il a depuis peint cette révolution dans ses Mémoires avec un grand esprit de parti, mais une grande hauteur de sentiment. Je lui écrivis, il répondit froidement, en homme fort blessé.

En Angleterre, les élections finissaient, et M. Warwick était nommé au Parlement. Il était nommé au Parlement! Je cherchais un lieu agréable pour le rencontrer; on m'avait parlé de Saint-Valery comme d'un endroit très-pittoresque. Je lui donnai rendez-vous là.

CHAPITRE XVIII.

Saint-Valery est une petite ville de Picardie, à l'embouchure de la Somme, le pays est désert, inondé par la marée, vaste et original. On y peut prendre l'idée du monde primitif, tel qu'il se montra après le déluge.

C'était au mois d'août, le temps était beau mais frais, dans cet endroit battu des vents de l'Océan; et c'est près de l'Océan que me furent révélés des mystères tellement ignorés jusqu'ici! Comme Sémélé, mais plus heureuse qu'elle, je fus visitée du dieu dans sa gloire. Henry, étonné de mon ignorance, disait que j'étais une femme charmante. Il plaisantait avec goût, avec une gaieté vive. Il montrait son bonheur avec bien de la grâce, et ses transports étaient amusants et agréables. J'avais apporté *Vico* traduit, qu'il lut dans cette terre de déluge, où *Vico* venait si bien. Il se moquait du pays, le trouvait affreux. Nous ne nous quittions pas un seul instant du jour, le soir nous nous promenions. Nous faisions des courses aux environs. Nous allons par mer, durant la marée, aux Cretois (un village), et nous revenons à pied, sur des sables mouillés et glissants d'où la mer venait de se retirer; Henry est très-aimable dans cette expédition, dont le mouvement lui plaisait. Une autre fois, nous nous promenons au bord de l'Océan, dans un endroit désolé, dont le souvenir m'est resté.

Nous faisions aussi des promenades dans la plaine, du côté des terres, où erraient de nombreux troupeaux. Nous rentrions pour dîner. Mon fils, qui avait quatre ans, était méchant, gâté, mais Henry le trouvait beau et lui montrait la plus grande tendresse. Pour moi, j'étais parfois folle d'amour, et mes yeux si éblouis, que je ne pouvais plus le regarder.

J'étais partie de Paris sans savoir les affaires. Je les apprends à Saint-Valery. Le duc d'Orléans montait sur le trône. Nous recevons le discours de M. de Chateaubriand, et j'ai bientôt une lettre de Béranger, du 29 août, qui me disait :

« Vous finissez votre lettre par les mots que m'adressa M. de Chateaubriand, lorsque j'allai le voir après nos grands événements. — Que de belles chansons à faire! me dit-il. — Vous vous trompez tous les deux. Mon rôle est fini..... Je ne suis pas né pour le parti vainqueur. Aussi me suis-je empressé d'aller visiter votre ami, aussitôt qu'il eût pris position; jusque-là, je crus devoir m'en abstenir, parce que rien ne doit influer sur ces sortes de déterminations, qui décident de la vie d'un homme illustre. Beaucoup de personnes ont blâmé son discours; je ne suis pas du nombre; il lui sied bien, selon moi. Aussi nous sommes-nous bien entendus. Un seul point nous a fait différer : il veut quitter la France, et je me suis permis, deux fois, de combattre cette idée de tout mon pouvoir. Mes raisons ont paru faire de l'effet sur son esprit. Je retournerai le voir incessamment. Une chose met ma conscience à l'aise, c'est qu'ainsi que Chateaubriand, moi aussi j'ai refusé tout ce qu'on a voulu faire pour moi. On a prétendu que, dans notre grande semaine, j'avais rendu bien des services; on aurait voulu m'en donner le prix; j'ai prié qu'on me laissât ce que je suis; et je suis gros Jean comme devant, ce qui doit vous faire pitié. Cette pitié augmentera quand vous saurez que, sous ce règne comme sous le précédent, Béranger ne se laissera pas porter à l'Académie, et qu'il a de nouveau signifié à ses amis de ne plus lui en parler..... Mon règne a fini avec celui de Charles X. La fin de l'un doit me consoler amplement de la fin de l'autre. »

Toute la France était dans la joie de cette révolution. On ne voyait pas encore le danger d'une *monarchie démocratique* ou d'une *république royale*, comme on disait. Une fausse direction fut donnée. En rejetant, d'ailleurs, le vrai héritier du trône, selon nos lois, on poussa les anciens royalistes à se rallier, dans l'avenir, à tous les partis extravagants, qu'éveillerait une monarchie *démocratique*. Selon les indications de Dieu même, les hommes de talent et la société éclairée doivent conduire le monde; mais le mot *démocratie* ouvrait la carrière aux basses classes, ou plutôt aux ambitieux qui les trompent. M. de Chateaubriand et les royalistes virent seuls les périls où nous courions. Il était juste que les doctrinaires, qui avaient tant brillé sous la Restauration, se rendissent bientôt maîtres des affaires. Mais persistant dans les illusions qui leur avaient fait rejeter la prudence, après l'assassinat du duc de Berry, ils communiquèrent ces illusions à toute la France, et la livrèrent à une liberté de la presse impossible. Napoléon Iᵉʳ disait de la liberté de la presse : — Il faudrait autant monter tout de suite en voiture, et aller vivre dans une ferme, à cent lieues de Paris. — M. de Chateaubriand demandait cette liberté sous le coup d'*une immense répression*.

M. Royer Collard disait : *la liberté des journaux, c'est la liberté des partis déchaînés.* C'est ce que nous eûmes bientôt. Cette liberté de la presse et *la démocratie* (mot d'ailleurs vide de sens dans les États puissants) sont devenus les pires des fléaux. La liberté de la presse éveille aussitôt, par les esprits médiocres et de travers, une foule d'idées fausses qu'on appelle bientôt l'*opinion*. Oui, l'opinion des ignorants.

Le gouvernement, d'ailleurs, en parlant à la France et à l'Europe, le prit, dès le premier jour, sur un ton trop prudent, ou même trop bas; en disant qu'il n'avait été permis qu'à Napoléon de faire de grandes choses, il ne sut pas assez louer la paix. Pourquoi louer Napoléon? Il fallait vanter la paix, une gloire tranquille, une liberté modérée. Mais le gouvernement courut aussitôt deux risques : d'être *méprisé* par le pays à cause de son ton humble en Europe, et d'être *renversé* par une liberté trop dangereuse de la presse. Les républicains d'un côté, et les Bonaparte de l'autre, allaient se réveiller.

Cependant, je n'étais pas en tout satisfaite de mes impressions, je n'en ai jamais été en tout contente dans les commencements d'un sentiment : il y a encore ici un doute, une imperfection qui trouble jusqu'à la conscience. Des affaires rappelaient Henry à Londres. Je devais bientôt l'y rejoindre. Le soir, les chevaux de poste arrivent; nous nous disons adieu, Henry ne se hâtait pas; on entendait le bruit des gens, le hennissement des chevaux. Tout à coup, je lui dis : — Le départ est prêt, mais si je vous priais de rester encore ce soir, resteriez-vous? — Oui. — Vous resteriez? — Cela me serait bien facile. — Vous dites cela. — Voulez-vous que je renvoie les chevaux? — Et vos affaires? — Elles seront encore retardées d'un jour. Holà, William, venez! — J'étais dans la joie; si triste de le quitter, si contente de son action gracieuse! Il semblait qu'Henry ne pût jamais partir. J'oubliais mes regrets. Les chevaux sont renvoyés; nous restons ensemble, et jamais encore nous n'avions été si heureux!

Le lendemain matin, le départ revient avec toute sa tristesse, mais Henry ne savait pas partir; il me demande de l'accompagner à moitié chemin, et de prendre là une autre voiture pour revenir à Saint-Valery. Je consens vite, nous partons ensemble, le voyage est gai. Henry me disait que nous parcourrions le monde ensemble, qu'il n'avait jamais connu le bonheur, qu'il le trouvait ici, complet, parfait, enivrant. Il parlait bien, avec éloquence, avec grâce, avec abandon; il disait facilement tout ce qu'il voulait dire. Il le disait d'un air touchant, avec le visage le mieux fait pour le sentiment. Arrivés à l'endroit où nous devions nous séparer, Henry veut déjeuner avec moi; nous ne pensions plus que nous allions nous quitter. Enfin, le moment tant retardé arrive. Henry montrait une tendresse, une faiblesse que je ne lui avais pas encore vue, et qui perçait mon cœur. En revenant seule, après l'avoir quitté, j'éprouvai un mélange de délices et de douleur : le visage d'Henry, pâle et si distingué, toute sa personne élégante et fragile, sa vie tremblante, sa passion qui semblait l'accabler, mille idées tendres et cruelles me pénétraient d'amour, de pitié, et venaient comme épuiser mon âme. A Saint-Valery, nous avions ri, nous avions été heureux, mais ici je trouvai tout un monde de langueur et comme un divin tourment. Ici commença ce caractère sacré qui suit la volupté noble. Ici j'aurais pu comprendre ce qu'allait être cet homme dans ma vie, et combien il devait dominer. J'avais connu jusqu'ici un amour intellectuel, où les sens, détournés et combattus, avaient langui sans s'éveiller. Aujourd'hui, j'abordais la Vénus antique, mais la Vénus sacrée, ou plutôt j'abordais ce sacrement de l'amour dont les prêtres ont fait le sacrement du mariage.

De retour à Saint-Valery, je reçois, trois jours après, une lettre d'Henry, qui me dit qu'il est malade à Boulogne-sur-Mer, et me prie de venir le rejoindre. Ce que je fais le lendemain matin.

Le duc de Wellington était premier ministre. C'était

le mois de septembre. Je pars pour Londres avec lui.
Le lendemain de notre arrivée, nous nous établissons à
Hampstead, où il loue la première maison de campagne
que nous trouvons. Il plaisantait, il m'encourageait, il
disait mille folies les plus aimables sur moi, sur lui, sur
notre amour et ma réserve, sur une sorte de frayeur que
je montrais. Il parlait d'un temps où nous serions mariés, ne comprenait pas mes craintes, me reprochait de
n'être pas confiante. Nous restons quinze jours à Hampstead. Il va souvent à Londres, revient tard, occupé des
affaires, et dans cette agitation de l'Angleterre, qu'on ne
peut vaincre. Il écrivait un roman et faisait des études
pour le Parlement. Moi, j'achevais mon roman de *Sextus*
et des études sur l'Italie.

Un matin, Henry m'apprend que le ministre des af-
affaires étrangères (lord Aberdeen) veut l'envoyer à
Bruxelles. C'était pour surveiller la Belgique et le pouvoir que la France pourrait prendre là. Le poste était
important. J'engage Henry à l'accepter, ce qui l'enchante. Un autre soir, il vient en m'apprenant qu'il part
la nuit même. Je m'étais parée en blanc pour le recevoir; il était très-amoureux; moi, je deviens triste de
son départ; il me prie de l'accompagner le même soir à
Londres. Je l'accompagne; je lui dis adieu, je le quitte,
et tandis qu'il allait chercher la mer, je reviens à Hampstead le soir, par un vent affreux, rêvant des flots, des
tempêtes qui attendaient mes amours. J'étais bien éprise
et inquiète. Henry était envoyé à Bruxelles par lord
Aberdeen, sous le ministère du duc de Wellington.

Je revins alors à Londres, dans ce même appartement
où j'avais été en quittant la maison de madame M..., et
où Henry avait commencé de m'aimer. Il m'y écrit des
lettres délicieuses, s'applaudit de revenir chez lui, où
il est attendu et aimé. Il arrive; il sortait de chez le
ministre, qu'il avait vu avant moi; mais les affaires ou
l'amour devaient l'emporter ainsi tour à tour dans son
cœur. Nous allons à Brompton, mais nous n'y restons
e me ra   elle encore Brompton. Dieu

m'envoyait un amour supérieur à tous les amours, et dont j'ai bien récompensé la douceur. On lui offre de retourner en Belgique; il rentre un soir me l'apprendre, en disant très-tendrement qu'il refuse si je le veux, et qu'il n'y retournera qu'avec moi. Je consens, et nous partons pour la Belgique, en passant par la France.

M. Warwick n'allait en Belgique que pour surveiller la France et agir contre nous. Je le savais, mais en aimant un Anglais, j'avais dû savoir qu'il servirait au besoin contre nous. Cela ne m'inquiétait pas. Si la France devait prendre ou non la Belgique, ce n'était pas ce voyage qui en déciderait. J'allais donc sans scrupule, amusée de l'inquiétude que la France cause toujours à l'Angleterre.

CHAPITRE XIX

La Belgique était très-agitée. Elle venait de se séparer de la Hollande; un parti voulait la réunion à la France (1830). Nous arrivons dans Gand soulevé. A peine sommes-nous arrivés qu'on nous annonce qu'une troupe de peuple armé parcourt la ville. Quelques-uns de la bande arrivent à notre auberge; tandis qu'Henry cause en bas avec eux, il me dit tout bas d'aller brûler ses papiers; je rentre, je monte légèrement et je vais, seule, brûler les dépêches commencées. C'était ici un parti français qui pouvait maltraiter l'Anglais. Nous partons. Henry ordonne au postillon de quitter la ville au galop, mais le peuple, soulevé, nous arrête, lance des pierres au postillon qui tombe blessé, et se jette à nos portières pour les ouvrir. Moi je dis :
— Vive la France! Qui vous commande? — C'est M. le vicomte de Pontécoulant. — Bon! j'avais connu dès l'enfance sa mère et sa famille. Il me reconnaît, s'approche poliment à cheval de ma portière, me rassure, dit à ses gens qu'il me connaît, qu'ils n'avaient point à s'inquiéter. Cependant le postillon était par terre; nous

descendons de voiture; Henry avait saisi ses pistolets,
et ne voulait pas les rendre; je les lui prends moi-
même, et M. de Pontécoulant les fait porter par un des
hommes de la troupe. Nous étions près de notre auberge; on nous y reconduit comme en triomphe, mais
M. de Pontécoulant me promet un laisser-passer pour
le lendemain matin. Henry était mécontent d'avoir rencontré ces Français et plié devant eux. Mais son exaltation se tourne ailleurs, car en entrant, nous enten-
dons des cris, et on vient nous dire que l'homme qui
portait les pistolets en a voulu décharger un et s'est
blessé au bras. On apporte cet homme blessé; Henry,
désolé, s'écrie que s'il est blessé pour la vie, il lui donnera la moitié de sa fortune! Je le retiens, je le modère, et comme l'homme me semblait jouer la comédie,
je décide Henry à lui donner deux louis, ce qui ravit
cet homme et termine cette comédie.

Le soir, nous allons voir et remercier le colonel de
Pontécoulant. Il nous reçoit avec plaisir, me parle de
sa famille, me prie de lui faire savoir sa belle conduite,
nous montre toutes les difficultés qui l'entourent. Je
vis surtout ces difficultés le lendemain, où j'entrai dans
sa cour avec Henry pour demander notre laisser-passer.
La cour était encombrée d'hommes en blouses, parlant
grossièrement. L'un demandait un *bon* pour avoir des
chemises; un autre refusait impérieusement d'obéir;
c'était un bruit, une indiscipline complète. L'autorité
du colonel me parut peu solide, mais tel est toujours
l'aspect d'un peuple soulevé. Il nous donne cependant
le laisser-passer, et comme je partais, il vient à cheval à
ma portière, traverse la ville avec nous, et nous conduit jusqu'à la porte par où l'on va à Bruxelles. Des
ouvriers qui travaillaient là, l'accueillent au cri de : Vive
Pontécoulant! ce qui lui fit grand plaisir. Il nous salue
gracieusement, et nous partons. En voyage nous courons d'autres dangers, car un peuple en guenilles entoure la voiture, la regarde; on se parle. Cependant
nous arrivons à Bruxelles sans accident; ici les choses

étaient plus calmes et mieux réglées, et nous nous établissons aussitôt dans un appartement à nous. Ce sont
ici des jours d'enchantement tandis que la Belgique
était si troublée, et Henry occupé d'en donner les nouvelles à son Gouvernement. Ce séjour dura quinze ou
vingt jours. Nous vivions au bruit du tambour, aux cris
du peuple. Jamais Henry n'avait été plus aimable et
plus épris, les événements aussi nous agitaient; la position d'Henry lui plaisait, il en aimait jusqu'au péril;
il travaillait tout le jour. Il me présente plusieurs personnes, mais ma position, à l'égard du monde, ne me
plaisait pas. Je reçois là M. Bowring, un Anglais, fameux depuis dans les affaires de la Chine et de l'opium,
qui prétendait que tous les États, dans l'avenir, allaient
se diviser et devenir chacun aussi petit que la Belgique.

Anvers brûle. Henry veut y aller le jour même où
finissait la capitulation; c'est un homme dont l'ardeur
ne compte aucun danger. Je m'y oppose; j'étais inquiète et affligée. Il cède avec la plus grande tendresse
et mille détails de bonté et de reconnaissance. Alors je
lui propose d'y aller ensemble; il est très-content, et
nous partons.

L'Escaut est immense et très-beau. Henry va chez le
consul anglais, qui lui annonce des combats; on dit
que les Hollandais approchent. Je craignais pour mon
enfant, et j'aurais fort voulu m'en aller. Henry ne veut
partir que le lendemain, mais il me dit d'aller l'attendre à la porte d'Anvers et dehors, où il aura toujours un
laisser-passer pour me rejoindre. Je pars en voiture
avec mon enfant, non sans regret, non sans de grandes
prières à Henry de venir avec moi. Arrivée dehors la
ville, le soir, la voiture est arrêtée par des paysans qui
fuyaient dans toutes les directions, et m'annoncent l'approche des troupes hollandaises, très-indisciplinées et
très-redoutées. On m'offre un asile dans une mauvaise
auberge, j'y passe la nuit toute habillée et assez inquiète, et au petit jour, je rejoins à pied ma voiture

dans la campagne; Henry me cherchait, nous parlons
et nous revenons heureusement à Bruxelles. Les événements se succédaient dans cette ville; on y avait de
l'inquiétude; on craignait le peuple.

Le Parlement venait de s'ouvrir le 26 octobre (1830). Nous
quittons Bruxelles pour Londres. Lord Gray et les wighs
avec leurs plans de réforme, remplacent alors le duc
de Wellington et lord Aberdeen; l'ambition d'Henry
s'éveille; son bonheur, sa gaîté s'altèrent; j'essayais
alors d'écrire le récit de ce que nous avions vu en Belgique. Nous prenons un appartement près du Parlement. Et arrive alors pour moi un temps de désespoir
stupide. Henry, subjugué par le Parlement, absent tout
le jour, ne rentrait que le soir, mais si passionné la
nuit, qu'il aurait dû me rassurer. Non! sans savoir sym-
pathiser avec sa passion politique, que pourtant je partageais, je passe mes jours à pleurer, je m'enivre de
mon chagrin. Henry sortait, rentrait, il ne pouvait se
tenir en place. Quand l'homme s'est engagé dans l'action, il va, il vient, sans pouvoir se modérer. Si la personne charmante de celui-ci respirait dans la nuit les
parfums (révélés par quelques femmes) du gracieux
corps d'Alexandre-le-Grand, il avait la même inquiétude extrême de ce héros. Moi, je devais rester immobile, renfermée, dans l'attente, l'esprit non pas libre,
mais tourmenté d'une passion. Je subissais les ennuis
et les avantages de mon esprit ardent, curieux de la
politique, studieux. Le climat de l'Angleterre me passait sa tristesse inouïe, formidable. Ce climat inspire le
désespoir. Nous étions au mois de décembre, saison
obscure, insupportable. Je commençai à subir l'effet
sur moi de ce pays qui m'a toujours fait un grand mal.
Henry, par moment amoureux fou, ne montrait nulle
pitié de ma solitude. Il me trouvait injuste. Je ne me
fiais plus à lui pour l'avenir, et c'était là aussi la cause
de mon chagrin. Un ennui complet succède. C'est ici le
temps de ma vie où je me suis le plus horriblement
ennuyée, ce que je ne conçois pas, avec des nuits si

douces. Mais l'état d'exaltation et d'oisiveté où j'étais depuis six mois, rendait toutes mes impressions plus vives. Je me disais que tous les hommes sont les mêmes, que les sentiments des femmes sont toujours trop vifs et trop douloureux, je songeais à la France, à mes amis, à partir. Le Parlement s'ouvre le 3 février 1831, et s'ajourne. Henry n'en était pas moins absent. Cependant son amour renaît très-passionné. Je suis malade, je mourais de son amour et du mien. Je veux partir, me distraire, le retrouver bientôt, mais secouer quelque temps ce climat terrible, cet amour inégal et encore plus terrible. Henry s'étonnait et s'indignait de ce départ. Nous avions des scènes. Je commençais de voir à quels dangers ici j'étais livrée ; ma raison, ma tête, ma santé n'y tenaient plus. Henry, attristé, part avec moi pour me conduire à Paris. J'avais lu les Bills du Parlement, un peu de Blacstone, les journaux ; à la fin, je travaillais peu et mal. Nous étions restés deux mois, à Westminster, dans ces alternatives excessives.

CHAPITRE XX

Nous avons ici l'exemple instructif de deux caractères immodérés. La raison, la mesure, la sagesse ne présidaient point à des passions, il est vrai, qui ne les comportent guère. Nous nous aimions passionnément, puis nous nous laissions emporter, lui par le Parlement et l'ambition, moi par l'horreur de son abandon passager et du climat. Et quand nous parlions de séparation, l'amour, dans son ravissement, dans son emportement, s'emparait de nous. Henry était l'abandon même, et ce charme de son amour en devenait le danger. Certes, si j'avais voulu vivre, connaître l'amour et les délices, j'en étais comblée ici, mais ils passaient ma force.

En entrant dans Abbeville, je m'évanouis en voiture. En descendant de voiture, je m'évanouis encore. Je

resto à l'auberge, faible et malade. Je m'évanouis encore plusieurs fois, même dans mon lit. Henry était partagé entre son inquiétude pour moi et le Parlement, qui s'ouvrait; il était mécontent parce que je le faisais coucher dans une autre chambre que la mienne; je ne pouvais, sans m'évanouir, entendre sa respiration. Le Parlement le rappelait impérieusement. Il me laisse un domestique et part. Je le vois partir de ma fenêtre, dans un char-à-banc.

Le lendemain, je pars aussi, mais voici que, sur la route, avant Airaine, une voiture passe la mienne, s'arrête... C'est Henry qui, dans son inquiétude, est allé jusqu'à Calais, et n'a pu continuer. Je monte dans sa voiture; c'était le 20 février, dans les premiers beaux jours que ce mois apporte. Ce fut une joie de se voir, une reconnaissance de ma part, un amour délicieux. Il me remercie de le recevoir si bien.

Nous nous arrêtons sur la route, à Grandvilliers, où nous restons deux jours. Tout l'amour d'Henry l'avait repris; ma santé était toujours altérée, mais meilleure; c'était seulement une délicatesse extrême. Henry ne pouvait plus partir. Il n'avait nul empire sur sa passion, excepté celui que lui donnait son ambition. Enfin, il part. Et moi je vais à Paris. Je n'avais pas assez exercé mon intelligence en Angleterre; des sensations trop molles, des jours trop désœuvrés m'avaient troublée.

Je retrouve avec enchantement mon pays et la conversation. J'habite un petit appartement, *hôtel du Rhône*, rue Saint-Nicaise. M. Charles Didier était arrivé à Paris à la fin de novembre, nous avions tant à nous dire sur l'Italie et sur tout! Il cherchait à se faire une existence par les lettres et les journaux. Il trouvait déjà mille difficultés, mais il avait été très-content de l'accueil de Béranger. M. Thiers vient aussi me voir; il était sous-secrétaire d'État. Il eût voulu, à la France, une conduite et des alliances plus adroites et plus ambitieuses, mais M. de Talleyrand devait bientôt organiser la quadruple alliance de l'Angleterre, la France, l'Espagne et le Portugal, qui était assez pour imposer au Nord, mais qui maintenait les traités de 1815. M. Thiers me raconta son entrée à la Chambre des députés. Il avait eu peur, à peine un moment. Un jour, il avait tenu la Chambre jusqu'à une heure du matin, fait inouï! C'était sur les finances. Il me parut occupé, heureux, plein d'avenir et d'ambition.

J'avais envoyé d'Angleterre, au journal *le Temps*, des lettres sur le Bill de réforme que j'attaquais. Ces lettres étaient longues. Le *Temps* les publia à mesure qu'il les reçut, en avertissant que les opinions de l'écrivain n'étaient pas celles du journal. Le moment de mon retour à Paris fut très-heureux, j'étais ravie de retrouver le bruit, la politique, les talents de la France. Je revis les amis de Jérôme. Le général Bertrand vint me voir, très-heureux des événements. M. de Chateaubriand fit paraître une brochure, que je lus attendrie, car il y disait sa carrière finie, et quelques paroles touchantes sur lui-même. Je lui écris, il me répond froidement, il partait pour la Suisse. Je continuais mes articles dans le journal *le Temps*, et je cherchais un imprimeur pour *Sextus*. Henry m'écrivait tendrement, peu content que je fusse en France. Le premier Bill de réforme est présenté, sans espoir de réussir cette fois. Ce Bill allait trop loin. Les Whigs poussaient l'Angleterre avec la plus grande imprudence.

Libri éprouva alors des chagrins patriotiques. Il m'écrivait : « Je ne parle pas géométrie à tout le monde. Eh bien! la géométrie de mon cœur est plus difficile à comprendre que celle de mes ouvrages. » Béranger me fit connaître M. Sainte-Beuve, jeune et nouveau poète.

Cependant, le Parlement est dissous en mai 1831, et Henry nommé alors à Coventry. Il m'annonce son arrivée. Je la désirais vivement. Il arrive, inquiet et jaloux. Nous passons huit jours à Saint-Germain, puis nous revenons à Paris. Nous étions séparés et ensemble. Je revois mes amis, et je me rappelle encore une visite charmante de Sainte-Beuve, qui me parle avec éloquence de

Moïse, de ses lois, de son caractère. Je reste frappée de cette belle conversation, de ce beau langage, de cet esprit riche et élevé.

Déjà le nouveau Parlement inquiétait nos amours. Appelé par lord Grey, qui perdait la tête, il s'ouvrait en juin. Notre séparation n'est pas douloureuse; à Saint-Denis, où j'accompagne Henry, il me fait promettre d'aller le rejoindre. Je vais, pour quinze jours, à Montlignon, près de Montmorency. J'étais seule avec mon fils et une jeune servante. C'était le même endroit où, six ou sept ans plus tôt, j'avais été rencontrer Jérôme; son souvenir remplissait ces campagnes solitaires. Tout à coup, Henry m'écrit de Londres qu'il est malade, me supplie d'aller le rejoindre. Il m'attendrit, m'entraîne, et bien que j'eusse espéré ne pas retourner si tôt à Londres, je me décide à partir tout de suite, et à lui donner cette marque d'un dévouement dont il avait paru douter. Je revois l'Angleterre avec horreur. J'en conservais un souvenir affreux. J'en avais peur. J'arrive le soir à une auberge française. Henry était au Parlement; je me couche mécontente, et je fais défendre ma porte, où il vient se faire renvoyer à une heure du matin. Le lendemain, de bonne heure, il vient très-amoureux, je le reçois bien, mais j'étais inquiète, troublée. C'était, en m'éveillant, une idée horrible de me savoir en Angleterre; j'y songeais, dès l'aurore, comme à un supplice. On était dans la chaleur et dans le brouillard, c'était une impression insupportable. Je ne sais ce que j'avais. Éprise, exaltée, je pleurais toujours. Un jour, entre autres, chez lui, je passe tout le jour à pleurer, il en est surpris, et cela finit par une grande tendresse; je ne lui trouvais pas assez d'amour, pas assez d'envie que nous fussions ensemble. J'aurais voulu recevoir quelques personnes; le souvenir de l'hiver passé m'effrayait. Je ne trouve pas de logement près d'Henry, et je vais à Gravenor. J'écris à M. Babbage, un savant, qui vient me voir plusieurs fois. Je retrouve l'aimable madame M... Henry me disait de faire à ma fantaisie, occupé du Parlement, peu content que je cherchasse autre chose que lui, et bientôt il éloigne M. Babbage.

Mon appartement était trop petit ; je vais à Renelagh street, non loin de la Tamise, au bord de laquelle j'allais me promener. Henry disait que je me logeais trop loin de lui. J'avais des livres, je m'occupais de la nouvelle Galle, mon enfant m'amusait. Henry restait la nuit, mais, un soir, il me dit qu'il allait chez lui, ayant affaire le lendemain matin. Ce départ me désola comme s'il partait pour toujours. Je le pressai de rester ; il partit ; j'ai cherché de rendre ma vive impression :

Toutes les nuits, Remi, vous dormez dans ces lieux,
Pourquoi ce soir, si tard, me faire des adieux,
Et vous qui détestez ce cruel sacrifice,
Me l'imposer ce soir d'un ton plein d'artifice ?
Je vous aimai toujours, mais ce soir que vos vœux
Sont de ravir ici cette nuit à nos nœuds,
Je vous aime encore plus, et je me sens charmée
De je ne sais quel feu dont je suis consumée.
C'est aujourd'hui que j'aime, et qu'un nouvel attrait,
Rend à l'amour vainqueur son vif et premier trait.
Ne partez pas ce soir, et jamais la nuit sombre
N'aura telle douceur enveloppée en l'ombre
Il sort, rit d'un regret, ah ! quelquefois le sien,
Mais arrivé là bas osera-t-il donc bien,
Franchir notre heureux seuil, notre fidèle porte,
Ravir à mon amour le bonheur qu'il emporte,
Et me laisser en proie, en cette longue nuit,
A l'horreur menaçante, étrange qui la suit ?
Il part, il est parti, c'est sa marche légère,
Mon âme suspendue à cette fuite amère,
Veut le plaindre lui seul, hier trop, trop épris,
Et ce soir dédaigneux d'être si bien compris.
Oh ! mal que rien ne rend, trait aigu qui nous perce,
Il n'est point de recours où ma douleur se berce,
Autant j'aurais aimé ce soir, autant, autant
Je sens ce lent, cruel, indicible tourment.
Qu'importe s'il revient et si courte est l'absence,
Qu'importe, si d'un siècle a paru la souffrance ?
Climat de l'Angleterre, où j'ai suivi l'amour,
Où je vis pour Remi, loin de l'astre du jour,
Vous me deviez du moins des nuits toutes heureuses.
Je vous préfère à tout, ô nuits voluptueuses,

O nuits de l'Angleterre, où ce nuage affreux
Change en un doux éclat ses reflets ténébreux.
L'amour rentre dans l'âme; et la passion pure
Se plaît à la rigueur d'une triste nature;
Dans ces sombres climats qui font chercher la mort,
L'amour seul donne et ciel et soleil dans le port.
Cependant aux beaux lieux que je quittai sans crainte,
Le rossignol ce soir s'amuse de sa plainte,
Il en nourrit son art, un chant mélodieux,
Organe à sa douleur, s'en va ravir les cieux,
L'homme ainsi n'est point fait : la cadence éprouvée
Cède en larmes dans l'âme où la peine est gravée.
Rossignols ! dont l'accent enchantait mes coteaux,
Vous m'en feriez ce soir des supplices nouveaux :
Restez silencieux, et que cette nuit noire
Sur l'univers entier imprime son histoire.
Le cœur humain blessé reste à jamais blessé.
Le trait qui me transperce en mon âme a passé.
Rien n'en pourra jamais bien effacer la peine.
Lui, l'auteur adoré de ma douleur soudaine,
N'en pourra ni ravoir ni ressaisir le fait :
Un souvenir saura, dans le mal qu'il me fait,
Me remettre à l'instant, et ma force cruelle
S'est prise en un adieu de mémoire immortelle.
Ainsi parfois l'amour en son âme charmé,
S'épouvante puni pour avoir trop aimé;
Combien donc redoutable est ce dieu qui nous presse
Et que d'effroi se mêle à sa tremblante ivresse;
Que de jours opposés, de moments délirants !
Quel orageux essor à nos esprits errants !
La divine puissance inspire la nature,
L'exalte, la revêt, lui prête sa parure,
Donne un éclat immense à nos ennuis secrets,
Et révèle un langage aux cœurs les plus discrets.

Cependant, nous faisons une course à la campagne, comme des gens mariés, lassés, ennuyés. Je disais que je voulais partir, il y consentait. Un musicien italien venait chanter chez moi ou me reportant à l'Italie et au soleil.

Le second Bill de réforme passe aux Communes, en septembre (1831), à une majorité de 109 voix. On avait en vain voulu, au commencement, présenter un Bill plus modéré. Celui-ci manquait de savoir et de prudence : en supprimant les anciens bourgs, il sortait les députés de la direction des lords, pour remettre cette direction aux villes, au peuple, au grand nombre. Jusqu'ici, pour s'entendre avec les lords, on avait dû adopter leurs idées, chercher l'étude et la science. Pour plaire au peuple, il faudrait donc désormais dire des *inepties*, selon le mot de Cicéron.

J'étais trop seule, avec des passions excitées; quelquefois, en me promenant, il me semblait que j'avais des vertiges et que j'allais tomber par terre. Cette vie était insupportable. — Comme je rends le premier étage, en conservant le second, Henry vient habiter là tout à fait avec moi. Mon bonheur renaît. J'entends encore ma porte qu'on lui ouvrait, et son pas léger sur mon escalier qu'il montait quatre à quatre.

Le Bill était présenté à la pairie. Lord Brougham prononce, le 6 octobre, son fameux discours sur la réforme, discours incendiaire. Henry l'entend et me le raconte la même nuit, ou le même matin. L'agitation est prodigieuse. Ma vieille hôtesse disait, en portant la main à son cou, qu'on égorgerait les pairs. Le Bill de réforme, accepté par les Communes, est rejeté par les pairs à une majorité de 41 voix. Henry devait me conduire à Paris, mais tout à coup le Parlement, prorogé le 20 octobre, est fixé pour une époque rapprochée. Henry me rejoint à Boulogne, où nous restons dix jours charmants dans la lecture et l'intimité. Cependant je le croyais détaché. Mécontent que j'allasse en France, il me le reproche beaucoup la veille de notre séparation. Je ne pouvais supporter plus de trois mois l'Angleterre et son affreux climat; je devenais comme folle et désespérée. Il m'avoue, le même jour, que nos rapports sont changés et ses engagements. J'avais compris cela durant l'été, mais, l'été, je ne l'avais mérité en rien. Aussitôt il est tendre, passionné et bon, comme pour réparer ce qu'il avait dit, et nous nous quittons le lendemain avec regret et tendresse.

CHAPITRE XXI

Ma sœur logeait rue de Rivoli, près des Tuileries (novembre 1831); je vais loger chez elle en arrivant, et j'ai tout de suite les visites affectueuses de Jérôme, de Libri, de Béranger, etc. J'étais ravie de revoir mes amis, de causer. Jamais je n'ai aimé Paris comme à ces retours d'Angleterre; durant quelques jours, j'étais dans un transport de joie. Mais les premières lettres d'Henry me rappellent à lui. Il m'apprend qu'une tempête l'a rendu si malade en retournant en Angleterre, qu'il l'est encore. Je prends un petit appartement rue Bleu, où je passe un hiver charmant. J'avais du monde tous les soirs. M. Libri venait tous les deux jours passer la soirée. Il me disait que le monde de Paris lui semblait bête, ennuyeux, et qu'il venait chez moi pour se divertir. Je voyais aussi Didier très-souvent; Sainte-Beuve venait parfois, je le trouvais très-aimable, avec une gracieuse et belle conversation. J'écrivais l'*Indienne*. Les Saint-Simoniens développaient leur doctrine, et bien qu'ils commençassent à la gâter, je m'en amusais beaucoup. Je parlais à M. Jouffroy, professeur de philosophie, qu'on m'avait présenté, de fonder une autre secte meilleure; Sainte-Beuve disait qu'il serait de celle-ci. Ces idées me plaisaient. Le Père Enfantin et moi nous étions en correspondance, nous discutions.

Jérôme, curieux de voir les anciennes lettres de Libri, me les demande; il n'en est pas content; il rencontrait Libri chez moi qui ne lui plaisait pas. C'était une impiété de voir ainsi Jérôme comme un ami, après l'avoir tant aimé, et quand j'en aimais un autre. Il conservait du pouvoir, un souvenir sacré.

Au 6 décembre, le Parlement est réuni, et lord John

Russel présente son troisième Bill de réforme, qui obtient bientôt aux Communes, une majorité de cent seize voix. Henry m'écrit qu'il est très-souffrant. Il voulait toujours me tourmenter. Ses lettres, assez courtes, étaient admirables de délicatesse et de passion ; il se voyait de même passionnément aimé. Que j'étais enchantée, inquiète et exaltée ! Que de tels jours lient à un homme ! Je me disais que nous étions liés pour la vie. Je voulais partir. Henry allait mieux, et me dit de rester.

Je recevais le *Globe*, ou les Saints-Simoniens exposaient leurs idées. Cet amour me donnait plus d'esprit, de vivacité, d'ardeur pour tout sentir et tout animer. Le sort des femmes m'avait toujours intéressée passionnément ; comment ne pas étudier les Saints-Simoniens ? Ces idées s'emparaient de ma vie ; je les liais à mon charmant amour, heureuse de vivre, d'entendre, de parler, j'amusais les autres de mon amusement. Je revoyais les amis de Jérôme, nous reprenions nos conversations d'autrefois ; l'un d'eux disait : — Sa conversation, à elle, quand on la retrouve, rappelle le grand air des montagnes.—J'aimais le monde, et jusqu'au quartier assez laid que j'habitais, la rue Bleu, la rue Richer ; je me promenais avec enchantement dans la rue Cadet ! Cet hiver-là fut un des plus heureux de ma vie. J'avais ce qui me plaît, et je comptais revoir bientôt Henry. Mais où était ma belle et chère Italie! Le troisième Bill est présenté aux Pairs en mars, et la seconde lecture passe à la majorité de neuf voix ; lord Wellington, qui s'abstient de voter, proteste avec soixante-quatorze Pairs contre cette seconde lecture. (1832.)

Henry, alors, retombe malade, et moi, inquiète, éperdue, je veux le rejoindre. Jérôme me conseille de laisser mon enfant en pension. Je n'aimais pas de laisser mon fils en pension si petit ; tout m'était douloureux; je ne cessais de pleurer ; ces larmes sans motif chaque printemps en Italie, avaient ici des raisons tendres qui remplissaient mon âme. J'abandonne mon roman de *Sextus* qui paraissait alors, et qui n'eût aucune protection, si ce n'est un court et aimable article de Sainte-Beuve dans la *Revue des Deux-Mondes.*

Je prends à Boulogne le bateau qui va à Londres, je passe la mer la nuit, si bien enlevée à moi-même que je ne m'aperçois pas de la mer et du voyage. Cependant, le lendemain au jour, la Tamise réveille mon attention. C'était cette entrée de Londres dont M. de Chateaubriand m'avait parlé; les immenses vaisseaux de la Compagnie des Indes occupent les côtés du large fleuve, et au milieu, un mouvement de vaisseaux, de bâtiments, rend cet endroit le plus animé, le plus bruyant du pays; la chaloupe de notre bateau à vapeur, qui était assez grande, est broyée contre notre bâtiment par un autre gros bateau qui passait; cela donne une idée de la foule des navires qui se pressent sur la rivière. Et cela n'attira l'attention de personne. C'est une richesse et un mouvement dont on ne saurait avoir l'idée. Je trouve sur le pont un attaché d'ambassade de Constantinople qui apportait des dépêches. J'arrive le soir; il faut beaucoup de temps pour débarquer, c'est très-ennuyeux.

Arrivée à l'auberge, j'avertis Henry qui ne vient pas et se rend à la Chambre. Il craint de me voir et de manquer la Chambre, mais le lendemain il compense bien ma douleur du soir, et une vie commence ici, d'amour extrême, mais d'amour chaste, car les médecins lui défendaient le seul et vrai secours qu'il lui fallut. Nous logeons ensemble à *Allsops-Terrace.*

Il m'a souvent dit que j'avais alors soigné passionnément sa santé: il s'en montrait heureux et cent fois reconnaissant. Le printemps était triste, pluvieux; un matin je regardais ce ciel de plomb; j'en souffrais étrangement; c'était un ciel de plomb et bas sur la tête, écrasant. C'était un amour pris au vol. J'abhorrais son pays; au sein du plus tendre amour, nous parlons de rupture; je le priais de quitter l'Angleterre; mais l'ambition, l'ardeur, des passions plus vives que sa tendresse, le liaient au Parlement; il me dit un soir que si j'avais pu vivre en Angleterre, il m'aurait demandé de nous marier tout de suite. Nous avions quelques douces scènes, c'était pour l'empêcher d'aller à la Chambre quand il était souffrant ; mon inquiétude le touchait et le faisait rester.

Nous allons passer un mois à Hastings au bord de la mer. Mais l'océan même, dans ce pays, est mal présenté n'a ni espace ni majesté ni lumière. Ce qui signale le Latium, c'est l'espace, la majesté, la lumière! L'Angleterre respire le mesquin, le rétréci, elle donne des impressions tristes, étroites.

Henry allait mieux.

. . . .

Ce fut une volupté plus fine, plus délicate, plus délicieuse que toutes les autres. Je m'étais enfuie de sa chambre pour qu'il ne fût pas trop agité, et j'errais au bord de la mer sous nos fenêtres quand il me fait appeler. Il me supplie de revenir, et dit qu'il est bien, que c'est ici sa guérison. J'étais inquiète pour lui, je lui résistais, c'était une maîtresse nouvelle et très-réservée. Nous avons quelques jours enivrants. Il me répétait : — Nous sommes faits l'un pour l'autre, je t'adore! —

Cependant, après deux ou trois semaines passées là, le ministère semble en péril : il fallait voter; Henry veut partir et me promet de se reposer, de passer la nuit à Tumbridge Wells, et de revenir de Londres aussitôt.

Ce long temps passé sans études, dans une vie tendre et oisive, laissait mon esprit flottant, propre à toute exaltation : après son départ, l'horreur de la solitude, du ciel sombre, me saisit de manière qu'il fallait partir à l'instant. Je fais demander une voiture, je pars avec mon fils. Henry, occupé du Parlement, ne partageait pas ma démence, il n'y comprenait rien. Il me parle d'être peut-être ministre à Florence, qu'il sera envoyé là, que j'y reprendrai mon appartement et mes habitudes d'autrefois, me faisant assez entendre que nous ne serions pas ensemble. Que faisais-je donc ? Je perdais la tête pour lui! Quel égarement! Je ne répondis rien. Le pays, d'ailleurs, m'occupa. Le Bill de réforme avait obtenu chez les Pairs une seconde lecture. Les ministres, inquiets, demandaient une nomination de Pairs pour la troisième lecture. Ils avaient choisi quatre-vingt nouveaux Pairs, *fils aînés de Pairs* ou gens *sans héritiers*. Le roi refuse : le ministre donne sa démission. Une agitation prodigieuse, excitée par les Whigs, commence à Londres et partout. Les tories ne peuvent composer un ministère. Celui de lord Grey rentre donc avec le Bill. Le duc de Wellington, pour empêcher une création de Pairs, se retire du vote avec cent de ses amis, *et le Bill passe le 6 juin 1832, avec cent-six voix contre vingt deux.* Je voyais avec regret détruire les bourgs de l'aristocratie, où elle avait su faire nommer parfois de grands talents, formés par elle, et ses appuis. Sans doute, plus tard, on saura compenser savamment cette perte. Nous allons loger à Regents-Parc, et voici pour moi un temps d'ennui extrême. Henry reprend sa vie de Parlement, sort avant midi, cause très-peu chez lui, rentre le soir à six ou sept heures. Je décide mon départ, mais nous nous quittons très-tendrement; déjà ses instances, sa tristesse me rendaient un peu ma raison. A Douvres, je trouve une lettre de lui ; j'en trouve à Paris ; elles étaient tendres, touchantes, pleines de reconnaissance pour mes soins et belles de sa flamme exquise.

(Juin 1832). Je retourne dans la rue Bleu. M. Libri vient tout de suite; il voyait mes fréquents retours d'Angleterre et à quel point ce climat m'était odieux. J'avais cette fois un salon sur un jardin, je me mets au travail, Libri m'engage à traduire un morceau curieux sur *Cola da Rienzo*. C'était une chronique écrite en romagnol, qui contait avec naïveté la vie et les actions de Cola da Rienzo. Elle parut bientôt, et me fut payée 500 fr. par le libraire.

Mon roman de *Sextus* avait paru. Au 2 juillet, Béranger m'écrit qu'il trouvait à mon style à la fois plus de flexibilité et de fermeté, il le disait de *main de maître* : « Il m'a surtout charmé, m'écrivait-il, dans vos fragments sur l'Italie ; là, dégagé des obligations du roman, il m'a quelquefois étonné. » Et m'appelant à des ouvrages plus sérieux : « Ne vous obstinez pas *au moins*, disait-il, vous pouvez *le plus*. » Chateaubriand m'avait souvent dit la même chose, et que j'étais faite pour des études viriles. Je revoyais mes amis. La duchesse de Raguse vient me voir ; elle était malade, et m'invite beaucoup à venir chez elle, où je passe bien des heures. Je retrouvais mon pays, ma langue, j'étais heureuse. J'aimais Henry, je lui écrivais tendrement ; il m'écrivait aussi, mais pas assez souvent, ce grand feu de nos adieux était calmé, quoiqu'il cherchât à m'inquiéter pour sa santé.

On attribua à Béranger une chanson qui n'était pas de lui ; alors j'écris à Chateaubriand pour lui demander s'il a pu s'y tromper, s'il s'est souvenu de nos chansons ? Il répond aussitôt d'un ton que je n'attendais pas ; il refuse de me voir à moins que je ne veuille recommencer le passé.

Nous nous écrivons plusieurs fois, je lui demandais de nous voir, de dîner une fois ensemble, mais je voulais qu'il engageât son honneur et sa chevalerie. Il répond : « Vous parlez de chevalerie ; la chevalerie est toute vérité. Puis-je promettre ce que peut-être je ne pourrais tenir ? La partie est-elle égale ? Ne vous proposez-vous pas un triomphe qui sent trop l'orgueil de la femme ? Vous vous retirerez pour retrouver le bonheur auquel vous m'avez déjà sacrifié, et moi, je remporterai mon ancien mal, ranimé par votre présence, et que le temps avait, sinon guéri, du moins calmé. Je vous fais juge. Voyez si vous voulez courir les changes de mon courage et de ma faiblesse, si vous voulez prendre sur vous toute la responsabilité. J'accepterais encore mes peines, tout brisé que je suis, mais je ne voudrais pas, pour toutes les joies de la vie, me charger de votre malheur, si j'allais en devenir une cause prochaine ou éloignée.

« Prononcez, et je retarderai mon voyage de quelques

jours, si vous voulez toujours me donner l'enchantement
ou le supplice de vous avoir revue. »

Je lui écris que j'avais des paroles tendres à lui dire;
et le même dimanche matin, il me répond aussitôt :

« Vous le voulez? Vous me ferez bien du mal. Des
paroles tendres peuvent être un outrage et ne consoler
de rien. Enfin, vous le voulez, demain, lundi, à cinq
heures et demie, j'irai vous trouver au pont d'Austerlitz,
jardin du roi. »

Je me rends au pont d'Austerlitz, où Chateaubriand
arrive en même temps que moi; il semblait heureux;
rien en lui n'était changé; nous faisons une promenade
dans le jardin; puis nous allons dîner. Il est très-aimable, moi tendre mais réservée; ce dîner, ce jour est
charmant; il me remercie de l'avoir préparé. A notre
retour seulement, en voiture avec moi, il est un peu
extravagant, mais je le réprime vite. Il me quitte, content
et comme plein d'espérance, et le lendemain il m'écrit
que j'avais rendu leurs charmes à tous ces anciens lieux
de nos promenades, où il ne passait plus : « Que je suis
bête et insensé! J'ai honte de ma faiblesse, mais j'y suc-
combe de trop bonne grâce... Je pars, sinon heureux,
du moins portant plus légèrement la vie. » Il m'écrit en
partant :

« Je ne suis point ce que vous dites, vous pouvez toujours m'enchaîner. Je pars presque heureux de je ne
sais quel charme qui s'attache à votre singulier génie, et
de je ne sais quel espoir que vous m'avez laissé. Oui, nous
nous reverrons et nous n'aurons plus peur l'un de l'autre.
N'avez-vous pas accepté les deux années qui sont tom-
bées sur ma tête et qui vous ont embellie?... Est-ce un
songe que ce jour? Non, c'est une réalité qui m'a rendu,
par votre repentir, le plus heureux des hommes. Je
vous reconnais pour la muse de Rome et la dame
d'Étampes. Ne détruisez plus cette chimère, si c'est une
chimère. Nous travaillerons. Je veux aimer votre talent
comme votre personne. Point d'adieu. »

Enfin, il m'écrit encore de Nogent très-tendrement

qu'il venait de sortir de Paris par ce boulevard qu'il n'avait plus voulu revoir.

« Vous souvient-il que je vous écrivis du haut des montagnes, et que ma lettre alla vous chercher sur votre passage? Je vous écris encore sur les chemins du monde; toujours errant, toujours vous me retrouverez. Si je puis quelque chose pour votre bonheur; si vous voulez me reprendre pour rendre à vos sentiments leur vraie nature, et à votre talent son langage; si vous me mettez à part des autres hommes, et me placez hors de la loi vulgaire, vous m'annoncerez votre visite comme une fée : les tempêtes, les neiges, la solitude, l'inconnu des Alpes, iront bien à vos mystères et à votre magie. Ma vie n'est qu'un accident; je sens que je ne devais pas naître : acceptez, de cet accident, la passion, la rapidité et le malheur; je vous donnerai plus dans un jour qu'un autre dans de longues années. »

Je raconte ce dîner à Henry. La jalousie le refroidissait. Il était d'ailleurs à ce moment-là plus distrait que moi; mais je n'en savais rien.

Il arrivait alors en France. Il me demande d'aller le rejoindre à Boulogne, puis à Abbeville. Je lui réponds à Abbeville qu'il vienne à Paris, où j'étais en marché pour mon roman de l'*Indienne*, lui ayant jusqu'alors tout sacrifié. Blessé, il n'écrit plus. Me voici ne sachant ce qu'il est devenu, écrivant partout. Tout ceci n'était-il pas trop extravagant? C'était insupportable. Enfin, il écrit de Dieppe, il dit qu'il sera mon ami, mais que tout est rompu entre nous. Puis il veut me voir à Beauvais. Je m'y rends. Il m'y fait attendre quatre jours. Et quand j'allais partir le lendemain, il arrive durant la nuit; il revient à Paris avec moi; nous y passons huit jours assez affectueux.

Un jour, en rentrant, je le trouve occupé à lire mes lettres de M. de Chateaubriand; il les laisse ouvertes sur la table sans les déchirer. Il y en avait de dernières de la Suisse. Je les trouvais froides. Dans l'une, Chateaubriand disait qu'il préparait ses Mémoires, et qu'il roulait en finir avec les matériaux, le bagage qu'il trainait après lui, pour revenir ensuite sur son travail, revoir les détails, soigner ses plafonds, etc.

Henry veut partir pour Dieppe, puis retarde son départ ; il vient me voir avant de monter en voiture, il ne pouvait jamais partir ; enfin il part. Charmé, séduit, il m'avait dit la veille qu'il ne pourrait jamais aimer une autre femme ni me quitter, qu'il l'essaierait en vain. Ces mots, pourtant, ne me donnèrent nul soupçon.

M. de Chateaubriand, en apprenant qu'Henry était venu à Paris, changea de ton, parla de son ennui éternel : « Vous êtes jeune, disait-il, soyez heureuse, et n'embarquez pas votre vie sur un vieux vaisseau naufragé. J'ai peu de temps à vivre, et je veux mourir seul. »

Comme je lui avais écrit que l'automne me rendait triste, il me répond : « Eh bien ! les vents et les brouillards vous rendent triste, tant mieux. Allez, si cela ne vous déplait pas trop, revoir nos solitudes. Dites-moi si la vieille femme et la vache existent encore ; si cette rive inondée de la Seine n'a point changé ; et de l'autre côté, si le vallon qui vous ramenait à la petite cellule a gardé mon souvenir; s'il n'y est plus, faites-le renaître : il n'a pas longtemps à rester dans le monde, et j'aime qu'il y soit conservé par vous, infidèle. Vous reverrais-je jamais dans ces lieux ? Vous reverrais-je même jamais ? Que vous importe ? Bien d'autres existences passeront aux pieds de votre jeunesse. Accoutumez-vous à voir disparaitre tout ce que vous aurez aimé et cessé d'aimer. Profitez de vos jeunes jours mêlés aux vieilles heures de l'automne, pour écrire quelque chose digne de vous... Faites mes adieux à la France, et mettez-moi au rang des morts. »

Le lendemain, poursuivant ces tristes impressions, il m'écrivait :

« Puissance et amour, tout m'est indifférent, tout m'importune. J'ai mon plan de solitude en Italie, et la mort au bout. J'ai vu un plus grand siècle, et les nains qui barbottent aujourd'hui dans la littérature et la politique, ne me font rien du tout ; ils m'oublieront comme je les oublie. Je ne suis pas en peine de vos combats avec l'automne, vous trouverez avec qui les rendre et être suivie dans vos courses. »

Je n'étais pas suivie dans mes courses d'automne, et j'allais au loin dans la campagne, occupée d'Henry; il m'écrivait de Dieppe, les lettres d'un homme blessé, et je lui disais adieu. Cette saison mélancolique portait mon exaltation au comble. L'un m'inspirait les sentiments tranquilles et doux qu'il sentait lui-même, l'autre réveillait la violence de mon cœur et me portait aux nues. Je me rappelle un jour, alors passé tout entier à la campagne avec mon fils dans des adieux nobles et tendres, empreints de sagesse, que j'écrivais à Henry au crayon. Je lui expliquais les raisons pour lesquelles je le quittais. Mon âme s'élevait dans cette solitude et cette rêverie. Que ce jour fut rempli ! Que j'étais séduite, éprise, mais certaine qu'il fallait me retirer ! Que mon cœur était plein ! Et que la saison me portait sa mélancolie et sa richesse !

CHAPITRE XXII

Je cherchais des distractions dans les sciences et dans l'amitié de Didier et de ses amis, quand Henry revient à Paris. Je louais alors un petit appartement au rez-de-chaussée, rue Mondovi, près de la rue de Rivoli et de la place Louis XV, que j'ai gardé cinq ou six ans, jusqu'à mon départ pour l'Italie. Je le meuble, et j'y mets un tapis avec le prix de mon roman de l'*Indienne*, qui paraissait alors, et qui m'est payé 900 francs par Vimont. M. de Chateaubriand m'en parle avant de l'avoir lu :

« J'attends votre *Indienne*, écrivait-il, mais je regrette toujours de n'avoir point vu votre travail avant qu'il soit publié : j'ai foi dans mon expérience : les vieux soldats et les vieux laboureurs sont bons à consulter. »

L'édition de ce roman est vite épuisée. Béranger m'en écrit quelques éloges assez vifs sur la partie de l'amour; il disait, d'ailleurs, que c'était une brochure sur le Bill de réforme. Vimont me demandait de m'engager à lui donner un autre roman, qu'il me paierait 1500 francs, mais je ne voulais pas une telle obligation.

J'étais établie rue Mondovi, depuis quelques semaines, quand je trouve par hasard une lettre d'un ami d'Henry, où je vois qu'Henry courtisait à Dieppe une jeune Anglaise pour l'épouser. Il était présent. Je lui ordonne de sortir. Il sort furieux. Il demeure trois jours absent, puis il arrive passionné, me remercie de l'avoir laissé sans l'appeler afin qu'il pût savoir combien je lui suis chère. Il me dit qu'il renonce à la Chambre des Communes, qu'il m'épousera, que nous vivrons ensemble à Paris.

Ce temps fut terrible.

On allait élire le premier Parlement réformé. Henry serait-il nommé? Ce n'était pas douteux. Il promet de ne pas se présenter. Tiendrait-il sa parole? Pouvais-je le croire? Était-ce possible? Est-ce que je ne le connaissais pas? Il me disait : — Si je ne suis pas nommé, vous ne m'aimerez plus; vous aimez le Parlement. — Il me suppliait de le laisser partir, de le laisser s'aller dégager. Moi je voulais finir ce supplice, et qu'il choisît entre le Parlement et moi. Mais avec mes goûts, l'homme qui devait me plaire n'était-il pas celui qui choisirait le Parlement? Aussi crut-il garder tous deux.

Dans cette crise, j'allais partir pour la campagne, et je parlais un jour de ce prochain départ à M. Sainte-Beuve, qui me rendait visite lorsqu'on m'apporte un petit mot d'Henry. Il était parti, mais il disait de compter sur lui et qu'il allait se dégager. Ce fut un moment cruel; je fus au désespoir. Sainte-Beuve m'a dit depuis qu'il vit aussitôt ma préoccupation. Il se retire. Tout à coup, Henry, nommé au Parlement, revient de son pays, et sans me visiter, se loge près de chez moi. Un si grand trouble, un tel amour m'effrayait. J'appelai toutes mes autres affections pour m'en distraire. M. de Chateaubriand allait publier une brochure dont Paris était dans une vive attente. M. Thiers était ministre de l'Intérieur. M. de Chateaubriand m'écrit : « Depuis le jour où je vous ai écrit, j'ai pensé mourir d'une fièvre de nerfs, occasionnée par l'excès du travail; aujourd'hui je suis sorti pour la première fois par ordre du médecin; mon travail est achevé et envoyé d'aujourd'hui même à la presse. Je n'attaque personne individuellement; j'ai même supprimé de mon propre mouvement des choses qu'on aurait pu prendre pour un acte indirect. Il restera pourtant des choses dures mais générales, et dans le combat, je ne puis les éviter. »

« Je ne sais ce qui arrivera; je suis parmi les vaincus, et un ennemi franc et découvert; il serait peu généreux de me battre à terre, d'arrêter mon ouvrage. Au surplus, comme ils voudront. »

« J'espère pouvoir me traîner un peu pendant cinq ou six jours, après cela, si vous voulez me voir, vous le direz; je n'ai pas encore lu votre *Indienne*. J'en meurs d'envie, — Je ne sais si vous pourrez me lire. La main me tremble, j'ai la fièvre. » J'envoie cette lettre à M. Thiers.

La brochure paraît et n'est point arrêtée, mais, chose singulière! Voici Chateaubriand cité ensuite au tribunal; Béranger m'écrit : Concevez-vous le procès fait à M. de Chateaubriand? Quoi! sa brochure paraît, et elle passe sans poursuite; et à propos de je ne sais quelle visite qu'on lui fait, le voilà en jugement pour cette même brochure! »

Le lundi, 28 janvier, Chateaubriand m'écrit : « Je suis cloué chez moi dans l'attente de l'huissier, les uns disent qu'il viendra me signifier les ordres de la cour royale, les autres qu'il ne viendra pas, et qu'on veut me tenir sous le coup de la menace pour me laisser le temps de la fuite : c'est bien mal me connaître. Il faut que je sache un peu où j'en suis pour fixer le jour de notre dîner. Si je dois finir mes jours en prison, je veux vous dire adieu avant. Je pense que vendredi, sauf accident, serait un jour possible parce qu'alors, si je n'ai entendu parler de rien, il est probable que les choses en seront restées là. Votre Infidélité veut-elle bien me permettre de baiser ses pieds? »

Le mercredi suivant, Chateaubriand m'écrit : « Je viens de recevoir l'*assignation* pour *demain* presqu'avec votre billet. Vous voyez que j'ai plusieurs rendez-vous. N'allez pas me traiter d'infidèle. Je vous écrirai demain après l'entrevue, pour vous dire où nous en sommes et si je serai libre vendredi. — Mercredi, 4 heures. »

Le surlendemain matin, 31 janvier 1833, il écrit :

« J'ai été interrogé ; j'ai refusé de répondre en ce qui me regarde ; j'ai répondu en ce qui touche les jeunes gens inculpés : je crois qu'il y aura procès... J'irai vous voir aussitôt que la tempête sera un peu apaisée. Je vous écrirai. Écrivez-moi avec toute la douceur de vos trompeuses paroles. Le procès, s'il y a lieu, ne pourra être plaidé avant un mois ou six semaines ; ainsi je verrai naître avec vous les premières fleurs du printemps. M. Béranger m'a envoyé son petit volume ; je l'ai dévoré ; jamais il n'a rencontré tant de talent et de charme. Je vais commencer *Valentine*.

> Vous vieillirez, ô ma jeune maîtresse,
> Vous vieillirez et je ne serai plus.

« Voilà ce qui me vengera de votre trahison. »

Et comme je n'avais pas écrit, il me dit encore le lundi 4 février : « Votre sublime Infidélité n'aurait-elle pu me donner un signe de vie pendant cette bagarre? Je me suis proposé comme médiateur ou champion, on n'a pas voulu de moi. Vous, voulez-vous de moi demain à deux heures? A vos superbes pieds je m'incline. »

On peut voir par le ton animé et gai de ces billets, combien cette affaire l'amusait. Dans ses visites charmantes pourrait-on jamais bien peindre sa vivacité, sa grâce et sa gaîté? Béranger, aussi amusé que lui dans des occasions pareilles, m'écrivait : — *Qu'il est enfant !*

C'est vers ce temps-là que Libri me dit un jour chez moi, qu'on commençait à faire des découvertes merveilleuses en étudiant l'Orient et les langues des Indes et de la Chine. Leurs religions, leurs histoires, leur philosophie étaient magnifiques. Il dit que ce que nous étions n'était plus rien devant ces gens-là. Je l'écoutais avec doute, mais depuis j'ai vu qu'il disait vrai.

Je m'occupais alors d'un article sur Béranger pour la *Revue de Paris*. Je le lis à M. de Chateaubriand, qui me fait mettre *M. de Béranger* au lieu de *Béranger*. Je le soumets aussi à Béranger en lui demandant quelques renseignements de plus s'il voulait les donner, et voici ce qu'il m'écrit sur cet article :

« Au risque de me faire reprocher encore ce que vous appelez ma fausse modestie, je vous dirai que votre article me semble trop parfumé d'encens. Mais je me hâte de vous remercier même des éloges exagérés parce qu'ils partent d'une manière de me juger qui me semble la plus honorable et la plus vraie. Je vous assure que jamais article ne m'a fait tant de plaisir à lire. Je le trouve aussi complet qu'il doit l'être, étant pris de haut, comme vous l'avez fait. Vous auriez peut-être dû indiquer que les commencements de ma carrière chantante, portaient encore les signes d'une grande incertitude de vues et d'un mélange d'âges divers. C'est le seul détail qui soit nécessaire à ce morceau.

« Depuis quinze ans surtout, la carrière s'est agrandie pour moi. C'est vraiment depuis cette époque que j'ai fait l'application de mon principe : l'utilité de l'art. L'art sans application me paraît un enfantillage.

« Vous sentez toutefois qu'il n'y a rien de complétement absolu dans cette idée, mais je la regarde comme la base essentielle... Vous voyez par là pourquoi votre article m'a fait tant de plaisir et pourquoi le point de vue d'où vous l'avez écrit me semble si honorable. La jeune école repoussera mon système, qui n'est pour moi qu'un besoin de ma propre nature. Nous verrons si elle a mieux jugé.

« Grand merci donc de votre prose que je n'ai jamais trouvée plus belle, moi qui la trouve si belle que je suis encore à désirer pour vous un sujet qui en soit digne. Pour que j'en méritasse quelques pages, vous avez été obligée de me mettre sur des échasses, et de me couronner d'une auréole. Il est un mot qui m'a fait frissonner d'effroi quand on me l'applique, c'est celui de *grand homme*. Il est vrai que rarement on s'en est avisé, et il faut être vous pour avoir pensé à l'imprimer. Pour Chateaubriand, on s'est habitué à le lui entendre donner, et il va à sa taille. Mais il ne faut pas abuser de ce mot. Si vous faites imprimer cet article, ôtez, je vous prie, cette phrase : il me fait peur. J'aurais tant voulu mériter cette épithète! J'ai quelquefois eu l'idée que la nature m'avait destiné à l'obtenir, mais l'éducation m'a manqué, et mon caractère s'est usé à lutter contre la fortune, ou pour mieux dire, il s'est laissé effrayer par elle : car il était trop paresseux pour soutenir une lutte ouverte.

« Mais en voilà bien long pour une personne qui garde mes chiffons et les livre au public sans m'en demander la permission. »

L'article parut bientôt dans la *Revue de Paris*, le 17 mars 1833. J'avais composé en Angleterre plusieurs nouvelles: je les donnai à imprimer dans différentes publications; elles me furent toutes payées. Je publiai aussi un morceau sur l'histoire d'Italie, qui me fut payé 300 francs par le libraire.

Jérôme me disait qu'Henry m'oubliait, qu'il le voyait de loin à l'Opéra italien, assis derrière une jeune Anglaise, à laquelle il faisait la cour. Il disait qu'Henry était laid, sans esprit, que c'était une femmelette, qu'il avait le visage d'une vieille femme ; il disait ce que dit un rival, et, mécontent que j'eusse rappelé Chateaubriand, il s'écria un jour : — Vous rappelez l'homme âgé, et moi, l'homme jeune, et qui saurais aimer, vous m'oubliez! —

Je restai confondue! Lui, Jérôme, dire cela! A mon retour d'Italie, qui donc l'avait attendu? Quoi! L'eussé-je jamais traité avec cette légèreté après un passé sacré? Le recours, d'ailleurs, eût été plus dangereux que le mal. Il parut heureux de cette explication. Où était le temps où il disait: — Triompher de soi, dans une circonstance donnée, vaut la conquête du monde! —

Cependant Henry écrit à ma sœur, puis à moi. Demande mon fils. Je refuse. Son domestique m'apprend qu'il a été malade; moi, très-touchée, j'écris un mot; il vient à ma fenêtre, au rez-de-chaussée, qui était ouverte; et comme bouleversée en le voyant, je pousse des cris, il s'enfuit dans la rue, puis il revient et entre chez moi.

Sa conduite pourtant ne manquait pas de fermeté. Il me baise au front.

Il sort et m'écrit plusieurs fois. Je répondais froidement. Il allait partir. J'envoie savoir quand il partait? On dit: bientôt. Une autre fois on dit: demain. Le matin de ce jour du départ, je lui écris un mot tendre; il vient aussitôt: j'étais éprise; il supplie; il est violent, emporté, moi charmée. Son départ est oublié; il passe la journée chez moi, revient le soir. Ma sœur m'avait donné une très-jolie robe en belle laine légère, couleur paille, que j'avais ce soir-là, il la remarque, il trouve qu'elle me va à ravir. Que cette robe soit bénie jusqu'à la fin des siècles qui me rendait charmante dans ce moment extrême. Je lui offre de rester la nuit; nous étions entraînés. Le lendemain aussi il reste chez moi; enfin il me dit adieu; je l'aimais, il partait; l'avenir restait incertain. Il partait! Tel était donc le prix de mon amour extrême, de tant de pleurs versés pour lui, de tant de soins, si doux à lui rendre! Qu'avais-je fait? J'avais livré mon cœur à l'homme le plus charmant de la terre! Comment m'en détacher désormais, et vaincre lui, moi-même, et ces nouvelles délices qui n'étaient plus qu'en lui, ni possibles qu'avec lui!

CHAPITRE XXIII

Bien que M. Warwick pensât comme Ovide, que *Ju-piter se rit du parjure des amants*, son ardeur se prenait violemment à deux choses : l'amour et l'ambition; l'ambition l'emportait, mais comme il sentait que l'amour aussi eût pu l'emporter, son ambition s'en effrayait tellement, qu'elle triomphait d'avance.

Il fallait savoir l'imiter, car j'étais ambitieuse aussi. A des crises folles, quelques années plus sages vont succéder! Il venait de partir en février (1833), en me demandant de m'écrire de la route, mais il n'écrit pas ; moi je lui envoie un adieu.

M. Didier donne une soirée où il m'invite et me présente plusieurs littérateurs distingués. Il vivait assez content avec un ami; il publiait des ouvrages sur l'Italie qui avaient du succès, et où il peignait bien les horizons grandioses de cette contrée. Cependant, les jeunes gens rencontrent M. de Chateaubriand dans la rue, le portent en triomphe, et alors il m'écrit le jeudi 28 février :

« Hélas ! je voulais aller vous porter mes couronnes ce matin, mais j'ai été si étouffé, si tiraillé par les jeunes gens qui m'ont porté en triomphe, que, tout meurtri de ma victoire, je suis incapable de paraître à vos pieds. Demain, mars commence; demain voulez-vous recevoir mes hommages ? »

. J'hésitais alors entre deux ouvrages : l'Histoire de la petite *République de Florence*, ou bien l'histoire de l'époque de Machiavel. Les ouvrages, quand on en fait le plan, amusent infiniment. On en voit les beaux côtés, on les imagine bien exécutés, on n'a que le plaisir sans les difficultés. Ainsi étais-je alors ravie en me livrant à des plans de romans et d'histoire. Je pensais aussi à une histoire des Visconti, gens scélérats, mais les premiers hommes politiques du moyen-âge et ceux qui avaient eu la plus grande ambition. Pour faire mon livre et l'éducation de mon fils, qui avait sept ans, je m'établis alors à Herblay, village à deux lieues de Pontoise, mais à l'écart et très-rustique, qui se prolonge jusque sur une colline au-dessus de la Seine et de la forêt de Saint-Germain. Les filles y ont les mœurs de Sparte. Le paysage est agréable ; mais pour arriver à la forêt, il faut traverser la Seine et une vaste garenne.

Ici, dans cette campagne, où je suis revenue à différents intervalles, durant dix-sept ans, je commence une vie nouvelle, studieuse comme autrefois, d'un calme heureux, entourée de livres, et dominant autant, je crois, qu'on peut le faire dans la jeunesse, des passions très-vives.

Je revins alors sur mes études : M. Libri m'avait reproché en Italie, de ne pas avoir un plan, de lire, de m'instruire au hasard. Mais c'est la manière de la jeunesse qui ne sait rien et veut tout savoir. — Jeune fille, j'étudiai avec mes maîtres ; j'appris le latin, nos poètes, etc. — A Aix-la-Chapelle, je lus avec mon oncle tout ce qui se trouvait là : de l'histoire et de la philosophie. — A mon retour à Paris et à Viry, je pris Voltaire, Rousseau, Montesquieu ; j'étudiai avec des maîtres, le latin, la physique, l'algèbre, l'astronomie, etc. — Au Vallon, Jérôme me fit lire Adam Smith en causant de tout avec moi, en élevant beaucoup mon esprit. Je publiai la *Conjuration d'Amboise*, pour laquelle j'avais fait des études historiques. Je composai *Olympe*, qui n'a pas paru. Je lisais de tout. — Chez madame Bertrand, agitée et malade, j'étudiai madame de Staël, et j'écrivis des lettres sur elle. — Mon amour pour Jérôme m'ouvrit l'esprit, et j'écrivis *Gertrude*. — En Italie, je terminai et imprimai *Gertrude*. Je lus les historiens, les légistes ; j'étudiai le pays. Je lus Grotius, Puffendorf, Bentham, Hobbes, Beccaria, Vico, etc. Guicciardini, Varchi, Adriani, Machiavel, les poètes. Je travaillais du matin jusqu'au soir. — Au Casentino, je m'occupai de B. Constant, puis de la nature.

des fleuves, etc. A la Pace, je lus Bacon. Mes études prenaient plus d'importance, j'y trouvais un grand plaisir. Ce fut un temps de réflexion, de force, de domination.

A Rome, je commençai un ouvrage sur l'Italie, je lisais Denina : — A Albano, je composai *Jérôme*. — A Naples, où la chaleur me gênait, je lus Giannone, qui m'a fort ennuyée, et d'autres historiens. — Retournée à Rome, je lisais ce que je trouvais chez l'abbé Lanci, un ouvrage sur les Indiens fort intéressant. — En France, rue de l'Université, je travaillais sur l'histoire d'Italie, et j'achevais *Sextus*. M. de Chateaubriand m'excitait à des études fortes ; il me disait que j'avais l'esprit mâle, qu'il fallait faire un ouvrage sérieux. Béranger me disait la même chose. Les passions me troublaient et dérangeaient mon travail. Ainsi alors ma paix fut troublée. J'ai compris en Angleterre combien les affaires sont compliquées ; ce pays m'intéressait beaucoup. Je lisais les journaux et les papiers du Parlement.

M. Libri vint bientôt passer deux jours à Herblay pour me lire son *Introduction* à l'histoire des sciences en Toscane. Cela n'était pas encore imprimé, et a formé depuis un premier volume très-beau.

Henry annonçait toujours son arrivée et n'arrivait pas encore. Tandis que M. de Chateaubriand m'écrivait son retour et sa rencontre avec la duchesse de Berry, M. Didier et deux de ses amis viennent me faire une visite à Herblay. Ils passent avec moi deux jours très-agréables.

Henry arrive, et nous allons à Versailles pour un mois, puis nous nous établissons pour quatre mois à Paris, rue Basse-du-Rempart, au rez-de-chaussée, et je laisse mon fils en pension chez le curé.

Je recevais mes amis chez moi, rue Mondovi, mais j'habitais avec Henry.

Ces quatre mois furent heureux. Non sans orage, car nous étions l'orage même. Henry parlait toujours de mariage. Il avait repris le langage du plus grand amour. Il promettait de quitter l'Angleterre quand il pourrait, de demander une place à l'étranger dans la diplomatie.

Il écrivait alors son ouvrage sur la France ; il restait chez lui ; nos jours étaient parfaits, occupés, amoureux.

Il allait assez souvent dans le monde, ce qui excitait parfois ma jalousie : aimable et élégant, il plaisait partout. Je n'ai jamais aimé les moustaches, excepté aux hommes de guerre. Henry, à ce sujet, était bien selon mon goût et me faisait rire ; car il se rasait en se levant, puis à deux heures avant de sortir, puis à six ou sept heures avant dîner ; enfin le soir avant d'aller au théâtre ou au bal. Un valet de chambre italien qu'il avait alors, disait stupéfait : — Quattro volte la barba !

Un soir que j'allai avec lui chez madame Hamelin, j'y trouvai madame la comtesse du Vallon, qui y avait dîné. Elle était assise dans un grand fauteuil, la conversation s'établit autour d'elle ; elle défendit, en plaisantant, Racine contre les attaques absurdes dont il est parfois l'objet. Elle était belle, aimable, animée, elle m'enchanta. Elle trouva Henry très-agréable. Ce fut une rencontre heureuse.

Henry me proposa de donner des soirées. Nous n'en eûmes qu'une qui m'amusa beaucoup. L'ambassadeur de Russie en *** avait dit à Henry qu'il n'aurait pas M. Libri à sa soirée, que c'était un savant très à la mode, mais qu'il était inabordable ; j'invitai Libri, et il vint, très-animé, très-amusé, il resta fort tard. Henry brilla beaucoup. Il fut aimable, distingué, montra beaucoup de gaîté, d'esprit, des nuances exquises.

Mais sa légèreté était inconcevable : dans les jours les plus tendres, tout à coup il changeait, formait de nouveaux projets. Il revenait aussitôt avec passion et avec délices, de sorte qu'on ne pouvait être ni tranquille ni détachée. Sa grâce, douce et pressante, le faisait pardonner. Une petite-fille d'Arthur Dillon qui le rencontra à Herblay, où il venait passer le temps avec moi, me dit bien : — Gertrude a fini par Rodrigue ; mais vous, madame, vous aimiez Rodrigue, et vous finissez par le comte de Selmire. —

Il allait partir pour le Parlement. Il me pressait de

partir avec lui ; il disait qu'il ferait ce que je voudrais,
que nous nous marierions tout de suite. Mais je n'avais
nul travail préparé ; je n'avais qu'un roman commencé.
Allais-je retrouver ces tortures d'esprit de l'Angleterre,
et l'ennuyer lui-même de mon trouble ? Il fallait ne revoir l'Angleterre qu'avec une occupation forte qui me
tint raisonnable. Je le laissai donc partir seul.

CHAPITRE XXIV

Je retourne à Herblay, et voyant que *l'histoire de
Milan* n'est pas d'un intérêt assez général, et que
l'histoire de Machiavel, qui me plaisait tant, se trouvait
comprise aussi dans celle de son pays, je me décide à
écrire *l'histoire de la République de Florence* pour laquelle j'avais déjà chez moi plusieurs historiens. Je fais
venir les autres de la bibliothèque royale de Paris, et
me voici dans la joie des commencements d'un livre et
du plan général. Florence a eu des grands hommes en
tout genre ; son peuple est peut-être le plus vivant, le
plus spirituel des temps modernes ; c'est une existence
civile très-forte, non pas sans doute égale à celle des
Romains, à laquelle Machiavel la compare trop souvent,
mais comparable à celle d'Athènes, et supérieure à toutes les existences civiles modernes, excepté l'Angleterre.
J'avais déjà bien étudié mon sujet en Italie ; j'en avais
beaucoup causé avec Camillo, Libri et d'autres, et déjà,
dans mes fragments sur l'Italie, j'avais exposé le plan
de cette histoire. Ce travail m'était très-agréable. J'a-
bordais avec enchantement chaque nouvel écrivain, et
bien que les chroniques fussent souvent sèches à lire, et
surtout à traduire, je m'amuse infiniment de mon entreprise sans m'en lasser jamais. L'histoire moderne
d'Italie est l'histoire de la *cittadinanza*, la *citoyenneté*.
Si, dans l'antiquité, une seule république soumit les
autres, et conserva la souveraineté, plus tard, un grand

nombre de villes s'élevèrent égales et rivales; la liberté et non l'agrandissement fut leur but.

M. de Chateaubriand m'écrit en juin : « Je rêve toujours l'Italie et les Alpes, mais que vous importe? Ce n'est pas moi que vous cherchez. Si jamais je vous rencontrais dans quelque solitude, vous ne me reconnaîtriez plus; pour demeurer dans vos souvenirs, je fuis vos regards. » Je vais à Paris au 6 juillet, et je le revois avec le charme d'autrefois. Il retrouvait sa gaîté, et son visage était le même. Henry m'avait tant tourmentée, que je jouissais un peu de l'absence. J'arrivais à l'époque de Dante. Je soigne beaucoup mon travail. Je consultais toujours les contemporains ; ainsi pour Dante, Boccace, si près de lui, et si digne de le comprendre, me semblait le meilleur. Dante avait-il eu des modèles en son temps? Où s'était-il inspiré? Homère et Virgile étaient alors ses seuls maîtres, et il ne lisait que le second dans l'original. Je reprends tous les poèmes épiques, non-seulement Homère et Virgile, mais aussi Camoens, Milton, Arioste, etc. Comme je peins dans mon histoire les troubles civils d'après les chroniques contemporaines, je donne aussi les parties du Dante qui s'y rapportent, la belle description de Florence ancienne (du Paradis), la rencontre de Farinata, des Uberti dans l'enfer, le récit de Ugolin, etc. Loin de suivre les Romains, comme Machiavel avait fait quelquefois, je cherchais de rendre exactement, et sans les altérer du tout, la rudesse et la simplicité de ces premiers temps.

Cependant Henry annonce vingt fois son arrivée sans venir, m'appelle tout à coup à Boulogne où je ne vais pas, y vient, puis retourne en Angleterre. Chateaubriand savait le Parlement fermé. Il m'écrit :

« Mylors et Gentlemen,

« Je vous remercie de votre concours loyal dans ma guerre contre les infidèles. La présente session est close, et je compte sur votre retour à la prochaine session. »

Je vais revoir le Vallon avec mon fils et quelques amis, et j'y passe deux jours : la vieille abbaye, le corridor, les cellules existaient encore ; mais le château bâti depuis était en ruines ; la chambre de Laure, sans toiture, bien que les rosaces, les ornements, les couleurs fussent restés aux murs, comme dans les ruines du palais des Césars et d'Herculanum. Le parc, abandonné à lui-même, était encore plus beau que du temps de Laure, les arbres plus grands, les gazons plus touffus, les fontaines plus limpides, la campagne plus abandonnée, plus solitaire, plus sauvage, plus silencieuse. C'était d'une beauté et d'un calme admirables. Les mille parfums des bois remplissaient la vallée. Je me souviens du soir au clair de lune, sous ces grands bois abandonnés, au bord de ces fraîches fontaines. Ce fut une nuit très-belle, où je me suis souvent relevée pour voir le paysage.

A mon retour à Herblay, Didier et un de ses amis viennent m'y voir. Cette visite m'amuse beaucoup. Je reviens avec eux à Paris par la forêt de Saint-Germain et Maison. Et de retour à Herblay, j'apprends qu'Henry est arrivé à Paris.

J'y retourne ; il vient aussitôt chez moi ; mais en apprenant que j'ai revu durant l'été M. de Chateaubriand, il se lève et sort. Le lendemain il vient un moment et sort.

Tourmentée, je fuis chez une de mes amies à Creteil. Ce village de Creteil, trop près de Paris, ne me plaît pas ; ce n'était pas l'aspect agreste et champêtre d'Herblay.

Henry court à Herblay, se tourmente, écrit. Je reviens à Paris où je trouve une lettre d'Henry qui me blesse ; je veux donc éviter encore de le voir, et je prends un parti extrême. J'écris à M. Libri, autrefois mon sauveur intellectuel, qu'il vienne le lendemain matin dès huit heures, me chercher pour m'emmener chez lui. Je voulais me sauver d'Henry ; il me tourmentait trop. Le lendemain, je me lève inquiète, attendant Libri, mais on me remet aussitôt une lettre d'Henry ap-

portée à six heures du matin, qui disait que nos liens
seraient les mêmes qu'autrefois, sans s'expliquer davantage. Je ne demandais pas plus. Il annonçait qu'il
serait chez moi à midi.

Libri arrive et je lui apprends que j'ai reçu cette lettre. Il rit et s'impatiente, disant qu'il s'attendait à cela.
Il s'assied et reste longtemps chez moi à causer. Nous
parlons de l'Univers, de la nature. Libri dit qu'il reconnaît une force immortelle qui arrange tout. Il la voit,
il y croit donc. Mais il ne la croit pas toute-puissante,
car il voit qu'elle n'a pas tout bien fait. J'étais heureuse
qu'il reconnût cette force. Pour moi j'en subissais complétement les lois et toujours avec un retour d'adoration
vers elle. Ce ne sont pas les livres qui m'enseignent
Dieu, c'est moi-même qui le sens, qui me prosterne,
qui, surtout au milieu des passions, reviens là avec les
sentiments d'un être créé qui cherche son auteur, son
maître. Pourquoi Henry n'avait-il pas avec moi de ces
conversations? Un peu plus grave, il eût été plus fidèle
et plus heureux.

Henry reste blessé. Nous partons pour Versailles, où
il n'est pas aimable. Nous étions agités et pas encore
heureux. Moi j'essayais de travailler à l'*histoire de Florence*, dont je lui lis tout haut quelques parties qui
l'endorment.

Nous allons à Herblay, où il devient plus tendre. Il
va à Paris, m'écrit de là très-affectueusement, et revient
passionné et délicieux comme il sait l'être.

Henry, très-amoureux et ayant juré sur l'honneur
tout ce que je voulais, part pour les élections. C'étaient
ces belles élections, amenées par la dissolution que les
torics venaient d'ordonner. Henry est nommé député
de Marylebone, et son ton change.

Je me plaisais alors beaucoup chez une dame de
Gênes qui, établie à Paris, recevait plusieurs Italiens
distingués. Je voyais chez elle le professeur Orioli, assez âgé, compromis dans l'affaire de Modène et exilé.
Esprit grave, profond, italien, sans nul arrangement,

simple et des plus intéressants, je l'écoutais des soirées entières. Il parlait bien français, mais il me pria
de corriger quelques articles pour les journaux, et il
vint chez moi les lire tout haut. Comme il était pauvre,
il dînait chez un petit restaurateur du côté de l'Hôtel-
de-Ville. J'imagine d'aller dîner chez son restaurateur
avec lui et quelques autres de ses amis. On trouvait là
d'autres Italiens exilés. Nous y faisions des dîners, non
pas bons, mais gais et animés. Orioli me reconduisait
chez moi en traversant les Tuileries, et passait la soirée
chez moi. Ces esprits élevés, graves, et sans nulle prétention, sont ceux qui m'ont toujours plu davantage,
et c'était pour moi une des plus grandes séductions de
l'Italie. Je voyais chez cette dame italienne, d'autres
Italiens distingués. M. Tomaseo qui revint chez moi,
(car je l'avais connu à Florence) d'un esprit piquant et
charmant, déjà célèbre par ses ouvrages, le comte Ma-
miani, depuis mêlé dans les affaires du Pape, homme
aimable, doux, plein d'onction. Ces soirées étaient bien
italiennes, agréables, sans manières, très-animées; on
y disait ce qu'on voulait. En février 1835, Henry m'appelle à Boulogne à peine guéri, car il avait été malade.
Cette dame italienne vient me voir et me faire ses adieux,
me disant affectueusement que l'âme de son salon s'en
va, que ses soirées vont perdre tout leur prix, et mille
choses flatteuses qui caractérisent sa douce patrie. Je
quitte Paris avec quelque regret, avec quelques pleurs
même, car l'Angleterre m'était odieuse.

Ce temps à Londres fut troublé, inégal, heureux mais
douloureux. Nous étions très-violents; Henry qui avait
été infidèle, était humilié par mes reproches et mes pleurs,
moi triste, prévoyant une rupture. Il donna quelques soirées où il me présenta des jeunes gens de ses amis, tous
assez médiocres, mais notre vie n'était pas arrangée d'une
façon qui me convint. Il était tout de suite jaloux des
hommes que je trouvais aimables et moi j'étais bien aise
qu'il fût jaloux. Son visage plein de sentiment, sa belle
bouche, ses dents de perles, me plaisaient plus que tout

ce que je voyais de beau. Après ces soirées et ces jalousies, nous étions plus passionnés, plus tendres. Lui, si actif, s'inspirait bien du monde, de la rivalité. Animé dans un salon, il causait avec esprit, et il avait la meilleure grâce du monde.

Mais je comprenais que nos liens ne pouvaient durer. Un jour je me rappelle, au souper, je pensais que rien de tout ceci n'était pour la vie. Je le voyais riant à table avec ses amis. Je me disais : — Moi seule, je disparaîtrai de cette table, il continuera de recevoir ses amis, de donner des soupers et d'être heureux. Une autre femme, une jeune épouse occupera cette place que j'ai. Qu'il soit heureux! Qu'il jouisse de la vie et de l'amitié, qu'il m'oublie! —

Ces idées exaltées se mêlaient au mouvement du souper, au bruit du rire et de la conversation ; je n'avais nulle sécurité. Au lieu de vouloir vaincre ici et tout dominer, je me retirais attendrie et non humiliée de ma défaite. Je sentais le monde plus fort que moi; je me voyais d'avance vaincue. La passion porte parfois en elle une haute tristesse qui se nourrit bien des éternels adieux, des doux regrets et des rêves de la douleur.

Un soir, où Henry était à la Chambre, je vais seule au grand opéra italien avec un domestique. On donnait la *sonnambula*. Ce fut un complet enchantement, l'Italie m'était rendue. Henry me dit au retour, que j'étais très-animée et très-aimable. Le printemps commençait. Nous trouvons une petite maison champêtre à Putney, où nous allons pour quelques mois. Je travaillais bien à ma brochure et à mon *Histoire de Florence*. Mais nous étions trop seuls, et lui toujours absent. Je m'en plains; il s'en fâche, scènes d'amants. Douces réconciliations, douces nuits. C'est un temps heureux, mais parfois je m'ennuie à périr. Le climat, l'inaction, un trouble que la passion donne me jetait hors de moi. Un soir, au clair de lune, que j'étais tourmentée! De quoi? Je ne sais. Je sors, je rentre, je disais des vers de Phèdre. Il me propose un jour de venir chez lui dîner avec ses amis. Je le voyais toujours entraîné, sans résolution fixe. Je songeais à m'en aller. Il en est furieux.

Mais dès que je suis arrivée à Calais, ma raison revient, je suis contente et calme.

J'y passe un jour charmée. Je vais à Paris pour deux mois. J'y trouve et j'y reçois des lettres de lui passionnées, délicieuses pour me rappeler. Ce n'était pas difficile. J'étais éprise, impatiente; il annonce qu'il va venir à Paris.

Je vois beaucoup cette dame italienne dont j'ai parlé.

CHAPITRE XXV

Béranger m'avait écrit durant le printemps qu'il était ruiné. Tout à coup, à Paris, songeant à lui, à son avenir privé d'aisance et de douceur, j'imagine une souscription nationale et je fais courir dans Paris un petit imprimé pour ouvrir la souscription. Déjà la chose s'annonçait très-bien, et les ouvriers avaient dit qu'ils souscriraient le samedi, jour de leur paie, lorsque Béranger instruit, arrête tout. Il vient me voir, et sans savoir que j'étais l'auteur de ce projet, il me dit qu'il s'y oppose absolument. Bientôt, il m'écrit :

« Avant-hier, en vous parlant d'une souscription que je repoussais, je ne savais pas m'adresser si bien. Hier, à Sainte-Pélagie, j'ai appris avec peine et surprise qu'un volume de listes écrites courait tous les coins de Paris et que vous étiez contre moi, à la tête de cette conspiration. Nous avons eu déjà bien des sujets de querelle, mais celui-ci serait bien autrement grave que tous les autres. Je vous l'ai dit l'autre jour : je ne permettrai jamais que, même avec la meilleure intention, on me traîne en public et l'on me fasse contracter des obligations qui me répugnent. Je vous prie donc de vous hâter de mettre fin à cette tentative à la fois blessante et

inutile. Votre amitié pour moi s'est complétement égarée dans cette circonstance, etc. »

Quelques jours après il m'écrit encore des reproches :
« Que diable aviez-vous besoin, disait-il, de revenir de
Londres pour cette équipée! »

Plus tard, arrivant de Picardie, il m'écrit : « Savez-
vous qu'en province j'ai trouvé des gens de votre avis,
qui prétendaient que je n'en aurais pas été quitte pour
500,000 francs, un demi-million, quelle aubaine pour un
pauvre diable! »

M. Thiers lui avait déjà fait offrir une pension qu'il
avait refusée. Il refusait tout. Il me pardonna bientôt,
et quand il sut l'empressement qu'on avait montré pour
cette souscription, il fut attendri et content.

Le matin de mon départ pour l'Angleterre, à dix ou
onze heures, je vais aux Tuileries, à quelques pas de
chez moi, et lisant là un journal, je vois passer le roi
au milieu de son état-major. Le roi n'avait pas l'air noble, mais tout cet appareil était royal. C'était brillant.
Je le regarde passer. J'étais indignée du journal que
je tenais à la main; je crois que c'était *la Tribune*;
ce journal conseillait presque le meurtre du roi; on ne
pouvait tolérer ce langage abominable ni un tel abus
de la presse.

Je ne devinais guère ce qui allait se passer. Je tra-
versais le jardin quand une dame me dit que le bruit
court qu'on vient de tirer sur le roi. C'était l'attentat
de Fieschi. Je rentre aussitôt chez moi; déjà partout on parlait du crime sans en savoir bien les détails;
des récits faux se mêlaient aux récits vrais. Je vais voir
madame Hamelin; elle savait les choses à moitié; quelques personnes arrivent chez elle mieux informées. Paris
était très-agité. Je pars le même soir.

A Putney, nous avons des scènes. Il avait été encore
infidèle durant mon absence. Solitude absolue avec lui.
Lui souvent taquin, moi ennuyée et refroidie. Nous
avions aussi des jours tendres. Un matin, lisant *André*,
de madame Sand, ranimée par ce beau roman, j'aimais,

je me disais que ma vie était heureuse. Il rentrait tard
le soir mais régulièrement, et souvent le matin il restait. Le soir nous lisions *Volupté*, de Sainte-Beuve. Je
reviens à Londres en tilbury. C'était en octobre, au soleil couchant. Les nuages étaient colorés, immenses, et
presque dans le tilbury. Ce ciel était prodigieux par
les teintes d'automne et l'immensité des nuages très-bas.
J'en suis frappée. C'était là, heureusement, mes derniers
adieux à l'Angleterre. J'avais traversé 11 fois la mer.

A Paris nous sommes d'abord froids tous deux. Moi
j'étais mécontente, détachée, je désirais me dominer,
m'arracher à un sentiment qui m'avait trahie tout l'été.
Henry voyait mon impression et, au moment d'un adieu
qui pouvait être éternel, il reprit sa tendresse. Après
un tel amour, si long, si emporté, ses adieux pouvaient-
ils être autres? Il voulut effacer les mois passés, il me
montra le plus grand dévouement; il parut plus séduit
que jamais. Il vint loger chez moi; nous ne nous quittions plus; il ne pouvait partir. Comment ussé-je été
très-touchée, quand tout l'été je l'avais vu changer? Je
craignais de partager son impression, je ne voulais pas
m'attendrir, je voulais voir son départ comme celui
d'un aimable enfant que je savais content dès qu'il serait parti. Cette froideur porte à l'extrême son exaltation, puisque tel est l'amour. Un jour il me propose d'arranger tout de suite un mariage secret qui le sauvât de
perdre l'héritage de sa mère, d'aller consulter un avo-
cat, il consentait à tout. Je lui demande un moment
pour réfléchir. Il sort et je lui écris. Je ne le voyais si
dévoué qu'au moment des adieux. Je savais qu'il allait
changer. Je ne voulais pas abuser de sa faiblesse. Je
lui écris cela et que si dans un mois il persiste, nous
nous marierons. Il rentre chez moi. Je lui donne ma
réponse écrite, il la lit tout bas devant moi et me dit
que je suis très-noble. Il ne pouvait partir; il me dit
un adieu désolé. Il était sorti, et moi, moins affligée
que lui, lasse de cette vie, je ne m'attendrissais pas
lorsqu'il rentre, il revient! C'est lui! Il n'avait pu partir.

Il revient exalté, désolé, s'assit par terre, la tête sur mes genoux, et m'adore, et me supplie, et me jure... Mais moi je disais : — Tout va s'évanouir dès qu'il m'aura quittée! — Il reste, passe la nuit avec moi : quelle nuit! qui mériterait un souvenir immortel, par cet amour combattu porté au comble, par cet abandon irrésistible, par cette puissance exquise et sa vue du ciel! A-t-il su la distinguer des autres nuits de sa vie prodiguée? Je ne crois pas : il ne se connaissait pas, il ne s'admirait pas. Enfin il part le lendemain, acceptant mon épreuve qui était seulement de n'écrire que dans quinze jours et de décider alors ce qu'il voulait faire.

Mais quoi! Avec plus de douceur n'aurais-je donc pas pu raffermir un homme si bon, si estimable, si admirable même? N'aurais-je pas pu lui faire signer simplement l'engagement écrit de m'épouser plus tard et le lui faire jurer devant Dieu? Mais que dis-je? il aurait fallu un amour ou des caractères plus tranquilles que les nôtres, car cet engagement fût devenu nul à la première querelle, dès que je me plaindrais de l'Angleterre, ou dès que je serais jalouse et que je lui rendrais cent fois sa liberté. Une femme froide et calculée pouvait seule faire réussir un tel engagement; les violences de notre amour le menaceraient à tout moment. Ne voyais-je pas qu'il lui restait à faire un mariage d'ambition? Quand cela? Comment? L'époque seule en était incertaine.

Mais mariés en secret, ce mariage pouvait-il réussir? Je le crois. Je m'en faisais alors le bonheur le plus grand et le plus charmant. Jamais mariage ne fut si passionnément désiré. Quelquefois j'y croyais et je m'abandonnais à ce rêve délicieux. Je m'étais promis, dès ce mariage conclu, de faire ce qu'il voudrait, d'être douce, dévouée, d'éviter les scènes. Avoir pour mari un si aimable amant, me semblait le plus grand bonheur du monde. Je ne me figurais point le mariage comme je l'ai connu depuis, comme il est, un joug insupportable, avilissant, qui tient la femme esclave, mais je ne voyais que l'amour rendu plus sacré, plus cher, et immortel. La santé délicate d'Henry me faisait attacher un prix infini à un lien qui mettrait plus d'ordre dans sa vie et qui m'en livrait à jamais le soin.

Mais bah ! des femmes plus légères lui plaisaient plus que moi, je le délivrerais du tourment de ma jalousie. Ne m'avait-il pas dit qu'en m'épousant il craindrait qu'à la première de ses infidélités, je ne le quittasse ; il disait : — *Je veux la liberté mais je veux garder ma femme.*

Ma générosité me servit bien : elle me dégagea, à vingt-quatre ans, d'un amour trop tragique, et ici elle me rappela aux lettres sans entraver la course habile d'un ambitieux : deux fois je rompis ainsi avec la passion, la lumière, et ici je perdis pour jamais, les délices qu'elle seule peut donner.

Je vais à Herblay chercher mon fils et terminer ma chère brochure que je donne à Paris à imprimer. Henry écrit. Il était changé, je n'en suis pas surprise, et je ne veux pas m'en trop tourmenter. Ma brochure paraît ; elle voulait en revenant rapidement sur l'histoire antique et moderne, montrer que le monde doit être conduit par une aristocratie intellectuelle en hommes et en femmes. Je l'avais intitulée : *la femme et la démocratie de nos temps* ; en attaquant la démocratie qui n'est bonne, comme dit Rousseau, que pour les petits États, où le soin des boutiques ou des troupeaux, ne demande pas de grands talents.

J'ai eu des suffrages flatteurs, beaucoup de lettres, madame Hamelin m'écrit charmée, me dit : — C'est pour ce genre que votre talent se déclare. — Elle disait que c'était une très-belle conversation. M. Tomasco, que je voyais beaucoup, m'en fait aussi de grands compliments. Tout le monde m'en parle chez cette dame italienne où je passais deux soirées par semaines.

Le procès de Fieschi avait lieu alors et m'intéressait beaucoup.

Il y avait longtemps que je n'avais vu Chateaubriand.

Je lui écris un billet affectueux pour le voir. Il répond, le 9 juin 1836 :

« Vraiment? Mais savez-vous que j'ai cent ans? Pourtant écoutez, car je suis bien faible. Je puis avoir quelque chose à vous dire à la fin de ce mois : serez-vous ici? Si vous y êtes, écrivez-moi alors, et nous pourrions nous revoir. »

A la campagne je reçois une lettre de Chateaubriand, datée du dimanche 19 juin qui disait :

« Où cherchez-vous un peuple? Vous ne méprisez pas assez les hommes de cette époque : il n'y a rien à faire dans les siècles qui se décomposent; je travaille beaucoup mais pour après moi. Je laisserai mon histoire et l'histoire de ce que j'ai vu. »

Je reçois à Herblay une lettre d'Henry en anglais, de quinze ou vingt pages, la plus longue qu'il m'ait jamais écrite. Il était secrétaire d'ambassade à Bruxelles, d'où il m'avait écrit plusieurs fois pour m'y appeler. Ses invitations ne me tentaient pas. Si j'avais pu me distraire de lui, j'en trouvais les occasions chez cette aimable italienne dont j'ai parlé. Je retrouvais ma chère Italie. Mon amie irlandaise m'adressa aussi de Milan un jeune seigneur, qui me fit ces vers :

No, non è eterno l'amor ch'io sento,
Crederlo eterno non del da me.
Sul peso orribile d'un giuramento,
Non potrei vivere nemen con te.
Un' ora donami, un'ora sola,
Ma tutta d'estasi, tutta d'ardor,
Et al pericolo tosto m'invola
D'un lungo, tiepido, fedel amor!

J'envoyai ces vers à Henry.

J'avais remarqué que les hommes se prennent chacun pour un modèle de tendresse et des autres mérites de l'amour. René, ne croyant qu'à René, n'eût jamais soupçonné une flamme exquise comme celle d'Henry. Jérôme de même se réservait le sublime de l'amour dont il ignorait les délices. M. Warwick était le seul qui ne se vantant jamais, dans l'ignorance de ses incomparables qualités, crût tous les hommes semblables à lui. Voyant cela j'eus soin de me figurer chez les femmes des passions très-supérieures aux miennes, ce qui me fit excuser beaucoup Henry. Je pensai souvent dans la suite qu'il avait trouvé cent fois mieux que je n'étais, des femmes qui meurent d'amour et qui ne font pas des livres.

En août je m'établis à Herblay où j'avais les historiens de Florence. M. Thiers quitte le ministère en septembre, à cause du refus du roi d'intervenir en Espagne comme il l'avait d'abord promis. La démission du ministre était la plus honorable, et une leçon pour tout le monde. Je savais ces affaires par Jérôme, ami de M. Thiers. Je vis d'ailleurs celui-ci plusieurs fois. Il eut pour successeur M. Molé, qui, trois ans après, en 1839, allait voir se former contre lui la *coalition*. Ces affaires m'intéressaient sans m'animer. On vit plus tard d'ailleurs que le roi avait eu raison pour l'Espagne. Je cherchais la campagne et j'étais énivrée de l'automne, ma saison favorite, qui se passa doux, tranquille, inspirateur à Herblay, dans l'étude, durant les grands vents et les profondes impressions de cette saison mélancolique. En revenant un jour de Paris dans la tristesse du ciel, je fais la seconde prière qui a paru depuis dans mon troisième petit livre. J'ai passé des heures parfaites dans la petite église d'Herblay, avec une confiance complète en Dieu, l'admiration de David, l'espoir qu'Henry reviendrait. Je relisais des parties de l'histoire romaine, le gouvernement de Cicéron en Cilicie, quand il dit à Atticus : « N'imagine rien de plus élégant. »

Indépendante, heureuse et forte, je prolonge ce séjour jusqu'à l'hiver. Je finissais de raconter le gouvernement glorieux des Albizzi, je divisais ma première partie. Ce travail me plaisait; je faisais aussi étudier mon fils.

Ce temps fut très-doux. Je projetais un voyage en Italie après l'hiver. Je n'aimais qu'Henry : quelques infidélités à peine, si je les lui avais faites pour l'oublier, me l'avaient rendu plus charmant. J'en étais occupée, mais de loin, sans lui écrire ni en avoir de nouvelles. Je me reposais du mal d'une passion incertaine. Mais cette passion dominée, existait, et peut-être prêtait encore à l'étude, à l'automne leur enchantement.

Je trouve en arrivant, au 10 décembre, par une grande neige, Didier qui demandait à ma porte si j'étais arrivée. Nous nous revoyons avec plaisir. Je termine en janvier mon premier volume de *l'histoire de Florence*, en travaillant beaucoup, et en prenant des livres à la bibliothèque. Chaque nouvel écrivain m'amusait, mon travail était, durant toute la journée, un plaisir continuel.

Quelques personnes s'occupaient de la question sur le sort des femmes, soulevée par le *Globe*. Je fais connaissance avec elles. Nous avions des soirées chez une de ces dames où l'on discutait les questions. Je porte un ruban rouge au cou; j'en voulais faire pour les femmes un signe de ralliement, et qu'il nous rappelât sans cesse notre oppression et notre devoir. Ces soirées durèrent tout l'hiver; si les réclamations pour les femmes, commencées par les Saints-Simoniens, si des écrits, des journaux depuis, n'eurent pas un résultat apparent, toutes ces choses préparent en faveur des femmes, une *opinion* qui s'établit mieux chaque jour, finira par triompher, et adoucira enfin leur sort, leur éducation et les lois.

L'année 1836 a été l'époque la plus forte de ma vie.

La question des femmes amusait beaucoup Béranger. Il m'écrit : « J'ai eu des nouvelles de vos assemblées, et j'aurais volontiers fait soixante lieues pour y assister. Quoi! vous étiez présidente? (Je ne l'étais pas). Quoi! vous et vos accolytes portiez de larges rubans rouges? Mais vraiment cela devait être d'une magnificence et d'une grandeur à désespérer Dupin avec son crachat, et M. Pasquier avec sa fameuse robe puce. Et que de beaux et d'éloquents discours on prononçait là, m'a assuré la dame qui les a entendus, et qui m'a prédit qu'il en résulterait infailliblement l'asservissement de notre sexe;

heureux encore qu'on nous laisse la vie, par simple intérêt de propagation, chose reconnue indispensable
jusqu'à l'invention de quelque machine à vapeur ou autre, qui fasse enfin disparaître cet inconvénient trop
bourgeois. Tout cela est-il vrai, dites-moi? Je n'ose
croire le siècle en si beau chemin. Vous aviez bien, il y
a deux ans, quelque prétention à le diriger; mais alors
vous admettiez plusieurs des nôtres en partage. Vous
avez fait bien des progrès, s'il faut en croire mon historien. »

En février 1837, je suis agitée, malade, non sans douceur. Mais mars est triste, sombre, agité ; j'étais passionnée sans passion. La sensibilité de la femme agit
sur des organes douloureux.

Je publiai mon premier volume de l'histoire de Florence. Béranger me disait que je ne changeais jamais
mes opinions parce qu'elles dérivaient de mon caractère; aussi trouva-t-il que je ne louais pas assez les
Florentins, quand le prince d'Anglona me devait dire
plus tard à Rome que je les louais beaucoup trop. En
traitant de Florence et de la démocratie, je traitais de
ma partie adverse en politique. La démocratie, favorable
aux boutiques de Florence, ne peut jamais convenir à
un grand État, et le mot même n'y signifie rien du tout.

Je préparais mon départ pour l'Italie. Je fais mes
adieux à M. de Chateaubriand qui vient me voir. Je le
cherchais toujours, je lui écrivais. Il répondait, il venait, plein de cette distinction, de cette élévation qui
n'est qu'à lui. Parfois une mélancolie profonde le rendait
touchant. Il voyait avec bonté mes ouvrages, et me donnait des avis. Ces Bretons sont mélancoliques, comme Ber-
nardin de Saint-Pierre et Lamennais. Jérôme me faisait
assez souvent des visites. Je lui propose d'aller visiter le
Vallon en ruines. Mais c'eût été trop hardi pour ce prélat. Je vais passer un dernier mois (avril) à Herblay.
A Herblay, j'étudie le chinois et l'orient; un nouveau
curé me prêtait des livres sur l'Asie, et je passe tout le
jour dans les champs. Ce temps est heureux, fort, un

des meilleurs de ma vie. J'étais dans mes enchantements éternels de l'étude et de la campagne.

Je fais une course à Paris, j'avais quitté mon appartement, et je loge *hôtel du Rhône*, où j'avais habité autrefois; j'y vois mes amis et je me plais fort à Paris.

Revenue à Herblay, je reçois d'Henry (auquel j'avais
fait part de mon voyage en Italie) une lettre qui me dit
qu'il me verra là, en se rendant à Constantinople, où il
était nommé secrétaire d'ambassade.

Je reviens à Paris *hôtel du Rhône*. Je reçois beaucoup
de visites et des adieux affectueux de mes amis. Je reçois
Jérôme. Didier reste chez moi durant plusieurs heures
charmantes; il m'enviait de revoir l'Italie. Enfin Libri,
pour m'annoncer sa brillante patrie, passe une longue
soirée chez moi la veille même de mon départ; il y plaisanta beaucoup et fut des plus amusants et des plus aimables. Il me priait de lui ordonner de partir aussi le
lendemain matin pour l'Italie.

CHAPITRE XXVI

Je retournais en Italie dans des impressions riantes.
Un homme autrefois m'avait désolée. Ici je bénissais
celui qui avait comblé de douceurs extraordinaires,
quelques années de ma vie. Ce second voyage avec mon
fils, qui avait onze ans, fut fait lentement, sans nulle
gêne, et bien dans mon goût. Dans la Savoie, les Char-
mettes me parurent d'un pittoresque hardi et sublime,
digne de Rousseau. Je n'avais pas vu les Alpes dans
mon premier voyage à cause du brouillard, mais ici,
vendredi 2 juin 1837, je les aperçois au petit jour : Quel
aspect! Quelle impression de grandeur mais de tristesse! Rien de la main des hommes. C'est beau mais
désolé. On voudrait rester là quelques jours. Des montagnes grises s'élèvent à perte de vue les unes sur les
autres. Le spectacle est extraordinaire, on n'a rien vu
dans ce genre; c'est tout à coup un monde inconnu à

côté de la Savoie. Cette grandeur vous reste dans l'âme comme un tableau éternel. Bientôt nous nous engageons dans les défilés escarpés : vent, neige, ciel sans azur, blanc; ce sont des monts effrayants : cette blancheur du ciel, le vent, le froid, la neige, la longueur de la montée sans horizon, tout étonne et reporte à Annibal et à ses Africains épouvantés qu'il rassure en disant : *nulle montagne ne touche le ciel, et rien n'est insurmontable au genre humain.*

Je fus très-émue en revoyant Florence. Je retrouvai les mêmes relations dès mon arrivée. Le comte Saint-Leu me parla en plaisantant des tentatives de son fils. Le marquis Camillo, un peu maigri, me parut plus beau et plus aimable que jamais. Sa conversation, son esprit, son éclat m'offrirent la même séduction qu'autrefois. Il venait tous les jours une ou deux fois, et nous étions aussi heureux l'un que l'autre de nous retrouver.

Florence me sembla toute petite : du Ponte-Vecchio à la Carraïa, il n'y a qu'un pas ; je la trouvais petite mais jolie, avec le plus grand plaisir de m'y trouver, quoique la chaleur fût insupportable. Je revoyais les galeries, je retrouvais des conversations charmantes, je parlais de ce que je venais d'apprendre sur le chinois et l'orient.

Madame Libri, apprenant le grand désir que j'avais de la connaître, vint me voir et m'inviter à une soirée.

Sa maison ravissante était bâtie sur le bord de l'Arno, et une grande terrasse s'avançait sur le fleuve : l'endroit, sa fraîcheur dans ces jours brûlants, la vue étendue, le bruit des eaux, le voisinage d'un moulin, donnaient à cette maison un caractère champêtre et élégant qui enivrait tout d'abord. Madame Libri fut des plus aimables, gracieuse et maternelle, si bien qu'en la quittant, je pris sa main et la baisai. Elle avait les mêmes traits que son fils, excepté les yeux ; ses manières étaient réservées et distinguées comme ce qu'elle disait ; ce soir-là une sympathie, une flamme d'en haut fut entre nous. J'y suis retournée un autre soir lui faire mes adieux, j'en suis sortie tard, charmée d'elle, de son accueil, de sa maison sur l'Arno, et j'ai écrit à son fils dans ces émotions.

Le comte de Saint-Leu m'invita à voir, de son palais, la fête de la Saint-Jean et le cours de l'Arno tout illuminé, brillant de mille feux répétés dans ses eaux. On ne se figure pas ce qu'est cette fête charmante et toute une nuit de lumière et d'allégresse. Le palais du comte dominait le Lung'Arno ; le peuple encombrait les quais ; le feu d'artifice se tire sur le fleuve illuminé. La musique embellissait cette fête toute italienne. L'artiste Jesi me reconduisit chez moi (Lung'Arno aussi). Au milieu de ces illuminations, et après son départ, je passe la moitié de la nuit à ma fenêtre, ravie, attendrie, heureuse de ces fêtes et de l'Italie. Ces jours font vivre. J'écris à Henry sur ce voyage avec des détails affectueux. Je le remerciais d'avoir rempli et enchanté ma vie durant un temps.

M. de l'Espine et d'autres amis de Sienne, où je m'arrêtai quatre jours pour eux, trouvèrent mes cheveux brunis, et me dirent que j'avais l'air d'une Vénitienne.

Mon fils, élevé chez le curé d'Herblay, ne savait pas qu'il était protestant : quand nous fûmes dans la campagne romaine, en vue de Saint-Pierre, je lui contai rapidement en voiture, l'histoire de la réformation, et je lui appris qu'il était protestant. Je lui appris comment Luther avait vengé le christianisme. Il écouta bien, et fut surpris et content d'être protestant. Arrivée à Rome chez mon aimable sœur et son beau et excellent mari, la chaleur affreuse me fait me réfugier dans les bois de Diane, à l'Aricia, la plus ombragée des campagnes de Rome, inondée de ruisseaux et de fontaines. Un Américain qui était là, me dit que les jardins du palais Chigi et les arbres hauts à perdre de vue qui sont là, ressemblaient aux forêts vierges de l'Amérique ; il s'y croyait sous ces ombrages immenses, jamais coupés, et dans ce fouillis d'arbustes qui fait qu'on peut à peine marcher dans ce grand parc Chigi. A la fin de juillet, les jours deviennent encore plus chauds, le ciel encore plus beau. C'était ici le ciel

qui m'était resté dans la mémoire, et que jusqu'ici je
l'avais pas retrouvé : l'air était rose, enflammé, trans-
parent ; la chaleur mettait partout cette teinte rose. Il
faut voir l'Italie en juillet et août si on veut connaître
la lumière. Nous avons un orage magnifique à la fin de
juillet. Le coucher du soleil montrait plus que jamais
ses mille couleurs successives. Je retrouvais ces plaines,
ces espaces, ces rochers, cet immense et élégant pays
de collines et de bois, avec de frais ruisseaux à chaque
pas, du vent toujours, un air charmant, la mer au loin,
pays grandiose, horizons d'une beauté inexprimable.

En m'en allant, je fais une quarantaine à Pérouse,
dans cet autre pays si beau au-dessus du lac de Trasimène. A Arezzo, je lisais une *histoire de Pologne* où je
voyais que les Polonais ne songeaient qu'à asservir la
Prusse ou la Russie. Ils ont eu le sort qu'ils s'effor-
çaient de préparer aux autres.

La grande chaleur m'arrête à Monistero, joli petit pays
près d'Arezzo. Je lisais alors l'histoire des Hébreux par
Salvador : « C'est la sagesse, dit l'imitateur de Salomon,
qui donne la connaissance des choses; qui explique
l'ordre des temps, les variations des saisons, les révolutions des années, le rang des étoiles, la nature des animaux, la différence des plantes et leurs propriétés; elle
enseigne à l'homme à être sobre, prudent, juste et fort;
elle lit dans le passé et juge de l'avenir; elle procure
toutes sortes de richesses; elle rend respectable, éloquent dans les Assemblées publiques, et vaillant à la
guerre; sa présence assure beaucoup d'agrément dans
la vie privée, beaucoup de consolation dans les ennuis:
les nations voudront être gouvernées par ceux qui la
possèdent; les rois les plus redoutables trembleront en
l'entendant nommer. »

J'ai relu Gibbon et plusieurs romans. Henry annonçait son arrivée prochaine, fallait-il y croire? L'Académie d'Arezzo veut bien me nommer, et le jour de ma
réception, je lis à l'Académie quelques pages sur *les
femmes*. J'étudiais Fleury et une théologie. Fleury tra-

duit les Pères en les corrigeant; il leur prête une dé-
cence qu'ils n'ont point; il ôte la grossièreté de ces
premiers temps d'un langage naïf et rude.

Je travaillais beaucoup à mon *histoire de Florence,*
j'écrivais le temps de Côme de Médicis. J'allais beaucoup au théâtre avec mon fils, et je voyais assez de
monde. M. de l'Espine, savant sur l'histoire d'Italie,
venait souvent me voir. Ce temps d'Arezzo fut calme et
heureux. Je pensais parfois à m'établir pour toujours
en Italie, qui me semblait plus belle et plus agréable
que jamais. Je ne pouvais ni rappeler ni retenir un
homme envolé pour jamais? Ne saurais-je au contraire
trouver entre mes amis ici, une affection pour la vie, un
mariage dans l'avenir qui fît mon bonheur et convînt à
mon fils? Je retourne achever mon second volume à
Florence, le 15 décembre 1837, dans une belle maison,
via Melaraneccio, et me voilà établie comme autrefois
avec les visites et l'esprit de Camillo.

Camillo est d'une société pleine d'attrait, d'un esprit vif, animé, plein d'abandon; d'une conversation
brillante, très-savant sans nulle prétention. Dans son
âme, un fond de grandeur et de bonhomie vous inspire
en lui la plus grande confiance. Le matin il m'envoyait
des livres et m'écrivait, le soir il venait. M. de l'Espine
vint aussi de Sienne me voir à Florence. Je voyais beaucoup le poète Micollini et plusieurs autres. Camillo me
présenta M. Salvagnoli; depuis célèbre, illustré dans les
affaires d'Italie. C'était un esprit supérieur et brillant.
Il vint beaucoup chez moi. Niccollini, très-content de
mon premier volume, m'encourageait beaucoup. C'était
un ami très-bienveillant. En janvier 1838, Henry m'écrit,
toujours incertain sur son arrivée. Cette lettre me tourmente. Je voulais m'en distraire : J'arrivais au temps
de Laurent de Médicis et de la conjuration des Pazzi;
mes conversations avec ces messieurs, m'aidaient, et mes
habitudes et tout me convenait parfaitement. Je m'occupais de la philosophie de Ficino et de Platon, des
études de la Renaissance, de cette suite d'hommes

depuis Dante jusqu'à Bacon, qui ont réveillé l'esprit humain ; c'est une étude pleine d'intérêt; je la suivais dans Tiraboschi et dans d'autres ouvrages, et je me plaisais dans cette atmosphère philosophique. Camillo me fait nommer de l'Académie de la *Colombaria*, dont il est président.

Le soir, j'allais parcourir l'église à peine éclairée de mon voisinage, et celle aussi de Sainte-Marie-Nouvelle. J'étais toujours très-occupée de Dieu, et dans des émotions religieuses qui ont accompagné toute ma vie. Ces belles églises d'Italie, le soir, dans une demi-clarté, remplies de gens qui ne font nulle attention à vous, m'ont toujours paru l'endroit le plus admirable. J'y pensais à Henry, mais je cherchais pourtant de l'oublier dans l'étude. Toute ma vie était agréable.

Entre les sciences il en est deux qui me plaisent pardessus tout :

La philosophie et la politique. Celle-ci implique l'aristocratie, héréditaire ou élective.

Je vais passer la belle saison près de Sienne, où M. de l'Espine m'avait indiqué une maison de campagne, *Belvedere*, qu'un Anglais jadis avait fait bâtir, et où se trouvait une bibliothèque de cinq mille volumes, qu'on mit tout à ma disposition. J'y avais loué un appartement. A peine établie là, M. Warwick m'y chercha; il se rendait en mission à Constantinople; il parlait de nous revoir l'hiver prochain. Il était parti jadis si désolé ; je le retrouvais si dégagé ! La vie l'emportait. Il dit avec délicatesse qu'il croyait ne pouvoir plus parler d'un amour exalté, mais d'une affection parfaite à laquelle il sacrifierait un nouvel amour. Pouvait-on mieux dire et plus élégamment?

J'avais peur de lui, je pensais à mon histoire de Florence, à des amitiés sages et sûres. Devais-je tout oublier pour cet astre charmant et errant? Il resta un jour et une douce nuit. Jadis il ne pouvait jamais partir. A présent il ne savait que partir. Peut-être son ambition avait un peu redouté cette entrevue, et le temps qu'elle pouvait lui faire perdre. Je crus voir cela dans sa conduite. Il me demanda pourtant si je voudrais le rejoindre à Constantinople. Il l'espérait.

Arrivé à Rome, il me regretta, il devint plus sensible, il m'écrivit qu'il était malade, et me demanda de le rejoindre. Mais quoi! Il partait sur un bâtiment de l'État; il m'eût fallu le quitter aussitôt; je fus prudente; il s'embarqua à Naples, et moi je lus tous les livres de cette bibliothèque. Si rien n'écartait cet ambitieux de son but, pouvais-je oublier le mien? Mais je fus bouleversée.

Bientôt il m'écrivit de Constantinople des lettres gracieuses : enivré du pays, il disait qu'il allait planter sa tente en un vallon d'Asie. Il disait qu'il passerait l'hiver à Florence et à Rome, puis il se tut.

Comme mon second volume allait être bientôt fini, je projetais deux ouvrages, l'un sur les constitutions modernes et le monde moderne, avec des vues universelles si je pouvais. Ce fut mon *Essai sur l'histoire politique, écrit* en huit années. C'était l'histoire de l'habileté ou de *l'aristocratie* qui a conduit la politique chez les modernes. L'autre ouvrage était sur la religion éternelle, améliorée toujours. C'était la science religieuse, tirée du cœur de l'homme et des faits de l'histoire. Ce fut *le novum organum ou la sainteté philosophique* que j'écrivis en trois ans, après l'*Essai politique*. Ces ouvrages demandaient beaucoup d'études; il fallait refaire de grandes lectures déjà faites. La vie en serait toute remplie. Je les commençais déjà, je reviens à Florence en octobre. Je lis Hallam, Schmidt sur l'histoire d'Allemagne. Camillo m'envoie les *mœurs des nations* et tout ce qu'il rencontrait pour mon plan. Nous en causions.

Mon second volume de Florence était fini, mon éditeur me le demandait; le ministre de France voulut bien se charger de l'envoyer par l'ambassade.

Je travaillais au bord du Munione où j'avais tant erré autrefois. Dans un séjour et un genre de vie tout à fait de mon goût, je m'occupais vivement de mon nouveau travail, tout en observant ce qui se passait à Paris où

agissait alors *la coalition* formée contre M. Molé. Les
discussions à la chambre étaient très-belles, et m'intéressaient plus que les chroniques assez ennuyeuses de
l'histoire de France ; ce ne sont que batailles et tournois ;
c'est héroïque, mais c'est grossier.

Si on éprouve un peu de langueur, d'ennui, de vague
dans les idées, il faut s'imposer un travail forcé. On n'en
reçoit pas tout de suite de l'effet, mais après une heure
d'application, la tête s'affermit, l'ardeur et le plaisir se
réveillent.

Dans l'étude il faut deux choses pour le plaisir et le
bonheur, c'est que l'action soit *forcée* et *variée*. Sans la
contrainte on ne fait rien, le premier moment d'application coûte ; et sans la variété, on se lasse.

CHAPITRE XXVI

MARPÉ

1

Que me veut ce premier souffle de février, cette naissante chaleur du printemps? où fuir? où retrouver
l'hiver? Un air doux rappelle l'enchantement et la vie,
les souvenirs se lèvent, les circonstances passées reviennent avec la même atmosphère : jours riants, heureux voyages avec lui, beaux pays parcourus, moments
écoulés qui revenez à ma mémoire, j'oubliais ces beautés, je ne cherchais plus que l'étude. Reparaissez donc,
longues et mélancoliques heures du printemps, bois
frémissant, suaves parfums de la terre, que de pensées
me troublent déjà !

Et vous, jeune objet qui occupiez ma jeunesse, vous
auquel j'ai dit un adieu suivi de tant de retours, vous
qui après m'avoir comblée si longtemps des plaisirs délicats que pouvait donner l'homme le plus aimable, le

plus fier et le plus gracieux du monde, ne régnez plus
que dans l'absence, remplissez mon souvenir durant
ces premiers jours d'une saison qui vous plaisait. Je
vous salue aux jours du printemps, je vous salue avec
le charme et la tristesse qui succèdent à d'éternels
adieux.

2

Qu'ai-je appris ? A ce moment même, vous, attaqué
d'un mal subit, vous couriez risque de la vie et je l'i-
gnorais. Ainsi nulle entente entre nous... Pourtant si
vos jours sont en danger, je pense encore à mourir avec
vous. Ces mots que vous répétiez charmé : — Nous sommes faits l'un pour l'autre, je t'adore. — Je les répète
seule.

Mais vous êtes sauvé, vous vivrez, soyez heureux et
brillant, et moi je me ferai des jours paisibles sous ce
doux ciel où Pétrarque a chanté un long amour voué
au même objet. Le pays où les hommes aiment le plus,
a le mieux su célébrer la fidélité. Pas plus que Pétrarque peut-être, je n'ai trouvé ce que mon cœur cherchait,
mais cet amour nous a valu des sensations délicieuses,
un souvenir infini. Faible créature, entraînée par le flot
du monde, la Laure de Pétrarque, dans un froid mariage, attrista sa beauté. Et lui !... Mais nous, nous por-
tions des cœurs scellés, un type de volupté sacrée nous
préservait. Remi, Laure, ces images où s'est attaché notre culte, erraient dans l'ombre autour de nous, dans
le secret et la douceur des nuits, de suprêmes souvenirs nous ramenaient une éternelle beauté; flammes et
délices, qui n'étiez pas un vain plaisir, mais ce saint
sacrement figuré par le mariage, préservez-nous comme
une couronne de gloire et de modestie.

Il vit. Avec quelle langueur et quelle mélancolie je
reviens sur ses idées; il vit, je le sais, qu'importe si je
ne le vois plus, la terre est son habitation, il existe, qu'il
soit heureux, et moi je me plairai encore sur la terre
qu'il habite; souvent j'entendrai son nom, et ma pen-

sée, ramenée vers les temps qui ne sont plus, bénira le
sort puisque c'est le sort et non la mort qui nous a séparés. Mais c'est assez! Que l'esprit reparaisse seul, et
semblable à cet insecte courageux qui prépare aux
jours de l'été son butin pour l'hiver, sachons tour à
tour aimer et penser.

Que je ramène encore pourtant le souvenir parfait
d'un de ces jours de flamme où le temps fuyait. Que le
silence autour de notre habitation nous était cher! Pas
de bruit, pas de monde importun. Rien que le mouvement lointain de la ville, quelques cris emportés par
le vent, l'aboiement d'un chien étranger, et bientôt le
repos s'étendait sur l'univers. Et nous, dans les plus
doux entretiens ou dans des serments encore plus doux,
nous suivions le dieu charmant qui se plaît au silence.
Mais durant le sommeil quel bonheur si quelque bruit
imprévu, le tonnerre, la tempête, la pluie, frappant
contre le vitrage, nous éveillait et nous rendait la connaissance. Nuit de l'amour, où le battement du cœur,
la respiration de la bouche aimée, ont un nouveau langage, douceur qui épuise notre âme mais que la chaste
volupté des muses ne dédaignerait pas de chanter. Vie,
trop souvent amère, suspens ta vitesse à ces instants,
arrête-toi, livre-nous ici les tristes heures de l'incrédule
qui marche à la tombe. Prodigue-toi pour notre jeunesse,
qu'elle soit pleine et lente, livre au plaisir un long moment, et plus tard sois rapide et fugitive comme la cascade qui se précipite d'un mont escarpé où le rayon
furtif qu'on brise à nos regards.

3

Des races de femmes amazones vivaient seules dans
les beaux climats de l'Asie et de l'Afrique. Les rivages
du fleuve Thermodoon au royaume de Pont, virent leur
troupe immortelle s'exercer aux travaux guerriers pour
aller subjuguer le monde. Dans des mœurs fières, sans
faiblesses et sans liens, si le ciel troublait leur haute

raison, elles fuyaient et erraient loin du rivage, et immolant leur cœur à l'héroïsme, elle revenaient mères au camp sans connaître le mariage. Une femme peut vouloir les imiter, remplacer par les lettres le métier des armes. Je chercherai les muses et les beaux pays où elles s'inspirent pour me faire avec elles une existence élevée et solitaire. Et toujours votre souvenir enchantera ma vie. Cette élégance que vous demandez à la richesse, ces talents que vous portez dans les affaires d'État, cette ambition qui vous mêle aux faits du monde, je les trouve au sein des bois, dans les vallées, en conversant avec les déesses antiques; je les trouve dans l'idée du pouvoir, dans ces merveilles de la contemplation qui nous élèvent si au-dessus de la vie commune. Moi malheureuse? Et de quoi? D'avoir perdu le supplice d'un amour inégal pour retrouver les richesses de l'univers. Souvent je bénis l'absence. Je ne contemple plus l'amour que comme une fête passagère. La certitude que ce bonheur ne renaîtra pas le rend plus cher. Malheur à moi si je vous revoyais comme un ami, si j'oubliais nos liens sacrés, si j'entendais votre voix sans pleurer, si cette exaltation ne se réveillait plus! Le passé est dans le présent, notre existence entière marche avec nous. Ceux qui ont été fidèles à la liberté ou à la royauté, marchent avec leur histoire et leur foi; moi j'ai mon bonheur passé : la vie commune préserverait-elle assez délicatement les impressions exquises et les rêveries où se plaît une vie solitaire?

Oui, je l'ai perdu mais tout à fait. L'amour ne s'est pas diminué entre nous. Se rappelle-t-il ma jalousie brûlante, mes ruptures éternelles, mes adieux en pleurs, mes retours si tendres? Je l'ai fui pour l'avoir trop aimé; j'ai craint de livrer tant de douleur à sa vie privée si légère, à sa vie publique si passionnée. Je suis partie mais blessée d'un trait que rien ne guérira.

Patrie des grands hommes, exempte de préjugés, combien encore vous comptez de vrais sages, de causeurs charmants, brillants, belle campagne, frais om-

ombrages, air pur du soir et du matin, soyez mon port
et mon bonheur. Enseignez-moi les travaux qui succèdent à la première jeunesse. On sort alors de soi, on
pense à ses semblables, à l'Univers. La passion pour un
objet unique s'envole en partie au second âge, en nous
laissant aborder ces pensées, ces sciences où se sont
tant illustrées les contrées du midi.

<h2 style="text-align:center">4</h2>

Pourquoi, dans ces campagnes de Rome, la passion
vient-elle renverser ma longue et brillante victoire? O
vous, qui régnez encore sur moi dans ces beaux climats,
vous vous montrez plus redoutable dans l'absence. Vous
n'êtes plus l'homme volage, mais l'homme regretté.
Jamais, dans la paix de notre vie domestique, vous ne
me parûtes si adorable que vous le seriez ce soir dans
le trouble où votre absence me jette. Dieu ne rend pas
la vie mortelle à ceux qui partent, mais l'amour nous
est rendu, revenez donc, et jamais homme n'aura été si
bien reçu. Revenez, et pas un moment ne me semblera
écoulé depuis notre séparation; les premiers temps de
nos amours nous seront rendus riches de souvenirs.
Ah! si vous apparaissiez, comme nos malheurs seraient
réparés, comme je m'applaudirais même d'avoir souffert!
Venez donc, venez dans ces bois, qui comme vous,
furent sans cesse mes amours, venez sous ces chênes
que la main de l'homme n'a point touchés, venez dans
ces campagnes fameuses, devant ces horizons sans bornes, sous ces ombrages épais, au bord de ces fraîches
et tranquilles fontaines, venez dans le plus noble pays
du monde, retrouver le passé. Je vous ai pardonné; je
savais alors que je vous aimais le plus, que votre cœur
serait facilement séduit; n'avez-vous rien gardé d'un
amour auquel nous avons tant cru? Votre sensibilité
délicate, supérieure à la tendresse des hommes, qu'en
avez-vous fait? Et moi, que fais-je? Non, je n'exposerai

plus ma raison aux tourments qui l'égarent. Mais vous, éternelle douceur de ma vie, maintenez là dans la paix où son unique amour la renferme.

5

Le soleil d'Italie se couche, et quel coucher! Quel roi en a un plus magnifique! Le bas du ciel à l'horizon est un infini de teinte rosée, où la vue perce et se perd dans l'immensité. Le sommet du ciel est bleu encore, mais d'un bleu qui s'affaiblit sur les bords, où il se mêle à cette teinte rosée déjà changée en pourpre au levant, tandis qu'elle reste brillante au couchant; car les teintes ne font que varier, avec un mouvement et une gradation qu'on ne peut peindre; tous les alentours du soleil, qui descend lentement derrière l'horizon, sont étincelants de flamme et de feu; quelques nuages longs et minces se sont embrasés, et lancent les brandons du feu du ciel. Une partie de l'infini, semble jouir de ces feux vastes et puissants; nulle part ici on ne voit de borne à rien, et l'ambition des Romains semble s'être inspirée à ces cieux transparents. Une suite de montagnes qui se prolongent au loin, ouvrent devant le soleil couchant, un horizon grandiose; les lignes des montagnes sont belles et doucement dessinées; la grandeur est partout; les vieux arbres qui s'élèvent sur ma tête, ont pris à ces teintes un vert plus doux et plus éclatant; quelques légères vapeurs dans les plaines, indiquent la chaleur de ces climats; la mer se découvre encore à l'orient; l'orient! si beau le soir, lorsque, privé successivement de toutes ses teintes pourprées, il devient d'un bleu pâle et céleste, livré au calme précurseur des ombres, tandis que quelques étoiles, déjà brillantes d'une flamme tour à tour rouge ou blanche, y scintillent à la fois des feux de la nuit et des feux du jour.

6

REMI A MARPÉ.

« Je m'arrête près des campagnes que vous habitez, voulez-vous me recevoir? Mille circonstances, les affaires, les voyages m'ont entraîné loin de vous, mais j'en ai toujours gardé un aimable et cher souvenir. J'attends un mot de réponse. »

Voilà ce qu'il écrit: J'avais cru, il est vrai, qu'un jour il passerait par le pays que j'habite, que nous nous reverrions par hasard. Et je le verrais, je le recevrais comme un jeune oiseau qui a oublié sa patrie, et qui effleure d'une aile légère les arbres sévères où son nid fut élevé? Réjoui par le voyage et le soleil, il fait bien d'oublier un sentiment sérieux; plus heureux près d'une femme frivole, il presse en souriant sa main, et se détourne pour voir passer la fille latine qui porte élégamment son vase plein d'eau sur sa tête dans l'attitude antique, car quelques formes ici sont restées, et si l'âme d'un Latin vient errer dans les bois, il croit voir passer la fille qu'il aima.

MARPÉ A REMI.

« Nous nous voyons tous les jours, mais est-il vrai, le croyez-vous, cet amour réveillé va se soutenir à jamais? Vous vous abandonnez à moi, mais la moindre variation du ciel ne vous emportera-t-elle pas loin du port? Un jour encore je veux vous croire. Vous dites que la sagesse vous séduit, seriez-vous sensible au culte que je lui rends? Combien votre langage est amoureux, suis-je destinée à en subir toujours l'enchantement? »

MARPÉ A REMI.

« O Remi! adieu, je dois donc vous perdre à jamais. Vous partez, *ce n'est rien*, dites-vous, *c'est une mission*

7

lointaine, *c'est l'ambition.* Ah! c'est donc tout! Ce long
rêve involontaire, cette passion qui colorait mes études,
cette sagesse qui n'était que l'amour, il faut tout perdre.
Je vous suivais, ô femmes héroïques! en pensant à lui,
j'allais saisir vos armes aux rivages du port, aux champs
glorieux de l'Afrique, mais c'était dans une vague espérance de redevenir femme pour lui. Je quitte l'Ariccia,
cette splendeur de la nature me devient odieuse, et
trop de souvenirs et trop d'espoir est attaché à chaque
arbre de ces bois; trop souvent j'ai vu coucher derrière
ces monts lointains, le soleil resplendissant, avec l'idée
qu'un jour peut-être nous l'admirerions ensemble. Ici,
du sommet de ce mont, je m'imaginais le voir arriver; je
l'attendais comme cette fille d'Ecosse, du haut d'un cap,
cherchait sur l'Océan la barque de son amant, englou-
tie sans retour. Là, souvent j'ai cueilli les fleurs dont
les couleurs légères, le parfum délicat me rappelaient le
mieux son caractère. On peut se plaire à ma démence, je
m'y livre avec joie, ô mon idole! secrète et cachée.

Mais déjà un plus haut détachement m'élève au-dessus
de moi-même et de lui. J'oublie la passion, ma maladie.
Ce court voyage de la vie ne m'épouvante pas toujours,
une sainte contemplation rend à mes forces leur harmonie; la douceur infinie que Dieu a mise en moi, reprend
son empire. Oui, les voluptés de nos sens, nos délices,
ne sont que des pressentiments de l'âme; un effort de
plus, un combat encore, un regard vers le ciel, un élan
vers la Sagesse suprême, et je retrouve le courage qui,
en nous rendant maîtres de nous, nous fait vraiment
vivre et régner.

SECONDE PARTIE

7

Deux ans se sont passés.

Le voici revenu dans la ville de nos amours que le
lieu lui rappelle. Il me l'écrit, il cherche un souvenir.
Que dois-je répondre? Parvenue à ces jours de calme,

où doit aspirer la fierté, ce n'est pas par vengeance que, retournée à Rome, je suis devenue mère loin de Remi. J'avais voulu me marier; le choix, les talents, l'honneur, l'agrément étaient dignes de fixer pour la vie, mais je n'ai pu me décider, et mon fils est né comme ces enfants des rives de l'Hellespont qu'une guerrière mettait au jour dans le silence. O Julie! quand vous fûtes mère loin de Saint-Preux, crûtes vous trouver Saint-Preux dans cette maternité? La mienne, réparatrice, a donné à mon enfant la volupté de mon unique amour. C'est Remi lui-même, c'est son fils, mon cœur s'abuse.

Irais-je donc une dernière fois le rencontrer? Je pensais quelquefois que le temps me le rendrait, quand Dieu commence à nous parler un plus sérieux langage. Ce moment viendra-t-il jamais pour lui? Il m'a souvent dit qu'égoïste, j'avais sacrifié son bonheur à mon repos. Quel ravissement ce serait après avoir passé sa jeunesse ensemble, de finir ensemble? de passer de longs jours réparateurs dans des occupations et des entretiens paisibles. La paix, la paix, la connaissez-vous? L'aventureuse jeunesse croit que tout le bonheur est pour elle; combien je sens différemment! Combien confiante, je continuerais ma route si nous pensions de même! Quelle harmonie succède à ce tumulte des jeunes années, quel digne acheminement vers ces célestes demeures que les penseurs nous annoncent. L'a-t-il connu, ce calme riant du sage, ce bienfaisant silence, ce pur repos tout plein d'idées, d'émotions justes, ce glorieux pont où nous attachons, avec un cri de délivrance et de triomphe, notre barque fragile, éprouvée des flots et couverte des banderoles de fête du retour. Le verrais-je calme enfin, sans mille agitations de ville et d'ambition, sans un continuel voyage en projet, une élection, une fête, une occasion d'amusement et de nouveauté?

Entraînée à revoir le seul homme aimé avec cette violence que Dieu sans doute m'avait donnée pour l'exercer, depuis que je lui ai dit adieu, j'ai mieux senti son charme et son prix. La jeunesse faisait ses défauts, peut-être le temps les aura corrigés. Quel homme sait mieux aimer? Un autre, plus fidèle, serait-il si fin, si attrayant? Ce mélange en lui a porté si loin mes délices! Ce caractère tendre et flexible le rendait plus exquis, plus touchant, plus aimable. Quels souvenirs son appel vient ranimer! Mes passions impérieuses s'étaient fixées sur un objet charmant, mes tourments ne faisaient que répondre à mon violent amour, et si je l'ai trop souvent fatigué de ma jalousie, Dieu aime sans doute de voir nos corps frémir, et jouir, et souffrir, et lui rendre tout l'honneur que mérite une création si délicate et si forte. Combien là j'ai contenté mon créateur, combien j'ai répondu à son idée! Quel temps passé! Quel trouble! Quelle vie livrée à l'amour! Que de jours de rêverie profonde, d'attendrissement, de gloire! Remi, à vous seul j'ai dû cette existence, et depuis je vous ai dû de n'avoir plus souffert, de n'avoir jamais pleuré, d'avoir vécu en vous, rappelée si j'étais partie. Et j'irais retrouver ces séductions infinies, ce charme inexprimable, cette voix qui m'est si chère, ces manières si douces, tout cet ensemble qui est l'amour même!

Oui, j'irai voir quel homme il est devenu, si le pouvoir où ses talents l'ont porté, l'occupe autrement, s'il a reçu les leçons que je crois. Je partirai, mais prudente, mais craignant Dieu et lui soumettant ma conduite. Marchant à côté d'un abîme affreux, je marcherai sans hâte, je ferai des serments sacrés de me dominer, de rester prudente. Adieu donc, fraîches cascades, riants vallons; mon cœur se réjouit en vous perdant, ô sol fameux, chanté par tant de poètes, du moins si je reviens seule et désabusée, vous m'accueillerez encore dans les bois de Diane, sous vos ombrages enchantés.

8

J'ai pu me livrer à une exaltation solitaire, mais je ne dois pas agir d'après elle.

Se calmer par des idées.

Etre quelque chose soi.

Le temps avance et affaiblit l'espérance; je lui demande quelques années, puis rien, et l'amitié s'il veut, et ma reconnaissance. Il y a un monde d'idées, une vie indépendante et forte, un âge de repos où l'on cultive les lettres en paix.

L'agitation ne plaît plus; un jour de trouble c'est un jour perdu. On est lassé de ce qui est vain. On a toujours cherché la sagesse, mais jamais avec tant de plaisir qu'à présent.

Au milieu de ma route, au moment d'arriver et de le voir, je promets devant Dieu une grande réserve, m'observer durant cinq entrevues, songer à sa présence, sanctifier son nom, faire sa volonté. Il faut avoir patience et réparer le passé. Mettre toujours la conversation avec lui sur la politique, sur l'étude. J'ai voulu faire de ce voyage un voyage religieux, offert à Dieu. Je reste dans les émotions que Dieu m'a données. Sa pensée fortifie les actions et la vie; il a dit: — Je le bénirai parce qu'il connaît mon nom. — Il faut faire adorer ce nom à Remi. Nous marchons vers un plus grand amour, celui de Dieu et du bien.

9

Je ne crains pas de manquer à mon serment, mais je crains parfois ce voyage. Pourquoi venir? Je vivais contente. Un tout petit enfant qui n'est pas le sien, m'inspirait les tendresses que le sien m'eût inspirées, et la nature trompée, donnait à ma maternité les ravissements de l'amour. Dieu bénissait ma vie. En voyant que j'ai mis entre nous de telles barrières, Remi croira que j'ai perdu la mémoire. Il ne comprendra pas ma conduite, et il ne m'en donnera jamais la récompense.

Viens, mon petit enfant, toi qui portes le nom qui
m'est cher, viens, mon petit Remi, m'enchanter de tes
grâces naissantes, de ta passion pour ta nourrice et ta
mère. Je passe avec lui la journée aux champs, le portant dans mes bras; il regarde, il rit, il est heureux, et
moi, calmée par sa gentillesse, je suis mère et tranquille.
Dieu a-t-il daigné m'envoyer ce petit pour consoler la
femme? Ces campagnes des Gaules me plaisent, j'en
aime la pluie; souvent en Italie j'ai regretté le ciel nua-
geux et rêveur de ma patrie. Me voici donc arrivée.

10

En traversant la rivière j'atteins une forêt. La verdure
tendre et nouvelle est à peine dans son éclat; mille
oiseaux chantent sous l'ombrage, les parfums des bois,
l'humidité des ombres, se trouvent ici. Ce ne sont pas
ces bois d'Italie où déjà à ce moment la chaleur est ac-
cablante, où l'ombre étouffe encore plus que le soleil,
où le manque d'air vous tue; mais c'est quelque chose
de frais et d'agréable, on supporterait bien un manteau
sous cette humidité. Le bord de la forêt est maigre et
taillé, mais si j'y pénètre, les arbres sont beaux, les
ombrages s'élèvent. Ce ne sont pas non plus ces arbres,
ces bois de l'Ariccia et des Chigi, où l'ombrage, au-
dessus de notre tête, nous apparaît dans le lointain, ces
bois que les Américains comparent aux forêts vierges
des pays non défrichés, mais c'est la Gaule gracieuse,
rêveuse, inspiratrice; ce sont ses teintes modérées, ses
couleurs pâles, son ciel étroit, sans éclat, mais riant
encore et serein. Le feu, ici, est dans le caractère emporté des hommes. Ce sol produit un héroïsme guerrier... mais la forêt s'éclaire d'un rayon de soleil qui
invite à se reposer sur la mousse fraîche et parfumée.

11

Je m'établis dans un petit appartement champêtre
sur une grande plaine au rez-de-chaussée; j'ai un jar-

din, des arbres, des livres, je m'arrange selon mon goût, d'une façon studieuse et rustique. Je prépare un travail difficile et lent ; je cherche une science, j'essaie de l'éclairer. Mais c'est en vain ; un péril pressant m'assiége : les troupes défilent dans la plaine, les trompettes sonnent, un moment encore et je suis dans la mêlée. Je crains derrière lui, ce monde qui le guide, qui le rendra propice ou froid selon qu'on le voudra. En vain je reprends mes livres, en vain je cherche mon petit enfant et mes amis que je retrouve.

REMI A MARPÉ.

« Ma chère Marpé, voulez-vous nous rencontrer à Gersy ? Je m'y rendrai jeudi soir ; nous y resterons trois jours, j'ai beaucoup de choses à vous dire. »

MARPÉ A REMI.

« Je ne peux vous aller trouver à Gersy, mais voulez-vous nous rencontrer durant quelques heures à Valseine, sur la route de Paris ? Je m'y rendrai de Riveseine, venez-y de Paris. J'ai aussi mille choses à vous dire. »

Je l'ai rencontré, je suis restée depuis deux heures jusqu'à huit heures du soir avec lui. Pourquoi suis-je si agitée ? que s'est-il donc passé ? A deux heures, je me suis rendue à ce rendez-vous. Craintive sous le poids de mon serment, je me sentais forte. J'arrive à Valseine au pont, et, au même instant, une voiture se fait voir sur le pont et s'arrête quand le pont est passé, un homme en descend, c'est lui, il est mis très-élégamment, trop élégamment pour mon goût ; il a la même tournure, jeune et distinguée. Il s'avance, regarde, m'aperçoit et se dirige de mon côté. Nous nous abordons en souriant et sans rien laisser paraître. Nous avons parlé de sa carrière, des affaires, enfin il m'a demandé de venir chez lui, à la porte de Paris, dans un appartement qu'il avait là pour être à la campagne. Remi, en

offrant ces jours heureux, reçus en d'autres circonstances, avec tant de joie, fut refusé doucement. Je dis
que j'étais obligée de retourner chez moi à huit heures,
mais j'acceptai d'aller à l'instant avec lui pour quelques heures à cette maison à la porte de la ville. Je vis
bien que Remi avait compté sur mon séjour là, j'y trouvai établi un ancien valet de chambre qu'autrefois j'a-
vais redemandé. Mais liée par mon serment, je ne pouvais faire ce qu'il avait espéré ; un instinct de femme,
d'ailleurs, s'y refusait. Retenue par une prudence anté-
rieure et un serment devant Dieu, je n'examinai rien.
Nous dînons avec gaîté, Remi était tendre, il me reproche mon égoïsme, je le laissais venir, j'aurais voulu lui
plaire et que quelque chose de délicat, d'élégant, d'aimable nous liât de nouveau. J'espérais lui plaire, j'espérais mettre nos liens sur un ton de retour modeste
et sacré. Quelle autre femme à ma place n'eût eu la
même idée ? Si Remi n'entendait pas ma poésie, devais-je la lui indiquer? mais l'indiquer c'était le rebours
de la poésie, et enfin s'il ne comprenait pas et n'aimait
plus, devais-je ainsi le provoquer? Mon dessein était de
reprendre mes liens avec lui s'il s'en souciait, si je le
trouvais plus sage, si je pouvais le rendre heureux. Il
fallait observer sa conduite et l'attendre. M'en emparer,
le dominer, je ne le voulais plus faire, je savais ce qu'il
en coûte ; ce n'était pas pour reprendre l'ancien amour
que j'étais venue mais pour atteindre l'harmonie des
cieux. Comment une femme, dont la passion avait tant
persisté, n'eût-elle pas porté dans un retour, si important pour elle, quelque profondeur, quelqu'attention?
Pour contenir des forces si entraînantes, il fallait une
pensée aussi élevée qu'elles. Le soir, en nous promenant, Remi s'écria que dans la société il n'aimait que
les femmes, qu'il ne parlait qu'à elles, qu'il ne trouvait
d'attrait qu'auprès d'elles. Sa conversation était frivole,
et ma passion me parut bien sérieuse. Nous nous sommes quittés en nous promettant de nous revoir bientôt.
Je suis revenue troublée, partagée entre la crainte et

l'espérance. Enfin il est libre, ou du moins aucun lien
véritable ne l'enchaîne; je le reverrai, j'habite près de
lui. Mais quoi! est-ce cet objet charmant qui m'a coûté
tant de larmes? Il n'est plus l'homme façonné par mes
soins.

12

J'ai été à Paris pour une affaire. Je ne l'ai vu qu'un
moment, un moment rapide. Il était aimable et triste,
il semblait souffrant et découragé; l'amour était sur son
front gracieux et mélancolique. J'étais rentrée pour
l'attendre, mais ne le voyant pas venir, j'allais retourner dans mon village avec un de mes voisins de campagne, quand je l'ai trouvé qui montait l'escalier.
L'homme qui m'accompagnait m'a offert, en le voyant,
de me laisser le temps de recevoir sa visite, disant qu'il
reviendrait me prendre plus tard. Il est parti; j'ai re-
monté l'escalier avec Remi, mais j'ai vu que quelques
soupçons naissaient en lui sur l'homme jeune et assez
beau qui venait de se retirer. Eh! tant mieux, s'il était
jaloux. Mais j'ai dit que je connaissais à peine ce nouveau voisin. Remi s'est plaint qu'il était malade; je lui
ai demandé pourquoi il n'habitait pas son appartement
à la porte de la ville où il aurait un air pur; il a répondu
que, pour habiter là, il aurait fallu y avoir quelqu'un
avec soi, quelque ami, qu'il ne s'y plaisait pas seul. Je
le laissais dire, je l'écoutais avec plaisir, j'aurais voulu
qu'il s'expliquât mieux, mais lui ne voulait pas que
l'homme que j'attendais, le trouvât encore là. Il se lève
et sort. Pourquoi n'était-il pas venu quand je l'avais attendu? Que parlait-il à la volée, sans s'expliquer, sans
me questionner, s'il était jaloux? Il laisse tout aux
vents qui disposent de sa vie. Enfin, la partie est engagée, il faut voir ce qui arrivera. Quelque autre affaire
m'appelle à Paris après-demain.

13

Je suis restée huit jours à Paris. Je l'ai vu deux fois.

Tout homme qu'il rencontre chez moi l'inquiète; mais il montre des soupçons sans vouloir s'expliquer, et il sort aussitôt. Je lui ai indiqué un jour où je serais seule, il n'est pas venu. Je vois qu'il pense que j'aime ailleurs, il ne sait qui ce peut être, mais ma conduite l'étonne. Eh bien! qu'il s'étonne, qu'il s'anime! Il se montre chez moi homme du monde, causant à ravir, plein d'esprit, de naturel, d'agrément, de gaîté, avec les meilleures façons, et c'est, sans doute, l'homme le plus séduisant qu'on ait jamais vu.

14

J'étudie, je me calme, je laisse aller des événements si délicats, si effrayants. Que sais-je de sa vie? On dit qu'il conduit plusieurs intrigues et s'occupe d'un grand mariage, mais qu'il est refusé par le père. Peut-être il ne pense jamais à moi. Le monde l'emporte. J'étais venue pour le voir et l'observer. Je le vois plus entraîné que jamais. Il faut donc me retirer.

15

Il m'a écrit un billet aimable pour nous voir à ce même endroit, à Valseine. Vaines entrevues! Il me propose encore de venir avec lui à la porte de Paris. Je refuse. Il cause quelques moments, parle aussitôt de partir. Il ne comprend rien. Et moi, après ce qu'on disait de lui, devais-je m'expliquer? L'amour ne peut donc doucement renaître entre nous? Il ne veut plus de cette élévation, cherche des relations faciles, s'occupe ailleurs. Eh bien! qu'il s'occupe ailleurs. Je résigne le combat. Ma conduite est noble et juste; si Remi ne veut pas la comprendre, est-ce ma faute? Mais en le voyant partir si promptement, en songeant à ce que j'avais espéré, en le trouvant plus aimable que jamais, reprise par un amour si fatal, dans des sacrifices si cruels, avec une si vive douleur de voir mon espoir s'évanouir, j'ai été saisie d'une sombre exaltation. Que Remi fût plus que jamais livré au plaisir, il n'en était pas moins charmant, il n'en était que plus charmant; il n'en était pas moins la pensée de ma jeunesse, l'enchantement de mes belles années, le seul homme pour qui j'eusse connu l'amour, l'amour le plus indomptable et le plus délicieux! Je ne lui devais pas moins les seuls jours enivrants que j'eusse connus sur la terre, et depuis lui, je n'avais senti de l'amour que les regrets! Mais à moi seule de nous deux, la passion est restée dans sa beauté. Je regrette des affections si douces, des ravissements si vrais, des heures si rapides! Oh! combien, pour moi, cette passion, le soir quand je suis revenue seule du rendez-vous au coucher du soleil, était sublime! Le ciel rougi, la nature tranquille, tout était plein d'un caractère auguste et terrible! j'étais seule, livrée à moi-même, et l'objet de mon exaltation n'en dirigeait ni n'en modérait le développement. Plus sensible à l'amour que jamais, mon cœur, longtemps contenu, s'éveillait avec une nouvelle force, je suis revenue en pleurs. Que ce couchant, qui rougissait tout un côté du ciel, était triste sans lui!

16

Je prépare mon ouvrage, je cherche une science qui, applicable à l'homme, serait pour tous à peu près la même, autant du moins que les individus et les peuples sont semblables entre eux. Quand je reviens à ces études, que je me vois dans mon jardin, avec mes livres et mon enfant, je me trouve la femme la plus heureuse du monde, je pense à laisser Remi, à ne pas lui livrer une vie si heureuse et si facile. J'échappe à un retour de passion insensé; eh! cet enchantement qu'il me cause, c'est la folie de mon cœur, c'est ma faiblesse éternelle! A Paris, j'ai repris à la conversation, à l'esprit. J'ai eu de longs entretiens avec le philosophe Merval, cet homme qui poétise l'humanité et vit pour les autres. En l'écoutant, en sortant de soi-même avec lui, en s'intéressant noblement à tout le genre humain, combien les douleurs personnelles paraissent mesquines. Si Merval s'oublie devant de si grands intérêts, qu'importe de Marpé, de ses fougueuses passions, de ses agitations stériles. Je quitte ce champêtre séjour, je vais vivre pour quelques mois d'hiver à la ville. Quoi! dans les lieux qu'il habite? Ce n'était donc pas assez de passer les Alpes, d'aborder ce voisinage redoutable : je cours au-devant de sa présence, dans la ville qu'il traverse; à tout moment je penserai qu'il peut entrer. Mais quelques études, quelques relations là, pourront me distraire. Heureux village où j'ai dompté depuis six mois un réveil si tourmenté, paisible chaumière, doux abri à ma tête égarée, forêt qui avez vu mes larmes, oiseaux dont les chants ranimaient mon espoir, objets de mes innocents plaisirs, restez un port dans la tempête qui se prépare, dans ces luttes plus redoutables encore que celles des flots et des vents, car, dans le péril, le cœur de l'homme s'affermit, mais ici le cœur nous manque; nos yeux voilés de larmes ne voient plus les objets que sous un jour trop cher, trop vaporeux, qui nous abuse; la nature transformée ne nous apparaît plus que dans sa langueur et dans sa volupté, et nous donnerions toute notre sagesse pour ces émotions qui font trop sentir que rien ne peut les remplacer.

SÉJOUR EN VILLE.

17

Me voici en ville. L'arrivée, le changement, les visites m'ont distraite. Remi est venu deux fois sans me trouver. Le sort semble se plaire à nous séparer. Remi me reproche que je suis invisible, qu'il est le plus maltraité de mes amis. Je voudrais l'oublier dans ces premiers jours. Moi qui m'applaudissais de le retrouver en ville, je le redoute encore plus. Il est là, il est libre, l'avenir est dans mes mains, mais l'hiver, au lieu de nous réunir, nous sépare; les plaisirs l'entraînent.

Hier j'ai dîné avec lui dans ces dispositions. Il semblait les partager; son affection pour moi est tendre, mais ne veut rien hâter. Nous laissons chacun le temps s'écouler, lui, distrait, moi, craintive. Il m'a demandé de dîner avec lui tous les huit jours : le monde qui l'emporte, l'empêchera d'être exact à ce rendez-vous; mais sa demande est très-aimable. Je me retrouvais chez lui; c'étaient ces arrangements, ce bon goût auxquels j'étais accoutumée; je reprenais ma vie habituelle, j'étais chez moi, chez lui; c'étaient nos mêmes livres, une même disposition des tables, des études. Il semblait que je venais, comme autrefois, de sortir de notre chambre pour entrer dans le salon. Une conversation gracieuse, légère et pareille, me reportait au temps passé. Rien n'était donc changé; nos cœurs encore pouvaient s'entendre. Une sorte de repos même, accueillait ce bien suprême. Comme le retour à l'ordre n'est qu'harmonie, ainsi l'amour n'est ici que l'ordre et la beauté. Une volupté calme et morale devait ainsi précéder cette volupté voilée que mon cœur entrevoyait de loin avec tant de trouble, de transport et de crainte. — Éloignons encore, pensais-je, ce dernier terme du bonheur. Restons où nous sommes, n'allons pas plus avant, respectons ces premiers retours. Dans le parvis des temples, la Divinité aussi est présente et adorée. Préparons doucement le bonheur sans le hâter par une précipitation impie! —

18

Que je suis agitée! Oh! comment désormais se dominer, si près de sa maison! Il faut aller le surprendre au matin, le trouver dans son lit, m'asseoir sur ce lit, qui est le mien, le faire s'expliquer, nous entendre.

A quoi sert de me cacher à moi-même que je l'aime éperdument? Oh! que je suis éprise, impatiente et triste! Oui, le voir au matin, l'aimer comme autrefois, m'abandonner au seul dieu qui me guide. La nuit, je songe qu'il dort là tout près de moi; je vois sa chambre; le calme y règne, une faible lumière l'éclaire en silence; j'entends sa respiration adorée; un moment suffirait pour passer la rue, faire ouvrir sa porte, me retrouver son épouse.

Étonnée de l'empire qu'il garde, j'ai peur. Je ne renonce pas au bonheur mais je veux l'assurer; je veux préparer Remi à ce que j'ai à lui dire, voir ce que je dois faire, ne pas suivre un penchant insensé.

Où porterons-nous l'exaltation des passions, quand nous ne voulons plus des passions? Mon âme était la plus violente et la plus jalouse; comment l'empêcher parfois de se réveiller! comment étouffer mes cris durant ces éclairs d'une vie qui n'est plus? Oh! si tout à coup ces sentiments redoutables revenaient sans qu'on eût le fruit des longs combats qui les ont dominés! si on oubliait, quand ils se relèvent, la sagesse, la vertu qu'on a pratiquée, Dieu qu'on s'est habitué à chercher! ils renaissent, ils se raniment; mais la raison vigilante en sait l'histoire, l'excès, l'égarement; elle les modère, les détourne, les dirige dans cette voie de la religion et de la douceur, qui les ramène au trône de Dieu!

19

Les passions toujours nous consumeront-elles? Vierge nous allions perdre la raison; femme, nous nous mourions de volupté. Eussions-nous pu peindre les passions dont nous étions brûlée? Aujourd'hui, en jetant un coup d'œil sur le passé, nous frémissons! Eh! quels tourments pour une femme qui eût aimé de vivre en paix dans l'étude!

O vous, aimable et délicieux, dont la tendresse exquise, puissante, incomparable, vint remplir nos désirs, pourquoi n'avez-vous pas la fidélité et la mémoire?

20

Quelques amitiés, quelques femmes distinguées m'aident à oublier l'amour. Hier, j'ai revu Flora, dont l'esprit est actif, la conversation amusante; je me suis plue près d'elle. J'ai revu Clélie que j'admire et dont la beauté et le talent m'enchantent. J'ai revu Merval, et Julien, et Alcesle. Je reviens au monde, aux idées publiques, à ma patrie, aux lettres; je m'intéresse à tout. Ce n'est pas ici une femme accourue du bout de l'Europe pour chercher son amant, c'est une femme qui l'oublie. Est-ce là le résultat de ce grand voyage?

Mes relations avec lui sont courtes et rares, mais m'agitent extraordinairement. Pourquoi continuer de le voir? Lui seul dérange le calme que je cherche. Non, rien ne nous réunira plus. Le voir ainsi sans s'expliquer, l'attendre, le redouter, lui fermer ma porte s'il vient, me désoler s'il ne vient pas, où tend cet état stupide? Je vais lui dire adieu; oui j'y suis résolue...

J'ai déchiré ma lettre, il est venu hier soir, la terre était couverte de neige, le quartier éloigné que j'habite était désert. Ainsi on se rencontrerait au sommet des Alpes, dans cette auberge de la Croix, où règnent un vent, un froid, un désespoir éternel. Sur ces hauteurs, je me hasardai imprudemment pour hâter mon retour. Quelle chimère! Quel rêve inouï! Qu'avais-je imaginé? Remi allait au bal, il était plein d'affaires et de plaisirs; il était glacé comme l'hiver.

21

J'arrive à Rivoseino par un grand froid; un historien froid comme le temps m'y tient occupée. Le sentiment s'éteint; Remi m'échappe et j'échappe à Remi: le travail me suffira désormais, tout est fini, tout est tranquille. Cet air, froid, mais pur, me plaît, l'homme n'est heu-

reux que dans une vie qu'il domine : je continue mon
ouvrage. J'étudie les barbares ; je m'associe à leurs courses prodigieuses ; à leurs faits rustiques ; leur énergie
me séduit : moi qui descends d'eux, je retrouve en moi
leur énergie sauvage, leurs désirs vagues et sans bornes ; un monde inconnu leur était ouvert, nous nous
lançons tous dans un rêve inconnu.

Enfin j'ai beaucoup à me féliciter. Je suis récompensée
d'avoir pris Dieu pour guide. Si je n'ai pas le bonheur
que je cherchais, je n'ai pas les tourments que j'avais
redoutés. J'ai si bien dominé mon cœur que la vie m'a
paru douce et que j'ai craint de la lui livrer. Mon effroi immense ne s'est donc pas réalisé. Je me suis préparé pour l'avenir quel qu'il soit. Je me trouve heureuse, même s'il m'oublie, de cette passion à la fin des
passions, de cet adieu assez digne à tout bonheur de ce
genre. Il ne finira peut-être pas sa vie avec moi, mais
moi j'ai fini la mienne avec lui.

22

Le froid est passé, le ciel s'est adouci. Remi aussi s'a-
nime, l'espoir, le bonheur me sont rendus. Oh! combien
tour à tour je suis près et loin de la félicité! Hier j'ai
dîné chez lui. Il semblait disposé à la confiance et à la
tendresse. Après dîner, j'étais assise sur un fauteuil
près de la cheminée ; il s'est assis sur le canapé à côté
de moi, et il a parlé de son cœur et des affections. Je
lui avouais que j'aurais été heureuse de le retrouver,
mais que je ne prétendais plus à plaire, que mes sentiments pour lui étaient très-tendres et affectueux, et
que c'était une amitié infinie. Il a dit que la tendresse
lui faisait peur, qu'il en souffrait toujours, que l'amour
était un sentiment douloureux. Il disait vrai ; j'ai vu le
véritable amour l'accabler. Il a projeté de venir bientôt
à la campagne avec moi. Nous semblions rentrer dans
un intime et éternel accord. La soirée a passé rapidement dans ces doux propos, et quand j'ai voulu m'en

aller, il m'a offert de me reconduire. Nous sommes revenus chez moi ensemble, continuant de nous entendre,
de nous promettre je ne sais quoi, lui, repris par un
charme sous lequel je n'avais cessé de vivre. Je l'attends, je sens qu'il faut l'attendre. Quand il avance, je
ne sais quel dieu sublime m'arrête et me fait l'attendre.

. Encore ce soir, une heureuse conversation. Il est venu
me prendre : le temps était beau, mais c'était la nuit ;
nous avons été aux Champs-Élysées. Arrivés là, nous
sommes descendus de voiture, et nous nous somme
promenés dans une de ces grandes allées assez sombres qui sont à côté du chemin des chevaux. Nous
avons parlé longtemps de sa carrière et des affaires politiques. Je connaissais sa position dès son entrée dans
le monde ; j'étais dans sa confiance plus que personne.
Il retrouvait avec charme une intelligence si complète
de tous ses intérêts. Fallait-il, dans cette circonstance,
suivre tel parti? Cela convenait-il à ses antécédents?
Nous étions d'accord sur tous les points qu'il examinait.
Ces sujets étaient ceux qui pouvaient le mieux me séduire. S'il avait voulu être plus sérieux, combien sa vie
eût été heureuse et sa santé meilleure ! Quoi ! ne pouvais-je prendre ce naturel empire que des goûts mu-
tuels me donnaient sur lui ! Il n'aurait avec aucune autre femme de telles conversations. Il faudrait leur
expliquer de trop longues affaires que je savais toutes,
que j'avais suivies dans leur éclat, dans leur bruit, dans
leur premier attrait. Tout un passé, toute une politique
tumultueuse qu'il avait traitée avec habileté, couron-
naient pour nous ces flammes de la jeunesse que j'a-
vais tant aimé d'allier à des passions publiques.

Il m'a reconduite à ma porte, et, en nous séparant, il
m'a parlé de la campagne où nous allions nous réunir,
de sorte que tout semble décidé... Mais je connais trop
cet homme irrésolu.

Quoi qu'il arrive, de telles conversations sont les plus
douces de la terre. Quand je serais venue du bout du

monde pour le revoir, hier m'en aurait récompensée. Son
âme est aussi tendre, aussi belle que dans les riants
jours de notre jeunesse. Du moins, j'aurai la joie de l'avoir
retrouvé tel que je l'avais jugé. Du moins j'emporterai la
même image qui m'a charmée toujours ; ma foi est sauvée et préservée ; cet homme que j'ai aimé si jeune et
si ardent, si entraîné par l'amour, si sensible à la beauté,
lui qui craignait, dans son ivresse, de sacrifier jusqu'à
son ambition, cet homme, il respire, il vit, l'amour de
sa jeunesse, il ne l'a pas remplacé. Depuis que nous
sommes séparés, il a vécu volage, gardant la vague idée
d'une réforme, d'un retour qui serait mon bonheur et
que Dieu m'ordonne d'espérer.

23

Non, non, restons calme, Remi volage m'oublie !
Mes souvenirs insensés m'ont seuls fait venir ici, et
garder des espérances chimériques. Je rentre en moi-
même et j'abandonne à ses plaisirs cet homme trop
cher, si ennemi de la sagesse.

Pourquoi reviendrait-il à moi ? Selon les idées du
monde j'ai rendu son retour impossible. On pardonne
à madame de Wolmar et non à Marpé. Oh ! pourquoi
n'a-t-il pas ma constance, pourquoi n'est-il pas rattaché
comme moi par la mémoire ? Il s'abandonne à chaque
séduction quand moi j'abhorre toute nouveauté qui
trouble le silence des bois.

Adieu Remi, ma chimère ! Nous nous reverrons quand
l'âge aura glacé son cœur. Mais jamais l'âge ne glacera
mon cœur pour lui. De loin il restera pour moi supérieur aux temps, aux formes, car si j'ai craint que le
temps ne m'ôtât à moi les moyens de lui plaire, je n'ai
jamais rien craint du temps pour lui. Toujours sa santé
délicate attendrira mon cœur, et si je ne peux la soigner désormais, si je ne lui parle plus même d'un
amour inutile, j'en reporterai à Dieu l'attendrissement
et le secret.

24

L'autre jour à la campagne j'entends le bruit d'une voiture, je regarde de ma terrasse, et je vois Remi marchant à pied suivi de sa voiture, qui levait la tête et cherchait mes fenêtres. Il me voit et entre chez moi. J'étais surprise et contente. Mon petit enfant vient dans la chambre, en cet instant, il le trouve beau et ravissant. Il me parle de son grand attachement, de sa profonde estime; il dit qu'il vient me chercher pour aller voir ensemble une maison de campagne, et la prendre, et nous y établir ensemble. Je lui donne à déjeuner et nous allons nous promener. Nous traversons un chemin à travers des cerisiers; ces fruits rouges faisaient un effet charmant; la campagne respirait déjà l'été; un air à la fois doux et chaud nous entourait. Je marchais devant lui dans des sentiers étroits pour le guider; nous causions vivement, un peu agités et troublés. Après la promenade, il me propose d'aller voir une maison à Valoise, à moitié route de Paris et de Riveseine. Il demande sa voiture, je fais ma toilette, et je pars avec lui.

Nous arrivons à la maison. A quoi tiennent les choses en ce monde! Une petite circonstance nous a empêchés de la fixer. Si la maison avait été fixée, mon sort sans doute était jeté! Je la parcourais émue : Ici, dit Remi, serait notre bibliothèque; là, notre cabinet d'études. Je le regardais; il semblait tout à fait compter sur notre établissement là. Nous parcourons le jardin. Enfin on examine, on termine, et une circonstance fait tout manquer. Mais Remi me dit : — Peu importe! Je vais chercher et trouver une autre maison, rien n'est si facile. — Bientôt il retourne à Paris; il part en me promettant avec un visage ému de tout arranger promptement.

Mais je vois Remi léger, engagé à moitié dans quelques intrigues, ne sachant vraiment où il va. Je vois ce qui m'attend ici, c'est ma vie passée, c'est notre jeunesse sans la jeunesse. Je suis sauvée si je sais me garder de moi, de moi seule.

25

Si je vais à Paris dans ce trouble, ce désordre et cet attendrissement; d'autres hommes m'y font la cour. Entourée, assiégée, tentée par des talents admirables, des amitiés charmantes, des consolations qui savent se présenter timidement, avec adresse et me donner le change, puis-je résister à ce ciel impérieux; lasse de mes longs combats, dois-je vivre dans ces tourments? Le serment que j'ai fait a été scrupuleusement tenu, et le temps qu'il comprenait, est depuis longtemps passé. Et bien! Si je l'appelais *lui*, si je le rencontrais comme ces femmes guerrières qui méprisaient l'amour? Quelle nouvelle tentation me rappelle à lui, redoutable esclavage, attrait ineffaçable!

MARPÉ A REMI.

« Cher Remi, vous souciez-vous toujours avec moi de ce rendez-vous que vous proposiez? Vous attendrai-je lundi chez moi comme ces héroïnes d'Afrique attendaient un guerrier?

« Vous vous êtes moqué de ma retraite à la campagne; je m'étais placée bien loin, disiez-vous; me voici, cela vous plaît-il? « MARPÉ. »

RÉPONSE DE REMI.

« Pourquoi lundi et non pas ce matin, ce jour même? Vous serez guerrière, vous serez ce que vous voudrez, trop fière, trop lente, trop désirée pour qu'on ose vous imposer aucune loi. « REMI. »

Mon Dieu, quelle folie! Il est venu en hâte, il était agité, et depuis si longtemps je l'attends. Ah! c'est ici Dieu qui nous sépare, c'est la réponse à mon serment.

Il faut me soumettre à Dieu. Dieu daigna me l'envoyer pour la jeunesse, mais il réclame ma vie désormais pour des pensées plus sérieuses. Oh! combien nous avons cessé de nous entendre! Il est venu chez moi comme en bonne fortune; il est arrivé, il est sorti comme en tous ses autres rendez-vous. Il ne connaît plus notre amour, l'amour. Il n'est plus façonné par mes idées. A-t-il seulement compris combien cette sorte d'appel est fier? Mais pourquoi mon cœur vient-il à s'attendrir?

Il m'a dit pourtant qu'un jour nous nous retrouverons. Ah! jamais! L'enchantement des sens, loin de renaître, rend la douleur plus perçante, plus molle et plus abandonnée. Voudrais-je, dans ma langueur, le retenir, le convaincre. Il m'écrivait hier : « *Salut à la reine des folies!* » Non, je ne suis plus la reine des folies; c'était au temps où je régnais sur lui; qu'il en reste seul le roi s'il veut, et qu'il appelle folies s'il veut, *l'étude, la solitude et la sagesse.*

Il vient tous les soirs aussi aimable qu'il le fut jamais; parlant de nous retrouver ensemble, il m'adresse une douce cour, me prie de chercher l'heureuse maison qui doit nous réunir. Ce soir il était plein de grâce et d'esprit, entraînant mais délicat; à peine sa bouche adorée a pressé mes cheveux.

26

Mais non, non, c'est en vain. Ne vois-je pas ce qui arrive? Garanti de moi par des amours divers, il se tient libre pour un engagement d'ambition, plus jeune, plus calculé que jamais. Aucun de nous deux ne veut s'abandonner à l'autre. Du moins se retirer à temps convient aux Empereurs (Dioclétien, Charles-Quint), aux poètes, aux écrivains, mais surtout, surtout aux amants.

D'ailleurs, si cette passion des sens que son charme incomparable sait seul produire, me donne l'inspiration; irais-je la profaner en la disputant au monde? Non! je m'en irai pure et glorieuse avec mon inspiration.

Ce n'était donc que pour arriver là que j'ai tant étudié la sagesse. Je m'entoure de livres et d'écrivains. Mais Dieu est en nous, il m'a soutenue toujours, il me rendra la force qu'on trouve à ses pieds.

Comment faisaient les saintes? Elles portaient vers Dieu l'exaltation donnée pour les passions. Moi j'ai porté cette exaltation vers les passions, mais toujours pleine de Dieu. C'était être dans le vrai, non que je sois sans faute ni reproche. Que faut-il faire? Il faut, comme faisaient les saintes, tourner vers Dieu l'exaltation, et, sous cette direction, m'occuper encore de Remi sans le chercher. Si je ne pense qu'à lui, je suis saisie par l'ardeur et par la jalousie. Si je pense à Dieu, je suis élevée au-dessus de ma passion et de moi.

Que l'harmonie soit dans l'âme si elle n'est pas partout. Que je refasse le calme divin où je marche, et qu'il dérange. Mais je le convie doucement à le partager. Que je l'attende avec patience. Il faut beaucoup espérer, mais si je le perds, c'est de mon âge, et Dieu me reste. Avec cette direction sublime, je me calme et j'espère à la fois davantage. Eh! s'il m'a toujours cherchée, comment s'éloignerait-il à jamais?

Insensée! J'ai cru que le temps qui ne change rien, aurait changé le caractère d'un homme! Sans doute, je n'osais plus sentir, je ne savais plus peindre les sentiments brûlants; mais comme le soir est plus triste et plus doux que le matin, ainsi mon cœur qui se contenait, éprouvait près de lui une douceur et un enchantement inexprimables : ainsi jadis, sur les confins de l'univers, au coucher du soleil, on entendait le bruit du char du Dieu du jour se plongeant dans les flots; on distinguait ses coursiers, le bras du Dieu qui les conduit, et les rayons de sa tête ; ainsi moi, sur les confins de la jeunesse, au coucher du soleil, j'entends le bruit du char du Dieu se plongeant dans les flots; je distingue ses coursiers rapides, le bras qui les conduit, et ces derniers, ces suprêmes rayons du jour.

Je renonce à Remi. Dans les belles contrées où sa

carrière l'appelle, il va rencontrer des femmes plus aimables que moi; elles lui exprimeront ce sentiment,
nouveau, éclatant, étonné, ravi que la jeunesse seule
sait éprouver. La terre, avec ses plaisirs et ses variétés,
s'offre à lui. Que Dieu bénisse chacun de ses vœux et
chacun de ses pas. Que Dieu le comble des dons qu'il a
créés pour une créature si séduisante, si subjuguée, si
délicieuse. Et si jamais il éprouvait un attachement profond, qu'il n'en soit pas traité comme il m'a traitée; que
rien ne lui soit dur ou cruel sur sa route, et qu'enfin il
soit béni comme celui, quoi qu'il ait fait, qui a su dans
ce beau temps de la jeunesse et de l'amour, le mieux
plaire et le plus aimer. Mais je ne le laisse pas avec
la vaine idée que c'est pour toujours. Un adieu éternel,
je ne le lui ferai pas même en mourant; je ne le lui ferai
jamais.

Ainsi donc a réussi ce voyage entrepris avec audace,
conduit avec prudence. O vous, femmes qui aurez l'âme
forte, si vous lisez ces lignes, elles vous rassureront peut-
être, et vous réconcilieront avec vous-mêmes. Mon amour
n'a qu'une beauté terrestre, mais ici-bas, pouvons-nous
en chercher d'autre?

CHAPITRE XXVII

Tout à coup, dans ces jours de combat, qui ne
m'accordaient rien de ce que j'espérais, un talent de
chant sublime vint me ravir. Un objet indépendant, inspiré, un héros et un troubadour m'étonna et m'enleva
à moi-même. Ce fut M. Louis de Saman l'Esbatx, mon
mari. Sa famille noble était la plus ancienne du comté
de Foix, car ses titres remontent à Charlemagne, et elle
a fait les croisades, comme le témoigne la petite croix
de ses armes. (C'est ce que me raconta plus tard le baron de Saman, son père.) Soldat de cavalerie dès l'âge de
seize ans, fait pour la guerre, le fils avait cependant

une douceur flatteuse et une adresse singulière. Il s'é
tait fort signalé à Lyon soulevé, s'imaginant que contre
ces ouvriers et leur cause, il vengeait la noblesse. Il
était plus jeune que moi de cinq ou six ans. En avril 1832
il vint à Herblay, me fut présenté, et son chant me
sembla merveilleux : sa voix était étendue dans le haut
et dans le bas, et d'une force prodigieuse; il chantait
comme le rossignol, en levant le cou et sans se lasser
jamais; il chantait toujours mieux à mesure qu'il chantait, avec un goût et une légèreté incomparables. Sa
taille était moyenne, sa tournure militaire, sa main et
son pied petits, sa main guerrière, jolie, mais rude et
faite aux armes. Son visage, dans sa résolution et sa
fierté, était celui d'un chevalier français, et sa fureur
(que j'ignorais) était celle des Pyrénées. Son caractère
était violent et indomptable, extraordinaire d'exaltation,
mais cet emportement redoutable était revêtu d'une manière très-douce, très-animée, relevée par une façon
héroïque qui éclatait à tout moment. Les plus beaux
vers et les plus belles poésies étaient ce qu'il chantait
le mieux, car sa musique était la plus belle.

Il avait fait plusieurs actions héroïques qu'il raconta
avec simplicité. Je lui plus et cet amour naissant dans
cette âme exaltée, porta au comble son talent de chant
et son élévation. Il était fier et plein des idées nobi-
liaires de sa race, mais il ne connaissait aucun préjugé ni aucun frein. Le plaisir que me causait son chant,
lui était très-doux, et sans rien oser espérer, il m'a-
dressa une cour timide, vive, enjouée. Nous nous promenions au loin dans la campagne qu'il remplissait de
sa belle voix. Ma longue fidélité à Henry rendit très-
vif ce penchant vers un homme jeune et plein d'i-
vresse.

Il n'avait point de fortune, mais une place du gouvernement que j'obtins pour lui par mes amis, rendit notre
mariage possible. M. de Saman m'avait promis que je
ne m'occuperais pas des détails du ménage, et sur ce
point, il tint parole.

Nous nous mariâmes à Herblay, à huit heures du soir,
en mars 1843; notre société se composait d'un ami de
mon père, très-âgé, venu de Paris; d'un des frères de
Louis, de mon fils, et de quelques amis du pays. Ce
fut un jour charmant. Nous rentrâmes de l'église pour
un long repas, très-fin et le plus gai du monde, qui se
prolongea très-avant dans la nuit. Jamais M. de Saman
ne chanta si bien; il chanta :

Pour tant d'amour, ne soyez pas ingrate.

Sa voix fut à la fois d'une puissance et d'une légèreté
incomparables. Le lendemain matin, déjeuner aussi gai
à midi. Tout le monde était en train, avec le plus grand
abandon. Deux ou trois jours après, je partis pour le Languedoc (où était la place) avec mon mari et mon petit
Henri.

Les héros, depuis le dieu Mars, n'ont jamais craint de
s'engager avec les femmes dont on pourrait parler parfois légèrement, et dont il faudrait au besoin soutenir
la cause avec l'épée. L'homme que j'épousais n'était
pas embarrassé sur ce point. Le défi était dans ses
goûts, quoiqu'il n'en eût jamais abusé. Mais ma conduite m'avait toujours fait estimer, quoi qu'elle fut hors
des voies communes.

Ma position me fesait contracter avec plaisir un mariage dans la noblesse française, qui me semblait un
peu par ce mariage, consacrer l'indépendance des femmes. Quelques personnes m'avaient blâmée pour mon
second enfant. Je n'en tins nul compte, car j'ai vu périr,
pour des circonstances pareilles, des femmes de l'âge
que j'avais. Je ne craignais donc pas de donner un second exemple dans un naufrage possible à différentes
époques. M. de Chateaubriand m'avait dit avec componc-
tion : — Un second enfant ! Cette fois vous auriez dû
mourir. — Cela me fit rire, après la chère espérance
qu'il avait cherchée jadis près de moi, et exprimée si
souvent. Mais si Lucrèce s'était tuée à la *seconde fois*,
elle n'aurait pas sa grande réputation.

Mon, *histoire de Florence* parut au moment de mon départ, et eut un article aimable dans les *Débats*, introduit par M. de Chateaubriand.

Ici, que dire? Comment peindre cette union et l'idée qu'elle me donna du mariage? J'avais trouvé un maître, un caractère aussi décidé que le mien. Il fallait plier ou il fallait fuir, c'était une volonté irrésistible, l'emportement furieux de ces guerriers troubadours, les plus redoutables de tous.

Mettons que j'aie eu des torts de froideur, de hauteur, mais l'homme doit-il les venger par l'épouvante? Je vivais renfermée chez moi avec mon mari, je n'allais dans le monde qu'une ou deux fois par semaine.

J'avais été accueillie très-bien par madame la duchesse Armand de Polignac qui vint me rendre ma visite le lendemain, et m'engager à des soirées chez elle. Nous aurions pu vivre heureux dans un monde élégant; quelques hommes âgés, mais très-aimables, amis de la duchesse, venaient me voir très-souvent. Madame la duchesse de Polignac, qui jouait ordinairement, voulait bien ne pas jouer quand j'étais chez elle, mais causer toute la soirée. Elle me dit qu'il y avait trois femmes de la cour qui avaient reçu une forte éducation : elle, la duchesse de Mouchy, et la duchesse de Raguse, beaucoup plus jeune.

L'arrivée de son père pourtant enchanta mon mari. Ce père, ancien officier d'état-major, très-grand, satirique, spirituel, avec des yeux et des cheveux encore noirs, était tout différent de son fils. Son fils fut ému et heureux de le recevoir chez lui. Le soir, je le fis chanter; son père fut ravi, ébranlé, ce fut une soirée touchante où l'exaltation de mon mari fut belle. Il était le septième fils

M. Libri venait de faire paraître dans une revue, une première lettre *contre* le clergé, qui était un chef-d'œuvre d'ironie, de hauteur, de justesse. Il attaquait le véritable ennemi de toute liberté, de toute lumière. Il se moquait du style de ce clergé, tombé dans la plus honteuse ignorance *de la religion et de la grammaire*. Depuis Pascal, on n'avait rien lu de plus mordant, de plus gai. Je lui en fis un vif compliment dont il me remercia. Il disait :

« (10 mai 1843.) La jeunesse s'est émue, les professeurs aussi; ils ont protesté. MM. Michelet, Ampère et Quinet tonnent déjà au Collége de France contre les Jésuites. C'est très-bien à eux qui ont ouvert la porte au clergé, à faire enfin ce pas. Aujourd'hui, Quinet a commencé l'histoire des Jésuites. L'auditoire était immense. J'étais là avec plusieurs de mes amis. On a applaudi avec fureur. Les Jésuites (il y en avait une quinzaine) voulaient protester. On les a forcés de se taire et d'ôter leurs chapeaux qu'ils s'obstinaient à garder sur la tête.

« Ces luttes me raniment et m'intéressent. Cependant, en général, on n'en voit pas la nécessité. Tant mieux ! J'aurai vu et proclamé cette année ce que toute la France verra et proclamera dans deux ans au plus tard.

« Je corrige ma lettre. Dès qu'elle aura paru séparément, j'aurai l'honneur de vous l'envoyer. Dans un mois je ferai paraître ma seconde lettre : *sur l'Université et le clergé*. La troisième aura pour objet la morale des modernes casuistes. J'espère que vous rirez beaucoup en la lisant. On nous donne de nouveau de l'Escobar et du Molini avec les mœurs en plus : les mêmes restrictions mentales et les mêmes *distingo* : vous verrez de très-jolies choses à ce sujet.

« Vous me ferez bien plaisir de me donner de vos nouvelles quand vous en aurez le temps. S'il paraît dans le Midi quelque écrit remarquable pour ou contre les sociétés, vous m'obligerez beaucoup de me le faire connaître, etc. » Les Jésuites, plus tard, se vengèrent de Libri.

Nous prîmes une belle maison à la campagne, à la porte de la ville, avec un grand jardin. Nous avions une jolie voisine ; mon mari s'en occupa sans cesse de me tourmenter ; c'était bien ici le Turc, épris de plusieurs femmes et tyran pour toutes. Loin d'être jalouse de mon mari, je souhaitais ses infidélités pour être moins opprimée, mais elles ne le rendaient pas moins intraitable. Je quittai bientôt sa chambre ; je n'osais la nuit fermer ma porte au verrou, dans la crainte qu'il ne fît tout sauter, mais pour n'être pas surprise sans le savoir, je mettais une chaise contre ma porte ; un matin qu'il vint et poussa la chaise, il se moqua de ma précaution. Mon amour effarouché se changeait en colère secrète, car je n'osais la montrer, mais il voyait ma froideur. Quelque méchanceté en lui, un désir perpétuel de vengeance me prit pour but de sa rage, car il voulait me punir du mal que sa passion pour moi lui causait. Singulière passion ! Passion féroce ! Il me menaçait d'une persécution éternelle, il disait que je ne pourrais jamais lui échapper. Il avait l'ardeur et l'âpreté des Pyrénées et des Maures ; des idées de meurtre traversaient toujours sa pensée et étaient toujours sur ses lèvres. Il était bien de ces guerriers troubadours qui avaient la voix la plus belle et la plus puissante, la poitrine la plus large, les bras les plus forts, le caractère le plus indomptable, la colère la plus violente, la volonté la plus impérieuse et la jalousie la plus terrible. J'étais livrée sans défense, sans protection, sans appel, puisque pour une séparation, il faut des coups, des marques, des signes barbares ! Il me parlait sans cesse de cette loi oppressive qui me mettait en son pouvoir.

On me dira : il était épris, souffrant. — Oui ! mais doit-on livrer la femme à l'homme quand elle peut le blesser seulement en lui rendant justice pour sa tyrannie ? Quoi donc ! l'homme sera tyrannique, odieux, haï, et la femme sera punie par lui pour les défauts qu'il montre ! Mais c'est un arrangement épouvantable.

La femme, pourtant, doit-elle quitter un mari dès qu'il cessera de plaire ? Elle doit, certes, quitter un mari qui la prendra pour l'objet de sa vengeance s'il lui devient en horreur. Lui aussi, très-tourmenté, eût été plus heureux par une séparation. Moi, effrayée, je mettais mon adresse à éviter d'aller aux extrémités.

Depuis de longues années, ces jours cruels sont

passés. Leur horreur a disparu, mais le supplice était affreux.

Un soir, il faisait nuit, nous sortons ensemble, il était très-agité... Comme mon mari s'est depuis signalé en Asie, qu'il a délivré des Tepings (fameuse nation tartare) la province maritime de Fo-Kien, la plus belle de la Chine, où vient le meilleur thé, on aimera peut-être ces détails sur un héros. Quand nous sommes dans un endroit désert, il sort de sa poche deux pistolets, en me disant qu'il sont chargés (ce qui était vrai), et qu'il allait s'en servir contre lui-même, lui seul. Je lui demandai de venir causer avec moi, et j'essayai de le calmer et de le dominer. Je réussis. Je lui dis que j'admirais son caractère héroïque, que sa violence seule me détachait. Il s'adoucit peu à peu ; je le ramenai chez lui tranquillisé, mais de nouvelles scènes éclatèrent le lendemain, parce que tandis qu'il était sorti, j'enlevai les pistolets. Il les chercha partout, il s'emporta, mais ils étaient bien cachés, et je ne les lui rendis point.

Dans nos rapports du mariage, il était fier et délicat, mais s'il ne l'eut point été, la loi ne lui laissait-elle pas le droit d'exigence ? Il avait un grand cœur qui montrait son élévation à tout moment; il avait reçu de son père de hautes manières et une haute éducation; mais s'il eût été vil, n'étais-je pas de même en sa puissance ? Souvent je le vis chercher à vaincre ses emportements, souvent il se tut et s'éloigna au moment même d'un transport de fureur, et je lui savais gré de ce triomphe difficile.

Son père ne lui donnait point raison, mais ne voulait pas se placer entre nous. Il m'avait dit de ne pas pousser son fils à bout, de prendre garde à lui, qu'il était très-redoutable. Un jour que j'allais dans une soirée, il me dit devant son père : — Madame, montez dans votre chambre. — Il me prenait pour une mariée de vingt ans. Je n'obéis point. Quand il rentrait à la maison, quand j'entendais sa voix, mon cœur battait avec force; ces palpitations devinrent continuelles dès qu'il paraissait, et ma servante me disait qu'en l'entendant entrer elle était tremblante. Mais il était très-bon pour mon enfant.

Les hommes des Pyrénées sont violents, c'est l'Espagne, ce sont les Maures. Les femmes du Languedoc sont opprimées et avilies.

L'hiver fut d'une humidité inconnue à ce climat. Je résolus de partir au printemps en trouvant quelque prétexte à mon voyage. M. de Saman me fit donner ma parole de revenir, qui ne le rassura point, car si je la redemandais, ne me la rendrait-il pas en chevalier? Je me fis écrire du ministère qu'il serait à propos que j'allasse à Paris pour y soutenir les intérêts de mon mari. J'avais peur qu'il ne me laissât pas partir. Quelques personnes aimables avec lesquelles nous nous étions liés, me rassuraient, et nous donnaient à tous deux des distractions. Je craignais jusqu'au dernier moment qu'il ne me retînt par force, qu'il ne me fît descendre de la voiture et ne me ramenât chez moi; il semblait partagé entre mille impressions. Il prévoyait que je ne reviendrais pas. Enfin, enfin, les chevaux partent, et je le quitte pour jamais. J'emmenais mon petit Henri, âgé de cinq ans. Je jetai bientôt sur la grande route mon anneau de mariage comme un monument de mon opprobre. M. de Saman gardait les plus grandes qualités, mais je m'imaginai sous quel joug pire, tant de femmes avaient souffert, avaient péri! Un nouveau jour se leva à mes yeux sur le sort affreux des femmes. Il faut avoir eu quelque échantillon des maux pour les bien comprendre. Mon mari, par des scènes furieuses, m'initia à l'horreur d'une loi qui soumet la faiblesse à la force.

Je me rappelai cette pauvre Mariette d'Herblay. Elle mourut à vingt-deux ans d'un coup reçu dans le côté. Elle l'avait reçu dans la nuit : modeste, craintive, elle n'osait se plaindre des emportements d'un mari ardent et grossier. Elle mourut en silence. Et pour ces femmes du peuple, il y a de plus un breuvage qui rend l'homme plus entreprenant à la fois et plus redoutable, qui égare sa raison!

Que veut donc la femme? Que demande-t-elle? Elle veut n'être pas livrée à l'homme comme un esclave noir de Saint-Domingue. Elle veut, au premier mauvais traitement, être libre de partir ou de pardonner. Elle veut sa vie, son corps garanti de la mort, des coups, des meurtrissures, de la fureur, de la folie, du vin; des indécences et de la profanation.

Elle ne veut point être forcée à montrer des membres brisés ou à présenter des témoins, puisque les forfaits sont commis dans l'ombre, dans les tortures, à l'heure des délices.

L'homme brutal sera contraint de nourrir encore la famille qu'il a profanée. La femme gardera les enfants tant qu'ils ne seront pas en métier, et les filles jusqu'à leur établissement. Je parle pour les gens du peuple. Les autres auront des torts moins grossiers. Le sort des femmes du peuple m'occupa le plus, car j'allai tout de suite aux maux les plus durs, mais pourtant! Les femmes bien élevées, sensibles, timides, d'une santé faible, sont plus à plaindre peut-être encore que les femmes du peuple. Ces clartés m'inondèrent, et je me promis d'en faire part au public. Je revis, hôtel du Rhône, mon fils et Sainte-Beuve, qui me trouva maigrie et changée, et j'arrivai à Herblay dans la joie de la délivrance : le plus heureux des êtres est l'esclave affranchi. Je me sentais flétrie pour ces mois d'esclavage, où j'avais supporté une oppression que le courage venge avec éclat. Une fois j'avais demandé à ce héros : — Que feriez-vous dans un tel esclavage? Il m'avait répondu : — *Je tuerais.* En vain il m'écrivit : « Songez que je peux n'être encore qu'un amant. »

CHAPITRE XXVIII

Je repris ma vie ordinaire à Herblay, mais mon sentiment de joie et de délivrance se soutint tout l'été, et fit de ce temps pour moi un des plus heureux. Je n'ai

vraiment compris qu'alors le prix de la liberté. Je n'a-
vais jamais connu un joug; je n'avais eu qu'une existence facile. Je venais d'éprouver la tyrannie et la violence. Je jouissais passionnément de les avoir fuies.
Mes jours se passèrent dans des transports de joie et
d'indépendance. Que de choses nous lisons dans les
livres dont nous ne devinons pas du tout l'impression!

Je retrouvais l'étude et le bonheur d'Herblay, car je
continuais mon *Essai sur l'histoire politique*; je faisais
Richelieu. Pour mon travail, les lectures arides ne
m'ont jamais rebuté; c'est le labourage. Mon travail
serait sans doute médiocre, mais son objet était grand,
son exécution animée et très-amusante.

La passion, il est vrai, ne colorait plus ni ne doublait
plus ma vie; elle ne me donnait plus comme une nouvelle existence, forte et brillante (elle le faisait quelquefois par les souvenirs); mais j'avais un certain pouvoir de revenir à la nature champêtre, de ne plus
compter les autres, et de vivre avec moi-même en cherchant Dieu.

Les affaires de Paris prenaient de l'intérêt : l'opposition contre le ministère Guizot, devenait de plus en
plus vive, une liberté de la presse effrénée la secondait,
et la France, sans le prévoir, marchait rapidement aux
malheureux événements qui éclatèrent quatre ans
après.

Ces quatre années passèrent pour moi remplies et charmantes. L'abbé Lanci arriva de Rome avec ses études
sur Moïse et sa belle simplicité italienne : en retrouvant des Italiens, j'étais toujours ravie de leur conversation, de leur naturel, de l'absence de toute petitesse
et de toute prétention.

La jeunesse et son trouble insupportable étaient passés. On n'avait plus qu'à jouir des lettres et de son indépendance. L'âge des passions était-il donc fini ? Je ne
crois pas, mais où donc un objet pour les inspirer ?
D'ailleurs j'en avais une au fond du cœur, soumise,
vaincue, mais non éteinte, qui ne m'eût peut-être pas

préserrée devant un nouvel objet, mais qui m'empêchait d'en souhaiter un. J'avais désiré la sagesse; je l'atteignais dans toutes ses douceurs. Mes Mémoires, ici, ce sont mes études, les idées dont mon esprit et mon imagination se nourrissaient. Je vivais avec tel peuple, tel roi. J'étais ambitieuse autant que jamais. Comment faire? Quand je vis que je ne pouvais atteindre une vie politique par un mariage, je ne m'occupai plus que des lettres. Entraînée par mon goût et par mon plaisir, je lisais beaucoup, j'étudiais, j'étais très-attentive. J'ai remarqué que les gens de lettres travaillent, même avec des talents médiocres, comme les abeilles et les fourmis, sans pouvoir s'en empêcher. L'abeille ni la fourmi n'ont pas de vanité; elles vont, elles vont par une loi d'en haut. Les gens de lettres, bons ou mauvais, vont de même. Ils travaillent, ils travaillent, ils impriment, ils impriment, c'est une loi d'en haut.

Occupée de Buffon, pour me distraire (je venais de l'acheter complet), charmée surtout de ses oiseaux, j'ai été frappée de la supériorité des femelles chez les oiseaux de proie; et je me servirai de ce fait, car l'humanité est souvent oiseau de proie, la loi devrait le savoir.

Dieu ne voulait-il plus m'accorder les passions que comme un rêve, un enchantement éloigné, c'est-à-dire parfait; un mérite de résignation et de combat? Je n'aurais pas su cultiver les lettres ni jouir de mon esprit, quelque médiocre qu'il fût, dans les agitations d'une passion toujours à l'aventure. Je n'aurais été utile à rien. Mais je m'étais mariée: j'avais connu le mariage dans son injustice, son despotisme, pour le dénoncer et demander qu'on le rendît plus doux. Je m'occupais de mes fils qui avaient de l'esprit. J'avais rencontré des gens mariés qui racontaient qu'ils s'étaient beaucoup aimés, mais on ne voyait nul charme entre eux, ils ne se plaisaient plus du tout, ils voyaient surtout les défauts l'un de l'autre, c'est le sort ordinaire du mariage. Je préfère beaucoup à cela la solitude. Vivre avec l'objet d'un ancien attachement, sans plus savoir plaire, et quand on ne voit plus que des défauts, c'est ce que je n'aurais pu supporter. Et Dieu m'a donné des réunions charmantes ou des absences pleines de souvenirs encore et d'attrait.

J'achève mon neuvième livre (sur le siècle de Louis XIV) avec l'année 1844, et je bénis Dieu. Un jour, M. Warwick, que je ne vis plus qu'une fois à Paris (cela me troubla trop) me demanda : — Comment votre mari vous a-t-il laissée partir? Ne pouvait-il vous forcer à rester? — Que dites-vous là, mais quand je voulais retourner à Paris, ne me laissiez-vous pas toujours partir? — Oui, mais je n'étais pas votre mari. — Eh bien? — Si j'eusse été votre mari, vous n'eussiez point quitté Londres. — Quoi! c'est ainsi que vous entendiez le mariage? — Sans doute, il vous eût bien fallu obéir.— Quoi! le mariage m'eût faite esclave, même avec lui! Il fallait donc mieux rester libre. Mais il parlait ainsi! Eût-il eu cette fermeté?

Un jour à Paris, Libri et moi nous parlons de Dieu. Libri croit à une force immortelle mais non pas toute bonne ni toute-puissante; elle n'a pas fait si bien qu'on dit. Dans ces années, Libri me dit plusieurs fois, qu'en ne voulant pas me lier à lui dès notre jeunesse, *j'avais manqué ma vie*. Je ne lui répondais pas là-dessus, mais son caractère dominateur ne me convenait pas; après ces conversations avec lui, je retournais tranquille, amusée, contente et sans regret à Herblay : Jours d'harmonie, de bonheur trop vite écoulés!

Je lisais Platon dont je copiais la fleur. Il me ravissait. Je le mêlais à la nature de l'automne et de l'hiver, qui rend plus sérieux, plus rêveur. Je le copiais dans mon petit salon sur le jardin, entraînée à écrire jusqu'à la nuit. Je retrouvais sans cesse à la campagne une vie hors du monde, une existence suprême, que chacun peut se donner. En lisant ces dialogues admirables, j'affermissais à jamais ma foi.

Je mêlais à ces études des rêves secrets. Je me rappelais Laure. Henry était mon mari: il voyageait en

Espagne; Il devait revenir. Sainte-Beuve était présent.
Nous avions une vie heureuse, tandis que Platon ra-
rissait ces jours d'hiver. Dans ses belles parties c'est,
il me semble, ce qu'on lit sur la terre de plus beau.
Après lui, en 1846, je reprends Descartes, puis Malle-
branche et Hobbes. Je revoyais aussi mon autre ouvrage sur *la politique*. J'étais tranquille, et parfois en
me couchant le soir, je souhaitais une éternité pareille.
J'avais quarante-quatre ans.

Libri avait à l'Institut, la réputation de la plus forte
tête qui fût dans cette réunion (et ce n'était pas dire
beaucoup pour lui.) Il voyait les ministres, il était traité
avec la plus haute distinction partout. Au commencement de mai, je reçus à Herblay cette belle lettre d'une
femme, mais sans signature.

« Force de caractère, grandeur de cœur, élévation
d'esprit, ce qui fait l'homme, il l'a comme aux jours de
sa jeunesse, et comme alors il aime à vivre au milieu
des grands hommes dont vous vous entreteniez ensemble sous le ciel de sa patrie. Comme alors aussi il
aime à vous entendre. L'âme est toujours la même, l'action seule manque. Mais pourquoi? Autour de lui, tout
est petit, la médiocrité seule s'exerce aujourd'hui ; la
grandeur ne trouve pas d'objets..... mieux vaut dormir
et attendre l'heure du réveil. Personne, plus que vous,
ne saurait l'inspirer et le tenir prêt pour cette heure qui
viendra peut-être tout à coup. Ecrivez, parlez, ne vous
lassez pas, car l'influence de vos paroles est grande et
bonne. Non, il n'a pas fait deux parts de la vie, et l'âme
n'est pas morte avant le corps : ces âmes-là sont de
celles qui doivent survivre à la matière. La sienne, seulement, s'est repliée au-dedans et réserve ses forces.
Pour lui, notre soleil est trop pâle, et nos hommes aussi,
et il se tient loin d'eux. Il y gagne, car à de tels hommes, la solitude est salutaire. Elle affaiblit les faibles et
fortifie les forts.

« Relisez ce qu'il vous écrivait autrefois, à l'âge où l'on
se communique avec ardeur. Il doit y avoir de belles

choses là-dedans; laissez-vous inspirer par ces souvenirs, et renvoyez-lui les rayons de cette inspiration, devenue plus noble encore au contact de votre grand cœur. Il vous place très-haut dans son estime et dans celle des autres. L'opinion de ces autres là vous serait indifférente si elle n'était un reflet de la sienne, à laquelle vous attachez certainement du prix. C'est pourquoi il ne peut guère vous importer de savoir quelles sont ces personnes auxquelles il a fait partager les sentiments qu'il vous garde. Sachez seulement que du fond de leur retraite, dont l'obscurité est leur bien le plus précieux, elles pensent à vous. Elles seraient bien fières si, à partir d'aujourd'hui, elles pouvaient compter sur quelques-unes de vos secrètes sympathies. — 5 mai 1846. »

Je commençais mon ouvrage, le *Novum organum*. Je désirais que cet ouvrage fût utile aux personnes pieuses. Ce sera un ensemble de religion et de philosophie. Je trouve beaucoup de charme dans ces idées.

En février 1847, j'apprends la mort de madame de Chateaubriand. Je vais à Paris, j'écris, le lendemain on m'avertit qu'une personne qui ne peut monter (il marchait mal), m'attend en voiture. Je mets un chapeau, je descends, je trouve M. de Chateaubriand qui me demande si je veux faire une promenade avec lui. Je monte dans sa voiture. Il est aimable et tendre. Quand la voiture commence à marcher, il se tourne tout entier de mon côté pour me regarder. Il était enveloppé dans un élégant manteau. Il me dit qu'il s'ennuie. Nous parlons de Rome. Je l'ai vu plusieurs fois chez lui et en nous promenant. Il m'a charmée et touchée. Il ne peut marcher, il est mélancolique, il a ses anciennes grâces, cette distinction, cette élévation qui en font un homme si attrayant. L'âge, au lieu de changer la beauté de son visage, la rend plus remarquable. Je publiais ma lettre à Abdel-Kader sur le gouvernement de la France. Cela m'a amusée beaucoup. En quittant Paris, j'envoie à Laure le commencement de mes Mémoires sur le Vallon et sur elle. Et je reçois bientôt d'elle à Herblay une lettre qui m'a récompensée. Elle disait qu'elle avait lu avec une profonde émotion, que si quelque chose avait pu altérer son affection pour moi, cette lecture la réveillerait; qu'en lisant, elle avait pleuré sur ce temps du Vallon où elle était malheureuse, mais où elle avait des consolations : *je t'avais, toi*, disait-elle. Elle disait qu'elle avait lu cela, non pas avec orgueil, mais en croyant le mériter. Dès qu'elle avait commencé, elle n'avait pu quitter. Cette lettre me combla de joie et de reconnaissance. C'est ainsi qu'elle savait dire les choses.

Retournée à Paris en août, je vais voir M. de Chateaubriand, et je lis ses Mémoires avec lui, à la révolution de juillet. C'est ironique, très-fort. Il est très-aimable et me dit de venir loger près de Paris dans un endroit où il viendra me chercher. Il n'était plus animé comme autrefois, mais affaibli, doux, avec un fond d'émotion profonde et triste.

Le 21 septembre, je vais d'Herblay avec mon fils aîné visiter l'abbaye du Vallon dans une petite charrette. Ce qui en reste est très-beau, mais le bois se resserre : Les grands arbres sont encore plus grands, mais tout autour les bois s'abattent, et bientôt l'abbaye sera dans un champ de blé. Tant mieux. Que d'autres ne viennent pas profaner les bois, les lieux, où nous avons été heureux et inspirés. Le 18 octobre, j'arrive à Passy près du bois. Cet endroit était beau, solitaire. Je vis souvent Chateaubriand dans sa douce langueur. J'allais tous les mercredi à la bibliothèque; je préparais pour l'impression mon *Essai sur l'histoire politique.*

Le libraire Garnier m'a dit alors que ma petite *histoire de la République de Florence* s'était bien vendue, ce qui m'a fait grand plaisir. J'étais en marché avec lui et un autre libraire pour l'impression de mon *Essai politique.*

CHAPITRE XXIX

Cependant Paris et la France étaient très-agités. On voulait renverser le ministère Guizot, et on demandait à grand bruit une réforme dans les élections que le ministère refusait avec plus de justice que d'adresse. Des banquets, en province et à Paris, causaient depuis quelque temps de l'inquiétude, quand le Gouvernement défend pour le lundi 21 février, le banquet à Paris, du douzième arrondissement. Déjà l'opposition et le Comité de réforme avaient dit que ce banquet n'aurait pas lieu. Mais le peuple, en foule, ne s'assemble pas moins : « Qu'on se garde, dit Machiavel, d'exciter une sédition en se flattant de pouvoir l'arrêter ou la diriger à sa volonté. » Ce jour-là, mardi 21 février, mon fils arrive chez moi à Passy, à midi; il venait de la place de la Madeleine; le peuple y arrivait de tous les côtés, se promenant tranquille mais fier et déjà formidable; des masses descendaient des faubourgs. Après déjeuner, je vais avec Marcus jusqu'au pont suspendu des Champs-Élysées. De loin, nous apercevions une grande foule. Le peuple jetait des pierres. La troupe, très-modérée, ne répondait pas. La garde municipale résistait. Nous rentrons à Passy pour voir Béranger qui rentrait chez lui par le bois de Boulogne, et sans avoir rien vu. Il dit que l'opposition est imprudente, et il la blâme puisqu'elle craignait les masses, de les avoir assemblées. Il me donne ses dernières chansons. Le soir, Marcus retourne à Paris. Paris était tranquille; le peuple s'était retiré dans les faubourgs. Marcus trouve sur son chemin des dragons qui accourent sur lui, en lui demandant où il allait. Il montre ses livres et dit qu'il rentre chez lui. Le vent soufflait avec violence, le silence régnait, de temps en temps seulement retentissait le hennisse-

nent do la cavalerie. Les nuages poussés par le vent,
se teignaient de rouge par les clartés de la ville.

Le lendemain, mercredi 23 février, mon fils vient
après avoir parcouru les faubourgs. On espérait que le
mouvement s'arrêterait, mais le peuple élevait des barricades. L'agitation se soutient. Le soir, le bruit court
que M. Guizot a donné sa démission. Je supposais un
ministère de gauche, mais Marcus supposait plus justement que ce serait M. Molé. Nous allons voir Béranger.
Il dit que Molé n'est point du tout ce qu'on veut. Il
combat mes opinions sur le gouvernement représenta-
tif, et je ne comprends vraiment pas les siennes. En retournant assez tard à Paris, mon fils le trouve tout illuminé, et, tout à coup, il voit à la place Saint-Sulpice,
des hommes effarés, qui courent et crient : — Aux armes ! Aux armes ! Nous sommes trahis ! On tue nos
frères ! Vengeance ! vengeance ! — Les étudiants les se-
condent, sonnent le tocsin de Saint-Sulpice. La ville se
soulevait dans les faubourgs. Mon fils vient dans la nuit
m'annoncer ces événements. Le matin du jeudi 24 février, nous apprenons que l'émeute marche vers les
Tuileries. Le roi avait interdit la défense à l'armée. Le
peuple la ménageait, et n'avait cessé, durant ces deux
jours, de crier : Vive la ligne ! Vivent les dragons ! On
annonce ce même jour à Passy que le roi a quitté les
Tuileries, et que la Régence est décidée. On semblait se
calmer. Je vais avec Marcus sur les quais, on semblait
content, le peuple semblait adhérer à l'événement ; des
hommes en blouse, des enfants rapportaient des bar-
reaux de fer qui leur avaient servi à vaincre le matin.
Un garçon de vingt ans me dit qu'on va juger les députés. — Pourquoi ? — Oh ! oh ! pourquoi ? Ils seront tous
punis, ils vont tous être jugés.

Mais le lendemain, vendredi 25, le bruit court que la
République est proclamée. Je lis dans les journaux que
la Régence est rejetée, que le peuple stupide a envahi
la Chambre, et qu'un gouvernement provisoire est
nommé, avec Lamartine à sa tête. Lamartine se montre

ce vendredi, intrépide à l'Hôtel-de-Ville, pour dominer le peuple et garder le drapeau tricolore. Marcus, après s'être engagé dans la garde nationale, vient et m'apprend qu'il a fait des patrouilles toute la nuit, que tout est assez tranquille.

Le soir, je vais voir Béranger qui dit que nous sommes en 9?. Samedi 26 février, la République est proclamée, sauf l'approbation de l'Assemblée nationale. La terreur commence à se répandre : Une vieille femme me dit dans la rue, qu'elle avait vu ces horreurs, qu'elles allaient reparaître. On portait par lâcheté des rubans rouges. J'arrête dans la rue, un monsieur qui en avait un à sa boutonnière, en lui demandant s'il était pour cette couleur ? Il me répond tout tremblant qu'il la déteste, mais qu'il la porte pour sa sûreté. Je lui rends un peu de courage, il ôte ces couleurs. On enrôlait la jeunesse. A 6 heures du soir, Marcus arrive après avoir fait des patrouilles la nuit, et avoir été à son ministère le jour. L'exaltation de la populace et des jeunes gens devenait extrême. Le gouvernement l'excitait, car il voyait que la bourgeoisie, la société trouvait les événements bêtes et grossiers. C'était une trouée des ouvriers qui ne pouvait séduire que la jeunesse. Déjà on préparait (samedi 26 février) l'ordre d'élection pour l'Assemblée nationale. L'idée de cette assemblée rassurait un peu; on y cherchait une garantie d'ordre.

Il sembla alors qu'il n'y avait plus en France que de rudes et grossières affaires, que la science était brisée. C'était comme si la pensée eut disparu du monde. En Europe presque aussitôt commença un craquement universel; les plus vieilles monarchies tremblèrent sur leurs bases; d'antiques formes en un moment furent changées; les ministres les plus expérimentés, rejetés par les peuples; les petits et les grands États, également soulevés. La pensée déroutée se reporta alors vers cette antique grandeur qui a présidé aux travaux sur la terre. Les anciens, les barbares avaient tous imaginé des institutions et des formes magnifiques. On ne pensait pas,

comme aujourd'hui, à l'humanité en masse, mais on
pensait à la grandeur. Plus divisés, plus faibles, les
Grecs ont eu leur génie, leurs inventions. Mais les
Asiatiques, les Romains, les papes et les barbares, consacrant la puissance, l'autorité, ont invoqué la sagesse,
la science, et leur ont donné des formes augustes. Chez
les Romains, chez les papes, chez les Anglais, le parti
d'en haut et celui d'en bas, ont été très-forts; c'est le
secret de la vie et de la grandeur publique; il faut l'enseigner à notre peuple ignorant mais généreux, qui
veut la grandeur. On la lui rendra par la monarchie. Le
monarque prend des idées de monarque, ses ministres
en prennent aussi. Un modèle de la conduite du pouvoir d'en haut, c'est la manière dont le sénat romain
sut détacher le peuple de Caïus Gracchus, en comblant
le peuple de bienfaits, en dépassant les intentions mêmes de Caïus. Le sénat s'attacha un des tribuns, collègue de Caïus Gracchus, appelé Livius Drusus, homme
bien né, riche, éloquent et considéré; et cet homme,
appuyé du sénat, fit passer les décrets favorables au
peuple, et rattacha le peuple à l'aristocratie. « Si Caïus,
dit Plutarque, distribuait aux pauvres des terres, en les
chargeant chacun de payer une rente annuelle au Tré-
sor public, le sénat le détestait comme un homme qui
flattait et gâtait le peuple; et quand Livius déchargeait
les pauvres de cette rente, et qu'il leur laissait ces terres
franches et quittes, le sénat le louait et en était ravi.
Bien plus, Caïus ayant fait accorder le droit de suffrage
aux peuples latins, le sénat en murmura et en fut af-
fligé; et lorsque Livius ordonna que les généraux n'auraient pas la liberté de faire fouetter de verges un soldat
latin, le sénat applaudit et l'aida à faire passer sa loi.
Livius, dans les harangues qu'il faisait en proposant ses
édits, ne manquait jamais de dire qu'il *les proposait de
l'avis même du sénat qui avait soin du peuple...* Le peuple en devint plus doux envers le sénat; et au lieu
qu'auparavant il haïssait tous les principaux de cette
assemblée, et les avait pour suspects, Livius adoucit et

éteignit entièrement cette ancienne animosité et ces défiances. »

Un touchant objet pour moi durant ce grand bruit, fut M. de Chateaubriand. Il en fut frappé et comme tué. Il disait qu'Henri V n'avait jamais été si près ni si loin. Je rencontrais chez lui son ami, M. Hyde de Neuville; il remarqua comme moi ce grand changement dont nous causâmes un jour qu'il me reconduisait chez moi.

Des bandes d'ouvriers déguenillés parcouraient Passy. Les bons ouvriers ne se mêlaient point à ces bandes.

Le 1er avril nous revenons à Herblay. Le peuple à Paris était agité. On craignait les ateliers nationaux. Le parti royaliste surtout voyait bien le danger. Le peuple osa plusieurs fois envahir l'Assemblée pour lui demander quoi? de créer à l'instant la tragédie du *Cid* ou celle de *Phèdre*, de composer à l'instant l'*Esprit des lois* ou l'*Emile*, car une action, délivrer la Pologne, combattre l'Europe, c'est aussi une tragédie, un livre qui demande des talents transcendants. En juin, nous apprenons à Herblay, les combats à Paris. La campagne était très-inquiète. Marcus était dans la garde nationale d'Herblay. Le combat, d'abord incertain, nous laissa flotter dans mille craintes. On entendait partout battre le rappel. Les paysans avaient fort peur du triomphe des *insurgés*; c'est ainsi qu'on appela d'abord les combattants de Juin. Les paysans croyaient les *insurgés* redoutables; ils s'écriaient en tremblant : Voici les *insurgés!* Quelques-uns d'eux de la garde nationale disaient : — Ah! si je rencontrais un *insurgé*, comme je m'enfuirais! — Enfin, on apprit leur défaite. Plusieurs hommes en désordre arrivèrent alors à Herblay sans rien dire; ils étaient sans doute des leurs. Ces combats laissèrent un long trouble, une longue agitation.

Ils livrèrent le pays à l'armée. Mais c'était une armée conduite par la bêtise, par Cavaignac. Le pays, au contraire, sembla bientôt retourner à la monarchie. Quel roi? On n'en savait rien. Peut-être Louis Bonaparte. En laissant rentrer un homme de famille royale, M. Thiers disait qu'on *ne pourrait plus tenir les masses;* mot vrai, mot profond qui explique notre histoire.

J'écrivais beaucoup en Espagne. M. Warwick disait que c'était en France *une invasion de barbares conduite par Orphée.* Il disait aussi que l'Espagne *était formée de pierres précieuses comme la statue de Memnon.* Je m'occupais du *Nouvel organum.* La révolution avait fait ajourner au libraire, la publication de mon *Essai sur l'histoire politique.*

Sainte-Beuve part pour Liége, où il va professer la littérature. Il me disait justement que *toutes les idées de la France à ce moment étaient des idées fausses.* Il ne vint pas à Herblay, bien qu'il eût projeté alors de s'y retirer. Il y était venu plusieurs fois à mon retour d'Italie, et il m'y avait lu la partie sérieuse de Port-Royal sur Jansénius, avant que l'ouvrage ne parût. Il m'écrit de Liége des lettres assez tristes et profondes.

En octobre, mon fils part pour Rome, d'où il m'écrit bientôt la révolution à Rome, le départ du pape. Il voyait tous les jours ma sœur, et se plaisait passionnément dans ces événements de Rome.

En décembre, arrive l'élection du président : Cavaignac n'a eu qu'un million de voix, et Bonaparte six millions. Les paysans, en nommant Louis Bonaparte, croyaient faire un monarque, et ils revenaient de l'élection aux cris de : Vive l'Empereur! Cet événement anime la campagne. Les affaires à Paris furent déplorables : non-seulement on abandonna la Lombardie, mais nous fîmes l'expédition de Rome pour rétablir le pape! Et tout cela, malgré le Président qui n'était pas encore le maître, et qui projetait bien d'autres choses.

Libri, très-maltraité par les républicains, accusé injustement, me pria d'aller à Paris, où je vais pour m'occuper de lui. Dans cette fameuse affaire, Libri, entièrement justifié par ses preuves positives et son éloquence admirable, m'écrivait de Londres : « Les jésuites et les rouges se sont ligués contre moi. » J'ai parlé de ses lettres sur le clergé. Le clergé ne put les oublier, et se vengea. Libri venait de publier une brochure excellente du plus grand ton. Je ne parlerai pas ici de cette affaire de Libri, victime des haines des partis en 1848, et de cette supériorité qui, à Florence et à Paris, lui avait fait tant d'envieux et d'ennemis. Comme il s'est défendu parfaitement, qu'il a clairement montré son innocence, je renvoie à ses ouvrages, à ses pièces excellentes, écrites du plus grand ton, avec toute la hauteur de son âme, sa perspicacité prodigieuse, son érudition inouïe, et son esprit incomparable. Je m'occupai alors beaucoup de cette affaire, et ses lettres m'exprimèrent vivement sa reconnaissance. Cette femme distinguée, dont j'ai donné sur lui une si belle lettre, le rejoignit en Angleterre, l'épousa, car elle était veuve, et lui donna dès lors les plus heureux jours de sa vie.

Je m'établis à Bezons, et ce changement de lieu que j'avais fait pour aller à Paris, m'amuse si bien, que je reste contente chez moi. Ces changements de lieu font vivre. Bezons est un bel endroit, la Seine y est très-vaste, l'horizon étendu et joli.

Paris était très-agité; on voulait altérer le suffrage universel que le grand bruit de la presse rendait seul dangereux. C'est la presse seule qui est dangereuse.

Je préparais mes *petits livres* avec le plus grand plaisir, et je traitais avec Renault. Je dîne à Paris chez madame Hamelin avec Didier très-aimable. Sainte-Beuve, que je pressentais là, vient le soir, je ne l'avais pas vu depuis deux ans, il est violent, emporté, amusant. Il dit que les lettres de Chateaubriand que je lui ai portées, sont admirables. Son travail, au *Constitutionnel*, destiné à un si grand succès, l'amusait beaucoup. C'est la dernière fois que je l'ai vu, car nous n'avons plus fait que nous écrire, ne nous trouvant plus dans les mêmes lieux. Il voulait venir me voir à Bezons, mais il attendait l'inspiration pour ses visites, comme pour la poésie, afin de savoir plaire. Il ne vint pas, et resta pour moi toujours le Sainte-Beuve frêle, maigre, et un peu malade que j'avais connu, mais il garda plus réellement, et à jamais, ces deux traits de son haut caractère : le désintéressement et la sincérité.

Le jeudi 27 juin fut un jour charmant : la veille, un orage avait rafraîchi le temps. Je vais avec les enfants au loin dans la campagne; ils se baignent dans la rivière; j'étudiais la vie de Platon chez Diogène Laerte; je jouissais du temps, du livre, de la philosophie. Le retour, en lisant, fut un enchantement. Diogène Laerte fait mon bonheur, non par l'esprit (il n'en a pas) mais par ses détails. Dans cette lecture, l'existence est facile, agréable, sans ennui, dégagée des passions, jouissant d'elle-même. C'est ce que j'avais voulu, ce que j'avais espéré du temps. Le lendemain, jour encore charmant. On voudrait arrêter le temps, l'empêcher d'avancer. Je laisse les enfants à la maison, car il pleuvait, et je vais recevoir la pluie dans les champs et sur le pont. La campagne était chaude encore mais agréable; ces jours de pluie enivrent, c'est le triomphe des Gaules. J'ai peu lu, peu étudié, on jouit sans rien faire, et le soir de même. Le lendemain encore, samedi 29 juin, un air frais qui produit le même plaisir. En juillet, je vais à Courbevoie, rencontrer le général Fabvier. Il me dit qu'on pense à rétablir Henri V, mais qu'on craint de risquer ainsi l'avenir du comte de Paris. Plaisante restauration! L'Eglise perdra à jamais la branche aînée, peut-être la branche cadette et le haut parti royaliste. Je reçus une Lettre aimable de Laure du 8 août sur mon premier petit livre. Elle me complimentait de tout, de la *nature*, de la *poésie*, de la *lenteur champêtre*, de la *justice*, et surtout des *prières* qui l'avaient émue, et qu'elle relut souvent depuis, comme elle me l'écrivit plus tard quand je les publiai toutes ensemble. Elle me conseillait d'écrire encore en ce genre, et de publier; elle disait que cette morale douce et bien exprimée, était à la portée des esprits simples et des cœurs élevés; elle disait que le style était simple et fort, précis et clair; enfin, ajoutait-elle, je suis complétement satisfaite. J'eus d'autres suffrages moins

chers, et aussi d'Italie. Ce petit livre plut beaucoup.
Bientôt parut mon second *petit livre* qui contenait des
rêveries sur la politique, et une nouvelle, *Germaine de
Saman*. Béranger remarqua cette nouvelle, et me dit
que c'était *conté à ravir*. D'autres personnes la louèrent
aussi, surtout la duchesse de Raguse.

CHAPITRE XXX

LA BOURGOGNE

Nous voulions chercher une petit ferme pour Henri.
Nous partons en septembre pour la Bourgogne et nous
louons à *Coulanges la vineuse*, pour un an, une jolie maison de campagne en plein soleil. Coulanges est dans un
pays de montagnes et de bois sur de petites proportions
mais agreste et pittoresque. En arrivant dans de nouveaux
lieux, la vie n'est pas seulement animée mais dissipée,
légère, évaporée. Nos idées ne se rétablissent que peu
à peu pour nous rendre à nous-mêmes. Coulanges, sur la
montagne et au pied d'autres montagnes, avait un air
vif. J'allais visiter tout le pays, le village très-rustique
et l'église assez belle et célèbre.

J'ai commencé par chercher la ferme d'Henri. Rien ne
pouvait mieux me plaire que ces courses. J'ai traversé
dans une petite carriole avec un bonhomme de cocher
des bois humides et beaux qui m'ont rappelé le Vallon.
Je donnais des détails sur ma vie à M. Warwick qui
était aux États-Unis. Je lui racontais que nos poules
pondaient à la porte de ma chambre. Il venait de faire
à Londres ce grand mariage projeté à Paris, car le père
était mort. Je trouvai dans les champs une jeune
fermière, assez belle et très-fière, qui me parut avoir
un front plus fait pour le diadème que pour la ferme.
L'hiver suspendit mes courses. J'étais dans une grande

correspondance avec Laure. Je la questionnais sur quelques anecdotes du passé. On avait raconté qu'un jour où M. de Talleyrand déplorait avec elle l'expédition de Russie qui se préparait, elle lui avait dit : — Que ne le tuez-vous? — Il répondit : — Je suis si paresseux! — Elle m'assura qu'elle n'avait dit cela qu'en plaisantant, mais qu'elle s'était depuis beaucoup reproché de l'avoir dit. Elle me racontait que l'empereur, quand il était calme, avait les yeux bleus, mais que quand il était en colère ses yeux devenaient noirs; ce qu'elle avait plusieurs fois observé.

Je travaillais au *Nouvel organum*. J'étais à la philosophie des Grecs que j'avais commencée à Bezons et qui continuait de me ravir. J'avais un petit cabinet sur la cour où j'allais faire ces études adorables. Une sorte d'harmonie enivrante s'éveillait en moi. Je n'avais peut-être jamais fait un travail qui m'eût plu autant. C'était Platon, *Deus noster*, comme dit Cicéron.

En février je termine mon *troisième petit livre*, Marpé, qui paraît en mars ou avril. Je reçois des lettres de madame Hamelin, madame Sand, Sainte-Beuve, Béranger, etc. Béranger dit que Sainte-Beuve doit être content, etc. Cela m'a fort occupée. Béranger m'écrivit que j'aurais pu faire de ces trois petits livres un volume charmant.

Henry m'écrit d'Amérique une aimable lettre sur le *troisième petit livre* que je lui avais envoyé. Il disait On aime un tombeau à soi seul, vous m'avez mis dans un vrai Père-Lachaise. Il disait qu'il avait lu toute la nuit, qu'on aime d'être peint comme un aimable coquin. Il disait aussi qu'il lui avait fallu le temps écoulé et l'expérience pour s'apercevoir de combien j'étais alors supérieure à lui; vous l'étiez de beaucoup, disait-il, et sans doute vous l'êtes encore. C'est le jeu de ces diplomates de vous trouver plus d'esprit qu'à eux. Je lui avais dit que mon petit Henri lui ressemblait; il répondait que le père n'avait fait que le gros ouvrage. Il disait dans cette lettre qu'il n'était pas partisan des masses, qu'il ne les trouvait faites que pour créer des tyrannies puissantes et que le vrai Gouvernement sans doute était celui de l'aristocratie.

Je me rappelle ce séjour d'un an à Coulanges comme une époque heureuse, parfaite. Mes diverses courses m'amusaient beaucoup, j'étais animée par l'idée d'assurer le bonheur de mon petit Henri à la campagne. La Bourgogne me plaisait. Les habitants en sont spirituels.

Nous nous établissons dans la vallée de Talouan, à trois lieues de Sens, en octobre; le pays était très-joli.

Au 3 décembre (1851), Marcus vient très-agité m'apprendre les affaires de Paris, l'arrestation des députés, les barricades, etc. M. Jean Aycard m'écrit cette lettre spirituelle qui peignait bien le moment :

Paris, 4 décembre 1851.

.....Vous me demanderez ce que je pense? Je vous dirai qu'on est encore tout étourdi et qu'on pense le moins possible, ce me semble, à Paris. Mais pour les événements, voici à peu près tout ce que j'en ai vu, de mes propres yeux vu.

Depuis les orageuses séances de l'Assemblée, je m'attendais, comme tout le monde, à une explosion. Et, bien sûr que la tour de Babel législative nous donnerait, si elle dominait, la guerre civile et l'anarchie la plus rouge, je désirais, à part moi, que le Président l'emportât. Mais je croyais la chose difficile *à Paris;* je me trompais. Le 2 décembre, au matin, vers neuf heures, je songeais en mon gîte, ruminant les journaux de la veille, et buvant de l'orge, comme un méridional que bien des choses enrhument à Paris. J'entends une servante murmurer dans l'escalier : — Les rues sont pleines de soldats et voilà qu'on arrête tous les représentants qu'on reconnaît et qui parlent aux ouvriers. — Je me lève, je sors, devinant que la bombe éclate. Je cours aux prochaines affiches, vers l'Institut, et je lis les proclamations. Je les relis encore en maint endroit, pour avoir occasion d'étudier l'impression qu'elles font sur les Parisiens. Les ouvriers me semblent contents *particulièrement de l'arrestation de Cavaignac!* Les bourgeois sont loin d'être inconsolables de l'arrestation de M. Thiers, et *ils en rient sous cape!* Les vieux légitimistes sont honteux en songeant à l'échec de Charles X, et désirent évidemment une prise d'armes; mais auront-ils seulement l'audace de la payer? Je cours le long des quais vers l'Assemblée. Je vois, entre deux haies de baïonnettes, défiler les deux cents représentants qui s'étaient réunis au dixième arrondissement. La foule se précipitait vers eux par le pont national en criant: *Vive la République!* Cette vue m'émeut moi-même bien autrement que la lecture des proclamations, et en sens inverse (1); mais parvenu à trente pas des représentants, qui répondaient aux cris de *vive la République,* par mille démonstrations sympathiques et patelines, je reconnais en tête et se donnant le bras, Berryer et de Laborde : je ne pus m'empêcher de rire amèrement. Je rentrai chez moi. La foule se taisait! Dieu protége la France!

Et en post-scriptum : « En attendant, une seule chose me semble incontestable, c'est que l'empereur Napoléon, quoique mort, n'a pas cessé de faire des miracles. »

Cette lettre fine et profonde méritait d'être citée. On tomba des nues en voyant rétablir bientôt le sénat (le sénat!) et le corps législatif! Mais on estima beaucoup la manière douce mais absolue dont le Gouvernement sut tenir la presse. Paris n'eut plus à craindre dix mille ouvriers, mystifiés par des ignorants. Mon travail sur Pascal m'était cher, m'était doux; je le faisais avec piété et enthousiasme, pleine d'admiration pour les *Pensées* que je rapportais.

J'avais une correspondance animée avec Sainte-

(1) *En sens inverse.* L'aveu est charmant et montre assez l'incertitude de ces moments.

Beuve, Aycard, Béranger, Daniel Stern, madame du Vallon, la duchesse de Raguse, etc. Je m'occupais de Dieu qui était le but de mon ouvrage.

M. Warwick était à Florence; il m'écrit sur M. Salvagnoli, très-aimable pour lui et pour moi, et qui avait bien voulu lui dire que mon *histoire* de Florence était un ouvrage supérieur. Je conduis, dans la joie de cette nouvelle, les enfants *au Moulin des alouettes*, voisin de chez moi; tous les oiseaux d'eau étaient sur la petite rivière, se culbutaient, étaient heureux. Les eaux étaient transparentes. En rentrant, les enfants s'établissaient dans la grange, et moi je rentre dans ma chambre pour écrire. Je m'abandonne à mes rêves. Je remercie Dieu de ma liberté pour l'adorer, pour une vie pure et tranquille, consacrée aux pensées de l'âge où je suis et de sa sainte présence.

Nous invitions des paysans à passer la soirée, nous leur lisions la traduction des Georgiques de l'abbé Delisle; ils s'écriaient : c'est bien cela ! — On prenait une immense soupière de café au lait. Mais les loups descendaient parfois jusque dans notre vallée.

On avait parlé à Londres d'établir des études préparatoires pour les diplomates. En avril 1853, la question vint au parlement. Lord Palmerston dit qu'il n'était pas de pays mieux servi que l'Angleterre, par sa diplomatie. « Mais, ajouta-t-il, parmi les diplomates les plus habiles et les plus heureux de nos jours, il en est qui n'ont pas reçu l'éducation diplomatique : je citerai Lord Clarendon, Sir Henry Bulwer, M. Henry Warwick et M. Wise. Ces hommes d'élite se sont initiés d'eux-mêmes à leurs fonctions. Leur expérience des affaires dans cette chambre, les a surtout merveilleusement servis (applaudissements.) M. d'Israeli : J'ajouterai d'autres noms illustres : le duc de Wellington, Lord Ashburton, M. Grenville, Lord Castelreigh. » Il n'y eut rien de plus.

En avril, je vais à Rambouillet pour voir un moulin. A Rambouillet j'entends *le concert des oiseaux* dont parlent les Chinois. Le parc était dans sa fraîcheur. A mon retour, la fièvre de la vallée nous décide à nous en aller. Je voulais chercher un libraire pour imprimer mon *Essai sur l'histoire politique*. Je repris Muratori où je trouvais (dans les annales) l'histoire de ces *bons papas*, comme il appelle les papes. Je voulais des livres et des romans qui me manquaient. La fin de l'été se met à la pluie. Les Russes passaient alors le Pruth contre les Turcs. Ces étés pluvieux sont ceux que j'aime le plus, il fait du vent, on peut se promener, point de chaleur, de soleil, de poussière; c'est un automne doux et continuel.

CHAPITRE XXXI ET DERNIER.

En octobre 1853, nous quittons la Bourgogne pour Thiais, village dans une belle et vaste campagne au midi de Paris. Je m'étais tracé à Coulanges un *devoir* de donner mes idées si j'en ai, de publier mes ouvrages. Je voulais le faire avec mesure, sans précipitation, sans les tourments de l'amour. Avec l'amour j'avais laissé tous les tourments. L'hiver de Thiais m'est resté cher. J'y ai lu beaucoup, et je m'y livrais aussi au charme de la rêverie : M. Warwick m'écrivait avec amitié de Brighton où il lisait les Girondins de Lamartine. Je lui envoie les belles pensées de B. Constant sur la *rêverie* dans son ouvrage sur les religions.

Le froid a été en décembre jusqu'à 13 degrés Réaumur, mais l'hiver a fini là. Ce grand froid m'a fait songer à la Russie, à sa puissance, difficile à fonder. Les choses où l'esprit entre profondément, on voudrait les développer. Nous allions quelquefois à Paris, Henri y cherchait des livres. Nous passons l'hiver à Mazarin, village un peu plus loin de Paris. On était très-inquiet de l'armée en Crimée à cause du froid (1854). Je continuais mes rêves autour de Laure avec Henry et Sainte-Beuve présents. Nous vivions à Mazarin ou à Paris ; Sainte-Beuve nous rejoignait, nous cherchait. C'était une société charmante. Nous avions à Paris un salon de beaucoup d'esprit, où ils brillaient tous deux, mais moi je venais souvent à Mazarin chercher la solitude, l'hiver et la campagne voilée.

J'étais aussi parfois une duchesse de Méritens qui allait à la cour, voyait le grand monde. J'avais en réalité revu Laure plusieurs fois. Le temps, la distance, les passions à la traverse, l'âge, l'expérience, n'avaient rien changé d'un attrait si profond. Le 1er janvier 1855, fut un jour heureux parce que j'eus la première épreuve de mon *Essai politique*. Je l'envoie le lendemain à Londres. Au milieu de janvier, le froid va jusqu'à 10 degrés Réaumur, ce qui affligeait pour les armées de Crimée. Celle d'Angleterre a péri. L'expédition a été très-mal conduite. En février le froid recommence. Henry m'écrit affectueusement de Nice. J'ai terminé le *novum organum* à Mazarin. J'écrivais alors l'*histoire de la République d'Athènes* ; je faisais Solon, essayant de peindre le caractère de ce législateur, le plus aimable des sept sages et des hommes.

Nous allons nous établir à Montlhéry. On parlait de la paix. Notre maison avait un jardin avec une porte sur la tour. Je relis Tacite que je n'avais pas lu depuis dix ans. Tacite qui a la grandeur et l'élégance, devient très-dramatique au règne de Néron ; c'est un débordement de crimes inouïs, de tortures, d'efforts surhumains, surtout à la conspiration d'Epicharis. C'est un entraînement du midi, mais une faction furieuse s'est égarée de même en 93. Après Néron commence une guerre civile : Galba, Othon, Vittellius livrent des combats dont Vespasien vient profiter. Et Vespasien relève les Romains.

M. Warwick, à la fin d'août 1856, s'embarque à Marseille pour Constantinople où il était chargé d'organiser les provinces du Danube. Je m'occupais d'Alexandre-le-Grand pour mon histoire d'Athènes. J'imprimais le *Novum organum* avec le plus grand plaisir mais très-lentement. J'aimais tant mon sujet que les épreuves mêmes m'amusaient, surtout la partie de Pascal.

En juin 1857, l'*Essai sur l'histoire politique* paraît enfin. Deux mois après, en août, paraît le *Novum organum*. J'obtenais ce que j'avais désiré passionnément. Pour le *Novum organum*, j'avais tout remis à Dieu. Je reçois sur ces ouvrages de charmantes lettres d'Italie et de Paris. J'en suis occupée. J'avais fini Thucydide et Xénophon. J'abordais Socrate, la philosophie, puis Philippe, Alexandre et Démosthène pour finir. Chaque matin à la tour de Montlhéry, je lisais les *Études de la nature de B. de Saint-Pierre*. C'était fréquenter l'âme la plus élevée et la plus sensible du monde. Ces grands littérateurs sont tous faits pour l'action et la politique. Celui-ci est un réformateur. Il pense sur tous les sujets : son livre est le plus varié comme le plus beau. Occupée l'hiver suivant des ouvrages de M. de Saint-Martin, ce sage m'a fait mieux comprendre Jésus-Christ. Il se croit lui-même parfois une sorte de Christ, il fait entendre qu'il *s'immole en idée*, qu'il s'immole aux douleurs du genre humain : sorte de figure du Christ, il fait comprendre les natures pures et exaltées ; ses impressions sont sublimes. Il dit : « O Dieu, transmets jusqu'au fond de mon âme, le feu qui te brûle, afin qu'elle brûle avec toi, et qu'elle sente ce que c'est que ton ineffable vie, et les intarissables délices de ton éternelle existence. »

Dans cet hiver a eu lieu la débâcle des affaires d'Amérique, qui a entraîné les affaires anglaises. La révolte des Cipayes dans l'Inde, était un événement. L'Angleterre en sortirait sans doute plus puissante que jamais. Les Anglais ont eu un jour solennel de *prière et d'humiliation* qui eut été beau s'ils ne vendaient pas aux Chinois l'opium des Indes.

J'arrivais à Démosthènes, dont je prends tous les discours. C'était un travail immense. Je m'y appliquais avec courage. Démosthènes, dans le discours *de la couronne*, prend des proportions grandioses. C'est à la fin de sa vie qu'il l'a composé. On voit sa longue expérience et le sentiment de sa puissance. Bientôt je réunis et j'abrège les quatre Évangiles avec une application passionnée de quatre ou cinq jours (1858).

Le 24 mai, mon fils m'écrit que lord Brougham a été voir M. Warwick à Paris la veille, et lui a dit que la partie de l'Angleterre, dans l'*Essai politique*, était très-remarquable, etc., et qu'il allait m'écrire. C'était la récompense de cet ouvrage (pour lequel j'avais dominé mes passions) qu'un tel éloge me vînt d'un tel Anglais, adressé précisément à cet autre Anglais qui m'a montré l'Angleterre, mais que j'ai voulu oublier pour travailler. Tout était ici dans un seul fait. Aussi j'en ai été charmée devant Dieu, qui a permis que des choses arrivassent de cette façon pour récompenser les bonnes intentions. J'avais eu d'autres éloges de personnes savantes, mais l'ouvrage fut peu lu. Les révolutions nuisent aux lettres et aux publications, mais je me rappelais que, même en temps de calme, Libri était furieux de voir si peu de goût pour les ouvrages sérieux. C'est à peine s'il trouva un libraire pour sa belle Introduction à l'histoire des sciences. Lord Brougham m'envoie son long ouvrage.

Au jeudi 23 juillet, c'était un temps d'automne doux et rêveur ; j'en jouissais beaucoup. Mercredi soir, 23 juin, un clair de lune assez beau, rappelait un peu l'Italie. C'était une impression de piété et de paix, de béatitude, une adoration de Dieu sans pensée, un sentiment comme pourrait être le saint repos de l'éternité. Le vendredi 30 juillet, le temps d'automne continuait. Il y a des jours qui sont aussi doux, plus calmes et meilleurs que la jeunesse. D'où vient cet enchantement ? Vient-il du temps seul ? J'aime à le reporter à Dieu et à voir comme il nous reste quand les passions nous quittent. L'été fut le plus beau que j'aie jamais vu. Trop chaud en juin, mais depuis, frais, aéré.

Mercredi soir 4 août, la reine d'Angleterre est arrivée à Cherbourg, l'Empereur est allé l'inviter à déjeuner et à dîner pour le lendemain à bord de *la Bretagne*. Jeudi 5, la reine a déjeuné et dîné, et elle est retournée en Angleterre vendredi matin 6, pour aller bientôt voir sa fille en Prusse. Comme ces fêtes valent mieux que la guerre! Le lundi 6 sept., je reprends l'*Imitation* (restreinte), un stoïcisme divinisé. Quand la vie m'en a distraite, j'y reviens avec joie. Tout est ennuyeux sans cela. C'est retrouver la beauté, ce qui élève la vie. Dans la jeunesse, les passions troublaient ce culte. Ici il est plein, rien ne m'en distrait, et ce qui me reste de souvenir des passions, s'y confond bien et avec joie. En octobre, nous avons une comète extraordinaire, immense, élégante et admirable, surtout depuis quinze jours. Sa queue, sans fin, était courbée et charmante. C'est comme une fusée continue (1858).

J'achevais Denys d'Italicarsasse, et je trouvais cette plèbe romaine trop remuante, gênante pour le pouvoir, ignorante. Sparte fut mieux tenùe (1859).

Je finissais l'histoire d'Athènes. Quand un travail est fini, on revient sur sa vie, on se dit comme les Pythagoriciens : — Qu'ai-je fait? qu'ai-je omis? qu'ai-je accompli? — Je voulais beaucoup d'abord, dans *Gertrude*, traiter de la morale, améliorer le sort des femmes. Je l'ai toujours voulu. C'est l'instinct de la nature de porter la main pour secourir celui qui tombe. Partout où la pensée voit un mal, elle cherche un remède. Le remède pour le gouvernement, c'est la *science*, c'est la *politique*, c'est donc une *aristocratie* (élective ou héréditaire.) En politique, la question des femmes se rattache à l'aristocratie puisqu'elles ne parviennent que *par exception*. Mais toutes doivent être heureuses et bien traitées. Pour les femmes, il faut une protection de la loi qui leur manque, car le magistrat excite les maris contre elles. L'écrivain, à la recherche de ce qu'il doit faire, voit, de tous côtés, la société sur sa tête. Il faut bien l'accepter.

Il faut distinguer le grand Dieu du créateur. Dieu qui est tout-puissant et parfait, a-t-il pu créer le monde imparfait? Il y a un mystère là-dessous.

L'homme, en effet, a l'idée d'un Dieu sublime auquel aucun des maux de la terre ne peut être attribué.

Ce Dieu sublime, pur, saint, dont nous avons l'idée, existe, puisque nous en avons l'idée. Le mal aussi existe. Ils sont séparés : il faut s'arrêter à cette pensée.

Bourg-la-Reine, mai 1859.

Avec nos terres morcelées et notre petite culture, nous ne savons plus ce que c'est que la beauté de la nature, la majesté, l'élégance et la hauteur des arbres. Je retrouve cela ici. Je retrouve le chant des oiseaux comme à Rambouillet. Nous nous y établissons pour quelque temps. La guerre d'Italie éclatait alors : toute la France enivrée, se préparait à voir le triomphe de cette Italie que l'Allemagne, la France et l'Espagne s'étaient durant des siècles tant disputée, où avaient tant retenti les noms de Valentine de Milan, des Sforza, de nos rois, de Charles-Quint, où les armées avaient livré de si vaillants combats. Deux empereurs français, d'origine italienne, allaient faire acquitter par la France à l'Italie, la dette que tout l'univers lui doit. Si Napoléon Ier avait jadis livré Venise à l'Autriche, un Dandolo par ses violents reproches en langue italienne, avait su lui faire verser des larmes ; larmes sacrées d'où naquit plus tard peut-être la grande idée d'unir toute l'Italie avec Rome pour capitale. Milan pourtant devait voir d'abord le martyre de Gonfalonieri, Pellico, Maroncelli, Oroboni, Fortini, Solera, Villa, Munari, Tonnelli, victimes angéliques. Mais enfin le projet était repris par Napoléon III, d'un fait sans exemple dans l'histoire; et ce serait assez pour les Bonaparte que d'avoir produit de la manière la plus haute et la plus désintéressée, le plus grand des faits chez les anciens et chez les modernes. Lord Byron, d'accord avec la grande âme des Bonaparte, avait dit comme par divination : « La poésie de la politique ! Rien que d'y penser, le cœur me bat. Une Italie libre ! Eh ! il n'y a rien eu de pareil depuis le règne d'Auguste. »

Quel exemple pour l'avenir, qui sans doute voudra et

saura l'imiter ! Si la France eût compris la grandeur de
ce fait, elle eût évité tous ses malheurs ; c'était là la
vraie gloire ou il n'y en a pas. Tout était dépassé ; mais
ce qui eût dû faire l'enchantement de l'opposition, en
fit l'effroi. La postérité aura peine à croire comment le
plus grand fait de l'histoire a obtenu si peu de justice,
et comment l'opposition a eu peur de l'Italie ; comme si
la France n'avait pas l'Angleterre attachée à son flanc,
qui lui rend toute autre peur légère ou même agréable.

Napoléon Ier, cherchant la beauté, n'avait pu éviter
des fautes ; il les jugea à Sainte-Hélène, où en revenant
sur les événements, il donna le fameux exemple d'*un
héros qui se corrigeait lui-même.* C'est là qu'il prescrivit
l'union et l'indépendance de l'Italie avec Rome capitale.
Louis-Philippe déclara qu'il ne s'occuperait jamais *de
cette affaire de territoire.* Aujourd'hui on commence à
savoir aussi qu'à la guerre de Crimée, s'étaient rattachés
les plus beaux et les plus grands projets.

Où a-t-on vu une nation aller délivrer une autre nation pour la beauté pure ? C'était un acte sans antécé-
dent réservé aux Bonaparte et où la France s'élança
comme eux. Et si Napoléon Ier (et ma Laure aussi) voulait une vengeance éclatante de l'Angleterre, il la trouvait ici dans la manière basse et jalouse dont l'Angleterre accueillait l'expédition qu'il avait rêvée. Envieuse
et indignée de voir tant d'efforts déployés pour des *intérêts étrangers*, elle se félicita que l'Angleterre n'y
dépensât ni un schelling ni une goutte de sang. Ses hommes politiques qui avaient tant répété jadis que l'Italie
ne serait jamais indépendante sans les forteresses et
sans Venise, s'opposèrent bientôt à ce qu'on parlât davantage de Venise et d'Alexandrie ; ils dirigèrent les
idées contre le pape, pour troubler les affaires d'Italie
par celles de Rome. Certes ! l'Angleterre oublia alors
le vrai Dieu qui règne au ciel. Mais les anciennes paroles devenues prophétiques de Byron, parlaient heureusement plus haut que la honte. L'enchantement pour
l'Italie a été croisé pourtant par un emprunt trop fort,

de cinq cents millions (en effet, deux cents millions seulement furent dépensés et les trois cents autres disparurent).

Le 4 juin on a gagné la bataille de Magenta. La garde, surprise au passage du Tessin, a tenu quatre heures et a été secourue par Mac-Mahon; on a quinze mille prisonniers. Le 8 juin, à huit heures du matin, les Français et les Piémontais sont entrés à Milan. Enfin, enfin, Milan, après tant d'années d'efforts et d'oppression, est délivré!

Lord Palmerston a eu une majorité de treize voix à trois heures du matin, samedi, qui renverse lord Derby.

Mardi 21 juin. La Prusse arme sans dire pourquoi. Elle dit que c'est une *neutralité armée* comme celle de l'Angleterre. Les conquêtes des Français et la nomination de lord Palmerston, disent ses journaux, l'inquiètent. L'Angleterre serait donc du côté de la France? C'est plutôt elle qui arme les Prussiens.

Lundi 4 juillet, lord Ellenborough a dit aux lords, que l'Angleterre, durant la guerre d'Italie, n'avait rien à craindre de la France, mais que c'est après, dans l'orgueil du triomphe des armées, quand l'alliance avec la Russie sera resserrée, que le projet de Napoléon Ier contre l'Angleterre, pourrait être repris par Napoléon III, qui veut, dit-on, exécuter tous les projets de son oncle.

Lord Brougham qui semble moins inquiet, parle de même pour fortifier l'Angleterre, ses places et Portland.

Mardi 11 juillet, jour d'une chaleur insupportable de vingt-trois ou vingt-quatre degrés. On annonce la paix le soir, et l'on illumine. Quelle paix! on n'a ni Venise ni les forteresses! On laisse donc l'Italie dans le plus grand danger. Mais on peut prévoir que les choses n'en resteront pas là. La Prusse armait? Dites *l'Angleterre armait la Prusse* pour retenir la France. Mais bientôt l'expédition du Mexique devait être entreprise pour achever la délivrance de l'Italie, que d'autres faits devaient enfin accomplir.

En tous cas, Napoléon III sera célébré, j'allais dire adoré dans l'avenir pour trois faits : la délivrance et l'union de l'Italie ; la ruine du pouvoir temporel du pape, et enfin la compréhension des lois politiques de l'Angleterre, la sympathie et la générosité pour elle à la place du *Delenda Carthago* de Napoléon Iᵉʳ. Sans cesse Napoléon III a cherché à gagner l'Angleterre par la générosité : la générosité devant l'Angleterre! Elle s'obstine à ne pas la comprendre car elle croit qu'elle y périrait. Lord Chatam n'a-t-il pas dit : — Que deviendrait l'Angleterre si elle était juste avec la France? —

La guerre d'Italie s'excusait par la beauté du but, mais elle eut le seul tort d'être *la guerre*. La guerre en pleine civilisation! L'empereur avait pourtant dit admirablement : *l'empire, c'est la paix*. La guerre au dix-neuvième siècle, en elle-même est un crime. L'appareil seul en est épouvantable et doit désarmer les rois. Cependant la longue paix de Louis-Philippe ne peut valoir sans doute la délivrance de l'Italie, cette dette de l'univers payée, car si la France veut la paix, c'est avec l'élan toujours, la générosité, la grandeur de la France. Les Anglais ont toujours été trop prompts à toute guerre qui est dans leurs intérêts; c'est Pitt qui arma l'Europe et fit appeler au commandement Napoléon Iᵉʳ qui pensait à aller tenter la fortune en Turquie. Mais si avec la piété et la sagesse, on peut espérer de diriger le sort, le sort pourtant semble souvent garder le secret de ses leçons : il semble que les bons sorts et les mauvais sorts roulent pour chaque homme et chaque nation : ils se partagent. Les mauvais sorts sont faits pour exercer la patience, la vertu; ils mènent aux bons. C'est comme un nuage qui promet la pluie et les richesses de l'agriculture. Quand les bons sorts paraissent on peut prévoir les mauvais, et si les mauvais sorts souvent sont au fond les *bons*, ou conduisent aux *bons*, les bons sorts souvent sont mauvais ou mènent aux mauvais. Cette connaissance fait qu'on se tient tranquille dans la vie privée et pour la politique.

Avec l'âge les événements intéressent encore plus que dans la jeunesse. Dans la jeunesse on croit qu'on arrangerait mieux ce qui se passe, on trace les destinées, on méprise ce qu'on voit, on a des amis, hommes d'esprit, qui vous semblent ceux qui devraient tout conduire, qui blament avec vous ce qui arrive et qui augmentent votre impatience. Mais plus tard on comprend un peu mieux l'ensemble et une sorte de raison des choses. Plus tard, d'ailleurs, on cherche le secours où il est, sous l'inspiration de Pascal, dans ces vers de Racine :

> Entendrons-nous vanter toujours
>   Des beautés périssables,
> De faux plaisirs, de vains amours,
>   Passagers et coupables ?
> Songes brillants, beaux jours perdus,
> Beaux jours, vous ne reviendrez plus.
>
> L'amertume est dans les douceurs ;
>   Dans nos projets la crainte ;
> Le néant au sein des grandeurs ;
>   Dans les travaux la plainte.
> O bonheur, désiré de tous,
> Bonheur tranquille, ou fuyez-vous ?
>
> Vous êtes d'un Dieu créateur
>   Et l'essence et l'ouvrage ;
> Habiteriez-vous dans un cœur
>   Criminel et volage ?
> Bonheur, enfant du pur amour,
> La terre n'est point ton séjour,
>
> Que cet amour porte mes vœux,
>   Sur son aile rapide,
> Au trône qu'entourent ses feux,
>   Où le repos réside :
> Grand Dieu ! quel être dois-je aimer
> Que l'être qui m'a su former ?

Montlhéry, septembre 1860.

FIN DE LA PREMIÈRE PARTIE.

PRIÈRES

I

Mon Dieu! cette flamme que vous nous donnâtes pour le mariage et l'amour, vous la rappelez à vous à l'âge des jours paisibles et des passions calmes! Nos idées concentrées en nous-mêmes, nos sentiments fixés sur nos semblables, s'élèvent, contemplent la nature, et viennent enfin jusqu'au trône de Dieu. Célébrons ce jour de la victoire des mortels, ce jour où ils retournent à leur créateur! Alors ils ont épuisé les connaissances terrestres; alors ils vous interrogent pieusement d'un cœur content. Dans leur vol au-dessus de la mer en courroux, au-dessus des orages du cap et de la terre troublée, ils savent comment on se préserve, comment on se retire vers vous consolé. Soyez donc notre vraie joie; cette sainte flamme annoncée au sein même des délices pour reparaître ensuite plus sûre et plus céleste!

II

Mon Dieu, voici votre saison favorite, l'automne commence, les vents marchent rapidement dans les cieux; une douce et sainte tristesse s'empare de la nature; le cœur de l'homme, délivré du besoin des affections terrestres, se complaît dans lui-même, dans les beautés de l'univers, dans leur grandeur et leur mélancolie. Il vient à vous, ô Dieu, dont il est séparé, il vous contemple du fond de son exil, du sein des émotions qui nous rappellent à vous. Impressions saintes et passionnées de l'automne, ciel sombre et pourtant aimé, douce pluie, plus chère que la rosée du matin, soir du jour, auguste comme le soir de la vie, fort de même, comblé de souvenirs, de calme, d'espérance!

La clochette des troupeaux qui rentrent au village, la rivière couverte de légères vapeurs, le froid naissant, tout nous émeut : mille impressions sensibles, mille pensées intimes se respirent dans l'air humide et voilé; un sentiment de force et d'immortalité inspire l'homme. Mais, les émotions finies, les passions envolées comme ces tristes nuages, nos pleurs amers et doux, notre jeunesse exaltée, de même que la matière se transforme et reste indestructible, de même ces émotions invisibles, ces délices de l'âme nous seront-elles rendues? Quand vient le soir, vous nous retirez la lumière du jour, et quand vient l'automne les chaleurs de l'été, mais c'est pour nous les rendre au jour nouveau, à la saison nouvelle. Lorsque le dernier soir sera venu, nous rendrez-vous de même la passion de notre jeunesse et un passé adouci et consolé, car rien ne l'a réparé? Nous rendrez-vous ces jours sacrés, par lesquels notre vie fut lumineuse et qui vaudraient seuls la peine de la recommencer? Oh! déjà votre temple nous les rend, nous les rappelle et nous les purifie! Arrachés à nos douleurs personnelles et entraînés par vous dans vos grandeurs infinies, nous atteignons les émotions religieuses, la plus digne récompense des cœurs passionnés. Couvrez-nous de vos ailes; préservez-nous par la lecture de vos livres, par l'étude des poètes inspirés de vous. Les hommes de nos jours auront aussi leur livre saint, écrit dans la suite des siècles, mais non pas encore adoré ni consacré. La religion de la vérité, le Dieu universel, n'a pas encore eu son culte et son temple. Inspirez-nous, et montrez-vous dans votre gloire!

A la saison mélancolique, rapprochons-nous mieux de vous; comme les Hébreux, célébrons les saisons, et comme eux, trouvons notre culte au sein de la nature même!

III

Nous ne glorifions pas seulement dans votre temple, ô Dieu, vos saints de l'occident, Moïse, leur instructeur, David qui a dit : *Je célébrerai le nom de Dieu dans l'univers*, saint Thomas, Pascal et tant d'autres, mais aussi ce petit nombre de chefs du dernier siècle qui, au milieu de beaucoup d'impies, surent se préserver, et relever sur des ruines, Dieu au sommet de tous les cultes et père de tous les hommes. Adorateurs de votre nom, ces philosophes l'ont fait revivre, et c'est par eux que, délivrés des formes vieillies et des préjugés, nous avons pu tous revenir dans vos temples, vous chercher encore et reconnaître avec transport que votre justice est égale pour tout le genre humain. Prêtres de votre culte ranimé, âmes irritables et fortes, les douleurs de leurs semblables les inspirèrent; vrais califes de Dieu, c'est sous leur égide et préservé par eux, que votre culte doit renaître, garanti de la faiblesse humaine qui retourne aux erreurs avec le même entraînement qu'elle marche aux vérités. Bénissez-les pour avoir détruit à jamais l'hypocrisie et la douleur ; célébrons-les, ces nouveaux saints, vainqueurs du mal, interprètes de la sagesse divine, vengeurs du fanatisme et gloire du monde!

IV

Nous entrons au temple : le profond silence, le jour voilé, l'idée de la Divinité nous saisissent. O Dieu, que nous trouvons ici et qui faites plier nos genoux, vous seul vous éveillez dès nos premiers pas vers vous, ce qu'il y a de mieux dans notre âme, car dans le monde où nous vivons, si nous sommes trop crédules ou trop généreux, nous en sommes bientôt punis; notre tendresse nous perd, notre entraînement nous mène au malheur, notre noblesse fait de nous des victimes; nous avons trop aimé, nous avons trop souffert par toutes nos qualités; mais dans votre maison, mon Dieu, nous ne serons jamais trop purs, jamais trop généreux, jamais trop nobles, jamais trop sensibles. Ici, notre énergie prend son essor, ici, à quelque hauteur que nous atteignions, nous serons toujours bien loin de vous! Quelle force et quelle grandeur en nous, ne sont effacées par les idées de force et de grandeur que nous trouvons dans votre nature infinie? Qu'il est doux, qu'il est saint de s'abandonner ainsi en liberté devant vous, aux rêves de beauté que vous avez déposés dans notre imagination! Loin de consacrer dans un seul culte ces jouissances d'adoration et d'exaltation, vous les avez accordées au Nord comme au Midi, et l'Asie et surtout les Indes les ont connues comme les chrétiens.

Ainsi votre Esprit divin revêt les formes nécessaires, et ressort immortel de ces formes. La religion charme ceux qui viennent à vos pieds, attendris par votre grandeur, et ennuyés d'un monde sans piété et sans intelligence. Grand Dieu, vous êtes ce ferme refuge où se retirait David, vous êtes le rocher où il s'appuyait, plus majestueux, plus redoutable dans les psaumes, plus doux, plus saint pour les Évangélistes, plus sublime et plus universel, plus juste et plus pur pour nous tous, que vous avez conduits doucement par la contemplation des différents cultes, à la connaissance de vos intentions.

O Dieu qui voyez mes pleurs dans votre temple; ô Dieu devant qui je m'humilie et qui me rendez le courage et la joie; ô Dieu qui me conduisez à des délices nouvelles, meilleures que celles que j'ai connues, appuyez la réforme morale qui se prépare, sur ces saints appuis de votre justice et de votre bonté. Purifiez nos cœurs qui cherchent la vérité. Soutenez le grand langage que parlent les passions. Que les femmes qui feront entendre les premières des paroles conformes à vos intentions, n'aient pas le bienfait des changements où vous nous conduisez, elles en seront plus dignes de prier dans ce lieu, mieux consolées en vous

cherchant, plus satisfaites et plus touchées de l'adou-
cissement futur que vous réservez au monde. C'est
à genoux, c'est devant vous, c'est guidés par l'exemple de vos législateurs dans tous les pays de l'univers, que nous devons humilier notre faiblesse, former
nos esprits, nous entretenir timidement avec vous dans
le silence des églises. Lieu consacré, douceur de cette
solitude avec Dieu, foi éclairée et tranquille, donnez-
nous l'inspiration!

V

Mon Dieu, rappelez à vous ces jours agités des commencements du printemps. Nous avons trop dirigé vers
les passions ce trouble et cette énergie qu'excite le réveil brillant et mélancolique de la nature. Nous avons
trop versé de larmes en vain, trop aimé pour changer,
trop adoré ce qui était périssable; rappelez-nous à des
vues plus universelles et plus calmes, plus célestes;
rendez-nous nos passions sûres, éternelles; sans plus
de rupture ni d'incertitude. Quand votre main dirige le
tonnerre, étonne cette saison par des tempêtes ou bou-
leverse la nature sur d'autres rivages, vous restez calme
et dominateur dans ces convulsions du monde; ainsi
rendez-nous calmes et forts au milieu de cette joie, cette
émotion, cette tristesse qui s'éveillent en ce moment
dans la nature.

VI

. O Dieu, vous tenez nos émotions dans votre main,
vous nous les donnez, vous nous les prenez, vous nous
enseignez à les dominer. Par des pensées plus étendues
que nous ne saurions y arriver de nous-mêmes, vous
nous enlevez aux détails de la vie, vous nous rappelez à
l'ensemble de notre existence et de notre vertu, ces
émotions prodiguées à des instants. A l'exemple de votre
sagesse infinie, nous trouvons la force, et vous nous faites

comprendre que l'homme doit la chercher dans les passions que vous lui avez données, s'il sait soumettre ces
passions à la vertu et à vous.

VII

O vous qui n'êtes plus le Dieu fort des vengeances,
vous qui ne venez plus sur les ailes du vent épouvanter
les mortels, vous qui nous apparûtes plus saint, plus
éloigné de la terre, vous miséricordieux, mystérieux et
sublime, faites briller votre splendeur, achevez votre
ouvrage, révélez-vous selon que les pensées et les
progrès de l'homme s'élèvent à vous! Vous vous revêtez
encore du ciel comme d'un vêtement; la terre, le soleil
et les étoiles publient toujours votre magnificence, mais
le génie et la gloire de l'homme la publient encore
mieux, et votre plus cher prophète remplaça le culte de
la nature par celui de la vertu. Sans vous choisir un
peuple favori, vous protégez et vous bénissez toute la
famille humaine. Le pauvre et le repentant, la veuve et
l'orphelin sont vos enfants; mais vous défendez leurs
droits et non plus leur misère. La tyrannie des rois,
comme l'oppression du faible, se brisent à votre voix.
Libérateur de l'esclave, vous donnez à chaque homme l'importance que l'œuvre de vos mains garde dans la nature;
car, dans votre bonté souveraine, votre créature ne doit
être ni méconnue ni avilie. Vous avez comblé souvent de vos plus précieux dons, la misère et la laideur,
et montré toujours combien vous vous jouez de l'apparence. La seule inégalité primitive que vous marquâtes
sur nos fronts, survit à nos erreurs et à nos vanités,
et vous ne nous voulez soumis qu'à ceux que vous
nous désignez pour chefs. Qu'ils se sentent plus forts
en vous cherchant, et que les faibles, dans une modeste et douce joie, apportent à vos autels des cœurs
pieux et désintéressés. Prêtez votre bras secourable
et votre justice profonde à ceux que vous destinez à

dominer : trop souvent ils se sont joués de vos dons. La religon n'a pas toujours sanctifié les talents; sanctifiez-les désormais; que nos devoirs se règlent sur nos moyens, et que l'homme public, pour premier acte, vienne à vous. Idéal de la puissance, de l'honneur et de la perfection, soyez l'objet de sa pensée au moment des conseils, des traités, de la conquête ou de la guerre; que le peuple se fie à votre bonté et porte sa cause devant vous. Pur et saint au delà d'expression, quoique sachant tout comprendre, arrachez-nous aux petitesses, aux ennuis, aux dégoûts de la vie commune; remplissez ce vide que laissent au cœur de l'homme et les richesses et le pouvoir, et les passions mêmes, comme si vous seul étiez le réveil, la fin, et le complément de tout.

VIII

Heureux qui vous trouve au milieu des bois! Leur repos aux chaleurs de l'été, leur silence, la fin puissante d'un jour brûlant, la douce teinte du soir, l'immobilité du feuillage, tout ici nous invite au recueillement. Votre esprit nous inspire sous ces beaux arbres! La verdure en est pâle et brillante, le feuillage élégamment coupé; leur fleur blanche et légère parerait bien vos autels; que ce bois soit donc votre autel. Venez, descendez! Que votre esprit remplisse ces forêts, votre sublime ouvrage; qu'il soit dans ce parfum des chênes, dans cet enchantement de la solitude et de la nature, dans ce coucher majestueux du soleil, dans ces riants contours des ombrages et des collines! Le caractère d'un divin maître est partout ici; l'imagination humaine, impuissante à concevoir de telles beautés, se trouvera ravie seulement de les imiter; la magnificence éclate en ces climats; vous leur avez prodigué la lumière, les fleurs, les oiseaux, la vie, la majesté, la grâce. Ce n'est pas sans des motifs sacrés que deux fois ici l'homme établit votre culte et enseigna au monde à vous adorer; où vous aurait-on mieux aimé que dans le pays où les enivrements de la nature vous proclament sans cesse? Vous donnâtes aux habitants de ces pays charmants, un esprit plus élevé, un cœur plus sensible, une âme plus délicate pour vous adorer. Ils se plurent à vous consacrer des autels, à les orner, tantôt austères et exaltés, tantôt mêlant une douce joie à leur hommage éclatant. Déjà ces bois ramènent devant nous le souvenir des merveilles, des guirlandes et des parfums dont ils vous font l'offrande. Que ces ombrages pleins de mystères, soient plus sacrés encore que les bois antiques; que la hache du cultivateur les respecte; que l'homme y fuie et les ardeurs du soleil et les petitesses du monde! Déjà le feuillage frémit d'un saint bruit, déjà mon cœur troublé sent votre présence, déjà mes pensées se perdent dans la contemplation tremblante de la Divinité.

IX

Mon Dieu, méditons pieusement sur vos œuvres dans votre Église; que l'imagination du religieux vole aux différents lieux du monde pour y admirer vos créations. Suivons la nature sur l'Océan, au bruit des vagues courroucées, à la pointe de l'Afrique, où de furieux ouragans se préparent sans bruit : de petits nuages, de minces apprêts annoncent à peine les épouvantables orages dont va retentir le cap des Tempêtes.

Mais Dieu se montre dans de plus douces créations et de plus tranquilles délices. D'épaisses et riantes forêts, jadis consacrées aux dieux antiques, rappellent ici l'homme à un culte éternel; l'éclat du soleil ferme nos yeux; de fraîches cascades inondent dans un calme sans fin, d'élégantes vallées où la Divinité, poétiquement révélée, vit adorer Diane et Minerve, aux autels champêtres. Sur de plus lointains rivages, étudions avec recueillement un culte exalté et puissant, une poésie pieuse et sublime; les extases portées jusqu'au délire, jusqu'au crime; pays où la nature vaporeuse, les mers inspiratrices et les élégants rivages sont les plus beaux du monde. Sur un autre continent, admirons étonnés, ces monts, ces fleuves prodigieux, nature sauvage, vierge, forte, où Dieu règne dans la solitude, tantôt embrasant les forêts par la foudre, déplaçant les fleuves par les tempêtes, entraînant les montagnes par les volcans, et imprimant à la nature le caractère grandiose des œuvres sorties tout à l'heure de ses mains. Que le religieux agité suive les effets de la foudre, du vent, des nues, des puissances secondaires. Mais surtout qu'il contemple les mortels plus merveilleux que les mers, les écrits que Dieu leur inspire, les livres saints, et ces penseurs religieux, créateurs d'une philosophie nouvelle, ce roi des saints, consolé et ravi dans ses méditations religieuses, et ce sauveur du pauvre et de l'enfance! Que les vérités, les vertus, atteintes par l'homme mais supérieures à lui, nous montrent de même Dieu; que Dieu soit dans l'intégrité célébrée par David, qu'il soit dans la justice, la patience, la force, la bonté. C'est là que Dieu se révèle.

C'est ainsi, ô Dieu invisible, que vous devenez visible et présent pour nous. L'homme muet et la nature immobile peuvent nous laisser calmes, mais dès que la terre s'anime, que les arbres frémissent, que les nuées volent dans les cieux; dès que l'homme aime, pense, et célèbre par des chants ou par des cris, sa joie ou sa douleur, alors Dieu resplendit, alors l'univers le proclame et l'adore.

Dirigez donc nos esprits, ô Dieu, vers vos merveilles, au fond des forêts gémissantes, au milieu des mers en courroux et dans le cœur agité de l'homme!

X

O Dieu fort, vous qui fûtes d'abord adoré sous cet attribut de la force, vous récompensez par la force les longs combats et l'étude de la sagesse. Si l'homme laisse passer sa première douleur sans vous oublier, si, sans pouvoir vous adorer alors, il tient pourtant les yeux fixés sur le ciel, insensiblement vous lui rendez le calme, le bien-être, vous lui faites sentir le Dieu fort.

Plus tard peut-être encore, vous lui refuserez l'objet souvent déraisonnable de sa prière. Il doutera alors de votre bonté, il vous accusera de ne prendre nul intérêt aux créatures formées par vos mains; il maudira la vie. Mais bientôt, cherchant cette force morale qui naissait de vous seul, il verra que la récompense de sa prière est la force et que peut-être l'objet de sa prière n'eût dû être que la force.

Oui, donnez-nous la force morale et nous jouirons en paix des merveilles de l'univers! L'homme qui vous a cherché ne veut plus dépendre que de vous, de vous qui comblâtes de vos dons celui qui sut vous demander la seule sagesse; de vous qui détachez victorieusement vos adorateurs de ce qui est vain, qui ne les enflammez que pour la justice, la beauté, l'action, l'humanité; qui leur faites apprécier désormais les passions, moins pour les passions mêmes que pour le nouveau jour, l'éclat qu'elles jettent sur vous et sur le monde!

XI

O Dieu! les plus chers biens que vous donnez à l'homme sont invisibles. C'est dans son cœur qu'il vous cherche; il fuit le bruit, le luxe et la magnificence. Entraîné vers la nature et les plus beaux sites, il n'accepte que les ornements placés par vous-même. C'est sur les montagnes, c'est dans les forêts qu'il est content; la parure qu'il aime, c'est celle de la terre au loin dessinée par vos mains.

XII

Vous aimer n'était pas difficile, et sans prendre de leçon pour cela, nous avons trouvé un charme inexprimable dans les saintes pensées que vous inspirez. O Dieu, où donc mettre notre exaltation, où la répandre si ce n'est à vos pieds, si ce n'est là d'où elle vient, si ce n'est à sa source ?

Mais vous forcez la jeunesse par une loi mortelle, à diriger cette exaltation vers les créatures ; vous voulez que la femme et l'homme s'unissent dans un mutuel ravissement. Plus tard, dégagés de ces chaînes, nous venons à vous, nous vous trouvons dans nous-mêmes, dans ce cœur tranquille et rassuré qui ne conçoit plus d'affection ni d'études en dehors de vous. Car si la pensée du créateur se mêle aux objets, la reconnaissance suit la douceur ; et si bien des conditions imposées aux mortels, sont dures ; si Dieu est parfois impénétrable, toujours du moins ressort-il de l'ensemble des choses et reparaît-il triomphant.

O Dieu donc triomphant, c'est sur vous que l'homme appuie sa faiblesse et cette débile élévation que vous lui avez donnée. Préservez-la, et inspirez encore à notre recueillement, des prières, non pas dignes d'être portées à vos pieds, mais capables du moins d'entretenir nos âmes dans les saintes pensées réservées pour la fin !

Sceaux. — Imp. de E. Dépée.